古正義的糖

朱國珍

目次

【出版緣起】

「長篇小說創作發表專案」作品出版（二〇一九）

國家文化藝術基金會董事長
林曼麗

國藝會長期關注藝文生態發展及需求，營造有利文化藝術工作者的展演環境。二〇〇三年，我在擔任國藝會董事長任內，於各界專家學者積極倡議下，推動「長篇小說創作發表專案」，提供創作費鼓勵長篇小說寫作，並協助作品出版及推廣。

二〇一七年，第二次回任國藝會董事長時，欣見專案發展已卓然有成，截至二〇一八年，持續舉辦十六屆徵選，補助五十九個原創計畫，出版三十多部著作，其中不乏台灣文學重要作品，甚至獲得國內外獎項肯定，外譯發行海外版權。

長篇小說專案是由「和碩聯合科技股份有限公司」贊助，由國藝會藝企平台媒合，鼓勵企業參與藝文、挹注資源，讓國藝會擴大有限的資源，支持台灣原創作品。也從中促進藝術家與社會有更多連結、更多關懷，達成「Arts to Everyone」的目標。二〇一七年，專案也更進一步深耕高中校園，與第一線教師合作，透過閱讀與教學，形成教師社群的連結，從學校為出發點，尋找下一個世代的讀者。

作者朱國珍是人生閱歷豐富、跨足不同專業領域的創作者，兩年獲林榮三文學獎新詩首獎、散文首獎，曾任空服員、主播、專欄作家、廣播節目主持人、大學講師。本書《古正義的糖》，是作家朱國珍突破以往寫作題材，首次關注原住民部落生態及台灣選舉文化，藉由「選舉」審視當代台灣社會對不同族群、不同階層的意義與影響。

最後，要向本書的編輯製作團隊及所有參與者，表達最誠摯的謝意！

推薦序

飛馳在沒鋪枕木軌道上的民主與愛情

須文蔚

朱國珍在二〇一五年發表的詩作〈Nhari〉，以太魯閣族語「快」一詞，表現出時代巨輪呼嘯而過，原住民族不僅被拋諸在偏鄉或都市角落，更讓勞動體制與槍枝管制等看似文明的法制屈辱，但凡漢人的鼎故革新，總是族人的滄桑悲涼。所以當她繳出《古正義的糖》一書時，從部落汩汩流出的淚水，哀嘆著島國崩壞的紀事，無論是故事中的政治菁英或是戀人，彷彿都飛馳在沒鋪枕木的軌道上，享受速度的快感，但無一倖免於出軌的悲喜劇。

接續朱國珍在《慾望道場》一書對台灣政治、媒體亂象的針砭，在新作中聚焦在原住民部落政治和台灣地方選舉，從而暴露出台灣民主的黑暗面，充滿了誹謗、誣告、賄選甚至謀殺，讓人觸目心驚。

主角古正義的故事原型，來自朱國珍舅舅的親身經歷。類似的民主哀歌，彷彿一道魔咒，牢牢盤據在花蓮原住民族的歷史。早在十二年前，我就聽秀林鄉人說過廖守臣的故事。漢名廖守臣的馬紹・莫那生於民國二十八年，畢業於台大歷史系，大學時代就投身原住民文化的田調及研究工作。在民國五十六年返鄉任教於花蓮高中。在這段期間，他不僅是一個學生敬重的歷史老師，更勤快地上山下海，挖掘原住民的文化、歷史根源。廖守臣在擔任教師十年後，辭去教師出馬競選秀林鄉長，高票當選，並獲得連任。他卸任後，卻因為官司纏身，鋃鐺入獄，同一時間，從高雄醫學院畢業的獨生子，竟在一場車禍中亡故，讓廖守臣陷入空前的悲劇中。而和廖守臣一樣有著司法困擾的原住民政治菁英，不在少數。

古正義面對的時代，又和前一代的族人大相逕庭。在一九九〇年代，台邦・撒沙勒就提出「原鄉戰鬥」和「部落主義（tribalism）」的主張：

「部落主義」就是我們的實踐哲學，是我們對原運長期發展的攻堅戰略。我們主張，原住民的運動團體和運動家們，應全面放棄在都市游離而回到原鄉部落；遠離霓虹燈彩的迷惑，投向山海的懷抱，去實踐自我，去耕耘土壤，去擁抱基層，去關切民眾基本的生存問題，這才是擴大原運實踐空間、充實原運內涵、強化原運實力的根本知道。

古正義就是在這股風潮下，回到原鄉，開展部落工作，投身社區營造，以他服務公部門的資源與經驗，辦民間圖書館、電腦教室、合唱團、社區導覽等，以為帶給村民現代化的力量，就能夠取得民意，進而領導原民鄉鎮。他所沒有思慮到的是地方政治，終究還是金權打造，不配合這個邏輯的人，縱使自身清廉，也難保不受到誣陷。

朱國珍在剖析部落選舉的光怪陸離時，手術刀般的筆鋒也指向另一樁政商勾結，黑幕重重的地方選舉。《古正義的糖》另一條故事軸線，彷彿向馬奎斯（Gabriel García Márquez, 1927-2014）的《預知死亡紀事》致敬，預言為了汪志群勝選，不擇手段，一定要殺一個人，製造悲情，換取選票。候選人、黑道、殺手與讀者從小說開篇就知道凶案必定發生，隨著角色一一登場，讀者或許會為他們祈福，期望正義實現，峰迴路轉，可是終究讀者會發現朱國珍對摯愛角色總是萬分殘忍，正說明了她冷靜面對現實的精神力量。

在處理愛情故事上，《古正義的糖》也出奇冷靜，闡釋了幾個世代，充滿了陰影的愛戀關係。無論是古芝琪與戴登綱的原漢結合，老夫少妻，互不理解，終究婚變。他們的下一代，戴安若有著台大經濟系文憑，隨著先生赴美，美國夢也因為先生走私坐牢，離婚後帶著兒子回台灣，陷入了汪承熙的愛情陷阱中，也捲入家族的漩渦。古、汪兩家的青年人，醫生古恩和學戲劇的汪洋洋，看似一對歡喜冤家，各種巧合撮合了他們，在來去如飛的都會生活中，他們的愛戀是否如同搭上一趟失速列車？就有待讀者解謎。

整篇故事中，最模範夫妻的典型莫過於古正義與宋美怡，他們患難與共，不離不棄，宋美怡無論面對貧窮、分離與丈夫的牢獄之災，她都能隱忍而堅強，雖然台灣看似充滿機會，也讓這一家人從小康漸漸累積出安定的成果，孩子甚至考上醫學院，但一旦丈夫起心動念，沾染了選舉，政治會使這一家人誠實打拚的一切努力都付諸東流。

推敲朱國珍有意告訴讀者的似乎是：在台灣，紅塵男女的情愛與家庭充滿了裂痕，即使能克服了故事中鋪設下的種種困難，無論是門第觀念、認同差異、生涯分歧或是災厄困境，戀人還會碰到其他的挑戰，命運一樣會拆散他們。人間情愛不是單純的浪漫結合，如果大環境就是邪惡與敗壞的，那麼「大都好物不堅牢，彩雲易散琉璃脆」的慨嘆，就會一直迴還復沓在一代又一代人身上，縱使身心交瘁，也無法求得完滿。

勇於揭露現實的朱國珍，並不打算為政治亂象和世間怨偶提出解方，如同契訶夫所說：「小說家是發現問題的，不是解決問題的。」朱國珍以看似報告文學和大眾類型小說的筆法，讓他熟悉的部落親人，輪番證言，汪洋宏肆，辛辣荒謬，極盡黑色幽默，語言操控的力道又勝過前作《慾望道場》。

台灣原住民擅長幽默，最菁華者，莫過於每年公廣集團製播的《聲翻笑哈哈》，每年推陳出新，依舊笑聲不斷，可以作為明證。而朱國珍顯然從生活中出發，沈浸在族人的黑色幽默中，無論是殺豬慶賀的傳統、古學良的「汽車旅館」、搭承包機出國旅行的歡愉等等，在在讓人忍俊不止，但說這些笑話並不是冷酷麻痺，而是以笑聲傳達失去的和諧，以驚愕道出生活中的困境，最終反覆傳誦在世人往上微彎的嘴角上，在笑後化為眼角的一滴眼淚。就像老舍所說：「經驗是生活的肥料，有什麼樣的經驗便變成什麼樣的人，在沙漠裡養不出牡丹來。」朱國珍透過這部長篇的書寫，充分展現出她從太魯閣族人身上汲取的養分，以及她在山風海雨中生活的經歷。

處處充滿原鄉氣息與寫實風格的《古正義的糖》，朱國珍並沒有朝向大眾小說的筆法，而是在敘述、描寫或評價上，突如其來進行後設的書寫，以學究的筆法，逼迫讀者放緩閱讀的節奏。例如，在古恩帶女友錢盈君回家，漢人女子面對著狩獵與殺戮，不免暈眩於血腥的氣味中，朱國珍如是描寫：

味道是一場儺戲，它戴著面具翩翩降臨，幻化天使或鬼怪。力比多分泌旺盛的時候自動製造多巴胺香水激素，纏綿在體液交換之間不會在乎他／她上一餐吃的是和牛或鹹魚，喝的是香檳或保力達B。飢餓的公式也差不多，三天不吃東西可能會讓人看到皮鞋都想吞下肚，此時若是湧出一陣烤肉香……那可是人間最催情的味道。查爾斯・蘭姆認為人類是因為意外燒掉房子才發現烤豬這種美味，讓飲食文明由生食進入熟食。

於是一場看似《誰來晚餐》的族群文化衝突，就以詩化語言佐以科普知識，更深刻地探討了箇中哲思的多種取徑。

朱國珍顯然鍾愛族人，他形容步入中年的古清輝五官俊美依舊，只是歲月滄桑，折損了神氣，因此：「即便如此，並不妨礙他的大腦在有限時空中思索無限人生哲理，片刻的沉靜雷同法國藝術家羅丹的青銅雕刻『沉思者』。」小說家不滿足以遠取譬的精彩，神來一筆：

聽說羅丹的靈感來自於但丁《神曲》地獄篇：「從我這裡走進苦惱之城，從我這裡走進罪惡之淵，你們走進來的，把一切的希望拋在後面。」

又點出人類有限智慧無法擺脫苦惱與罪惡，道出本書悲觀與絕望的宿命觀點。

《古正義的糖》所描寫的太魯閣族部落，沿著中央山脈的腳下，星羅棋布，從北邊的秀林鄉，一路散居到壽豐鄉、鳳林鄉乃至萬榮鄉，都是腹地狹仄，地形險惡，窮山惡水的所在，也曾經一度是台灣失蹤少女人數最多，乃至於背上「雛妓之鄉」的惡名。朱國珍看似輕描淡寫部落同胞在都市中遭剝削、賣女兒蓋高樓的故事，在小說中插入：

馬路和黃春美不會認識二〇一八年諾貝爾和平獎得主娜蒂雅・穆拉德（Nadia Murad），他們也不會知道六十年後還有人為保衛部落而奮戰。娜蒂雅・穆拉德被滅族的時候她只有二十一歲，恐怖主義極端分子的武裝團體伊斯蘭國以宗教名義在中東地區持續進行大規模屠殺與迫害，亞茲迪部落正是其中之一。

在朱國珍筆下，馬路、黃春美、湯英伸與娜蒂雅・穆拉德都一樣，都是在殖民、階級與資本的壓迫下，淪為勞工甚至性奴隸，成為勞力市場的物件，無情地遭到販售。讀者或許會對小說家不斷岔題、指點與推論的後現代敘事，感到不耐，但能從論述中靜下「延伸閱讀」，思考多少邪惡是假正義之名？或許能理解作者的微言大義。

《古正義的糖》是一部虛構與真實並濟的「家族書寫」，雖然家人輪番上陣，但是篇幅最多，形象最立體，內心的描述也最飽滿的角色還是戴安若，既透過她銜接了部落與漢人世界，也透過她串連了過去和現在，而她失去母親疼愛的背景，加上古和平與林春華五個子女，古明珠、古清輝、古學良與古正義都次第登場，佔有一席之地，只有古芝琪成為「失蹤人口」，既在故事中離家，也在小說篇幅上缺席，呼應了朱國珍從《三天》以來，經常出現母親不在場的抱憾與疏離，究竟是小說結構上的疏漏？或是作者有意的剪裁？相信讀者應當會有不同的評價。

在我閱讀《古正義的糖》的過程中，朱國珍三易定稿，展現出她認真與執著的一面。也讓我體會到，她在這本黑色幽默中的笑聲，絕對不是嘲諷、奚落或挖苦，而是同理、同情與憐憫。在最後定稿時，她將詩作〈Nhari〉壓卷，成為迴盪在山風海雨中的歌謠，也為整部小說「悲喜劇」的性格定調。「悲喜劇」的定義始於蕭伯納（George Bernard Shaw, 1856-1950），他開創此一劇種無非想跨越悲劇的沈重，喜劇的輕鬆，形塑一個新的話語空間，他曾以以婚姻關係來定義「悲喜劇」：「開闢了通向新型喜劇的路途，比以災難結束的悲劇更悲哀，誠如不幸或者無比幸福的婚姻，都比火車事故更可悲一樣。」因此，《古正義的糖》一書中的人物，都像是飛駛在沒鋪枕木軌道上的火車一般，無論是涉足政治，或是企求愛情，在全書結尾時，讀者很難預期誰會死去？誰會失敗？更不會有童話般「王子與公主從此過著幸福快樂的日子」的大團圓結局。朱國珍留下一些懸而未決的問題：古正義的厄運還能壞到什麼地步？他灑下的糖果會如同甘霖滋養仰首向上的孩子？還是不忍卒睹地讓汽車與貨車碾碎？故事最後出現的新生代戴正和古真能否顛覆島國的不義？

對台灣總保有一絲希望的我，期待朱國珍的《古正義的糖》不是預知島國崩壞紀事，而是一服湯藥，讓患者發熱甚至發顫，終究能理解自身的貧弱，終究能重新起身、奔跑與在世界上競逐。

（本文作者為國立東華大學華文文學系特聘教授）

古正義的糖

朱國珍

楔子

「這時候一定要有一個人死掉。」

叼著香菸，身材瘦小的男人這麼說。

另一個身材魁梧，留著八字鬍的男人點頭同意：「若沒，這齣戲就歹演啊！」

「你想，是縣長還是什麼人比較合適？」瘦男人用嶙峋中指與食指夾著一根細長的香菸，他尖削的下巴朝著前方，眼睛盯著天上，張開口，像玩遊戲似的，緩緩吐出一道煙圈。

「縣長？」胖男人抿抿嘴唇，臉上細細長長的八字鬍抖動如蟑螂鬚：「按呢歹誌恐怕會尚大條。」

「要不然，死他們家兒子好了。」瘦男人說這樣的話好像打開電視開關一樣容易。

「伊後生還有利用價值，留著還有用。」胖男人的顳顎關節不斷上下移動，他似乎在咀嚼什麼東西。他雖然胖，而且面相眉濃鬍稀不太對稱，但是穿著合身的訂製西裝還是讓他看起來像個專業人士，那種容易見人說人話、見鬼說鬼話的超級業務員。因為體型圓潤，讓這人看起來還帶著一點喜感，從他口中說出任何與死亡相關的語言都像是增加業績的話術，彷彿包著毒藥的糖衣。

胖男人繼續說：「若沒，咿兜親戚，彼个縣議員嘛可以。」

瘦男人嘴裡這根菸已經抽到菸屁股，他狠狠吸入最後一口氣，將菸蒂丟到地上，用鞋跟碾踏。那是一雙深咖啡色的鱷魚紋皮鞋，細緻的排列組合，延展出曲折路徑，像是人間遺落的迷宮地圖，在地面與地底之間踅動。據說最高級的鱷魚皮手工訂製鞋，必須選自鱷魚下巴最柔軟的部位，吸菸男人不斷扭動交替的左右瘦腳，彷彿是鱷魚張口前的逡巡。

胖男人站在一旁，他站得很挺拔，只有顳顎關節蠕動愈來愈劇烈：「要不然副縣長也可以。」

「啊你是在玩大風吹喔！」瘦男人微微瞪了胖男人一眼，發現他嘴巴一直在動：「你是在吃什麼東西啊？」瘦男人開始不耐煩。

「Airway。」胖男人用台灣腔的英文發音。

「口香糖？」瘦男人用不解的眼神看著他。

「是無糖的。可以減肥。」胖男人回答。

瘦男人接著說：「你這麼胖，不要再吃糖了。」

「這毋是糖，這是口香糖。只有外口包到一層糖衣爾爾。」胖男人繼續嚼，繼續掏出亮面鋁箔夾縫袋包裝的口香糖，從裡面倒出好幾顆小方粒在肥厚的手掌上，伸手到瘦男人面前：「要不要吃？」

瘦男人搖搖頭：「這是包著糖衣的毒藥。」

「哪會是毒藥，醫生有講過吃口香糖可以減輕焦慮。」

瘦男人難得噗哧一笑：「這是塑膠，跟腳踏車輪胎一樣。你會去吃腳踏車抗憂鬱嗎？」瘦男人說完話，從口袋中掏出菸盒，細瘦的手指頭像把玩魔術方塊似的翻轉著香菸紙盒，他飽經風霜的臉龐儼然已成為人偶面具，刻木牽絲，受到翻轉菸盒的無形牽引，愈皺愈緊，乍現的笑容早已隨風而逝。

「這樣下去不是辦法，一定要有人死。沒選上統統會抓去關。」瘦男人吐出這句話。

「假裝一下也可以吧！像上次一樣。」胖男人的聲音愈來愈小，和他的體型愈來愈不成正比。

「他家媳婦好了。」瘦男人最後這麼說。

「彼个生得蓋水的媳婦？一定要是她嗎？」這句話聽起來似乎有著淡淡的憂愁，但八字鬍男人說話時面無表情。

「就是她了。」瘦男人再度取出一根菸，斜斜叼在嘴上，另一隻手從西裝口袋掏出金質打火機，喀嚓一聲，劃破郊野中的寂靜，點燃黑夜裡的幽微冥火。

1 星光大道聚焦準備

新蓋的教學醫院外觀是明亮的玻璃帷幕，白天三百六十度反射日照，儼然成為一座雄偉的發光體。走進大廳，挑高的空間有著華麗的拱頂裝飾畫，看不出來是不是偽米開朗基羅的《創世紀》，然而線條是親民的，就像服務台後方滿頭白髮的志工人員臉上的紋路。

令人印象最深刻的是彩繪玻璃，鑲嵌著簡單的幾何圖案，西元十世紀出現的工匠藝術，千年流傳的印痕總連結著教堂魅影：童貞瑪利亞與耶穌受難。金屬氧化物溶解在矽土之後超度無色無空，琺瑯綠鈷礦藍玫瑰金的透明壁畫讓光穿過讓時間飛過，折射著小人物的故事，來來去去，角落裡的枯枝生出百合是如此素淨。

還有鋼琴聲迴盪在人潮簇擁的晨曦，門診即將開始，腳步聲與鍵盤聲，錚錚鏗鏗的倉促，音符多數導引至天堂坦途，也有少數不幸墮落地獄。

鋼琴曲調是一首改編的流行音樂，節奏輕快又帶點哀愁，像是回沖無數次的整片樹葉茶包，標榜來自高海拔人工摘取的茶葉是好，可惜消耗太久，不復純粹。古恩想不出這首歌的名字，他下意識探頭尋找彈鋼琴的人，好奇是什麼樣的人願意在清早七點五十分來醫院彈鋼琴。

古恩對醫院生活非常熟悉，過去擔任地區醫院PGY不分科醫師一年的訓練期間，早已經把醫院當作第二個家，特別是味道與路線圖。連續上班十二小時，下班打卡之後他倒著走都可以回到宿舍癱倒在那張床上。他還有一個私房上大號的地點，在那裡不用擔心沒耐性的患者猛敲門，畢竟他經常忙到三天才有一次機會擠出空檔去拉屎。

然而，今天是個神聖的日子，是古恩前來應徵這間知名醫院急診重症醫學部住院醫師的日子，因為神聖殿堂正是他唯一的方向。

古恩，醫學院畢業一年的新科大夫，做個好醫生是他的夢想：「不求救多少病人，只求每個病人認真照顧」。他是這麼想的。

我叫古恩，我是太魯閣族原住民。

性向正常，無不良嗜好，內向活潑，有美麗女友準備娶回家。

對於看診有莫名的興奮，想到急診一直看診，解決急症。

興趣：籃球、唱歌、樂器、跳舞、反串、鬼片、表演、旅行、歷史、騎車、導遊、主辦活動。

老爸公務員退休，現在經營飛行傘觀光行業。

老媽家管，經營花蓮原住民特色民宿。

老哥傳播系畢，目標台灣第一導演。

古恩的自傳這樣寫。

其實當醫生是老爸古正義的夢想，古恩從小就是個安靜的孩子，他按照父母親的安排，規規矩矩念書，一步一步走到今天。

此刻古恩即將成就的夢想，確實一點解釋應該是父親的夢想：出人頭地，在大醫院裡成為大醫師。

大醫院什麼都大，連面試群的陣仗也龐大。光是在會議室外等候面試的準醫生估計四、五十人。這些全國醫學院的應屆畢業生，或是與古恩歲數差不多上下兩屆的年輕菁英們，在走廊外排排站或坐，等待點名進入會議室。古恩稍微算了一下，平均一個人進去面試的時間只有「五分鐘」。

叫到古恩的時候，他拉拉黑色西裝外套。今天他刻意打扮，穿著正式的西裝與皮鞋，三天前還去了理容院把頭上的金髮全數染黑，他摘下銀製方形耳環，耳洞打在靠近耳垂的耳廓上並不明顯，當然，也利用長袖白襯衫遮住手腕上方前臂肌群的刺青。那是他花了兩萬四千元找頂級師傅耗費四個小時做出來的藝術品：蛇杖刺青。

救護車呼嘯於街頭，大概很少人會認真觀察救護車上的圖案，蛇杖就是其中之一，在藍色六角形「生命之星」正中央。這是國際緊急醫療系統統一使用的符號：一隻靈蛇纏繞木棒，源自希臘醫神亞斯克勒皮斯（Asclepius）手持之物。木棒象徵人體脊椎骨，蛇每年脫皮隱喻恢復與更新。靈蛇沿著中軸旋轉升起，亦是一種求生的力量。不過傳說中的醫神亞斯克勒皮斯是阿波羅之子，因為母親過世，從小交給半人半馬的賢者凱隆撫養。善良有智慧的凱隆啟蒙了亞斯克勒皮斯對醫療的興趣，後者因為高超的醫術救治許多絕症患者，卻觸怒冥王，沒多久就被害死。因此，醫師的壽命比一般人平均少十年不是沒有道理。

大醫院的會議室就像這棟百年古蹟一樣古樸嚴肅，除了細緻拼貼的馬賽克磁磚，其餘陳設並不複雜，簡單中帶著留白的優雅，或許如同牆上那幅孟克名畫《吶喊》，很多醫生都像畫中人一樣壓抑。

會議室白板旁邊的牆上，吊掛著一座傳統X光觀片燈箱，那是從前還在暗房洗軟片時代的必要配備。那個年代，醫生在LED燈光照明下透視患者器官的灰階影像，仰賴多年累積的經驗決定病情，每一次的研判，都像是診療界的博弈百家樂，遊戲規則很簡單，黑白照片一翻兩瞪眼，生或死，比較靠近哪一邊？照片上黑點多或少，密集或分散，X光照片只會說實話，由它來告訴人們答案。

陪家屬就醫，最難熬的是等待，等待就診，等待答案，等待醫囑，等待照相，等待洗片的時間，等待放射科與各科的聯繫，等待醫生的解讀，鈣化或黑點或腫瘤。

等待往往比結果更折磨人。

隨著影像醫學部成立，正子攝影、磁振造影、各類型電腦放射掃描，數位化傳輸讓X光片三十分鐘之內傳遞到天涯海角。目前AI掃描X光片已經進步到十五分鐘可以看完七百張肺癌患者的胸腔照片，平均每一‧二八秒判讀一張，再利用大數據分析，準確掃描病灶。這是目前為止專科醫生用目測都做不到的事，已然由先進的人工智慧代替醫生完成。未來，家屬陪診等待的時間縮短了，人與人相處的時間也縮短了，好或壞，只要進到醫院裡都是無奈。最後剩下那些來不及說出口的愛恨嗔癡，在就醫的過程中無限延長，導致無限放大……

今天古恩打扮得很規矩，像要參加「偶像練習生」試鏡那樣正式。

走進面試會議室，至少十人以上的主任醫師或教學負責人，有些是期刊上的熟面孔，也有一些讓人很陌生。他們的共同點都是嚴肅，臉上烙印著深刻的法令紋，像懸絲木偶般矗立，需要演藝師操縱提線才能展開笑容。他們最靈活的部位是手臂，快速翻閱古恩的履歷，眉頭愈皺愈緊。

「吃西瓜大賽冠軍？」體態豐滿的主任醫師首先提問。

「是！沒有人比我吃得快又多。」古恩回答。

「你放在履歷表上的這張，是吃到吐的照片。」看起來比較年輕的教授醫師詢問。

「選這張是因為這張最有喜感。」古恩解釋。

另一位主任醫師接著開口：「你的成績和其他同學有點不一樣。」

古恩心想：「老師這樣批評我成績爛已經很溫和了」。他畢業自中部排名並非高端的醫學大學，在校期間的學業成績確實無法和神人級的同儕相比。但是有勇氣應徵大醫院醫師，就應該具備基本的求生能力與羞恥心，於是他展現自信地向權威醫師們解釋：「我的學科確實不是很理想，但是進醫院實習之後，各科老師都有看到我很大的進步。」

這幾位教學醫院大教授顯然沒時間理會「很大的進步」這句話在細節裡所呈現高度勵志的正能量，他們的高智商很快演算出「進步」所應該帶來的回饋與榮譽。

「那你得過什麼獎？」另一位主考官緊接著問。

「呃……沒有……」

醫學中心級醫院的權威醫師時間很寶貴，他們的問題尖銳又直接。古恩感覺面試彷彿進戰場，真人對決魔獸爭霸，比玩電子遊戲還刺激。

「你的求學經歷寫『熱音社主唱』、『熱舞社』、擔任副班代，舉辦系迎新、友系聯誼，主辦慶功宴，樂團主唱。這些都是醫學院外的活動。」

「我創建兩個社團，一個是『杏服醫服隊』擔任生活長，也創設校內第一屆原住民社團，到部落幫忙量血壓，教小孩子做功課。我也是系男籃幹部。」古恩說。

「比賽經歷是華人星光大道第二季百人海選複賽，多次街舞比賽得名。」白髮老醫師將古恩的履歷放下，摘下眼鏡，露出疑惑的神情，直直盯著古恩瞧：「除了這些，沒有其他的了？」

古恩搖搖頭，旋即靈機一動：「我在淡水馬偕醫院實習的時候剛好發生八仙塵暴事件，雖然那天我休假正在東區酒吧聚餐，但是看到新聞說有大量傷患，我就立刻搭車回去淡水馬偕急診室幫忙。那時候我只是實習醫生，雖然被其他同事酸我太資淺根本幫不上忙幹嘛回去，但是Intern能做的事其實很多，在旁邊幫忙開Order或是幫病患擦拭傷口換藥，並且安慰及處理其他非八仙事件的就醫民眾，做這些事讓我感到很熱血。」

「你在東區酒吧？」不知道是哪一位主任醫師冒出來的話語。但立刻又被陸續展開的其他提問掩蓋，時間一分一秒過去，每個面試者只有五分鐘，古恩卻感覺自己的面試時間比五年還漫長。十位權威醫師十面圍剿，古恩是天主教徒，但此時他寧願祈求千手觀音現身護法。

「時間到，謝謝你。下一位。」最年輕的主任醫師說。

古恩走出會議室時，腦袋還是嗡嗡一片，他只記得最後一個問題是：「你是來應徵藝人？」走出大醫院，陽光正熾，視差讓他瞇住眼睛，看不清楚方向，但是他的心裡雪亮。下一次，當古恩再度走進這裡，很可能是需要住安寧病房的時候。

古恩去停車場開車。

為了今天這個全省最大醫院面試的重要日子，哥哥古斌出借他最寶貝的白色二手豐田。「豐田」這兩個字不但聽起來有種吉祥的暗示，也和家鄉很接近。古家居住的光輝村就在豐田村的下面再下面，但是若站在光輝村的位置來看豐田村，就會說是「那邊再那邊」。老一輩的人傳說著花蓮豐田產玉曾經讓許多人因此致富，古恩小時候也和好奇的堂兄弟們去溯溪探源，效法淘金熱也想發筆意外財，一群孩子趿著拖鞋騎著腳踏車直奔那邊再那邊的山腳，沿溪而攀緣。只見處處山泉湧入溪澗，時值盛夏，孩子們紛紛噗通跳下水，洄游群石間，他們的嘻嘻笑聲與汩動的溪流共振，潺潺徘徊在幽林靜壑，幾隻台灣獼猴在樹上搔首觀望。

雖是日正當中，深山畢竟磐石高崗，愈入樹影茂密婆娑處愈多陰暗角落，山路愈崎嶇，這群小孩幾乎快越過中央山脈也沒發現任何礦脈，還一度迷路，游移在樹叢之間，跌跌撞撞，直到深夜返家被焦急的父母臭罵一頓。後來聽到有經驗的長老說，豐田玉這種礦物是藏在蛇紋岩與黑色片岩之間，要經過開採才能琢磨成寶石，它並不是已經長好的美物，也不是女明星在海報上佩戴的玉鐲那樣漂亮圓滿亮晶晶，一眼就可以被看見。

古恩將二手豐田暫時停靠在馬路邊，他和表姊戴安若約好在這間銀行門口會合，準備一起去參加哥哥古斌的新生兒滿月酒。古恩比預定時間提早半個小時抵達，還好忠孝東路六段已近市區邊陲，加上並非交通尖峰時刻，紅線上暫停一會兒應該是安全的。

古正義給兩個兒子取名字都是有意義的，老大古斌期望他文武雙全，懷老二的時候家裡有些狀況，夫婦倆期望天主的恩典可以改善這一切，因此將老么命名古恩。至於戴安若是古恩的二姑媽古芝琪的女兒，古芝琪是古正義的親生二姊，因此戴安若是古恩親表姊。

剛剛在大醫院裡那些權威教授級醫師認為古恩想來應徵「藝人」，其實，表姊戴安若才是真正的藝人。她最當紅的時候古恩還在念小學，因此對女明星很無感，現在看到的表姊只是一個經常穿著白襯衫黑長褲出門的中年婦女，身材保養得還可以，笑起來更年輕。古恩實在很難把表姊和當今網美或YouTuber聯想在一起，畢竟在古恩這個年紀的同溫層裡，網美比明星的知名度還要高出許多。他有時會懷疑「戴安若曾經是女明星」這件事很可能是父親古正義瞎掰的，因為古正義也說過他和林志玲是好朋友。

今年的春天雨水不多，時序尚未入夏，柏油路上已經讓日曬擠出蒸氣，行經一旁的車輛與路人彷彿沙漠中海市蜃樓的道具，飄忽游移，古恩有點想打瞌睡，但是他要顧車，還有二十五分鐘才到約定的時間。

怎麼今天的「五分鐘」都過得特別慢！或者開去隔壁巷子裡找個安全的停車位小睡一下。古恩心裡這麼想，反正現在大家都有手機，表姊如果準時抵達看不到人應該會打電話，這樣連設定鬧鐘的動作都可以省略。當然，若是表姊提前到了，此刻她一定會看到這輛從來不洗車的「白色」豐田已經停靠在路邊等候。

古恩才剛剛發動車子，啟動冷氣，右側副駕駛座的車門唰地一聲被用力打開，她動作伶俐迅速，人都還沒坐好就急促地說：「快點！葛格在等我們。前面綠燈剩十三秒，你趕快趁綠燈左轉。」

古恩下意識地聽從「表姊」指示，完全沒時間和「表姊」面對面打聲招呼，他急著「快點」把握最後十三秒綠燈，先轉頭向左，專心張望左側照後鏡檢查後方來車，此時剛好是個馬路無車空蕩蕩的疾駛好機會，他踩足油門，左邊傾斜四十五度朝前方行進，趁著最後倒數五秒綠燈，順勢左轉。

剛剛好在變換燈色之前成功左轉永吉路，古恩鬆一口氣，逐漸放慢油門，他說：「這麼巧，妳也提早到。」說完，古恩才有時間，把頭朝右邊看一眼，展現有禮貌的好教養，跟表姊面對面打招呼。

沒想到這一轉頭，差點沒嚇呆，右邊副駕駛座位上的這位陌生女子是誰啊？

「啊！！！」兩個人同時驚聲尖叫，同時質問對方：「你是誰？」

坐在古恩旁邊的女子，濃妝豔抹的程度讓人一時之間無法判斷她的真實年紀，低胸露乳的花色緊身洋裝，白皙的肌膚配上辣椒色正紅唇膏，耳垂上掛著非洲或印尼或緬甸少數民族最愛裝飾的超大型金屬耳環，抓緊安全帶的手指頭上至少三顆閃亮亮大鑽戒，她這樣的裝扮在白天出現真像是個嬉遊通宵的酒廊小姐，不知道為什麼獨自落單了，更不知道為什麼會上了古恩的車。

「幹！你別想綁架我，我爸會找警政署長來抓你。」女孩提高音量警告。

「表姊！」古恩脫口而出。

古恩才應該是被嚇到莫名其妙不知所云的受害者，這一切本來只是很單純的接「表姊」一起去喝新生兒滿月酒的家庭活動。

「誰是你表姊！拜託，我才沒有那麼老。」女孩接著說話。

「妳是誰啊？」古恩問。

「你是誰？」她似乎不甘示弱。

「我是古恩，我剛剛在路邊停車準備接我表姊一起去吃飯。」

「喔！」女孩眼珠骨溜溜轉著上下四處打量車廂內部，稍後才像是鬆了一口氣，翻翻白眼：「我上錯車了。」

古恩這才仔細打量隔壁這女孩，發現她除了耳環還穿了鼻環。在他的認知裡，只有牛才穿鼻環。他曾經也有過穿鼻環的欲望，但是擔心將來在醫院工作容易上呼吸道感染，鼻子是病毒頻繁出入的孔道之一，若是硬要在筋膜組織中打個洞會提高生病的風險，他因為科學理論而打消穿鼻洞的念頭。

「那你乾脆送我去我葛格那兒好了。」女孩說。

「你有葛格要見，我有表姊要接，請妳還是下車自己過去吧。」古恩說。

「什麼？外面好熱。」女孩回答。

什麼？難道她不想下車嗎？

「你要去哪裡？我跟你們一起去好了。」女孩說。

完蛋了，這是個瘋子。古恩心裡估算著，他可得千千萬萬謹慎小心，萬一這女生等下要搞他個仙人跳，電視新聞常常這樣報導，台北很多奇怪的女生，萬一發生什麼萬一，他這輩子就別想當醫生了。

女孩盯著古恩無辜的表情猛瞧，她的大眼睛裡帶著一絲笑意，她顯然鬆懈了心房，自己伸手在前方副駕駛座摸來摸去，除了調整冷氣風向和強度，還順手翻開置於前座原本被她壓在屁股底下的檔案夾，裡面是古恩剛剛去醫院面試的履歷。女孩翻著看著，不時笑出聲來：「哈，你去應徵藝人喔！」她正看著一張古恩在授袍典禮慶功宴上，跳熱舞時男扮女裝的半裸造型：「天啊！你還會扮人妖。」她繼續翻閱，認真看到最後，發現古恩穿著短白袍在醫院診間的照片：「什麼！你是醫生啊！」

古恩不知道該回應什麼。他到現在都不知道這個女生的來歷，更不知道她的「大名」。

「不好意思，妳可以下車了嗎？」古恩說。

「外面很熱欸！」她說。

「外面很熱妳已經說第二次了。」古恩說：「對不起我外面還有……呃……是『後面』還有事情。」

真奇怪古恩為什麼講話會結結巴巴，而且，還會向她說對不起？她根本就是一個完完全全的陌生人，而且是個無厘頭又莫名其妙要參加古恩家族聚會的陌生人。

「我叫汪洋洋，大海洋的洋。很高興認識你。」她說，同時伸出右手做出準備握手的姿勢。

「我是古恩。」古恩禮貌性地伸出手，與她輕輕一握。

「古恩！我在ＩＧ或臉書上可以找到你嗎？」

「千萬不要！」古恩心裡忖思著，內心小劇場正在上演，他的ＯＳ是：「最近和盈君有點不愉快，不想再火上加油。」但是他很有禮貌而且很有修養，不會在一個陌生人面前用嘴巴吐出這些令人尷尬的字眼，更不會暴露自己的感情隱私。他是一個情緒波動接近零的高情商人類，喜怒哀樂無形於色，只會露出微笑簡單而優雅地說出兩個字：「行啊！」

事實上在他腦海裡早已經轉過一輪危機處理，他的策略是「我用原住民拼音註冊FB，看妳有什麼通天法寶可以找到我的臉書。」

「你的原住民名字是什麼？」汪洋洋劈頭問。

什麼！

「你的自傳一開頭就寫自己是太魯閣原住民，你一定有原住民名字。酷！快告訴我你的名字，也幫我取一個。」

「Walis」古恩回答。

「我呢？」汪洋洋問。

「我怎麼知道。」

她嫣然一笑：「你幫我想想，我再來找你。」說完，她提著包包，逕自開門下車離去。

8+9！古恩心想，今天真是個好日子，如果沒有向「葛格」借這輛豐田車，如果沒有剛好和「表姊」約在台北市東區極東邊的忠孝東路六段，如果不是因為今天要去大醫院應徵心目中最重要的工作而必須借車……如果這一堆事情沒有串聯在一起……應該就不會衍生出一連串怪異的後續。什麼「汪洋洋，大海洋的洋」，沒事一定要在自我介紹時加個「大」字在裡面嗎？說「海洋」的「洋」他也是聽得懂的。而且她的名字「汪洋洋」這三個字聽起來都跟水有關，她是命中缺水缺得很兇嗎？正常人不太會這樣取名字吧，除了家裡有人太相信算命仙或是為了進入演藝圈而取的名字。否則，這一聽就知道是個出來混的假名。

「我叫古恩，骨頭的骨，ㄣ大便的恩。」以後也來這樣大大介紹自己好了！

古恩搖搖頭，覺得這樣很沒有禮貌，況且古恩確實是個漢化的本名，承襲自家族三代的姓氏，也是父母愛的結晶。童年時期在閩南人為主的小鎮上，他的姓名從未被拿來開過任何玩笑，他不是個像汪洋洋那種用假名在江湖走動的人。

晴空萬里，日正當中，他突然覺得整個城市都在冒煙。一定是天氣太熱了，古恩心想：這麼熱的天氣，很容易把什麼事情都燒起來。

滿街星火燎原，就像當初參加電視節目《星光大道》海選時攝影棚的燈光。

2 返鄉是一首遠行的情詩

大部分醫學院學生從大學四年級開始參加醫師國考，順利的話，可以在畢業前通過兩階段國考取得醫師執照，畢業後順利就業。第一階段國考最難，通過率大約六成，刷掉近一半的醫學院畢業生；第二階段比較容易，約有九成可以過關。古恩和大多數醫學生一樣從大四開始考國考，但是光第一階段他就考了六次都沒通過，一年只考兩次的醫師國考他幾乎無役不與，頗有屢敗屢戰的奮鬥精神。這樣堅韌的意志力持續發揮到職場，結束第一年不分科醫學訓練之後，古恩正式升等為R1住院醫師。過去在念書時一直有個說法，想要在大醫院工作或是鴻圖大展，光靠聰明才智或PR99.9是不夠的，必須具備3B條件才能出人頭地。這3B就是Background、Beauty、Brain（背景、顏值、腦袋）。其中第二項Beauty，有時候也可以換成Breast。

古恩的B，只有在考試成績單上出現。

應徵台北市十二間中大型醫院，全部落選。只有兩間醫院的放榜名單上，古恩終於發現自己的名字條列在候補順序中。現在，他來到北區這間CH區域型醫院，這是古恩面試名單上的最後一間。前面幾次失敗的經驗並沒有讓他修改履歷表，古恩就是古恩，行不改名坐不改姓無不良嗜好只是很喜歡跳熱舞的太魯閣族原住民醫師古恩。

CH醫院的面試地點在急診部辦公室，現場只有急診部主任與培訓教學負責人兩位醫師，陣仗比前面應徵的幾間大型教學醫院顯得小規模許多，當天在廊外甚至未見排隊人潮，猜想可能是院方與考生各自「客製化」安排面試時間，不是大鍋菜式的聯考。

主任推推眼鏡，打開古恩的檔案夾，只見他原本緊箍的眉心和紊亂無序的抬頭紋漸漸平緩，他的表情出現一種像是在看武俠小說或科幻小說的那種奇妙專注，而且嘴角不斷上揚，認真翻閱至最後一頁，徐徐道來：「你的履歷很鬧欸！」

「我還準備了PPT，如果有時間請讓我介紹自己。」古恩回答。

主任把眼鏡摘下，放在桌上，伸展雙臂交叉撐在後腦勺，在高背辦公椅上前後晃了一下，笑著問古恩：「以後忘年會或尾牙有表演，就麻煩你了。」

「沒問題，要出什麼任務我都願意。」古恩立刻回應。

主任轉向旁邊的教學負責人，嘴角上揚露出潔白的牙齒，開心地笑：「這個很活潑，我們就選他了。」

這是古恩連續應徵十三間醫院，第一次聽到這麼有建設性的對話。在連續被淘汰十二次之後，他的本能告訴他要把握機會，於是古恩立刻說：「真的嗎?好!那個簽約單趕快拿出來給我簽。」

農曆七月還沒到，辦公室裡瞬間出現鬼片氣氛，主任和教學負責人幾乎是驚嚇滿分，幸好他們忙到沒時間喝一口咖啡，要不然這時候一定會從口中噴出黑色原汁。

「單子拿出來吧！」古恩緩和情緒，恢復平靜。

兩位醫師交頭接耳低語，似乎正在交換意見。稍後，主任先開口：「我們回去再討論一下，你不要衝動！」

「我們絕對會把你放在第一順位。」幾乎沒發表意見的教學負責人終於說話了。

官方機構都說在鬧醫師荒，只有內行人明白，缺醫師的地方都在偏鄉，缺醫師的病房幾乎都是重症。那些在首都大醫院裡的熱門專科，還是讓金字塔高端的知識菁英擠破頭搶攻。想要留在台北的大醫院工作，豈止是萬中選一，根本是要具備人中之龍的條件，神人級的命運。

遠在家鄉的古正義聽到次子古恩醫學院畢業後終於在台北找到工作，還是個知名貴族醫院的專任專科醫師，他歡喜地準備殺豬向父老及親朋好友宣告這項天大的好事。

「古家從此以後終於出了第一個醫生，這是喜事，我們要殺三頭豬。你帶女朋友一起回來吧！」古正義聽到好消息之後，在電話中對古恩說。

殺豬這件事，古恩從小到大已經看習慣了，但是錢盈君到現在都無法接受。

「你們要私宰豬隻？」這是她第一次聽到殺豬的反應。

「不是私宰，是慶祝。」古恩解釋。

那是她第一次和古恩返鄉。

旅程剛開始的時候就像是一首遠行的情詩，恩愛伴侶從頭到尾都是手牽著手，從流線型雪白底色的普悠瑪啟航，如子彈列車般以優雅的弧度緩緩迎向後山，沿著蔚藍太平洋海岸一路向東，陽光蜜如楓糖，畫裡白雲彷彿是玩著隱身術的少女，忽隱忽現如處子。就連沿途行經的車站站名都美得令人嚮往，例如和平、新城、吉安、萬榮。小鎮瀰漫著一種香味，像是紫色羊蹄甲花被春雨洗去羶氣，又像朝陽蒸發龍眼樹上的露珠，彷彿千年檀香木被拿來燻烤一片褪色的楓葉，在密蘊的氣味中似乎重新瞥見那滿山崢嶸的朱紅槭楓，炊煙四起。鄉間農舍多數使用空心磚與油毛氈搭建，舊式曬穀場挪為活動空間，也許還有人烤肉，也許有人起灶，過去部落經常將廢棄的乾燥玉米梗作為火種，空氣中瀰漫著一股炭燒植物的天然味道。燃燒玉米梗之後的煙霧裊裊盤旋，從挨家挨戶的煙囪裡流動而出。有時，在午後雷陣雨過後的傍晚，山間瀰漫薄薄的霧嵐，失去陽光襯托的山色在入夜前彷若中國水墨畫的黑與白，一棟棟矮小的平房，冒出陣陣白煙，煙裡有淡淡的氛香，是返鄉者嗅覺中的基因，惦在記憶裡。

錢盈君和古恩邊吃邊玩邊自拍邊打卡邊上傳ＩＧ，終於在黃昏時挺著飽滿肥肚腩抵達古正義夫婦經營的路易士民宿。當年古正義擔任鄉代會祕書，雄心壯志建設家鄉，他除了兢兢業業完成業內工作，還多管閒事去整理舊檔案，無意間在陳舊的地政資料中發現這塊登記在父親古和平名下卻早已經被遺忘的土地，經過重重手續過戶到古正義名下，古正義就在萬里溪邊蓋了一棟恢弘的兩層樓洋房和妻子宋美怡經營民宿，將近一百坪的庭園全部種植韓國草，滿地綠油油加上中央山脈的景深，如果再加上幾隻調皮的聖伯納犬，可真像極了風景月曆在人間。

「你家好像是安藤忠雄設計的！」錢盈君發出讚嘆聲。

路易士民宿的外牆並不是那種大師級的清水混凝土，它就是混凝土，因為沒有錢繼續貼磁磚而裸露的原色混凝土。

古恩第一次帶女友回家，自然被家人視為訂親等級的大事。此時古正義已經五十七歲了，曾經的風霜如今換做白髮在他的腦門上蒼蒼，因為長期嚼檳榔的習慣腐蝕了門牙，笑起來缺兩個孔縫，帶點漏風的口音，即使如此他還是愛笑，特別是在自家門口經營飛行傘事業不亦樂乎。

他是軍人出身，公務員特考及格，一輩子在政治圈裡打混，晚年做起生意來也有模有樣，只要接到客戶來電詢問飛行傘活動，不管他是不是前一秒還在抱怨生意清淡，或是正坐在帳棚下啜飲已經變熱的啤酒，望著一輛輛從門前呼嘯而過的遊覽車，然後比出中指幹譙這些不懂得體驗飛行傘樂趣的旅人。每當他接聽到打來預約體驗飛行傘的電話時，必定是氣勢高亢地回應：「明天？明天嗎？明天很忙喔，我都排滿了……這樣啊，我看一下時間，盡量幫你安排進去……」

古正義的聲音和體型一樣龐大。錢盈君第一次面對面見到古正義時，很懷疑他這麼胖怎麼飛得起來？古正義說，就是要胖才能穩住氣流。上次一個瘦瘦的外國人自己一個人飛上去之後就因為太輕了飛不下來，在空中盤旋了三天。

「盈君，為了祝福妳和古恩交往，我們明天先殺一頭豬。」古正義說。

什麼！錢盈君喝水差點嗆到，這句話是她這輩子聽過的最難以理解的中文文法。她是佛教徒，阿彌陀佛，不殺生。

「一定……一定……」錢盈君驚嚇過度，說話不禁結結巴巴起來。

「當然是一定要的啦！」古正義說。

「一定……一定要這樣嗎？」錢盈君終於把話說完整。

「我們太魯閣族殺豬是一種文化，生病住院、出院、運氣差、大壽、生日、落成、感覺不好、當兵、特殊日子慶祝、往生、往生四十日、往生一百日、往生週年都要殺豬。」

「可是伯父，這裡面沒有談戀愛的選項呀！」聽完一連串殺豬的理由，錢盈君顫抖著說。

「當然有喔，殺豬以後分給親戚和族人吃，是一種分享，是讓大家感受喜事。殺愈多豬主人愈有面子，古斌結婚就殺了十一頭豬。那個金馬獎明星徐詣帆結婚的時候，他爸爸就殺了三十頭豬！結果發不夠，還有族人上門討豬肉。」古正義嚼著檳榔，紅色檳榔汁濡浸嘴角，血腥系的歡悅：「我已經訂好一隻山豬，明天早上四點鐘起床殺豬。古恩你來見習，要不然你以後進開刀房不知道怎麼拿刀。」

古正義的牽手宋美怡在一旁聽著老公頭頭是道，忍不住撒嬌：「人家那個刀和你這個刀又不一樣啦！」

「我，我想喝飲料。」錢盈君感到毛骨悚然，她想喝點冰涼的東西讓自己冷靜些。

「我幫妳拿。」古恩體貼的說。

「沒關係，我自己去冰箱找。」她說完便起身，朝冰箱走去。古家民宿蓋在河埔新生地，面積大，房子也蓋得氣派，光是從客廳的東邊走到西邊估計至少須走二十步，走到冰箱的距離也是。

古恩和父母親一同坐在檜木原木桌邊，木製長椅並排面對著超大液晶平面電視機，像是電影院排排坐的位置。古家人的娛樂和任何家庭一樣，吃飽飯後團團圍坐看電視，偶爾指著電視機裡不合常理的劇情批評幾句，大部分時間都會從任何聲光效果中投射自己的遭遇而不斷複述過去發生的事，比方說，從一個嬰兒奶粉的廣告裡會回想起古恩小時候喝母奶之後轉換配方奶的過程。

因為這段光陰就像一個嬰兒會慢慢長高長胖一樣再正常不過，所以這種喝奶的小事平日不太容易激起任何羅曼蒂克的回憶，只有在受到外來訊息（例如連續劇或廣告故事）的刺激時，古正義和宋美怡才會想起，哦！原來這孩子也曾經這樣子。

「啊！！！」冰箱旁傳來一聲驚恐尖銳的女性尖叫聲。

古恩邁開腳步，把二十步的距離縮短為十步，他幾乎是模仿武俠小說人士施展輕功般飛奔至錢盈君身邊，因為她身子癱軟似乎即將昏厥，她發出來的尖叫聲彷彿在靈異電影中見到鬼或是命案現場的目擊者，驚悚恐懼，分貝爆表。

錢盈君打開冰箱後，看到一個從脛骨處削斷的完整動物小腿，通體金黃，毛質細密，雖狀若虎斑貓腳，但鬃毛緊實顏色均勻不若貓科鬆綿參差，仔細看也不是狗腿，因為順著茸毛延展的肢體末端連結著一隻黑色偶蹄，而非狗狗的肉墊腳掌。被鋸斷的傷口處裸露著極不協調的膚質，像個器官移植失敗的隕石。這肯定是一種動物，應該也是個曾經可愛的動物，但是它現在只剩下一條腿孤單地存在於不屬於它的太平間。

「哈哈！那是山羌，昨天剛剛獵到的，大家分一分，還來不及冷凍。」古正義說。

冰箱裡滿滿的都是粉紅色的生肉。用紅白相間的塑膠袋一袋一袋分裝，堆疊在冰箱內的分隔層，有些袋裝的隙縫中還滲出血水，在攝氏七度的低溫下凝結成宛如溪流的冰血遺跡。真實的血可以暫時被冰藏，靜止狀態似乎也隱藏了殘暴，彷彿所有的殺戮都未曾發生過。但是味道，是不會被冷凍的。

摩里沙卡部落也有人稱為「馬里巴西」，位在光輝鄉林田山邊，在這裡最早有兩個部落，一個原名Rubas，另一個是Takahan。「摩里沙卡」因為有政府公文立案顯然更多人熟知，「馬里巴西」目前只是一小撮人嚷嚷的文化血脈。光輝鄉人口數約六千四百人，除了Rubas、Takahan，還有Mgmxeyan、Klapaw、Tpkow，彷彿一國多治。

Hidaw（太陽）出現之處在東方太平洋的那一邊，與山地村遙遙相望，隔著海岸山脈看不到太陽像水煮蛋似的浮湧而上，只有金黃色光芒無遠弗屆，掠過高山掠過白雲像母親呼喚著嬰孩般聲聲溫柔穿越，空氣和水都不是距離，太陽永遠都會升起。

而味道是一場儺戲，它戴著面具翩翩降臨，幻化天使或鬼怪。力比多分泌旺盛的時候自動製造多巴胺香水激素，纏綿在體液交換之間不會在乎他／她上一餐吃的是和牛或鹹魚，喝的是香檳或保力達B。飢餓的公式也差不多，三天不吃東西可能會讓人看到皮鞋都想吞下肚，此時若是湧出一陣烤肉香……那可是人間最催情的味道。查爾斯・蘭姆認為人類是因為意外燒掉房子才發現烤豬這種美味，讓飲食文明由生食進入熟食。作家描述養豬戶的傻兒子寶寶玩火燒毀豬圈，九隻新生乳豬慘死祝融手中，寶寶卻流著口水循香而至，戳一口脆皮乳豬肉送入口中，感受到前所未有的快樂！他一口接一口，惶然不知返家之後發現三次火燒屋悲劇的父親已經將手中棍棒如冰雹似的不斷抽打在寶寶身上，而寶寶只顧著拚命吃，因為肚子裡頭感受到的極大滿足使他對於身上別處的疼痛完全無動於衷。故事的最後是父親也抗拒不了烤乳豬的滋味，和寶寶坐下來一起將九隻炙燒小豬吃個精光，同時父子倆雙雙起誓絕不將這個祕密洩漏出去，因為烤豬並不是上帝賜給人類原本樣貌的食物，若被街坊鄰居發現他們斗膽改變上帝的規矩，肯定會把他們當作一對邪惡的壞人用石頭砸死。

原本的樣貌？就像是清晨四點傳來的腥味嗎。

先是獸類的哀嚎，嘶逼淒慘，震碎鼻腔的悲厲，一聲接一聲用盡殘餘地表上的最後一絲力氣。接著是味道，滲透包圍空氣中每一個水分子濃重襲擊，如深海漩渦將每個物體全數吸進黑洞，想躲都沒地方躲，身上每一個毛細孔，每一個孔穴無法逃脫地浸溺在羶腥腐臭中，這是血的味道。新鮮的血會帶著一股鐵鏽味，如果在舊式公寓鐵窗內經歷過下雨的人可能熟悉，老式鐵窗的蝕鏽味尚且在濕濡的環境中徹底被洗滌。但這是災難的血。動物在非正常死亡前的本能都會釋放強烈腎上腺激素，尿酸也在此時大量提高，懷抱著強烈恨意而停止的血液循環，十分鐘內身體細胞會自動產生溶解醛破壞分解，酵素開始蝕化肉中細胞組織，腐敗的過程開始，代謝出黃鹼毒素。

這是憤怒的味道。

錢盈君被這味道嚇醒，枕頭上摩擦著一些宿醉嘔吐物，依稀能辨識出是前晚消夜吃進肚裡的鹽酥雞配料炸九層塔，她下意識舐舐嘴角，有些酸。原本睡在身邊的古恩不見人影，她循著隱約的說話聲音走下樓，看見空蕩蕩的客廳，檜木桌上零散擺著菸灰缸還有平躺的啤酒瓶，這些物品彷彿在某個時間點卡住了；紅色檳榔汁隨意噴吐在垃圾桶外懸著一條赭痕；寬廣的玻璃落地窗外有人影閃動，她一步一步走近，打開厚重的鋁製玻璃門，首先映入眼簾的是一大片鋪在地上的紅藍白色尼龍帆布，彷彿傾塌的帳篷屋頂，顛倒了世界視角。她一度懷疑這是夢境，眼前的人們太陌生，紅藍白色尼龍布上站著許多走動的人，古正義手裡揮舞著會反光的大鋼刀，正在肢解一隻豬。

旁邊幾個人圍著一座削去半邊的汽油鐵桶所製作的簡陋灶爐，中空的鐵桶裡燃燒著枯木與樹枝，熊熊不斷的烈火幽靈般扛頂著一個幾乎像卡車輪胎一樣大的鍋子，鍋子裡正煮著滾開水，有人用一雙特製大筷子正在涮燙麵條，不！那不是麵條，那根長長的東西是個洩氣的帶狀圓柱體，一摺一摺還有些長短不均的間隔，它從臉盆裡撈起來時還是粉紅色的，送入沸水中氽燙之後變成白色，巨大的「麵條」在鐵鍋中雲雨浮沉時，有個籃球似的東西也放在裡面一起烹煮，二者參差上下相擁，頗有「翻滾吧！阿信」的勇姿。錢盈君鼻腔竄進更直接濃厚的臊味，那隻豬早已脫離肉身型態，肢解成3D立體拼圖，滿地紅色顏料。是的，錢盈君寧願相信這是作畫的顏料，或是油漆塗料，昨天還以為自己住在安藤忠雄設計的清水模現代化洋房裡，今天怎麼就穿越到西班牙內戰和畢卡索一起格爾尼卡。哦！格爾尼卡只徘徊在黑白灰的邊際，而現在，呈現在錢盈君眼前的是鋪天蓋地的赤化，就像她最鍾愛的香奈兒九十九號唇膏那般冶紅，渲染著偏冷的鍛光，是她用來面對難纏的銀行客戶時最溫柔的武器。

還有一群人在烤肉，一條剛剛解凍的肥厚台灣鯛魚直接平躺鐵網，在魚鱗之間抹塗無限制的粗鹽，微火慢燻等它熟。附近沒有人在認真烤肉，他們或站或坐，閒談交換杯飲，時間在觥籌交錯中配合滴滴答答演出，正如同大鍋裡沸水糾纏長麵條。水桶裡放著一根真正的水管不斷流進活水也湧出滿溢的水，裡面泡著各種紅色的器官。鐵絲網架上除了巨鯛魚尚未熟透，其他食物已經漸漸飄散出查爾斯・蘭姆形容的快樂香味，除了分食的人群，也引誘了許多蒼蠅，蒼蠅們到處沾惹，穿梭在所有的杯盤上，蒼蠅低空飛過高溫冒煙的烤肉，黏一下青蔥又染一下水果，蒼蠅最愛煮熟的食物，不管是大鍋菜還是剛烤好的雞腿，或是被遺忘的烤香腸。大軍出動的蒼蠅，專門在烤肉區發動空襲，牠們什麼都要探索，就連水杯的邊緣也不放過，黑色身影在杯緣稀鬆站立排列，像是偷親著人們留下的唇印。有人靦腆微笑說：「好奇怪，蒼蠅好像也特別愛吃烤肉呢！」說罷，拿起水管四處噴水沖洗地板，暫時消滅蒼蠅大軍，洗滌黏膩塵埃，卻怎麼樣也洗不去殘酷的陰影。

錢盈君終於看清楚，鍋中載浮載沉的不是麵條，是豬大腸；和豬大腸一起翻湧的也不是籃球，那是一顆豬頭顱，在某個片刻它剛好露出鼻孔與耳朵，那是它最明顯的特徵。

錢盈君再度尖叫，這次她沒有軟癱身子，她直接蹲到地上嘔吐，從喉嚨噴出的穢物中，有一部分剛好是昨晚消夜中來不及消化的酥炸肥腸。

古正義看到嘔吐不止的錢盈君，他轉過頭去問古恩：「盈君懷孕了嗎？孕吐這麼厲害。」

3 妳的明日我的天涯

古恩正式收到台北CH醫院專任醫師合同的那一天，古正義決定再殺三頭豬，在家門口擺流水席宴請二十桌客人。

古正義的大哥古清輝，太魯閣名字烏茂（Wumau），已經六十四歲，離法定退休年齡只剩下一年。不過「法定」這件事情在古家的意義並不重大，除了古正義曾經是公務員必須對這些條文斤斤計較，其他人在乎的只有吃飯與活著這兩件事。

古清輝濃密的短髮中參差著許多銀髮，讓他的腦頂門看起來像個閃閃發亮的汗血寶馬。汗血寶馬以體格修長優美、皮薄毛細、光澤顯耀而著稱。古清輝年輕時長相俊俏，身高一米八，站在族人之中簡直就是站在金字塔頂端的雕像，挺拔超群。他確實曾經像個汗血寶馬散發光芒，而現在，他只是一匹任勞任怨而且四千年前就被人類馴服的草食性家畜。甚至，更傾向騾。在遺傳學上騾這種混交後代被視為具有雜種優勢，食量少，不容易生病，抗壓性高，通常活得比馬或驢更久，最高記錄五十歲，騾界的人瑞。

此刻，他站在臨時搭建的舞台帳棚內，這裡沒有紅地毯，筵席餐桌椅就置放在雜草與石子地上，偶爾會有貓經過。舞台雖然是臨時搭建仍然專業而安全，除了鋁合金作為主結構的支撐鐵架，還有竹竿混搭在四周，兩個擴大機播放著高分貝的音響，一個七彩霓虹旋轉燈是唯一的光源，投射出小雨點似的光芒，在古清輝臉上一陣青一陣紫。他從來不在乎燈光是否聚焦，他只要一拿起麥克風，就是歌中的主人，彷若在君父的城邦中歡唱，自在。即使他身上穿著的是典型烏茂式風格的襯衫，就是為了方便工作隨便撕去袖子，將長袖改裝成無袖並露出參差線頭像個乞丐般邋遢的襯衫。古清輝站在無人伴奏的舞台，只有音樂籠罩他，還有一個ＤＪ控制著混音器，這ＤＪ可能是新手，對鍵盤有點生疏，經常調到走音。然而，這一切完全無損於古清輝演唱時的歌中君王姿態，他渾身融入音符裡，或許是旋律，或許是歌詞，或許他只有在拿著麥克風的時候，才能指揮人生唯一可以牢靠掌握的權杖。

此時他正在舞台上載歌載舞唱著〈揚州小調〉。

唉唷喂　我的大姐耶
大姐做事哪裡不該
你跟我成親你又把臉翻
看人不能夠看外表
我老粗人醜良心好
待人呱呱叫咧

我的心肝咧
唉唷喂　我的心肝寶
你要是真心的嫁給我
我把你當作那心肝寶
你要吃茶我來倒
要吃飯我來燒
這鋪床疊被都是我
還願意給你個洗小腳咧
你說好不好咧
我的乖乖個嚨地咚耶

古清輝模仿著已故諧星蔣光超唱歌，夾說夾唱怪腔怪調，他站在高一米的舞台上自嗨，一米高度與距離之外，人們忙著喝酒吃飯。筵席之間人群游移，時光與人生同時流動，上菜的服務生剛剛好端來一盤羹湯，什麼話也沒說放下盤子轉身走人。一桌賓客看著這盤什錦大雜燴中同樣也有些銀閃閃發光的條狀物，於是有人說「是魚翅吶」。眾人紛紛點頭，說對！對！魚翅啊！有人說他曾經在船上捕魚的時候看過魚翅。魚翅？魚有翅膀喔！

是啊！那人說，在月亮很圓很亮的那個晚上，一條大魚游在大海裡，牠的魚翅露出水面，在那裡游來游去，好大一個魚翅喔！快要把整個月亮遮住的那麼大的魚翅。結果這時候船長也出來了，他站在甲板上，看看天空，看看大海，又不知道看什麼看了好久好久，最後船長終於說話了，他說，那是海豚。

這個時候眾人突然陷入沉默的氛圍。太魯閣族靠山吃山，老一輩族人山田焚墾，靠山吃山一直是太魯閣族傳統的粗耕方式。他們沒有阿美族靠海吃海的「八歌浪」（Paklag）儀式。他們對海洋有點陌生。

所以我們可以吃的魚翅是海豚的翅膀喔？

席間突然出現這樣的聲音。

服務生快速轉動的身影再度出現，她這次端來美耐皿大塑膠盤上排列著如鱗般整齊的乳白色薄片，就像人類的正常牙齒一樣整齊。旁邊點綴著紫色石斛蘭和橘色的紅蘿蔔絲，是一種鄉村式的華麗。

「鮑魚吶！」有人狂喜呼喚。

「鮑魚？」已經放下餐盤的服務生，她的身段俐落，手臂上還架著另一個準備送到隔壁桌的「鮑魚冷盤」。她聽到這句話驀然轉身回頭，對眾人笑道：「假的啦！一樣好吃。」

這桌用餐的客人頓時無語，氣氛僵凝幾秒鐘。舞台上也只有古清輝一個人繼續扭扭擺擺唱著〈揚州小調〉，他剛好唱到最後：

唉唷喂我叫蔣光超
要是真心的跟我好

我把你當作那心肝寶
要洋樓我來造
要汽車我來開
洋樓汽車都有　我還給你黃金美鈔
你到底要不要咧
我的乖乖的嚨地咚
你韭菜炒洋蔥

「假光超！」有人突然大喊：「他是大明星也是假的。假光抄。哈哈哈！」

對啊對啊！管它真的假的，吃飽了才是真的。

眾人再度揮箸夾菜，帶點爭先恐後的激動與喧囂，彷彿一群孩子們興奮地想玩公園裡的溜滑梯，人比玩具多，只好一個接著一個排隊，在教化的禮儀規矩中隱藏不住心底的欲望熱情。

背景音樂在這個時候也適時轉為柔緩，雖然強烈的低音喇叭伴奏還是為這首樂曲增添了搖滾風。古清輝總是能把任何惆悵化為節奏感強烈的歌聲，就像他的人生。

江水東流
一去就不回頭
又是落葉時候

記得你我就在此地分手
轉眼已三秋
你可知道我天天在等候
等你與我長相守
你臨走留給我的誓言
就像江水不回頭

古清輝即興演唱著，他似乎特別喜歡最後一句「就像江水不回頭」，反覆唱著，他將作曲者原本譜寫的中音女聲部，隨興改編曲調一次比一次拉出高音，幾乎拉到了高音C的程度，簡直媲美世界三大男高音帕華洛帝在紐約大都會歌劇院連續飆出九個胸腔共鳴的高音C的境界。然而古清輝不是帕華洛帝，即便他現在的體型有點像是個減肥成功版的帕華洛帝，他的大眼與高鼻也有點近似這位義大利帥哥，然而他現在只是個再過幾年就要七十歲的老頭子了，他的籍貫是花蓮縣人，漢名古清輝，太魯閣語Wumau，發音烏茂。

古清輝的父親古和平曾經是摩里沙卡部落頭目，來自中央山脈的白石山腰。這一脈的族人皮膚偏白，五官立體曲線細緻，和南島語族的身材長相不太相同，尤其是古和平，若不是這位頭目的額頭與下巴有Ptasan dqras紋面線條與挺直的鼻梁剛好構成一條天際線，他的長相與膚色乍看之下比較像西方人而不是南島語族。這位念過蕃人公學校的頭目，用他僅識的漢字給孩子們取名，取得隨性，也有點詩意。長女「古明珠」顧名思義，顯然對這第一胎具有望女成鳳之意；到了次女，不知為何拼湊出「芝琪」二字，果然人如其名，古芝琪的氣質最特殊，有股深山靈芝與溪澗美玉兼容之姿，尤其眼波如水，讓看過她的人一時之間也難忘懷。長子「古清輝」彷彿月色中拖曳的一道光芒，乘著清風扶搖，飄飄渺渺地灑在人間，霽月輝煌，光輝永存。次子「古學良」是最調皮的孩子，十三歲就輟學離家工作，取這名字可能是胎教就感應到這孩子的不安分，希望他多學著點好的規矩。么子「古正義」人如其名，原本是最有出息的男孩，會讀書長得又英俊，他出生的時候家裡頭的經濟也開始好轉，「正義」是某種期望，期許他出人頭地，家族最後的寄託……

三兄弟以前只有血脈相同，個性完全不相似，受教育的程度也像是三級跳，老大乖乖念到小學畢業，老二是逃學天王，老三最後念到研究所碩士。然而幾十年過去了，現在他們都老了，也都一樣嚼著檳榔為嘴唇粉飾朱紅。

三兄弟中，古清輝最會唱歌，一旦他開始引吭，便是渾然天成，頃刻間誘捕著所有人的注意力，如此迷人，如此濃郁！他的歌聲渾厚，聽他唱歌從低音到高音就像是臨坐大海傾聽著潮汐，自然起伏圓滑，毫無障礙。他所有的情感都在歌聲中傳遞，彷彿某種奇異的天賦，會用聲音勾魂的天賦，即使他幾乎喝了一輩子的酒，嚼了半生的檳榔。

他只要拿起麥克風，就會對著人群唱歌，對著天空唱歌。他的眼神穿透每一個他所凝視的物件，彷彿有個情人繆斯躲在他所凝視的對象背後，而那個情人也在銀河系的某個角落回應他的深情顧盼。有時，他會低頭吟唱歌詞，唱著唱著，自己突然間靦腆傻笑，順著他的視線俯首望去，只見滿地果皮紙屑，盡是垃圾。

然而他的笑容是那麼真摯，彷彿唱歌就是他的靈魂，他的生命泉源。他隨時隨地可以唱，在鐵皮屋，在鄉間小路，在休耕的農地，在豬圈養雞場旁邊的陋室，緩緩迴盪著，婉轉悠揚，情韻綿長，明明歌詞裡嘆詠著愛情，他的高音C卻淡淡滲入一抹揮不去的哀愁。

所有的一切，就像江水不回頭。

烏茂十八歲那年按照規定服兵役，從小到大在花蓮鄉下成長的他，這一抽籤抽到台北六十一兵工廠。族人聽到烏茂即將去製造大砲的兵工廠當兵好神氣，結果烏茂千里迢迢來台北報到，卻被分發到廚房擔任伙食兵，整天洗菜刷地板。他站在比他身軀還龐大的鑄鐵鍋前炒大鍋菜，拿起比頭顱還大的鍋鏟翻攪食物均勻受熱，神情鎮定如指揮千萬大軍。

以前在山上狩獵時，最常遭遇山豬突擊，其次是獵捕飛鼠白鼻心，祖先長老口傳歷史中的出草獵首他從未參與，盛年殺氣只用在殺豬烤田鼠這種牛刀小試的飲食瑣事。徵兵徵到兵工廠，和武器這麼接近，卻是伙房兵，每天見面的獵物是小貨車直運的禽獸，牠們早已蒙主寵召，讓古清輝感覺非常掉漆。

古清輝每天和阿兵哥們同時在起床號廣播聲中晨起出操，只是別人去接近彈藥練習操兵，他只要負責生火，負責料理部隊裡上百人的三餐伙食。烏茂第一次離開家，思鄉之情和鍋中的雜食一樣翻攪，他常常在用力翻炒地瓜葉的時候感覺到一股安慰，因為這感覺就像回到了家鄉，同樣用大鐵鍋煮著餵豬吃的地瓜葉，那時候他們窮到買不起飼料。

還好二姊夫戴登綱住在台北。他在一趟全省巡迴衛教時，經過花蓮鄉下遇到古家最漂亮的二姊，兩家就成了親家。命運很奇妙，讓二姊夫從遙遠的大陸湖南省來到台灣，娶了花蓮太魯閣族姑娘，婚後定居的眷舍竟然就在六十一兵工廠旁邊。因為烏茂的業務與機密無關，新兵訓練結束後，他竟然有午休外出時間。他常常一邊炒菜一邊嚐味道，嚐著嚐著就吃飽了。中午用餐時間反而成為他的休息時間，有一陣子，他會在午休時騎腳踏車到二姊夫家幫忙照顧小外甥女戴安若。

炒菜沒出錯，部隊沒死人，大家都身體健康，安安穩穩服完兩年兵役，只是烏茂退伍後，卻感覺到前途更茫然。

古清輝記得那天他拎著所有的行李走出營區，竟然有一種無家可歸的感覺。當初藉著炒大鍋地瓜葉慰藉的思鄉之情，如今被台北的車水馬龍取代，他竟然懷念起大通鋪寢室旁邊永遠不熄滅的營區電燈，也懷念班長罵人的台灣話，因為他聽不懂，反而覺得那腔調奇妙有趣。還好在台北，暫時有二姊夫家可以依靠，古清輝常聽同袍說台北賺錢又快又容易，他想留下來多賺些機會財，不想回鄉下種田。

有個軍中弟兄當兵前就在八大行業工作，他和古清輝在部隊裡經常互相照應，覺得烏茂反應快又機靈，退伍後就介紹烏茂去日新飯店做門房小弟，除了月薪還有小費，兄弟說：「很快可以存到錢。」

烏茂退伍後不到一星期，就到日新飯店報到。按照公司規定，提行李的門房必須穿著飯店特製的高領制服，那時候烏茂只在電視上看過這種衣服，肩線筆直合身挺拔，類似某種大人物。雖然烏茂拿到這件「西裝」時，不明白為什麼衣服要在胸前繡縫一堆徽章圖案和裝飾著垂穗流蘇，同時必須搭配一頂高帽子。古清輝第一次穿上制服，站在鏡子前面左看右看，總覺得自己像個從螢幕裡面走出來的古裝人物，就是民國初年那些愛國電影裡面的什麼北洋軍閥。不過他總感覺自己矮了一截，不若電影明星高大英俊。

「統統給我拖下去斃了。」他對鏡模仿電影裡面看來的大官口氣。

古清輝在飯店的工作內容是負責守候在大門口幫房客搬送行李，除了賺取固定的鐘點薪資，運氣好時還能另外賺些客人給的小費，有時候遇到大腕兒，收入可是會翻上好幾倍。

飯店裡附設可以用餐的夜總會，晚上六點起安排歌星駐唱，大牌歌星的壓軸表演通常在夜間九點以後。飯店門口每天都擺著明星們華麗的沙龍照，這些放大的臉部肖像裱褙在歐式雕花燙金的畫框裡，有時還會在畫框四周裝飾些鮮花，最常使用粉色玫瑰花與淡紫色的桔梗，再用豔紅色系的綾羅綢緞繫成巨大的蝴蝶結，搭配地面上的紅地毯，布置成隆重的演歌會場。只有一次颱風過後，突然使用黃菊花、白色香水百合和白色痲紗布點綴相框，古清輝當時看了還覺得很新穎很有創意，偶爾更換造型令人耳目一新，但是後來聽說負責那次採購鮮花的會計和美工設計差點被老闆開除。

古清輝曾經在一群歌星裡面看過萬沙浪的照片，那時人人都會唱〈風從哪裡來〉，正是萬沙浪的暢銷歌曲：「風兒多可愛，陣陣吹過來，有誰願意告訴我？風從哪裡來。」歌詞淺顯易懂，人人朗朗上口。古清輝無師自通，自己看簡譜彈奏這首歌的吉他和弦，經常自彈自唱，還曾經在部隊裡跨年晚會上台表演。萬沙浪也是山地人，古清輝心想：「其實我們真的都很會唱歌。」

晚上六點之後，正是古清輝結束朝五晚五的十二小時輪班制的下班時間，他常常流連在廚房旁邊狹仄的更衣儲藏室裡，故意放慢動作換下制服，只為聆聽從餐廳飄來的歌聲，那音樂，那旋律，那曲調，那吟唱，都像是醫生的處方箋似的溫暖著古清輝的心房，他不會形容這種感覺，他就是雙腳立定像是被強力膠黏住，只為守住這個可以聽歌的位置，永遠不想移動。

為了聽歌，古清輝主動結交櫃台小哥做朋友，小哥是台中人，也是來台北當兵之後就定居此地。古清輝每天下班後藉故繞來餐廳探望朋友，私心祈望的卻是有機會在櫃台旁邊聽歌。他就那樣站著，經常忘記換姿勢，後來站久了覺得有點無聊，也會主動幫忙送菜送湯送飲料等餐廳外場工作。這動作他很熟悉，畢竟當兵兩年都在磨練這項技能，而且他的目的只想聽歌，只要能聽到樂團演奏加上歌星演唱，就算要他在旁邊洗地撿廚餘他都願意。無論幹什麼活，聽到音樂聲就讓烏茂覺得這一天沒有虛度，是個幸福的一天。

某日，有位負責開場的小牌歌星來不及從高雄趕回來，眼看今晚夜總會一開始的節目就要開天窗，這些願意付出高消費的高端顧客都要求高品質，六點不準時開演，一定馬上被客訴，在飯店工作只有苦勞沒有功勞，一旦被客訴讓老闆心情不好，負責夜總會的張經理往後日子也別想好。張經理還有祖父母父母老婆孩子要養，這份工作對他來說太重要。

張經理體型矮小肥胖，今晚的節目馬上就要開天窗，讓原本個性壓抑的他更加焦慮，搓著雙手不停地在餐廳裡走來走去，四處觀望，好像這樣用眼神到處巡邏就會有歌星從桌子底下蹦出來解圍似的。他一緊張就滿身大汗，汗水毫不留情地濕透他的白色尼龍襯衫，胸前的濕布料服貼著兩粒激凸的黝黑乳頭，像是一個男人的執著。

櫃台小哥悄悄問烏茂：「你是山地人?山地人都很會唱歌，你會不會唱歌?」烏茂靦腆地點點頭。小哥轉頭大喊：「張經理，這邊有人會唱歌。」張經理聽到「有人會唱歌」彷彿聖旨駕到，他驚喜地衝過來，用那雙濕漉漉的汗手緊緊握住烏茂的雙手，問：「你真的會唱?真的會唱？」烏茂點點頭，說：「我還會彈吉他。」「那你現在要唱哪一首？」烏茂不假思索地回答：「〈明日天涯〉。」

歌舞秀主持人根本不想記住古清輝的名字，他認為他只是一個被抓來的臨時演員。六點時間一到，主持人自己躲在後台抽菸，他揮揮手，示意烏茂可以直接走上舞台。

古清輝唯一體面的衣服只有飯店制服，他在匆忙之中穿回上班專用的黑色長褲，張經理把備用的另外一件白襯衫借給他。張經理的體型比古清輝大兩倍，寬鬆的白襯衫籠罩著古清輝的身體，讓他看起來像個漏氣的氫氣球，成為扁扁的卡通小飛俠。古清輝把過長的袖子摺起來，幾乎摺成短袖，露出結實的二頭肌，他向美工借來糨糊代替髮膠，把垂在額頭前面的劉海撩撥起，露出光潔的額頭。很多和古清輝同樣歲數的二十歲男生通常都會長些青春痘，但是古清輝沒有，他的額頭方正飽滿，髮際清朗，日月角豐隆明潤，代表他的父母緣深，性格謙恭厚道。張經理看到這個額頭就安心了，他直覺認為古清輝絕對不會搞砸他的場子，即使現在站在台上的古清輝穿著超大尺碼的白襯衫，用力塞進合身的褲子裡，顯得頭重腳輕，有點滑稽。

古清輝拿著麥克風，這是他第一次站在舞台上，但是他感覺好熟悉。尤其是樂團開始演奏降E大調4／4拍的歌曲旋律，音調由強、弱、次強、弱，逐漸引領到男主唱的音域，這是一種帶著布魯斯慢四步節奏感的歌曲，以固定緩慢的節拍帶出輕盈，讓聽眾更容易識別主唱者的個人特色，無論是以高音或中音來詮釋都令人感受到優雅與滄桑，特別是男聲演唱，更為這首歌曲帶來英雄末路的孤獨感，格外容易令人投射情感。

鋼琴鍵盤聲緩緩釋出，伴隨著爵士鼓的敲擊，咚、鏘鏘、咚、鏘鏘，行進中的寂靜，彷若來自心海最深處最盤古的叮嚀，堅定的信仰，某種真愛的呼喚，海枯石爛，天地合才敢與君絕的愛情，這樣的愛只能透過歌唱吟詠，無法逑說。古清輝音質渾厚帶有磁性，音域廣闊，一般人飆高音時通常會抬起頭讓聲壓容易上升，而古清輝總是低頭俯視台下群眾，他的褐色眼珠微垂在雕刻深邃的雙眼皮下，透露著難以言喻的真摯，他的喉頭與下顎肌肉是天生的完美結合，在任何時候發聲都能夠完美遊走於高音低音之間，甚至轉換呼吸，他的聲帶彷若直通天堂的巴別塔，在每一句歌詞之間完全沒有憋氣的困擾，純粹而單純地接受來自上帝的親吻，在胸腔共鳴中吐出伊甸園才擁有的芬芳，讓所有聆聽古清輝歌聲的人心醉神馳，蕩漾不已。

他這一唱，讓所有人為之驚豔，烏茂年輕可塑性高，他的歌喉堪比當時紅牌的山地歌星萬沙浪！張經理心頭盤算，每晚六點開場的時段，那些趕場的歌手無論知名度高低都經常遲到，甚至有些重金邀請來唱壓軸的大牌歌星，也因為北中南歌廳搶人發生過開天窗的狀況，讓客人惱怒甚至翻桌。現在老天爺安排這個愛唱歌的小兄弟出現，不如給他一些零用錢，讓他留下來，隨時做備胎演出。

「小子，唱得不錯喔！」張經理拍拍古清輝肩膀，他的汗手終於乾掉，沒有九十分鐘前那麼濕黏。

古清輝害羞地點點頭。他從小在山上長大，最熟悉草木蟲石和四腳動物，從來未曾與兩隻手的動物交往過，只有台灣獼猴，台灣獼猴勉強算是有兩隻手的動物吧！除此之外，他實在不擅長與人交際，尤其是被讚美的時候。讚美這件事情對太魯閣族人來說是最神聖的禮物，男人努力工作保護家人族人是應該的，這是勇士的責任，讚美只能留給天主。

張經理安排古清輝演唱夜總會開場的冷門時段，偶爾也會臨時代替中場來不及出席的歌手上台表演。他捉住了古清輝愛唱歌的心機，盤算著這個花蓮來的小夥子孤伶伶一個人在台北，不抽菸不喝酒，除了工作，他也沒別的地方可以去。

現在，他給古清輝一個舞台，只要古清輝拿時間來交換。

張經理的女兒張小玉，剛剛高職會計科畢業，透過父親介紹，在大稻埕附近的西餐廳幫忙櫃台收錢算帳。她傍晚五點下班，每逢週一、週三、週五會走路走半個多小時到日新飯店陪爸爸一起吃晚餐。張小玉不像父親骨骼那麼粗壯，可能是遺傳了較多母親的基因，她身材玲瓏適中，唯一像張經理的地方是那張圓臉蛋，和嘴角上揚的紅唇，不說話的時候也讓人感覺在笑，加上她年輕淨白的肌膚，看起來有點像能劇面具中的「小面」，是那種雙頰豐潤，眼鼻嘴集中在臉的中央部，讓人感覺胖胖的但是非常純真的臉龐。

張小玉來夜總會陪父親吃晚餐，都是坐在最角落的位置，趁著客人尚未全部入席之前和張經理簡單用餐，這裡也只有張經理有這個特權，其他人按照規定只能在廚房裡吃伙食。張小玉吃飽了就回家，過去幾個月都是如此，她安靜有禮貌，不太給人添麻煩。但是，自從古清輝開始唱歌之後，張小玉的座位愈來愈往舞台靠近。起初張經理以為這個從小學鋼琴的女兒在這裡聽音樂，聽著聽著終於產生興趣，他之前就一直鼓勵小玉上台演出，張經理有入股這間西餐廳，安插自家人上台不是問題，況且，寶貝女兒從小學音樂也花費老爸上百萬的金錢，不找機會表演一下也太可惜了吧！學音樂不就是為了表演嗎，要不然花那麼多時間花那麼多錢幹什麼。小玉不是歌星的料，但是在台上彈彈鋼琴應該難不倒她，只要她願意。

只是，女兒依舊默默坐著，還是不多話。有時候，她會比較早離開，有時候，她會一直坐到快打烊。張經理問過女兒有沒有準備好上台演出？她搖搖頭。他們父女之間不太有話聊，每次坐在一起吃飯也是各吃各的，話題總是脫離不了這幾句：「好吃嗎！」「吃飽了沒？」「今天有牛排喔！」「零用錢夠不夠用？」多半都是張經理提問，張小玉點頭。這樣的畫面每逢一、三、五晚上六點重複上演，像是跳針的老唱片，只有一次張小玉搖頭，這是唯一的一次，因為張經理問了「想不想上台表演？」，她立刻搖搖頭。這表示張小玉還是有在聽父親說話，父女之間的互動並不像旁觀者所看到那般冷漠。

古清輝在台上自顧自的高興唱歌，他愛唱什麼就唱什麼，只要樂師會彈奏。他也不是每天都有演出，至少目前西餐廳門口還沒有掛上古清輝的大頭照，他甚至連一套西裝都沒買，直到現在都還穿著張經理借給他的那件白襯衫。做外場服務的小哥看不過去，把他念商職時候的舊制服外套借給古清輝穿，還好小哥對高職母校挺有感情的，竟然一直保留學校制服外套，只要把校徽拆掉就像件標準的黑西裝。古清輝長得帥，隨便穿件規矩的衣服在身上，整整齊齊，沒人會去注意西裝樣式老氣不老氣或新潮不新潮。

這樣白天在飯店做行李搬運工，晚上唱歌，古清輝省吃儉用，將這半年多來賺到的所有薪資全部匯回家鄉，希望給父母姊弟妹過好日子，雖然輾轉聽說父親還是把錢拿去買酒喝，夢想中牢靠的水泥屋也一直沒蓋成，但他只要拿起麥克風唱歌，什麼煩惱都消失了，就像〈明日天涯〉歌詞裡述說的：生命如此短促，只有笑聲永遠留在耳邊。他就這樣唱了好幾個月，自己也沒發現台下已經有一個粉絲。

張小玉個性文靜不多話，她只有一次突然送出點歌單，指名要烏茂演唱〈明日天涯〉。有時候客人點歌太多，來不及唱到〈明日天涯〉，隔天，張小玉會再點一次，直到古清輝演唱這首歌為止。

有一天，張小玉突然對張經理說，她想上台彈鋼琴。張經理欣喜若狂，和張太太帶著寶貝女兒去大稻埕手工服裝店，特別訂做西洋小禮服，那種有著蕾絲花邊和雪紡紗和蓬蓬圓裙的白色禮服，就像公主的新衣一樣美麗的衣裳。

「可是……」張小玉吞吞吐吐地說：「我只會彈〈明日天涯〉……」

「什麼？」張經理不解，女兒學了十幾年的鋼琴，這世界上有那麼多數不清成千上萬的流行歌曲，怎麼她就只會這一首？

「我先從這首歌試一試。」張小玉說。

有總比沒有好。張經理心想，禮服也訂做好了，這件新衣服花掉張經理將近半個月薪水，就算女兒只穿上台演奏一首歌曲，總比連穿都沒機會穿要好。女兒想怎麼樣做就怎麼樣吧，就算是只有一首歌也算有回本了啦！張經理這樣說服自己。

張小玉第一次上台，乖巧地讓梳妝師幫她化上淡妝。梳妝師輕柔地在她唇上塗了薄薄一層粉紅色唇膏，就像她的年紀一樣青春。在化妝的時候，梳妝師不明白為什麼張小玉的臉頰一直發紅，因此她並沒有加強腮紅效果，讓她露出自然膚色，自然的緋紅。整妝之後，體格嬌小的張小玉像個準備念小學校訓的畢業代表，手拿大八開規格精美絨布包裝封面的琴譜，慎重緩慢地走上舞台，坐在演奏鋼琴的位置。樂師顧慮著張經理的情面，特別照應張家千金的需求，整間西餐廳成為她的鋼琴首映會，每一位老師傅屏息以待張小玉的指揮，而張小玉，只是默默望著古清輝，她只等古清輝準備好，等著古清輝向她示意點頭，然後唱歌。

烏茂喜歡聽鋼琴的聲音，這是一種他從小到大沒聽過的天籟。鍵盤聲有一種緩慢清柔，像是冬天的爐火，夏天的冷氣，像家鄉每到夏季期望的甘蔗田順利豐收，像他的媽媽林春華在他嬰兒時期抱在懷裡呢喃的族語山歌。鋼琴聲會讓人有吃飽飯的感覺，當音符從鍵盤中咚咚流出時，也有點像在家鄉時，每週日去教堂參加主日彌撒結束的時候，跪領神父賜予的聖體，雖然入耳或入口都讓人說不出是什麼具體的味道，但就是讓他感覺到希望的存在，像天主的恩典，像聖母瑪利亞的慈悲。

張經理看著張小玉凝視古清輝的眼神，這才發現，原來寶貝女兒有幾次還沒吃完飯就提早離開，或是在餐廳裡一直默默坐到打烊，都是為了古清輝，為了聽聽烏茂唱〈明日天涯〉。

當妳明晨醒過來，再也尋不到我的蹤影
妳會知道我已離妳遠去……。

張經理默默把這一切看在眼裡。一個是會唱歌的山地人，一個是會彈鋼琴的獨生女……烏茂長得好看，年輕又努力工作，可是……卻有那麼多可是！如果不去想那些「可是」，因為烏茂的出現，總算讓害羞的女兒願意上台嘗試公開演出，而她彈鋼琴的時候是那麼美麗，美麗到讓父親捨不得多說一個字，或多說一句可能傷害到女兒的話語。他只能靜靜地看著，看著女兒嘴角微微揚起，鬆開長久禁錮的眉宇，愉悅地，開心地，在霓虹閃爍的水銀燈下，開心地彈鋼琴。

就這樣她彈鋼琴，他唱歌，每晚夕陽西下時，在這間裝潢老舊充滿菸味的西餐廳裡，總會傳出樂聲與歌聲悠揚的〈明日天涯〉。有一天，張小玉演奏完畢走向後台，她在後台磨蹭許久，終於等到古清輝獨自回到後台喝水。她突然走向古清輝，第一次開口單獨跟古清輝面對面說話，小聲問：「你有沒有女朋友？」

古清輝嚇了一跳。「女朋友」這三個字在他的字典裡是甲骨文，他不認識這三個字也從來沒思考過，更何況，他現在只有二十歲。

這問題讓兩人瞬間石化，尷尬得像小石頭對小石頭。前面舞台的歌星與樂師還在熱鬧演奏唱歌，後台只有沉默，沉默在兩人之前漩成氣流，可能是低氣壓也可能是高氣壓，目前是中心風速未達十二級的熱帶氣旋，滯留在海面上受海水能量枯竭和深層冷水上翻的雙重危機，有可能繼續衰弱對流，也有可能增強。若是增強氣流，要是暴風半徑繼續擴大，就有可能成為颱風。

張小玉學了一輩子的鋼琴，卻只願意彈奏〈明日天涯〉。她不是為了表演，她是為了古清輝。

某日古清輝來不及演唱〈明日天涯〉，也沒解釋原因就結束演唱下台回家。那天晚上張小玉整夜輾轉難眠，睡不著覺。早晨起床，睜著嚴重凹陷的黑眼圈矇矇看著張太太，連早餐都吃不下。張太太心疼女兒，左右打聽半晌才明白原因。張太太把這件事跟張經理說，要張經理拿出個主意。

這能有什麼主意？一個花蓮來的山地窮小子；一個是張家的心肝寶貝。

飯店房務部經理和張經理是哥兒們，隱約知道兄弟遇到難題。房務經理個性豪邁，決策衝動，他未經周詳考慮就把古清輝叫來，問他：「有什麼打算？」

皮膚黝黑身材壯碩理著平頭，身上還有刺青的房務經理像極電視劇裡包青天開堂審案，毫不客氣直接質問，讓古清輝好像也只能認真回答是非題。

是或不是，這真是一個大問題。

「有什麼打算？」

就是沒有打算，才會不知所措這麼久。古清輝完全沒有頭緒，也不知道該如何回答這個問題，他只能選擇沉默，他甚至以為刺青的房務經理是故意找他麻煩，想要開除他。他才二十歲，這是他退伍後的第一份工作，他沒有家人可以依靠，台北的二姊古芝琪正在和二姊夫戴登綱鬧婚變，也不過二十出頭的姊姊一天到晚離家出走，雖然二姊夫人很好，寬容大量，但是自己的親姊姊在吵，又一天到晚不在家照顧小孩，把所有的負擔都丟在二姊夫身上，讓古清輝也覺得很抱歉。他只要休假都會幫忙照顧小外甥女戴安若，但是這似乎彌補不了二姊造成的傷害，所以他才拚命工作，希望早點賺到錢回到家鄉，那時候他就算走路回家也能走路有風。

原本人生遭遇正面臨內憂的古清輝，現在遇到房務經理跟他攤牌的外患，他一慌張，乾脆第二天起就不來上班，連西餐廳演唱都不去了。

張小玉天天來餐廳報到，等了一星期都沒看到古清輝，她不敢問，也不願意再上台演奏鋼琴，她沒事就往後台去繞繞，或在櫃台偷聽員工們聊天講話。從種種蛛絲馬跡裡推測，古清輝離職了。

從那一天起，張小玉天天掉眼淚，生活回歸到半年前的如時鐘行走的規律，滴滴答答讓時間無情經過。她按照時程每週一、三、五來陪父親吃晚餐，但是，只要一走進這間飯店的西餐廳，眼淚就像黃豆般撲簌簌落下。張經理慌了，只好翻閱員工資料，找到古清輝寄宿的戴家，親自去把古清輝請回來繼續駐唱。

張經理跟古清輝說：「那麼，你也好歹跟我女兒說一些話，叫她想開一點。」

古清輝除了認真工作和會唱歌，他的個性內向樸實，根本不擅長表達溝通。他只在唱歌的時候彷彿接到天堂的頻率，讓他有充分能量與勇氣面對群眾，將豐沛的感情融化在歌聲裡，掩飾他害羞的天性。如果要他去跟年輕小姐說話，這會比要他不帶任何裝備獨自前往深山打獵更辛苦。

回來餐廳駐唱又過了一個月，他還是不敢跟張小玉說話，至少張小玉不再流眼淚了，她也不上台彈鋼琴了。每天就是來聽那首歌，聽完了就離席回家，從來不要求什麼，也不多說什麼。

古清輝退伍後在台北佇留將近一年，這段時間鄉親來來去去，也不知怎麼開始有流言傳來傳去。有人說唱片公司已經跟烏茂簽約，要捧他做第二個萬沙浪；有人說烏茂賺了好多錢，準備在台北買房子。有人說烏茂愛上了台北的漂亮小姐，要娶台北的小姐做太太以後不會回家了。

這最後一項謠言，逐漸傳到烏茂青梅竹馬的小學同學咪娜耳裡。咪娜從小就愛慕烏茂，打心眼裡只想嫁給烏茂。咪娜的父親和古和平是拜把兄弟、打獵的夥伴，更是一起去東南亞打仗的高砂義勇隊死裡逃生的盟友。古和平是從小看著咪娜長大的大頭目，當咪娜跑去跟頭目哭鬧說她要自殺了，因為她這輩子，只想嫁進古家，嫁給古清輝，嫁給烏茂。如果烏茂娶了別人，她也不要活了。

摩里沙卡部落從中央山脈的白石山腰遷徙到平地，早已不是當年在山上驍勇善戰心與天高的山地人，部落組織也在權力轉型過程中逐漸漢化，僅有的文化遺產，大概只剩下一點霸氣。當咪娜的爸爸對古清輝的爸爸提出請求，希望自己女兒可以嫁給古清輝，要和古家做親家，古和平這個老頭目，除了出一張嘴，他再也沒有當年到南洋打仗或出草獵首的英勇謀略，他只能靠著發號施令建立最後的威嚴。「kasi」是他作為部落僅存末代頭目唯一能做出的判斷，古和平斷然要求這個大兒子立刻回家，不准留在台北，即刻回家來娶親、工作。

古和平發出現代山地部落版的十二道金牌，古清輝沒有選擇，他是長子，是弟弟妹妹的榜樣，如果山地人的部落還存在，他是準備接班做頭目的不二人選。這是他的教養，他必須服從家族父權。

於是古清輝回到花蓮鄉下，遵從父親的指示，娶了一個從來沒愛過的女人。小學畢業的他，再也沒有機會得到好工作，只能留在家裡種田。脫掉襯衫西裝褲，把吉他高高掛在牆上，古清輝換上無袖背心與破舊的牛仔褲，拿起鐮刀，天天蹲在土地裡幹活。咪娜順利成為他的妻，同樣做著日復一日的勞動粗活。收工之後一起喝酒，生小孩，不再有歌聲。古清輝的手指磨出厚繭，再也無法靈活撥弄吉他弦。他也不再唱歌了，他的夢，他的歌，只剩下中央山脈的空谷回音，在丘壑之間愚弄著看不見的惆悵，與潺潺流逝永不回眸的春水。

很久很久以後，古清輝的黑髮換做銀髮，腰圍粗了好幾圈，昔日清癯俊秀的臉龐，也被數十年來堆疊的脂肪塞成腫瘤狀，終年曝曬讓他的皮膚黝黑漆亮，眼角明顯的皺紋提醒著年華老去，青春一逝不復返。他的妻子，長醉不醒，摔過好幾次摩托車，門牙撞斷了又補，補了又撞斷。他的兒子，同樣留在鄉下打工，一個開砂石車，一個在工地蓋房子。大頭目古和平的三個兒子，古清輝最服從，命運最坎坷。

除非古清輝喝醉了，他才會在族人的慫恿下，拿起麥克風，輕輕唱著一些老歌。唱來唱去，就是不願意再唱〈明日天涯〉。

曾經有人問過古清輝：「烏茂，那個時候，如果你不聽你爸爸的話，一定要繼續留在台北唱歌，你想，你會不會跟在萬沙浪的後面變成第二個原住民大歌星？要不然，你會不會娶台北小姐，那個飯店經理的女兒？」

古清輝靜默半晌，他的黃金比例五官俊美依舊，只是皮皺肉縮，眼神渙散，而且滿嘴檳榔汁。即便如此，並不妨礙他的大腦在有限時空中思索無限人生哲理，片刻的沉靜雷同法國藝術家羅丹的青銅雕刻「沉思者」。據說羅丹的靈感來自於但丁《神曲》的地獄篇：「從我這裡走進苦惱之城，從我這裡走進罪惡之淵，你們走進來的，把一切的希望拋在後面。」

古清輝熄滅手上的菸，牽動了一下嘴角，好像要準備吐出檳榔汁。只見他咀咀嚼嚼，顳顎關節處微微顫抖，半天也沒吐出猩紅色的檳榔汁，此時，頸中喉結突然大動作一震，似乎是把這種棕櫚科常綠喬木的果汁一口吞嚥入肚腹。檳榔萃取物含有濃縮單寧，西方醫學研究具有抗憂鬱的效果，中醫把它當作草藥，可以治療寄生蟲。

「他馬的，我最愛國。」古清輝最後吐出這一句。

他抬頭看著天空。正是月圓時節，滿月高掛在天上，清輝盪漾。當銀白色的月光照耀到他的眼睛時，剎那間似乎是當年站在舞台上深情獻唱的巨星再度出現。月光下，他的臉龐英挺，鼻梁高直，只要忽略他身上破舊的襯衫和磨破許多洞的牛仔褲，他的面容深邃彷若一尊刻工細緻的希臘雕像。這尊希臘雕像的嘴角囁嚅欲動，似乎有音符即將跳躍而出，眾人期待烏茂悠揚的歌聲再度響起，但是時間分分秒秒過去，絲毫沒有任何歌聲從那嘴唇中傳出。

古清輝凝望月亮片晌，終究再度低頭，在空掉的塑膠免洗杯中再度倒入普力康，這是部落裡許多人愛喝的便宜藥酒。他傾注滿滿一杯，紅色的普力康在白色的塑膠杯中渲染成一股暈醺，弧狀水面張力似乎是他們唯一能夠掌握的現在，在一杯杯即將溢出的紅色美酒中，寄託這一生抑鬱飽滿卻永遠說不出口的情感。

靜靜聽著，愛人，我為你唱一首愛歌。
當你明晨醒過來，再也尋不到我的蹤影，
你會知道，我已離你遠去。
愛人，不要怨我；愛人，不要恨我，
我原想與你消磨一生，無奈生命如此短促。
當你閉上眼睛，笑聲永遠留在耳邊，
我雖遠離，愛情永遠留在心底。

愛人，不要悲傷；愛人，不要絕望，
牢記我倆真摯的愛情，你我會在天涯相逢。

4 條條馬路通馬路

馬路的名片上印著「全有工作室」負責人：馬路。他的漢名是古學良，古正義的二哥。「全有」顧名思義就是全部都有，在這間一人公司裡，馬路只要能做的事他都做，不能包的工程他也包。他總是有辦法找到出路，就像他小時候生過幾次重病，像是敗血症腦膜炎之類的，他都能夠存活下來。「馬路」按照太魯閣族的正確發音其實更接近「媽嚕」，但是他喜歡用馬路這兩個字，他說這兩個字非常可以代表自己。

一生都在馬路上流動，條條馬路通馬路。

到哪裡都有機會。馬路心裡總是有這麼個想法。

馬路十三歲離開家鄉，起因是族人仲介到台北當洗衣工，老闆要他們每天工作二十個小時，另外四個小時讓他們在隔成三層的臥鋪裡躺下休息。臥鋪是老闆用最簡約的材料以及三夾板間隔出來的，他認為這樣的設備應該撐得住這些來自窮鄉僻壤的未成年小孩，直到有個屏東來的阿彪從接近屋頂的高度摔下來骨折，大腿打上石膏，不能站也不能蹲只能坐著。如果要留他繼續在店裡洗衣服，還得特別為他打造一個不同高度的洗衣台，老闆分析成本之後認為不划算，乾脆把阿彪送回屏東。

阿彪走的那一天哭得很傷心，他一直說他還可以洗衣服，央求老闆繼續給他機會。當時馬路心裡恨不得是自己摔斷腿，他不是為了被遣返老家花蓮，而是他想藉機整老闆，看老闆有什麼本事設計一個讓他專用的洗衣台。

老闆後來決定讓大家打地鋪睡在倉庫地板。他盤算著這群孩子再怎麼撒潑發野，隨便滾來滾去，應該都不會滾出骨折這毛病。

洗衣店裡的衣服全部是人工洗滌，孩子們的雙手直接浸泡在清潔劑裡，戳攪翻洗客人付錢交託的衣物，他們每天就是不停地運動雙手，連續二十個小時，好像身上只剩下這一個器官。用來清潔衣物的洗衣粉來自許多不知名的地下化工廠，主原料是硼酸鹽矽酸鹽這些聽起來就很嚇人的化學名詞，老闆把白蘭香皂放在自家人專屬的浴室裡，馬路親眼見過一次老闆洗手時把玩著潔白滑溜的小方塊，同時散發著迷人的香味。肥皂不只勾引著馬路的視覺、嗅覺，還有味覺，他常常覺得那應該會是個好吃的東西，像塊新鮮的豆腐。老闆禁止孩子們觸碰香皂，他說你們每天都在洗手了已經很乾淨。

洗衣粉散發的氣味經常讓孩子們的眼白變紅，後來他們才知道這是血絲。漂白劑中的次氯酸鈉成分能使微生物的蛋白質變質，也能讓馬路的皮膚變質。經常在一天之內那唯一不受老闆監視的四個小時，他平躺在倉庫地鋪時才有機會仔細看看自己的雙手，他本來已經瘦到皮包骨，現在連殘缺的手指頭皮膜都被腐蝕掉了。

後來他在這裡遇到青梅竹馬的同鄉黃春美，彼時兩人只是十五歲大的孩子。交談之後才發現，他們都是被同一個族人遊說家中長輩，說要帶孩子到都市闖天下賺大錢，最終卻不約而同走向台北洗衣服的命運。

「你多少錢？」馬路問。

「二十萬。」黃春美說。

「他們跟我爸爸說我很聰明，值得一百萬。」馬路神氣的說。

「哪有，你爸爸後來跟我爸爸說，你賣掉十萬塊而已。」黃春美說。

「真的嗎？」馬路問。

「沒關係啦！後來我打電話回家，我爸爸說，不管把我們賣掉多少錢，最後他們都只拿到一萬塊。」

「喔！知道了。」馬路這樣回應。

他們時常商量著如何逃出去，這主意只能彼此偷偷交換。上次有個台東來的卑南族阿棟只不過溜達到巷子口就被抓到，回到洗衣店之後，被老闆用雞毛撢子狠狠毒打一頓，他的屁股和大腿都是破皮瘀血，洗衣服的時候無法安穩坐在板凳上，痛到一直哭，眼淚流得比自來水還多。

「要走我們一起走。」黃春美堅定的說：「這樣才不會留下其中一個人，會被老闆罵得更慘。」她的個子很矮，已經十五歲看起來卻像只有小學五年級，她的月經還沒來，食量很大。洗衣店只供應兩餐，她吃不飽就會向馬路要飯吃，因為在洗衣店，如果學徒吃太多食物也會被老闆罵。

那天老闆說要去「樹林」收衣服。在馬路和黃春美的觀念裡，樹林就是個像家鄉一樣有山有水有很多樹的地方，他們以為老闆要去他們的家鄉，那可是個很遠很遠的地方，想當初他們在同一個陌生族人的帶領下，搭乘一天只有一班的公路局大巴士，經過山洞經過懸崖經過九彎十八拐才來到台北，那是他們人生的第一次壯遊，更多的記憶和細節都磨蝕在暈車的嘔吐物裡，如果人生可以重來一次，他們寧願去到走路就可以抵達的終點，走到用眼睛就可以看到的目的地，走到想念爸爸媽媽的時候就可以呼喚爸爸媽媽的地方。

他們決定在老闆去「樹林」的這一天逃走。

馬路和黃春美不會認識二〇一八年諾貝爾和平獎得主娜蒂雅・穆拉德（Nadia Murad），他們也不會知道六十年後還有人為保衛部落而奮戰。娜蒂雅・穆拉德被滅族的時候她只有二十一歲，恐怖主義極端分子的武裝團體伊斯蘭國以宗教名義，在中東地區持續進行大規模屠殺與迫害，亞茲迪部落正是其中之一。娜蒂雅・穆拉德在二〇一四年被俘虜成為女工與性奴隸，同時成為一個「東西」，被放在黑市與臉書上以二十美元的售價公開拍賣。這群自稱「聖戰士」的人們將奴隸當作玩物，透過網路建立「性奴資料庫」，還會使用通訊軟體進行買賣，在資料庫中，年紀最小的女孩只有八歲。同樣從亞茲迪逃出的女孩中有好幾個被虐待成殘障毀容，更多人被地雷炸死。娜蒂雅・穆拉德也有過童年，曾經經歷十三歲的天真幸福，那時她夢想成為歷史老師，或是經營一家美容院。少女時代的她最喜歡參加傳統婚禮，並且幫自己的親戚朋友打扮，整個世界和未來就是與家人社區團聚在一起，彼此之間感情非常緊密。而這一切，就在二〇一四年八月的某一天毀滅了。她親眼目睹六個哥哥和媽媽被處決，她和所有的親族被迫分離，送到其他地區淪落為奴隸。

要如何逃出地獄！

如果相信世界上還有天使，那麼就繼續耐心等待天使。娜蒂雅‧穆拉德終於等到那一天，囚禁她的「主人」忘記鎖門，她沿著陽光照耀的地方奔去，奔向僅有的光明。

馬路和黃春美也是如此，那天老闆沒有鎖門。

他們相信是天主為他們打開了大門。

馬路和黃春美先是用走路的方式徒步到離洗衣店很遠很遠的地方，遠到兩人認為老闆和老闆的朋友應該都不會出現的地方。然後他們用身上的銅板打電話給古芝琪，馬路的二姊。

一天到晚離家出走的二姊古芝琪這天竟然在家，是她本人親自接聽的電話。她叫他們不要動，她立刻坐計程車來接他們。

馬路與黃春美的苦兒苦女流浪記就這樣圓滿落幕。黃春美在古芝琪的朋友安排下繼續留在台北，在一個學佛的老闆供吃供住的餐廳做服務生；馬路踏上馬路征途，輾轉到了彰化，經人介紹到一個統包工程商那裡做學徒。郭老闆看他體型瘦小擔任不了蓋房子的水泥工，挑沙捆木頭也有被壓扁的可能性，這身高，想要刷油漆也不能一次刷到房屋頂。最後只有一個不太受歡迎的工作，就是夏天也要忍受憋在沒風扇更不可能有冷氣的駕駛艙裡開挖土機。

沒想到馬路這種怎麼吃也長不高長不胖的體質，剛好最適合怪手的駕駛座艙。他跟怪手八字很合，一台笨重的挖土機經過他靈敏的操縱，一天只要工作八小時，可以完成其他人要耗費兩天才能做到的業績。郭老闆對馬路讚不絕口，從此封他為「怪手之王」，除了免費供他吃住，遇到工地提前完成進度，下一個工程還沒開始時，還會帶他去釣蝦或釣魚。馬路就這麼跟著郭老闆，幾乎開了一輩子怪手。

馬路天天摸著怪手，調度著所有方向，前進後退心有靈犀，怪手儼然成為他的人生連體嬰，什麼樣的機型、地形、氣候、高度、深度都難不倒他。怪手司機的工作跟著老闆跑，老闆接下哪裡的工程就往哪裡去，全台灣工地走透透。他最擅長挖泥巴沼澤，有一年在台北後山埤南港公園的洩洪池，這公園的埤塘每隔幾年總是淤積，一定要放乾之後把淤泥挖掉，再重新灌水維護生態。在軟綿黏稠又不平衡的淤泥上開怪手，藉著厚重的氣墊浮在汙泥表面，難免上下左右搖晃得厲害，駕駛一不小心施錯力道或是控制不住方向，整輛怪手會立即栽在爛泥巴裡。早些年剛剛包下工程的老闆就這樣摔掉了三輛怪手，經人介紹找到經驗豐富的馬路，從此以後才不再犧牲價值數十萬的挖土機。那次在台北的工作讓馬路交到一個好朋友，一個逃家的國中生，雖然最後為了小朋友進去警察局，還一度被誣賴是綁票犯。還好台北國中生有說真話一直幫馬路求情，甚至為了馬路不願意再回去爸爸媽媽的家，讓那個穿黑衣服的律師和警察一直在討論什麼綁匪與肉票之間的「撕了你耳膜症候群」。馬路平日故作瀟灑，其實個性膽小，他一直聽到「撕了你耳膜」，心裡嚇個半死，但是又沒辦法和這些讀過書的人辯論，他只能默默坐在警察局的長條板凳上，這是一張與老家很相似的木製長椅，坐在這上面，讓他想起了他的爸爸親手打造的木椅，以及當他的爸爸還在世時一家人圍著餐桌說話吃飯的光景。

台北人說話常常讓馬路聽不完全懂。但是他覺得無所謂，他最後告訴那孩子應該乖乖回家，聽爸爸媽媽的話，因為這也是馬路的爸爸媽媽教他的。

馬路開怪手出師之後，終究還是要自立門戶，他像個單幫客，開著一輛得利卡小貨車南來北往跑工地談生意，他給這輛小貨車取名「汽車旅館」，因為開著它，到處都可以睡覺。車廂裡應有盡有，啟動引擎就有冷氣，打開小型瓦斯爐就可以吃火鍋，他甚至放了一個筆電，讓汽車旅館兼網咖。馬路的汽車旅館是一個標準單人雅房，他一個人住在裡面非常舒服，不用再擔心過去和一群工人睡在貨櫃裡那種狹仄與憋促，他終於不必擔心室友打鼾放屁或在深夜作噩夢突然發出慘叫聲，常常讓他害怕宿舍鬧鬼。

他全省做工程，有個汽車旅館可以依靠固然自在，但是工地多半處於荒郊僻野，在新店溪做堤防工程那段期間，他在華江橋下住了快一個月。那次的經驗最恐怖，半夜還會有人敲門，向馬路要東西吃。

當時是農曆七月，馬路還以為這輩子終於第一次遇到鬼。馬路自己是個不修邊幅的人，當他打開車門定睛一瞧，那人衣衫比馬路更襤褸更破爛。他安慰自己，可能冬天太冷，應該是附近的遊民餓到半夜睡不著，看到馬路的汽車旅館裡有燈亮著，於是跑來覓食。那人先是問：「可不可以給我一點東西吃？」馬路看他這麼可憐，把剩下的最後一包餅乾拿給他吃，結果他當場狼吞虎嚥，不到兩分鐘的光景就把整包餅乾啃完，一片都不留給馬路。

接著，客人又問：「可不可以給我一根菸？」

馬路拿一根菸給他，客人還借了打火機，點燃香菸之後，對方像是輪胎注射打氣筒似的急遽吸收菸草的營養，快速猛烈吸到最後一口，又問馬路：「可以整包菸都給我嗎？」馬路把整包菸都給他。

第二天，馬路不敢再一個人睡在華江橋下，他寧願去和其他人一起擠在老闆提供的貨櫃屋。這次的工地剛好在故鄉花蓮，馬路剛剛才開著「汽車旅館」去林董家裡泡茶，他確定自己沒喝酒，頭腦很清醒，他只是愛嚼檳榔提神，造成頭顱自鼻孔以下總是蠕動個不停。

那天就是在回程路上，他獨自一人坐在得利卡小貨車的駕駛座位等候他的兄弟去便利超商買冷飲，車子沒熄火，靠在店門口外面臨時暫停。他一如每一天的生活作息，嘴巴咀嚼個不停，檳榔嚼著嚼著需要吐汁，剛好車上沒紙杯，他自然反應將頭左轉，順勢吐到車外。

「反正是鄉下。」馬路心想：「而且這是汽車道，如果吐到別人的車子上，等到下雨的時候就可以洗車。哈哈！」

「啊！！啊！！！……」突然間，車子外傳來一陣又一陣女人驚恐慌張的高分貝尖叫聲。

馬路將頭偏向左邊，從照後鏡裡看到，明明應該是汽車行駛的道路，卻出現一個站著的女子。那女子身著純白色斜紋軟呢套裝，也許是衣服質料太好，陽光照射在這套白色衣服上竟然會閃閃發亮，但是，現在這位女士更令人矚目的地方卻是整身衣服自右肩以下至胸前，渲染了一攤不規則潑撒的猩紅色檳榔汁。

「你這個人怎麼這麼差勁？有沒有禮貌啊你！」女人一邊咒罵著，一邊不可置信地向上伸出雙臂，彷彿這樣做可以讓時間回到過去，或是能夠蒸發抖乾身上沾染的恐怖外星物質。

馬路趕緊打開車門，這一倉皇，也沒算準距離，猛然開啟的車門又正好撞到這女子的鼻梁，這次她不只是視覺上的嫌棄骯髒，更是整個五官都痛苦到讓她雙膝彎曲彎腰蹲下去，撫著自己的鼻子和激動的眼淚。

馬路沒見過這樣的小姐，一點點髒一點點痛就要蹲在地上哭。家鄉的女人經常比男人還勇猛還要恰北北，馬路的老婆就是其中之一，她說話的聲音像打雷。但是，馬路心想：男人做錯事了就應該要負責任。馬路在這一方面的教養是足夠的。

「對不起啦，我會賠妳洗衣服的錢。」馬路一邊嚼著檳榔一邊說。

馬路此時已經是個兩鬢銀花斑白的中老年人，破舊的牛仔褲上有好幾個補釘，短袖尼龍襯衫已經重複洗到顏色掉落，藍不如灰，紫不如青，零星漂染著不知是醬油還是瀝青的黑色汙垢，交織在藍灰紫青的格子中形成另一種落敗的花色。

「你知道我這一件外套多少錢嗎？而且是白色的，怎麼可能洗乾淨？你這個殺人犯，弄髒了我的衣服還想要撞斷我鼻子，你根本是想要謀財害命！」女人氣急敗壞地批評，她還蹲在地上，連頭都沒有抬起來。依然僵持在原地。

那女人的國語字正腔圓，顯然不是當地人。鬈曲波浪的中長髮，自然垂落在肩膀，她的頭髮在陽光下也閃閃發光，不只是柔順的髮質，還有因為染成金褐色而呈現的咖啡棕。但是原本在耳際飄逸的頭髮此時不幸沾黏檳榔汁，且這塊區域可能夾雜檳榔渣而形成一團凌亂糾結，如果當作卡通片來看，可能會以為她練過耳朵噴血排毒的特異功能。

馬路看到這畫面，噗哧一聲笑出來。那女人更火大：「你再笑，我就叫警察來，再告你一條公然毀謗侮辱罪。」女人終於站起身來，她扠著腰，這姿勢看起來真像周星馳電影裡的包租婆，但是她可沒那麼神氣，因為她似乎很生氣，氣到再度奔淚。

小鎮裡的警察幾乎都是馬路家的親戚，她若是報警可能只會讓更多人來看戲，那些人的幽默感比馬路強一百倍，肯定笑得更劇烈。不過，馬路是個有禮貌的紳士，他還是收斂情緒，再度表達願意賠錢送洗的誠意。

女人問乾洗店在哪裡？馬路才意識到他自己的衣服向來都是丟給洗衣機，什麼叫作「乾洗」？有這種店嗎？

去便利商店買飲料的兄弟終於完成任務，正提著一手啤酒露著傻笑走過來。馬路問他知不知道乾洗店？兄弟老實回答，這種店可能只有花蓮市才有。女人順勢問：「到花蓮市要多久？」

「大概要四十分鐘。」馬路回答。

女人又問要怎麼去？馬路指著身邊這輛老舊的得利卡小貨車，說：「開車去。」

女人的臉上露出茫然的神情。馬路猜她可能根本搞不清楚這裡是哪裡，花蓮又是哪裡。但是她很顯然為了這件珍貴的衣服願意勇闖天涯，她竟然逕行走去貨車右邊的駕駛座，打開車門坐了上去。只見她扣好安全帶後，另一隻手卻是緊緊抓住窗邊的握把。馬路看她上車了，叫兄弟坐去貨車後面的「包廂」，他也坐上駕駛座，發動引擎開車。他選擇走台九線，因為這是熱門觀光路線，為了拚經濟，縣政府經常整修道路以維持行路時的溜滑順暢。但是偶爾馬路瞥一眼右邊的女人，卻發現她的臉部表情猙獰，整個五官似乎都在顫慄搖晃，明明車況和路況也沒那麼糟，但她好像坐在木製輪軸的馬車上顛簸，以至於她臉上的法令紋也跟著不斷上下抖動。

女人的神情看起來也略顯老態，大約五十多歲吧！但是她細皮嫩肉，加上有點肥肥的臉，目視感雖然有點年紀，但是樣子很福態，是看起來讓人感覺舒服的那一種，應該是個每天都在保養的千金小姐吧！大概是乘車太無聊了，女人開始說話，她說這次是她生平第一次自助旅行，她一個人到火車站隨便買了有空位的太魯閣號火車票就來到花蓮，因為什麼人都不認識，只好獨自在花蓮火車站月台枯坐兩個小時，接著隨便跳上一輛莒光號列車繼續南下。這時候發現肚子餓了，突然想喝牛奶，剛好火車開到鳳林站，她往窗外一看，錯把「鳳林」當作「林鳳營」，趕緊跳下車。下車之後發現弄錯了，但火車已經開走，下一班要等到晚上七點以後。她勉強安慰自己既來之則安之，既然到了小鎮就隨便逛逛走走吧！沒想到才漫步到距離火車站不到一公里的街上，剛剛放鬆心情造訪一個對她而言全新的桃源國度，又莫名其妙地被吐到一身這輩子從來沒見過的檳榔汁。

女人說著說著，開始流眼淚。

這輩子，馬路從來沒有看過女人哭。馬路嫂太堅強，如果馬路嫂也會看書而且剛好有一本最喜歡的勵志書，那本有字的書會叫作銀行存摺。馬路的女兒哭過，那是為了心愛的小狗瀉肚瀉到脫水而死的緣故。

這女人，又為什麼哭呢？

她說她和先生是大學班對，從讀書的時候就開始交往，他是她第一個男人，而她是全世界最後一個知道先生有外遇的女人，連她在加州念書的孩子都跟那位「阿姨」一起吃過飯，只有她，始終被蒙在鼓裡。當她知道這件事的時候，她決定帶著護照和信用卡離家出走。但是她從來沒有做過這樣的事情，根本不知道要去哪裡，她只知道信義計畫區住家附近有間寒舍艾美酒店，她時常招待朋友去喝下午茶，於是她跑進去住了兩天，每天都躲在房間滑手機刷視頻神遊世界找機票。她本來想去瑞士祕魯俄羅斯聖露西亞或象牙海岸什麼地方都可以，只要能逃離眼前這一切虛偽與騙局。後來她鼓起勇氣告訴自己應該直接飛到美國找小三談判，於是她決定刷爆老公的無限卡買好頭等艙機票準備出發，就在飛機起飛前六個小時，徵信社傳給她的最新資料顯示，她老公除了小三，還有小四、小五、小六……各行各業包括球友酒友飯友炮友股友，人數多到幾乎可以組個足球隊。她整個人虛脫了，千里迢迢跑去美國吵完一個，後面還有十個。她已經年過半百，缺乏褪黑激素，去到美國還要調時差，每天睡不著要吃安眠藥，為了一個矯情賤人傷害身體健康不值得。其實她更傷心的是，老公到處採野花也不是昨天才開始，這幾十年，知道內情的人沒有一個願意說實話，那些口口聲聲的好朋友、姊妹淘，原來都是一場鏡花水月。

馬路聽完這個故事覺得太高端，裡面有幾個關鍵字他這輩子有聽過沒想過，像什麼「信義計畫區」、「無限卡」和「頭等艙」，其中只有「聖露西亞」感覺比較熟悉，和他小時候去教堂經常聽到神父說「恭讀『聖瑪谷』福音」很接近，那應該是個差不多的地方。如果有機會，馬路也想去看看！

抵達花蓮市區已是黃昏，各式各樣的霓虹燈招牌閃爍，馬路探頭探腦往路邊大小店鋪仔細瞧，希望能幫身邊這女人找到一間乾洗店。

「算了。」那女人突然說：「別傷神了。請你帶我去找間好一點的飯店，飯店裡應該有乾洗服務。」

好一點的飯店？馬路出門在外從來都是睡在「汽車旅館」——就是自己這輛什麼都有的得利卡小貨車。他這輩子走進飯店的時機幾乎都是為了大便。喔，他也曾經參加過兒子的婚禮，在亞士都大飯店，馬路記得，那次他是主婚人，第一次穿上西裝打著兒子送的領帶。

「我想住在海邊，看看大海。」女人說。

在海邊還要住飯店？如果住在「汽車旅館」裡面連門都可以不要關起來，海上捎來的風中有水氣，一邊吹拂一邊像是洗蒸汽浴。浪潮一陣又一陣沖刷著海岸，有時候像教堂木琴，有時候像阿嬤織布，聲音不一樣。馬路的老家在花東縱谷，他小時候沒有看過海，直到去彰化工作時，郭老闆帶員工去大肚溪口濕地旅遊，他才第一次看到海。這是一條，緩慢的、沉默的、伴隨下沉的太陽、好長好長的、沙子好細的、潮濕的馬路。馬路的盡頭也許是天堂，也許是地獄，馬路的另一頭好遠，馬路不想去。

後來馬路也去過Madawdaw，阿美族人所說的成功鎮，花東海岸線上最大的魚貨中心，台東縣內的第一大鎮。在海邊，馬路嚇一跳，怎麼石頭那麼多！此處屬於礫石海灘，海邊堆疊著成千上萬的小石頭，他們說是麥飯石，日本人都用這個過濾乾淨水。石頭海岸和沙岸的海浪聲很不一樣，退潮時海水在礫石之間敲擊回音，叩叩叩地碰撞出紛亂卻有序的節奏，像個小型又神祕的鼓號樂隊。而沙岸，沙岸節拍是安靜的，就像……身邊這個女人說話的聲音，綿綿的，輕飄飄的。

「馬路，好像那個什麼熊的飯店就在海邊，可以看到大海。」兄弟在貨車後面的包廂喊話：「上次林董帶我們在那邊挖過墳墓，我有看到海。」馬路的兄弟坐在用來放貨物的平坦後車廂，他身邊的啤酒有一半已經被捏凹傾倒，隨著車行速度與上下坡滾來滾去。

當馬路第一次走進挑高二十八米的什麼熊飯店的迎賓大廳時，他心裡的念頭是：「哇！我到了國外喔！」馬路不懂什麼是浪漫維多利亞風格，他甚至連歐洲在哪裡都不知道，但是站在鍍金和大理石裝潢的圓拱屋頂下，他抬頭仰望牆上壁畫，那好像是《聖經》故事，許許多多的人物，色彩濃重，穿著古時候的衣服，聖母瑪利亞聖約瑟聖子聖殤。馬路抬頭靜靜瞧著這間富麗堂皇的五星級酒店，好美！他心想：原來美麗與他之間的生命距離，可以這麼近又這麼遠。

「謝謝你帶我來這裡。你不用幫我找乾洗店了，我自己處理就好了。」女人說完，又接著說了一堆讓馬路聽起來有點深奧的話，好像是什麼人生旅程中常常會有出乎意料的遭遇，這些遭遇比起她所歷經的生命刻痕，實在算不了什麼。她只想放輕鬆好好的旅行，沒有目標的飄移，實踐從青年時期就嚮往的壯遊。一個人的旅行。因為沒有人會知道明天又會遇到誰或發生什麼事。

是啊！馬路說：「條條馬路通馬路。」

「什麼？」女人不解地問。

就是一直走下去一定會走到你想要去的地方，那時候就不會傷心了！

喔！女人的回答有點遲鈍。

「妳第一次來花蓮喔？」馬路問。

「是啊！每年夏天我都去歐洲避暑，冬天去紐西蘭或東南亞。就是沒來過花蓮。」女人說。

「那妳要不要跟我們一起去石垣島？」

女人臉上露出從來沒聽過石垣島這三個字的陌生表情。

就是那個，那個日本的一個小島。從花蓮坐飛機過去，一個小時就到了。因為石垣島有跟花蓮直航，每次包機要飛去的時候，如果人數不夠重量不夠，飛機還飛不起來呢！所以旅行社會招待我們鄉親一起去旅行，不用花錢，只要記得帶護照。明天中午就有一班要去石垣島，我們很多人都是第一次搭飛機，妳要不要一起來？

石垣島有什麼好玩？

就是出國旅遊，吃飛機餐，看空中小姐。

女人笑了起來。她笑起來其實挺好看的，馬路心想：「原來都要長這麼漂亮的人才能住在信義計畫區。」

「要怎麼去機場？幾點鐘？」女人笑著問。

馬路要她不用擔心，時間到了就會來接人。在這裡都是這樣過日子的，時間到了人們總會知道自己要做什麼事。

第二天，她依照馬路的說法，「中午」就在飯店大廳等候「時間到了有人會來接」。反正飯店大廳有英倫花園概念設計的西餐廳，還有挑高落地窗俯瞰無敵海景，她在這裡喝咖啡翻閱時尚雜誌，直到昨天剛認識的馬路帶著兄弟出現在迎賓大廳，他們今天穿了全新的襯衫，但是沒有燙，有點皺皺的。女人向他們點頭微笑，馬路揮手向她打招呼。女人跟著馬路走出飯店大門，看到外面停著一輛大型遊覽車，她拎著自己的隨身行李走上車，發現車上已經坐滿乘客，裡面八成是老人，還有一些小學生。因此車上鬧烘烘的，也沒人注意到她的存在。

女人這輩子從來沒有跟整個原住民部落的人相處。

飛機起飛後，空服員按照規定站在客艙座位最前方，以動作介紹緊急逃生口與氧氣罩的使用順序，表演完畢獲得機艙乘客熱烈的掌聲。飛往日本的航班提供和風日式餐盒，人工綠色竹葉的貼紙與粉紅色櫻花圖案裝飾，滿像那麼回事。女人低頭看著餐盤，裡面有喬麥涼麵與炸天婦羅，她輕啜了一口涼麵醬汁，柴魚味太濃口感偏甜，容易入口但是會膩。她已經習慣了香港頤和園三年以上發酵御品醬油，或日本天皇級御用藏神泉雙重釀造生醬油，精釀大豆之後的濃純香，光看色澤就像琥珀寶石般光輝透亮，怎是一般平價醬油敢來排排站的。

她轉頭看看其他人，每一個人都把眼前的餐盒吃得乾乾淨淨。

不到一個小時的飛航時間，女人聽著飛機客艙裡嘈雜喧嚣的交談聲，逐漸理解出今天這個旅行團的組成分子，除了老人小孩，還有孕婦、退休教師、待業工人。他們非常看重這次的出國旅遊，有許多人是第一次搭飛機，為了表示慎重，其中有幾位婦人早晨特別去美容院吹整頭髮，擔心機場風大把造型給吹亂，額頭上刻意吹高的半屏山布滿水分蒸發後變得半白半透明的化學髮膠。也有幾個老先生穿上西裝，過寬又下垂的肩線與寬鬆的腰身，讓穿西裝的人看起來像是五〇年代黑白電影的戲劇人物，懷舊式的思古幽情中瀰漫淡淡感傷。

這班飛機的氣氛，該怎麼形容呢？無論是不會講國語的原住民老人，或是吹著高聳劉海的婦女，或是穿著不合身西服的老先生，或是好奇睜著大眼一直東看西看的小孩，他們都有一個共同點就是歡愉。所有人有志一同，那就是能夠出國旅行。

她問坐在鄰座的老太太還要不要多吃一份？雖然她碰過醬汁，但是甜點和水果還是可以吃的。老太太聽不懂她說的國語，一直咧嘴對她傻笑，再隔壁的中年婦女用山地話幫她翻譯，只見老婦人微笑搖搖頭，指指自己的肚子，輕聲說著一堆女人聽不懂的語言。她努力從老婦人的肢體動作中拆解意思，好像是「吃飽了」。

「她說謝謝妳，她吃很飽。」中年婦女替老太太解釋。

女人微笑，轉過頭去看著窗外風景，海面上已經出現島嶼蹤跡，時間過得真快。

落地之後在領隊指揮下，大家排隊出關，一起進入日本國領土。這個地方充滿貝殼裝飾和椰子樹，和女人印象中的日本印象很不相似。她陪先生去過東京好幾次，在六本木最高的麗思卡爾頓飯店，天氣好時從房間窗戶向外遠眺可以看到富士山，入夜時也能夠俯瞰萬家燈火的璀璨夜景，她習慣高樓大廈，而現在，這個地方，只有貝殼和椰子樹。

女人感到有點疲倦，她轉頭問馬路：「今天晚上住什麼飯店？」

馬路說，沒有要住在石垣島。

什麼？

女人聽到這回應，似乎瞬間嚇走疲倦。

「一個小時後，我們就搭原來的班機回國。」馬路嘴裡還嚼著檳榔，導致他說話有點結巴，而且速度很慢。他好奇的看望四周風景，上下左右，突然看到女人手上拎著一個印滿很多英文字母的褐色提包，這才突然有點明白什麼。於是他說：「喔，難怪妳會帶著行李！」馬路解釋：「但是我們不能住在這裡，今天這個班機是專門來接日本人到台灣度假的，就是我昨天跟妳說的，座位有空很多，所以旅行社就順便帶我們來一趟，因為要幫他們把飛機坐得重一點，這樣可以飛得比較高比較快。但是我們今天一定要回去，因為等下這一班飛機飛回去花蓮之後，下次什麼時候再來石垣島就不知道了。」

女人臉上不再出現表情，她轉頭去看遠方。

馬路心裡偷偷想，我從來沒有騙過妳，這就是我們的「出國旅遊」，吃飛機餐，看空中小姐。

這群人就在機場外面的小街上走了一圈。女人跟在人群中，雖然接近黃昏，但是夕陽餘暉仍然施展著威力，讓她額頭與頸項冒出汗滴。終於，經過一間便利商店，女人逕自走進去想買個飲料喝，她選定季節限定的純果汁，另外又拿了一包洋芋片。她打開鼓鼓的錢包，裡面至少有十萬日幣，那是她今天早上為了「出國」旅遊，在飯店櫃台用很不划算的匯率換來的。

有幾個團員跟著她走進便利商店吹冷氣，跟在她旁邊走看她買東西。這些人沒買任何食物飲料，就是一直看著女人做什麼動作。女人覺得有點尷尬，她指指冷藏櫃裡的飲料，抬頭指指自己的喉嚨，又指指自己的錢包，向這幾個人比手畫腳，意思是她可以請客。

而這些人只是傻笑看著她。

女人直接拿了好幾罐飲料到櫃台結帳，付錢之後想請這些新朋友解渴，回頭一看，這些人都不見了。

她提著裝滿飲料的塑膠袋走出便利店，發現團員正圍著隔壁店家門前的一隻九官鳥瞧，有個小女孩跟九官鳥說「你好」，九官鳥就跟著回答「你好」。有人跟九官鳥說「回家」，九官鳥也重複了同樣語言，說得一模一樣而且非常標準，把眾人逗得樂呵呵。

那麼醜的九官鳥。女人心想。她家以前養過黃冠亞馬遜鸚鵡，除了會學人說話還被訓練到會跟人對話，但是她從沒靜下心來欣賞一隻鳥，更何況那隻鳥還是小孩和印傭在飼養，那好像是個跟她無關的樂趣，因此最後鸚鵡怎麼消失的她也不知道。

那時候她到底在忙些什麼？

時間到了，領隊召喚著大家回到機場。女人把手上的飲料袋交給馬路，請他拿去招待大家喝。馬路沒有問為什麼，他接過塑膠袋，拿去一瓶一瓶發給團員。機場響起飛機即將起飛的廣播，一群人又高高興興的回來排隊準備出境，這個觀光團的團員沒有任何戰利品，但是他們笑得比誰都開心。

女人心想：「我有很多錢，可是他們有好多快樂。」

女人這次坐在三人座中間的位置，她默默的把餐盒裡的食物全部吃乾淨，沒有剩下一顆飯粒。她試著跟左邊臉上有刺青的老太太聊天，兩個人語言完全沒有交集，但是老太太無論聽到她說什麼都會點頭表示贊同，而且笑瞇瞇。右邊那位斷掉門牙的婦女用著不太流利的國語幫忙翻譯，但是她說來說去都是同樣那幾句：「她說妳是好人。天主保佑。」

女人坐在空中巴士三二〇中運量單走道飛機的客艙裡，她的護照上蓋滿世界各地城市的入境證明，這些新朋友的護照裡，很可能永遠只有一個石垣市。

即使只有一個出入境戳章，他們還是笑得如此開心，也許永遠記得這一次的「出國旅遊」。不知道為什麼，女人竟然覺得心裡酸酸的，有點想掉眼淚的感覺。

下飛機之後，有人邀請女人到部落的家裡玩，有個小孩說他家偷偷養著果子狸，有個老師說他家可以烤肉。他們都關心她一個人來花蓮自助旅行，旅行的時候沒有朋友容易孤單寂寞喔！

「找馬路就對了。」突然有人這麼說。

「馬路的『全有工作室』，就是全部都有，什麼都可以做。」

馬路黝黑滿布皺紋的臉頰上，泛起一抹過度的嫣紅，不知道是因為害羞臉紅還是太平洋小島上的豔陽曝曬過度，讓他傻笑的臉上刻印著成熟紫葡萄般的光亮，絕對不是那種憤怒的葡萄。

「謝謝你。」女人說：「謝謝你招待我『出國旅遊』。」

「這沒有什麼啦！」馬路摸摸頭：「妳還想去哪裡玩，我如果有時間就再帶妳去。」

女人笑笑：「我玩夠了啦！人都要學會長大，時間到了總會知道該做些什麼事。」

「是啊！」馬路接著她的語意說：「不是有一句話說，條條馬路通馬路。」他的嘴裡依舊嚼著檳榔，這次他對準紙杯，朝向杯底安全地吐出檳榔汁。

女人看他說出語焉不詳的「條條馬路通馬路」，以為是他嚼著檳榔的關係。後來想想，這句話也不是沒有道理，便露出會心一笑。

眾人解散之後，馬路回到家才坐在沙發上休息一下，還來不及打開電視機，便接到馬路嫂的電話。馬路嫂現在人在台中，幫遠嫁台中最近剛生小孩的女兒坐月子。可能因為手機收訊不良的關係，馬路嫂在電話那一端大聲說著：「聽說你現在去做導遊了？好不好賺？客人一天給你多少錢？」

馬路回答一千五。

馬路嫂連忙指示，一千五是亂開價錢，就連計程車導覽旅遊的行情一天都有三千塊。馬路嫂更大聲說：「明天你去跟她說，第一天我們是盡地主之誼，一半招待。之後就要認真做生意，要不然家裡人這麼多，大家都要吃飯，這樣怎麼活下去。」

馬路在電話這邊點點頭，默默等待著馬路嫂的訓示完畢。

「媽嚕！你到底聽到了沒有？」馬路嫂再度高分貝提示。

聽到了。

從頭到尾馬路只有機會回應這三個字。

5 醒獅團

舞台上燦金豔紅的醒獅團正賣力演出，身段玲瓏秀場繽紛，數不清的祥獅獻瑞令人眼花撩亂，明眼人都知道這個場子肯定砸下許多錢。

候選人還沒到，造勢晚會先由舞龍舞獅暖場，樂師們在後台演奏著節奏輕快的鑼鼓樂，俗稱「開場鑼鼓勵」，在大小鑼、大小鈸、單皮鼓、通鼓、梆子、拍板等傳統樂器的節拍下，咚咚鏘鏘快節奏作響。民俗鑼鼓多用於武陣伴奏，真人舞龍獅的歷史可以上溯到《漢書・禮樂志》中記錄的象人，就是扮演魚、蝦、獅的藝人。古代中國沒有獅子，只有神話裡編織過這種會吃人的猛獸，老一輩的人可能比較天真，他們幻想著扮成獅子可以嚇走同類，或是比較容易混進獅子圈裡策反將猛獸擊斃。真正的獅子據說從西域傳入，曾經作為奇珍異獸獻給皇帝，經常被養在花園裡。唐朝詩人白居易寫過「假面胡人假面獅，刻木為頭絲作尾，金鍍眼睛銀作齒，奮迅毛衣擺雙耳」，應該就是第一代舞獅。現在舞獅結合武術，那可是吸眼球的藝術表演，沒有台下十年工夫，怎麼經得起抬腿下腰後空翻，還得高舉那至少四公斤以上的獅頭，像個現代黃飛鴻一般跳躍走動。

汪承熙坐在觀眾席的第一排，他是個高大挺拔的男人，無論何時何地都梳理著整齊的西裝頭，拉直襯衫衣領和袖扣。他的左邊坐著地方黨部主委高建國，高主委不時抬起左臂觀察手錶，彷彿透過重複凝視時間流動可以加快光陰的輪軸，讓應該發生的事情發生，不應該發生的事情跳過。

「萬一委員遲到太久，等等你和戴小姐先上去一下吧！」高主委轉過頭對汪承熙說。

汪承熙不回應，他心裡盤算的事情太多，這個時刻還不能決定要不要出手。

戴安若坐在汪承熙身旁，她專心看著醒獅團表演，三百六十度迴旋的七彩霓虹燈光不時投射在她美麗的瞳孔裡，她的虹膜帶點微微的藍色，曾經讓汪承熙好奇她是不是有外國人的血統。但是眼珠周圍的藍，若讓眼科醫師診斷，會說是虹膜受鞏膜影響，變成藍色是長期貧血缺鐵的症狀。

高主委接到一通電話，他手遮口鼻低頭講手機，現場鑼鼓喧天的分貝太強烈，讓他必須大聲回應「好的」「好的」。他口條流利地連續說了幾十次「好的」，彷彿不斷重複這兩個字可以累積次數，讓他集點換贈品。

「會咬人的獅子不叫。」高主委掛斷電話後突然說了這麼一句話。

應該是會咬人的狗不叫吧！聽到的人都這麼想，因為按照機率推算，人類接近狗的機率應該比接近獅子要來得多許多，況且，會咬人的獅子本來就不會事先提出警告，至少，文獻上很少記錄人類在被咬之前聽過獅子叫，也許是這種猛獸本來就不太愛叫或不願意叫，又或者，被咬的人都死了，以至於無法證明獅子曾經先警告才動口。

此刻是選舉期間最後衝刺階段，候選人紛紛選擇黃道吉日造勢。這一天，就是個好日子，候選人有好幾個競選服務處要衝人氣，高主委負責的總部被安排在最後壓軸。汪承熙帶著戴安若選擇出席這個場子，為了替自己的政治生涯鋪路。他是世家子弟，原本家族栽培他接班擔任官職，但是政黨輪替之後，所有的計畫都亂了套路。

「來了！來了！」高主委說。

汪承熙和高主委同時起身離開座位，去迎接黨內資深前輩洪琇初委員的到來。她已經連任八屆立委，選舉對她而言已經成為四年一度的嘉年華。她是個直率爽朗的人，因為喜歡穿著紅衣服，在議會裡有「小紅椒」之稱。

這一天的舞台就像是喜慶婚宴般熱鬧，或許是民調領先勝利在望，或許是今日邀請的醒獅團是得過亞洲龍獅錦標賽的優勝團體，舉凡踩樁跳躍、翻滾踏步、醒獅上梯、採青破陣都像是奧運水準，完美無瑕地演出，博得現場觀眾喝采不斷，愈看愈吸睛，愈看愈專注，愈看愈群聚人潮。特別是洪琇初抵達的時候，在主持人聲嘶力竭的華麗宣傳與讚美聲中，更為會場帶來高潮，原本節奏不斷的鑼鼓更是快馬加鞭式地催促著觀眾的熱情，舞台總監指揮著舞獅運動員準備放下對聯，用紅布條上巨大的吉祥話作為整場活動的總結。

群眾熱烈鼓掌期待人間祥獅獻瑞，天降祥兆。只見第一個吉祥話的上聯揭曉，端正的標楷體寫著「高票當選」，主持人見著這四個字像是著魔般，情緒更是激動，彷彿中了文字咒，跟著這四個字吶喊「高票當選」「高票當選」。

這吉祥話的下聯卻遲遲未見展開，主持人刻意製造懸念與氣氛，此時更加狂熱地複誦洪委員的姓名：「祝洪琇初委員高票當選！」「高票當選！」「高票當選！」現場群眾跟著吶喊。終於，右側的獅頭嘴裡含著的紅色布聯掉落展開，上面寫著「祝潘薇崗委員高票當選」。

大家的臉都綠了。

潘薇崗是另一位同黨籍候選人，和小紅椒洪琇初亦敵亦友，在政壇上各領風騷。

每到選舉旺季，專門跑競選晚會表演的醒獅團就這麼幾個，有口碑的團體就像是舞龍舞獅界的林志玲太受歡迎需要加班趕場，想必是忙亂中拿錯聯子。經驗豐富的主持人立刻解圍，急中生智說：「哎呀！本黨都是一家人，洪委員注定當選，也祝我們潘委員高票當選。」不料一向有話直說的洪琇初搶過麥克風，她的聲音清楚地擴散在晚會現場，她說：「主持人，你就別扯了！趕快打電話去給潘委員，看他們跳完了沒。」

史上唯一獲得奧斯卡金像獎與諾貝爾文學獎的雙料冠軍，愛爾蘭劇作家蕭伯納曾經說過：「我開玩笑的方式，就是吐露真相。」

洪委員完全具備這項才華。

台下群眾都笑翻了，只有戴安若沒有笑。

不是因為她不愛笑，而是她的思緒飄到了很久很久以前，當她還是個窮學生時，曾經經歷過這麼一段，和今天非常類似的造勢的愛情。

那是一個下著毛毛細雨的夜晚，由於造勢晚會的聲勢浩大，人群就像螻蟻一樣忙碌聚集，行動也就像螻蟻的命運一樣任人擺布！她就是在雨愈下愈大的時候，被慌亂奔走的人群推擠到了他的身邊。

「小姐，沒有帶傘嗎？」

她正拿著大背包頂在頭上擋雨，聽到陌生的問候，她好奇地回頭尋覓聲音，不幸被另一個魯莽的路人衝撞到肩膀，帆布大背包瞬間掉落下來，裡面的東西撒滿一地。

頓時，在泥濘的地上出現讓人驚心動魄的零食，蜜餞、迷你罐洋芋片、什錦水果軟糖、丁香小魚花生、沙茶豆干，還有一瓶養樂多。

男人拾起養樂多瓶子，說：「這個應該放冰箱！」

「我知道，我正準備拿回家放冰箱。」她老實回答。

這樣的對話，開啟了他們之間的交流；在支持同一個候選人的造勢大會上，對政治立場終於可以光明正大的表態，不必再擔心被絕對威權批判為X皮X骨，他們表裡如一的說出心中最想吶喊的民主真言！

男人非常溫柔，論述頗有見地，他們一路聊個不停，直到他送她回到簡陋的租屋處，在一個老公寓大鎖崩壞永遠關不起來的生鏽鐵門前，他最後溫柔地遞上名片：「歡迎妳隨時打電話給我……」

結果她將這張名片塞進當時身上穿的那件襯衫口袋裡，一放就是半年！

沉澱半年的不只是時間，還包括他們唯一的共同點，就是對於同一個候選人狂熱的支持。這份交集，也隨著候選人落選之後還原到生活的基本面，一切歸於平靜。

過了半年，她從這件丟在衣櫃角落忘記清洗的襯衫裡抽出這張皺褶的名片，猛然想起那天夜裡的溫馨與執著，於是她鼓起勇氣打出這通電話。

「喂！妳找誰？……喔！程先生啊，他請假了……妳哪裡找啊？……他這陣子都不會來了，因為……妳不知道嗎？他請的是婚假，要過半個月才會再回到辦公室。要不要留話呢？……」

那時候只有一隻貓陪伴她。貓咪睜著大眼凝望她，無言無語，無爭無鬥，貓咪對什麼事情都展現出一種百無聊賴的姿態。貓咪總是單獨來來去去，令人好奇牠有沒有好朋友？戴安若曾經想提問，一隻孤獨的貓，有沒有好朋友？身上朝夕相處，晨昏糾纏許多年的跳蚤；促進新陳代謝努力運動每天半小時卻捉也捉不完的廚房蟑螂；每到春天早晚鬼哭神號鬧得眾人心緒不寧的隔壁大肥貓，鬧到牠也一起琴瑟和鳴伴奏大合唱的四腳鄰居，算不算是好朋友？如果戴安若會說貓語，她最想問的問題是這個。

這世界上有沒有真正的好朋友？

在那個飄著細雨的夜晚，那個人溫柔的關懷，那段說真話的短暫時光，那場政客的造勢活動，原來只是生命中另一場隨波逐流的造勢而已。

而戴安若也換了另一隻貓的陪伴。

新世紀的城市與上一個世紀末的城市特色幾乎相同，承先啟後只是在不同時空中，讓新的建築物不斷推陳出新而舊的建築物持續違建，它們在空間上交集卻在時間上平行。選前造勢的夜晚，有限的都會空間聚集無限人群，揮舞著代表個人所認同的社團旗幟瘋狂吶喊。無論是用所謂的「母語」高聲談論很難聽懂的革命論述，讓原本親切的母語逐漸成為聽覺上的包袱而造成理念不合的誤會；或是形成小圈圈同溫層，互相取暖，更接近動物本能的社會性交際。還有一種人，他們因為鄉音，因為出生地，因為階級，成為另一種沒有交際圈的邊緣人。他們是老兵，只有在選舉的時候才會有存在感，因為他們的命可以換一張選票。

有句話說「當你擁有夢想時世界都會為你讓步」，正是這群人的寫照。這群老兵當初就是信仰領導人的夢想，共同越過黑水溝，來到寶島，復興基地。他們是戰士，肩負著建立新天地的使命，在這裡開疆闢土，從西部到東部，越過大禹嶺、合歡山、還有親不知子斷崖與蘇花公路。他們拿命去換別人的自由，當那些開著四門轎車在中橫遊山玩水、暢行無阻、回老家吃圍爐年夜飯的旅客快樂歸航，老兵在宿舍裡獨自喝高粱酒，配一盤五香花生。老兵默默等待，從初一等到臘八，從弦月等到滿月，老兵是人，他們也想要闔家團圓，如果還有衣錦還鄉的那一天。

此刻，在舞台上，主持人拿著麥克風，正聲嘶力竭地吶喊著：「你們這些老兵，一輩子打敗仗！現在如果洪委員輸了，就是又打了敗仗，你們不如去跳太平洋。所以，不要再打敗仗，就要投洪委員。」

你們說對不對啊！

對！！！

票投給洪委員好不好啊！

好！！！

這樣的「對」與「好」，在一片揮舞的旗幟中，伴隨著一群老兵的眼淚。

大江大海……

還有人在唱歌，歌聲恢弘，字正腔圓地合唱著：「天地一聲雷，驚醒我和你！創造新時代，迎向最光明。藍天照綠地，民主誰當家，正義不孤單，天地一聲雷。」

當人們再度唱到「天地一聲雷」的時候，城市天空竟然真的回應了一聲雷響，儼然冬雷震震，天地合才敢與君絕的悲壯，令所有人目瞪口呆，還來不及做出詮釋與任何反應，立刻就下起狂亂豪雨。

大雨傾盆而降，打得每一個人閃躲逃亡，人群慌亂幾成走獸般自動解散向四面八方亂竄，就像蜂擁而至的水潮一樣無目的地流散。不知名的地下水也像幽靈似地汩汩浮出，一時之間，在偌大的競選總部浮游的社群已經分不清楚哪些是人潮哪些才是水潮，直到這群人發現他們的腳已經不需著地，就能夠自行移動到任何一個地點的時候，大家才恍然大悟所謂的總部已經被氾濫而出的無名水淹沒了。

汪承熙牽著戴安若的手，簇擁在人群裡逐漸推擠到舞台上，燈光依舊閃爍，旋轉燈探照燈凸透鏡聚燈頂排泛光燈水波紋幻燈成像聚光燈等等天旋地轉，觀眾席間有些人像演卡通一樣發抖又認真地抓住台邊梁柱，彷彿這個尚未被淹沒的舞台是他們賴以救命的天堂。原先色彩鮮明的標語旗幟則漂流在水面上像隻紙船，它們輕得什麼也載不動。

經驗豐富的主持人眼尖，立刻發現戴安若站在舞台上，他透過麥克風廣播大聲呼喊：「現在讓我們歡迎金獅獎影后戴安若來為我們站台！影后支持洪委員，我們也要支持洪委員，大家說對不對啊！」

對！！！人群呼應如回音般湧現。

好不好啊！

好！！！聲波與水波如漣漪般盤旋，在呼吸中傳染誘惑。

汪承熙轉頭看著戴安若，有一剎那在他的眼神中透露著深情的凝望，雖然稍縱即逝，但那確實是曾經存在過的，就像他們的愛情。他愛著她的某一部分或許就是這樣的光環，她曾經是當紅女明星，縱然他認識她的時候，她已經什麼都不是了。正是因為她什麼都不是了，他們才能夠從零開始。

大家說好不好啊！

主持人透過麥克風賣力嘶吼著，點名戴安若說幾句話。戴安若無助地看著汪承熙，汪承熙接過麥克風，向群眾問好，用他再熟悉不過、從小聽家族長輩複誦至今的台詞，用他中氣深厚極富磁性的聲音說：「希望大家同心協力，幫忙助選，讓藍天再現，光輝燦爛！讓洪委員高票當選！」

你們說好不好啊！

好！！！

大雨也在這個時候停止，深夜裡無法目視雨過天青的天文異象，但是遠方確實出現了靛色藍光。

靛藍，在彩虹的七個顏色中是最暗的顏色，紅橙黃綠藍靛紫，身處於藍與紫的夾縫中是那麼不顯眼。科學家牛頓為了區分光學光譜時將靛色命名為Indigo，是光譜中從波長四百二十到四百四十奈米的色彩。牛頓相信光照與聲音的自然條件相似，將七彩光譜的數目同時對應到西方音階中的七個音符，還有他當時所了解的知識，例如七行星、一週七天還有其他與「七」條件相符的項目。人類的眼睛天生對靛色光頻較不敏感，即使能輕易判斷其他色彩系的人，往往也無法將靛色由藍色和紫色中區分出來。一般色彩學者將靛色視為色環中最暗的顏色。

靛色的中文由來是蓼藍，是種生於曠野水邊的野生草本植物，莖是紅紫色，橢圓形葉片，花是淡紅色的穗狀花序，遺世而獨立排列在枝幹上，萃取其葉片可得藍色汁液作為染料。傳統中醫使用蓼藍作為清熱處方，作用於消炎、解熱與殺菌。據說萃取一公斤的蓼藍才能提煉出一公克的有效活性成分，可用於傷口癒合、疤痕修復甚至重新增生美麗肌膚，是珍貴中藥材。

明朝文人李時珍在《本草綱目》裡提及「震亨曰：藍屬水，能使敗血分歸經絡」，震亨出自《周易》，是個卦象：「震來虩虩，笑言啞啞」，註解為「懼以成，則是以亨」，意思是威嚴令人戒慎恐懼，清持自修不敢做壞事，保安其福，守而不失，及至亨達鴻泰之時，自然笑語盈盈。晚了李時珍六十年後出生的宋應星則是在《天工開物》一書中提到：「近又出蓼藍小葉者，俗名莧藍，種更佳。」將蓼藍用於染料，歌詠美麗的紫藍。

汪承熙第一次剝光戴安若身上衣服的那天，她正是穿著連身的靛藍色洋裝。

他脫她衣服的時候有點慌亂。

這輩子他若是對戴安若說的十句話中只有一句是實話，那麼這句話應該屬於這十分之一的真心：「我七個多月沒碰女人了。」

這句話一方面是生理的告白也是心理的告白。他的身體欲望她，他見到她的第一眼就像隻青春期的獅子般眼睛發光，勃發的體力讓他像隻信奉一夫多妻制的雄獅躍躍欲動。非洲獅的天敵是人類，當萬獸之王遇上萬物之靈，戰敗與驅逐是最後的命運，當大型貓科動物受傷，他也需要心靈消炎藥。戴安若就像她那天身上穿著的靛藍洋裝一樣的顏色，是七彩霓虹中最暗的光譜，她不笑的時候看起來很嚴肅，他的朋友都說她太正，其實是正派的正，讓汪承熙這群少爺們不由自主打起寒顫般的感覺有股殺氣的正經。但是當她願意笑的時候，那是「雨過天青雲破處，這般顏色作將來」的汝窯青瓷水仙盆，世界上唯一未開片無冰裂紋的藝術品，絕美而珍貴。她微啟朱唇的角度就像是滿釉不露胎的汝瓷，圓滿勻潤，靜謐散發光華。是的，她就像汝瓷，剛剛接近她的時候沒有遇到發光體的驚豔，但是相處久了，便是這種把瑪瑙一起送進高溫熔爐燒過之後的傳奇。這樣迷人的極品，如今傳世不滿百件。

他第一次進入她身體也是這樣的感覺，溫潤如絕世汝瓷，純淨如甘露暖玉。他交往過許多女人，碰撞過無數肉體，有人騷有人冷有人龜毛有人作假，但從來沒有一個人讓他如此深陷，讓他回到混沌太初之源，只有循環不斷的汩汩浪潮滾動在幽暗的溫床肉膜，那是母親的子宮，他曾經服貼在那骨中骨與肉中肉裡，曾經是一生中最安全的時光。他與她皮肉緊貼，每一寸，每一分，每一滴汗水，每一次心跳，在彼此的身體裡面，共同度過生命中最緊密的一刻。這一刻，兩人血脈交融，互為律動，他陪伴她呼吸，她陪伴他喜怒哀樂！若此刻是愛，那便是愛，沒有任何言語，因為她就是他，他就是她。

然而汪承熙脫光衣服的時候也脫去了所有的智商，這位在哈佛大學甘迺迪政府學院取得博士學位的高材生，上了床也只是個動物。他脫口而出的第一句話只有：「妳好緊，好濕，好熱。」

戴安若包容汪承熙的一切，愛與憤，恨與善。他是受傷的大型貓科動物，她是清熱解憂的靛藍，屬於天空的顏色。入夜之前他們相遇。這本該是一樁喜事，然而掌聲卻是數不盡的夕陽與塵囂。黃昏拂去了渲染天地的日月交界，海那邊出現彩虹，紅橙黃綠藍靛紫，她是靛，逃不出幽冥的宿命。彩虹是座橋：hawngu utux，如弓巨大，神仙遺落的箭，射中善人的良心。

她已經走在橋上，沒有回頭路。她只能任憑他吸吮、舐齧、掏乾她的良心。她為他顫動，從腮耳之下的潔白後頸，一綹鬢髮垂下若釣魚線勾住了她的乳頭，他的頭顱在這裡共振，她低頭看著他略微腦頂禿的髮際，畢竟還是上了年紀的男人啊！她更加憐惜地愛撫著他，汗水沿著他的額頭落下，滴在時間的胸膛，她袒露的乳房正讓他穿越，沿著脊椎骨顫動到骼腰動脈，顫動到天堂。

他在到達天堂的時候溢出獅子吼。他有了她。

這一聲吶喊不只是狂歡，也是百獸鎮服、魔外消亡的偈語法寶。戴安若有美貌有知名度，具備成為選舉吸票機的首要條件，汪家盤算重返政壇，正需要戴安若這樣的女人。而這樣的女人，正臣服於他的身體之下，他壓著她的頭至胯下她順從，他翻過她身體噬啃她的後頸她順從。「妳是我的。」汪承熙說。當然，這輩子若是他對戴安若說的十句話中只有一句是實話，那麼這句應該屬於這十分之九的部分。

汪承熙是聰明人，主修政治與企業管理，懂得計算生活當中大小事的ＣＰ值，包括愛情與人生。他把她算計在ＫＰＩ裡，是關鍵績效指標，是策略項目，是工具。

而戴安若則是意態朦朧地睜著秋水美目凝望汪承熙，癡癡傻傻地望著，這是她唯一會的。她默默感受生命中起起伏伏的遭遇，正如汪承熙前一刻還攀緣在她身體上律動的姿勢。她在，她承受，她經過。

一切喜怒哀樂都當作經過，也許就不會那麼苦。一千兩百年前的白居易經過了，他早就知道了：「商人重利輕別離，前月浮梁買茶去。去來江口守空船，繞船月明江水寒。」

商人不只是一種狀態，更是一種專業。

汪承熙擁著戴安若，她剛剛還讓他深深深深沉陷，曾經有那麼一剎那，他覺得自己值得擁有愛。這女人瘦到只有A罩杯，但是她好綿密，溫暖，她在他身體裡面像是用盡生命保護他孤單的冷漠，融化他的僵固。是的，他很硬，不只硬在睪丸素與前列腺素，他的個性中有一部分已經被釘入木樁，那是自他祖父或曾祖父就開始演算的人工智慧，關於家族榮光，權力展續，財富堆累……

汪家就是汪承熙的十字架，他必須自己揹。而此刻，這個女人，與他有著完美的性愛結合，他渴望永遠停留在這一刻，攀緣在她身體裡面的這一刻，這是天堂。天堂啊！有人說這裡繽紛燦爛，有人說是極樂淨土，有人說是高原仙境，或是信徒的國度，終身安息之所。這是一個沒人去過能夠再回來的旅行目的地，天堂始終存在於傳說，如同戴安若與汪承熙此刻的緊緊相擁，明天以後，故事都是別人的話術，捉也捉不住。唯一有溫度的情節只在當下，戴安若知道她愛過，汪承熙知道他被愛過。

汪承熙背負的十字架不只是十字形的苦難刑具，它還是演算法中的加法，身為汪家嫡傳繼承人的汪承熙已經被訓練到人生只有加法，就算遇到負數也必須做到負負得正。四代望族的汪家不容許失敗，身為長子的汪承熙不能失敗。他必須處處算計，包括現在，擁抱與愛情之外的籌碼要靠自己創造。從宏觀經濟理論基礎上判斷，在總需求不足時，可以用市場之外的力量來增加總需求。挖溝填土只是治標，香蕉換蘋果才是雙贏！亞當・斯密都說過「唯有為了利潤的緣故，人們才會將其擁有的資本用來支持一個產業，而且他們總是會努力促使所支持的產業，能夠生產出最大的價值」。這是個交換利益的社會，自利是一隻看不見的手，推動機會成本成為真正的成本，利他或利己都是為了利益而存活。汪承熙用他聰明的頭腦思考現在所能掌握的勝算與賠率。這一切似乎距離規畫中的康莊大道愈來愈近，從廢省之後汪家家族專注營商而淡出政壇，這幾年似乎許多事情總是不如人願，過去習慣品嘗的權力春藥，在失去政治影響力之後全部過了賞味期，人走茶涼。現在，他有了新的籌碼，眼見勝利在望！他相信自己必定有能力讓家族重返政壇，就像他在戴安若身上使出的力氣，而面對戴安若，那只是十分之一而已。

想到這裡，汪承熙再度勃起。

6 番刀的眼淚

殺豬這件事情，有時候殺的不只是一隻豬。

就像斬雞頭這件事，在神明面前「刣雞咒誓」（thâi-ke-tsiù-tsuā）之後違背承諾的人也不是沒有。

碰上民主選舉，這種由公民直接或間接行使國家權力的指標性手段，可滿足庶民與王子同樂的虛榮心，讓選舉愈來愈像是年度娛樂賀歲電影，其作用和世界盃足球賽類似，都是十幾個人表演，千萬人觀看。

七〇年代首創斬雞頭宣誓賭咒的歷史人物在台灣南部，明明一個選市長一個選市議員，原本井水不犯河水，只因為分屬兩派不同政黨，雙方不知為何開始互咬對方貪汙，接著上演攻訐謾罵廝殺的動作戲。所謂黨外的這方父女倆為證明自己的廉潔，在中洲廣濟宮廣場當著上百位群眾面前，活生生血淋淋斬下大白公雞頭起誓。隔天，被指控炒地皮的另一黨兄弟倆也在三鳳宮與聖公媽廟，勇斬雞頭宣示清白。接下來揮刀砍頭的動作愈演愈熱烈，兩方人馬一路殺殺殺到選前最後一夜。最後的壓軸戲是兄弟檔在市府前廣場下跪痛哭，據說當時悲慟至極，淚淹愛河，哭到什麼都忘了，結果就在慟哭起誓相忘於江湖的片刻，也讓那隻待宰的雞逃走了。

最後一場造勢活動並沒有出現殺生的血腥畫面。

二十四小時之後的開票結果，兩方人馬都如願當選。選市長那位甚至大贏選市議員那位「對手」四萬多張選票，這樣懸殊的勝利，真不知道該說是斬雞頭威力無窮還是反正都會贏，這些雞其實都白死了。

時光匆匆過了三十年，當年斬雞頭的民主人士如今也顧慮《動物保護法》，改成網路造勢成立「鄉軍」，製造真真假假的假新聞助選。時代變了，權力的滋味沒有改變，有人繼續榮華富貴，有人終究南柯一夢，宦海浮沉，會游泳並不是唯一的逃生術。當年這位斬雞頭當選首屆直轄市長的南霸天，三十年後因為涉嫌銀行超貸弊案，依背信罪判刑七年、褫奪公權五年定讞。他在法院宣判之後沒多久潛逃大陸。政壇風光三十年，最後有家歸不得，客死異鄉。

清代《四庫全書》裡曾經記載廣東惠州府的斬雞風俗，當時人們覺得有事跑官府去申告不如就地斬雞頭有用，正所謂「斬雞鳴誓，誓而不息，乃訟於官」。遠在貴州的苗族也有類似的糾紛審判，苗人不會剁斷雞脖子，他們砍一半，讓那隻要死不活的雞在原告與被告之間滾跳掙扎，看牠往誰的方向移動，誰就被認為是有罪的。

現在看來這種方法實在不太科學，只能推斷是很久很久以前秋海棠西邊的雲貴高原交通不便，好官、清官，特別是和皇家有關係的高官，都不太可能派遣到這種地無三里平的窮鄉歷練人生，在地人只得自己想些法子處理紛擾世事。

斬雞頭咒誓可以考證文化人類學的歷史，直到十四世紀南宋道士的驅邪法術。那麼原住民族的殺豬儀典，也就不只是死了一隻豬這麼簡單的事！

因為豬隻的數量和人類愛面子的天性剛好成正比。

「古恩，你結婚至少要殺五十頭豬。你是醫生。」古清輝對姪子古恩說：「我女兒結婚殺了二十三頭豬；兒子結婚殺了四十三頭，殺了一整晚，殺到打瞌睡。」

古恩只是微笑，他不只是一個醫生，他還是一個情緒波動非常平靜，平靜到幾乎可以騙過測謊機的高情商外星生物。在人際關係中他最擅長微笑與沉默，遇事冷靜，包括大伯古清輝的任何問題。

那時候他們在溪梧村古明珠家後院烤肉。溪梧村和光輝、利晴、明宜、萬立、紅木、長壽村都是歸屬於光輝鄉管轄的原住民部落，其中以溪梧村人口數最多，有一千七百多人。古家大姊古明珠嫁到溪梧村，讓光輝鄉古家和溪梧村鄧家結上姻緣。古明珠來到這裡廣結善緣，熱心公益，成為古家第一個地方公職人員，連任二屆鄉民代表，最高經歷做過鄉民代表會主席。然而選舉引起的恩恩怨怨，三十多年前就寫下伏筆。

故事太多，埋葬祖靈的聖山也抵擋不住季節的殘酷，年復一年政治暴風圈襲捲部落，吹亂公平與正義。

現在，古明珠已是動過兩次開心手術年近八旬的老婦；古清輝的平頭造型掩飾不住秋霜白髮，曾經是笑露貝齒的俊朗青年，如今滿鬢銀蒼，兩顆門牙齊中截斷，剩下貼近牙齦的煙燻琺瑯質保護著殘缺的半柱門牙，隨著呼吸搖搖欲墜。古學良，也是六十出頭的阿伯了，他的個子還是那麼瘦小，最近剛買一個新墨鏡，就算天黑也要戴著，因為他覺得自己戴起來像演電影《駭客任務》。他依然開著他的「汽車旅館」條條馬路通馬路，現在戴上墨鏡讓他覺得自己更帥，可以擔綱演出《變形金剛》。

古清輝有時跟著馬路一起做工程，兩人都會開挖土機，能做的工程不外乎掘土作椿灌漿打地基。年紀到了一定的歲數，大老和二老都是老，兄弟倆也不介意到底是誰照顧誰比較多，總之哪裡有工作哪裡有錢賺，他們就向哪裡靠近。馬路腦筋靈光臉皮厚，加上台語說得比較溜，是業務高手。古清輝沒有酒精加持就不會說話，現在又遇到更不愛說話的古恩，古清輝默默將保利達B瓶中的紅色液體倒入白色免洗塑膠杯，再加入一些原味國農保久乳與稻香綠酒，稍微晃了晃，做出現在最流行的「部落手搖飲料」，一飲而盡。此時才像是恢復體力，自己笑了笑，說：「我殺生太多，所以一天到晚車禍。」

古清輝工作地點常在深山，那些沒人敢去開挖土機的地方他都願意去，山路多崎嶇，尤其遇到下雨，經常坍方斷路。這些不打緊，最慘的是遇到不負責任的廠商，說好了要在深山蓋電塔，古清輝帶著兄弟們開貨車挖土機跋涉整天，抵達海拔兩千公尺的山裡紮營，準備長期抗戰，沒想到工作兩個月後，承包商藉故就說上游廠商沒撥經費，沒辦法發薪水。烏茂和兄弟是講義氣的人，地已經挖一半又沒做好填土與水土保持，他們想把工作繼續完成蓋好電塔領到錢，也願意等老闆調錢來。結果這一等又是兩個月，家鄉還有老婆小孩高堂父母不斷來電話催促要錢吃飯。古清輝不得已，只好宣布解散。那天他開著怪手下山，在海拔一千兩百公尺處的一個轉彎，連人帶車翻下山谷，人被救了出來，價值一百多萬的小山貓全毀。古清輝的門牙就是那時候斷掉的。撿回來的命還是繼續賣命工作，他是合格的挖土機司機，能駕馭各類機型各種地形，去年在北投山區整地，一顆十噸重的大石頭突然從天降下砸斷他的小腿骨，停工半年多，那時候別說開怪手，連開門都痛苦。

「古恩娶老婆的時候要開『保捷時』四五〇。」馬路突然插入這句話。

「保潔石？」古恩依照他受過的專業訓練，首先反射出「腎結石」這三個發音類似的字詞，稍後一想，才發現二伯應該不是這個意思。

在場沒有人聽懂，也沒人關心到底是什麼時或石。保捷時或腎結石，甚至準備殺幾隻豬的婚禮都不是重點，就像今天來烤肉也不是為了烤肉，真正的目的是為了年底選舉。

「這次選光輝鄉長，我們應該支持同樣的候選人。」剛剛開完刀的古明珠，體力尚未恢復，說話聲喑啞氣弱。歲月在她臉上刻上繽紛的皺紋，但是不影響她精緻的五官，最美的弧度在鼻梁與下巴，像西方人一樣端正，她年輕時的黑白照片拍起來都像伊麗莎白・泰勒，因此當她生出第一個孩子是女孩時，她和在小學教書的鄧老師滿心歡喜，遂將孩子取名麗撒（Lisa），漢名鄧慧珠。這名字是鄧老師取的，他深愛古明珠，就連生個女孩子，都希望會是像大明珠一樣聰慧的小明珠，可惜他十五年前就過世了。

「我們家伊將也想選村長，我叫他不要發神經。」麗撒說。

麗撒是個退休的鄉公所護理長，伊將是她的夫婿，漢名黃進籃，是個因公傷退休的消防員警察。當年鄧老師希望麗撒念護校，在她國中畢業後拿出二十萬積蓄讓麗撒到台北重考班補習，那一年麗撒就住在阿姨古芝琪的家裡。雖然古芝琪常常離家出走，但是姨丈戴登綱將麗撒視為自己的女兒一樣疼愛。麗撒比表妹戴安若大三歲，經常結伴同遊。那時候她倆會在週末假日去住家後面的小山崗踏青。麗撒從山上來，她對曲徑尋幽這件事一點都不陌生，帶著小戴安若在山裡到處亂闖，直到某次沿著一個小丘陵的邊際順著路徑繞圈圈，摸索著周圍的石頭壁探奇一直走下去，直到摸著了一塊大墓碑，正面看到墓碑時還有亡者遺照，上面寫著「祖德流芳，顯妣雲媽厲輯菲墓……」。

戴安若的國文成績不錯，墓碑正中央這幾個整齊排列的中文她不陌生，但是拼在一起她就是看不懂什麼意思。回家之後她一字不漏地問戴登綱「顯妣雲媽厲輯菲墓」怎麼解釋？戴登綱不多做解釋，只說，那個「雲」字就是飄走的意思，飄到天上做媽媽了。

「誰飄到天上做媽媽？」戴安若好奇追問。

「當然是墳墓裡死掉的那個人，那是一個新墳墓，我看到日期好像是上個月才新蓋的，剛剛才埋一個死人進去。」麗撒直言。

麗撒個性爽朗，有話直說，一點都沒有想像中小護士該有的溫柔。也因為她有主見，青春成長期在首都居住時，見識過大城市的文明與進步，因此當她念完護理職業學校畢業後被分發到部落衛生所，開始小護士的職業生涯，仍然維持著在台北學到的種種生活習慣，例如不菸不酒。她房間有個木製五格書架，上面放置著從台北帶回來的小說和散文集冊，她返鄉工作時，起初還維持看書買書的習慣，雖然鄉下地方唯一有點文學氣息的只有《姊妹》雜誌。她想看些新書還得請表妹安若從台北寄來。

麗撒知道喝酒傷身，剛回家鄉也曾拒絕與會喝酒的男生約會，還經常利用下班時間主動去做家庭訪問，挨家挨戶勸說族人戒酒。戴安若念高中的時候回外婆家，總會特別到麗撒家裡去住幾天，陪表姊聊天談心。等到麗撒結婚時，戴安若再回外婆家，麗撒身上已經經常充滿酒氣。再過幾年，麗撒可以一邊嚼檳榔一邊拿麥克風唱ＫＴＶ，間奏出現時還能夠用口腔上下顎卡住玻璃瓶裝台灣啤酒，用門牙掰開鐵蓋。

古正義沒有參加這次烤肉聚會。他說他沒空。

古明珠在自家後花園一邊烤肉，一邊打開行動式卡拉ＯＫ伴唱機，她是個愛家的人，最喜歡一家人團聚時熱熱鬧鬧的氣氛。

古明珠年輕時行動敏捷體力旺盛，夏天會帶弟弟妹妹們去「清水溪」烤肉游泳。在中央山脈腳底下，只要是山裡流下來的水都叫作清水溪。那時候她還能夠一個人揹著八斤豬肉和湯鍋木柴火種，用走路的方式跋涉兩公里深入山區的清水溪上游，選個像天然游泳池的平穩洄流處，就在水邊有樹蔭遮陽的岩壁空地，大夥人開始野炊戲水用餐，度過一天。

曾經，古明珠也帶著台北來的小戴安若和自己的孩子們去清水溪的源頭探險，沿著山谷中的溪流，索性脫下布鞋，赤著雙腳，攀爬一塊塊大小不一、長滿青苔的石頭，溯溪而上。孩子們對山林探險充滿興趣，一邊唱跳一邊攀爬，不知不覺走到深山之中，發現一塊大約三層樓高的大石頭，石頭下方是個清潭。眾人從大石頭上往下望，很明顯地看出這潭水至少深達數公尺，絕對是個會把小孩子淹死的深度；但是，這溪水又是那麼清澈透明，讓戴安若和鄧慧珠和其他孩子們的視線直直穿越潭水底部，看著一群貼近地底悠游的魚群。

撲通！撲通！

怎麼這些山地小孩就這麼穿著衣服一個接一個跳下深潭裡。

只剩下戴安若一個人留在巨石頂端。

「下來啊！跳下來啊！很好玩！」戴安若的表哥表姊們喊道。

孩子們輪番一個接著一個跳下水……浮出水面……濕漉漉的手腳俐落地爬上大石頭……再一次。不管是後空翻，前轉彎，跳水的姿勢愈來愈花俏，笑聲愈來愈飛揚。他們每一次跳下水之前，都會轉頭問戴安若一句：「來呀！不要怕，很好玩。」

而戴安若卻是靜止的。

她那時只有十一歲吧！望著潭水，小小的腦袋瓜似乎在思考些什麼。從前她只玩過小溪水，是徜徉天地間的隨波擺盪，是遊戲，是欣賞，是聆聽。這個天然形成的清潭如此晶瑩原始，池面漩渦在人們離開之後恢復靜謐，山泉不惹塵埃，不掀波濤，它的瑩瑩波光像是溫柔的等待。眾人費盡千辛萬苦才到達的世外桃源，也許是這輩子再也沒有機會到得了的地方。

最終，她把鞋子脫掉，深呼吸一口氣，雙臂交叉胸前，彷彿祈禱似的，向前一躍終於跳下水。

喜歡親近水的人，用這種像子彈的方式侵入水的領域，刺進它深深深深的國度裡，是一種激烈的愛。小戴安若不知道當她尚未決定跳下水之前的心情叫作掙扎。從五公尺高的大石頭上選擇墮落叫作天人交戰。在縱身飛躍的那幾秒，心飄出身體，與另一個世界好接近。也許還有機會重新變作受精卵，回到曾經被母體親密裹縛的混沌太初，回到被羊水灌溉的子宮，胚胎般翻滾、等待，重返人世間的第一口呼吸。

霎時一躍只有兩條路，一個是死；一個是活。

而他們還是活下來了，在陌生又激情的深潭，在冰涼又熱烈的清水，在神秘的深山縱谷，在荒蕪卻充滿歡喜笑聲的清水溪。

當戴安若美麗的頭顱重新探出水面，睜開晶瑩的大眼睛，遠遠地深邃地看著天空，她浮在水面上默默看著一切，天與地，彷彿在傳遞一種訊息，活著並不難，但死亡更容易。

地球暖化，氣候乾旱，中央山脈若無雲雨，下游就沒有溪水，清水溪漸漸無溪無水。這幾年社會治安死角延伸到花蓮山區，每逢假日很多平地人開著越野車來溯溪，開車能載的東西更多，這些人離開的時候把烤肉架瓦斯爐塑膠袋寶特瓶都留在山裡，據說還有保險套，讓清水溪再也不清靜。

曾經古明珠和孫子們選擇在清水溪下游玩水，那時古明珠已經老到走不了兩公里山路，也揹不動登山食物，她只能帶著小孩子們在部落最近的溪邊戲水。小孩子們原本玩得很開心，直到有人發現一條大便從他們身邊漂過去。他們本來不在意，以為那只是個頑皮的台灣獼猴在樹上拉屎剛好掉進水裡。但是因為這條糞便恰巧被幾顆大石頭攔住，幾顆大石頭就像是水壩似的阻擋了這條糞便的路徑，而讓這條巨大結實的排泄物也就在原地打轉繞圈圈，才讓孩子們看清楚並討論後，確定是一個人類糞便無誤。

那次之後，古明珠不再帶孩子們去野溪玩水，她乾脆在自家後院挖了一個游泳池，長十七公尺寬六公尺，面積足夠在池裡划充氣橡皮艇。游泳池是露天的，池邊另外建置遮陽鐵皮屋頂和平台，剛好可以用來烤肉。挖一座游泳池花的錢不多，倒是為了從深山接引山泉水另外花費一百多萬的水管錢。

有了游泳池，孫子們都在這裡安全戲水，古明珠在一旁乘涼，有時候會烤肉喝點小酒，為了盡興，她乾脆再買一台手提式歡樂點唱家，讓大家唱歌跳舞更開心。

「古恩，你爸爸為什麼不來？」古清輝問。

「喔！他叫我過來。」古恩回答。

「你爸現在是怎樣？」古清輝對古正義的態度似乎有點不悅。

「他在天上。」古恩微笑：「飛飛行傘。」

「小心不要跟上帝太靠近，很容易被帶過去。」古明珠說。

伴唱機的演唱程式終於啟動，低音喇叭音響中放出來的樂曲是〈夢醒時分〉的前奏。眾人你看我我看你，不知道是誰點的歌。

幾年前古正義最後一次參選光輝鄉長，也是他的夢醒時分。

古正義，太魯閣族，國立師範大學教育學碩士、原住民乙等特考及格，公務員八職等年公俸頂等。他是古家的希望，部落的明日之星。

那時候他最會念書，十五歲來台北考試，差一分被台北工專錄取。古家無法供應這個么子念其他私立學校，古正義決定回花蓮念高工，三年後順利畢業考上陸軍專科學校，離鄉背井到高雄念書，他就是在那個時候認識一生的牽手宋美怡。美怡出生在高雄，家裡開冰果室，正在念軍校的年輕原住民古正義每次到她家冰果室可以連吃四碗剉冰，吃到拉肚子。這樣凍到剉賽的真性情果然牽引出她和他的半生情緣，宋美怡跟著古正義從南部徙轉中部又回到東部，從只會說台語到聽懂山地話，她的韌性比古正義更像原住民。

民國七十五年十月十號古正義和宋美怡在花蓮光輝鄉舉辦婚禮，這在部落是年度大事！古明珠帶領古芝琪和農村婦女們幾乎剪下光輝鄉附近所有的鮮花和綠葉，鋪成一條長達二十公尺的「紅地毯」。古清輝負責裝飾彩帶，他個性務實但是沒有什麼積蓄，身為長子，面對家族最有前途的么弟迎娶高雄來的漢族媳婦，無論如何這面子也要做足給親家。大姊二姊想出鮮花紅地毯的點子，熬了一整夜做出前無古人的星光大道，古清輝想了半天，十月十號結婚，這天又是國慶日……於是他也吆喝兄弟們去花蓮市買了五十面國旗，一路從光輝鄉天主教堂沿路掛到橋頭。這段省道台九線上整排飛揚的紅色旗幟，閃爍亦正亦反藍白相嵌的青天白日，比起浮翠流丹的彩帶更有意義！兄弟們騎著摩托車右手催油門左手抱著木梯，一人負責一根電線杆或路燈，就這樣也布置出旗海飄飄光芒萬照的康莊大道！人工幹活不只用在掛國旗，就連象徵喜悅歡愉的五彩氣球都是用人口一個一個吹出來的。民國七十五年的後山偏鄉幾曾見過電動氦氣充氣機，璀璨繽紛的氣球派對都是從電視上學來的噱頭，但是古清輝就是要給弟弟一個最完美的婚禮，於是他買來上百個氣球，叫兄弟們一個一個用嘴用力吹飽吹滿，期待將婚宴現場布置成夢幻成真的迪士尼樂園。

古學良後來回憶起，吹氣球這件事讓他的腮幫子整整痠痛半個月，這段期間連一顆檳榔都咬不動。

國旗當彩帶的創舉讓宋美怡大開眼界，她問古正義這是怎麼回事？卻被大哥古清輝聽到，只見他面無表情，淡淡地解釋：「我最愛國。」

那天在橋頭的婚宴讓所有人都難以忘懷，舞台兩旁掛滿橙黃橘綠的五彩氣球，古清輝彈吉他、古學良敲擊爵士鼓，就連新郎古正義也親自上台高歌一曲〈恰想也是妳一人〉。這首歌是當時最流行的台語歌曲，幾乎人人朗朗上口。古正義唱到「恰想也是妳一人」這句話最輪轉，其他的台語歌詞含糊帶過也沒人在意，他的深情演唱依然博得熱烈掌聲，這是古家三兄弟樂團第一次公開演出，飲酒作樂加上歌舞歡騰讓所有人如癡如醉，在這個處處油毛氈平房與推土機和廢輪胎遍布的狹仄橋頭，上演了一場溫馨難忘的部落嘉年華。

宋美怡和古正義同樣屬牛，她卻是個比古正義更加吃苦耐勞溫馴體壯的水牛。婚後她隨著古正義的部隊駐防過新竹與宜蘭，古正義歷練十年職業軍人生涯後決定轉換跑道，靠著自修考上法務部監所約聘管理員，分發到東部小鎮的外役監獄，職務是看守牢犯，按照規定必須住在監獄裡，一週只有一天假。

宋美怡再度回到古正義的家鄉，花東縱谷小鎮。她精打細算，思量著丈夫一週才放假回家一次，她一個人住盡量節省開支，只要有地方睡覺就可以，不需講究。於是她租了間老舊公寓旁加蓋的違章建築，只有六坪大，建築結構是鐵皮屋頂與鐵皮牆，沒有衛浴設備，月租五百塊，含水電。同時尋了個可以煮大鍋蚵仔麵線的不鏽鋼攤車，直接放在住家門前，買個紙糊紅燈籠，上面用黑色毛筆寫個「蚵」字，開始做起小吃生意。

這個地點好，就位在十字路口。宋美怡認為自己住什麼地方不要緊，能看見最貴重的家當——蚵仔麵線不鏽鋼攤車最重要；加上房東就在隔壁，體恤獨居婦女，願意提供廁所和浴室，還免水電費。宋美怡常常認為自己真幸運，到處都能遇見好人。

獨獨那年夏天強烈颱風來襲，直擊東部縱谷。沒有地基的違章建築結構粗糙，鐵皮屋頂的梁柱攀釘在鄰邊水泥牆，另一邊懸盪屋簷，不斷嘎嘎作響，彷彿要掀起毀滅萬物的第一張骨牌。當天晚上，剛好古正義放假回家，連他這個壯漢都擔心屋頂被風吹走。於是他想出一個方法，用繩子纏住夫妻倆壯碩的身軀，同樣一條繩子的另一端則是垂直繫綁在屋頂最主要的梁柱上。他們這麼做的唯一理由，就是試圖用兩人的體重，支撐鞏固最重要的屋梁。

兩人被繩索纏繞只能相擁而眠。第二天清晨，颱風過去了，陽光從鐵皮縫隙裡透進來，敲醒古正義的眼皮。他微微俯身探視自己的妻，發現她的手還緊緊握著肚皮上那根繩子，面容垂目安詳。

古正義在哪裡，哪裡就是宋美怡的家。過去他是職業軍人，部隊派駐過新竹、桃園、宜蘭，宋美怡都是這樣跟著古正義，就像颱風天那根繩索一樣牢牢穩固這個家。

外役監獄離老家光輝鄉不遠，開車半個多小時，那一年起，也算是遊子返鄉。光輝鄉六千多人，多半老弱婦孺。古正義力爭上游，取得師範大學教育碩士學位、原住民特考及格，經過分發，終於回到光輝鄉。他先由農業村幹事做起，績效卓越，還辦理民間圖書館與合唱團，兼職社區導覽，帶大家認識家鄉。剛開始做社區導覽時經常被嘲笑，每個鄉民都說自己在這裡出生長大，還要認識什麼？古正義不將這些譏諷和排斥放在心上，他繼續按照規畫，用自己的風格幽默解說家鄉地景文化，半年之後，他做到薦任第八職等的鄉鎮市民代表會祕書。一般外界對鄉代會祕書這個角色的認識無非是肥缺一枚，讓人羨慕又嫉妒。根據《地方立法機關組織準》則第二十九條規定，鄉（鎮、市）民代表會係置祕書一人，處理代表會事務，指揮監督所屬員工，並置組員（或書記）、人事管理員及會計員。這意味著鄉代會祕書有權有預算，除了每屆成立大會需開會之外，其他定期會議只需每六個月召開一次。換句話說，就是有錢有閒。

但是古正義並沒有按照「一般外界」所認識的遊戲規則來玩，他把鄉代會祕書一職做到比鄉長還忙。

他和宋美怡申請社會教育工作站，推動社區營造與部落文化發展，鼓勵鄉親共同參與公共事務和藝文活動。美怡手巧，她會帶著部落婦女一起做手工藝，織布縫背包，或是串珠簾與水晶飾品。古正義自費買一堆電腦設備在自家客廳教導部落孩童上網，網路無遠弗屆，這是最新科技。他天真地以為這麼教孩子學電腦可以讓部落小朋友「秀才不出門，能知天下事」，他甚至以為上網能與國際接軌，幫助小孩子學英文，或是找資料寫功課。結果大人一不注意，小朋友打開電腦之後都在玩電競遊戲。

宋美怡笑古正義異想天開，夢想這麼大，結果呢？古正義不說話，獨自拿根甘蔗到戶外對著豬圈一節一節啃咬。宋美怡只能安慰自己，或許這樣也算是正面思考吧！她心想，讓古正義忙一點也好，因為忙翻了也就不會有時間去煩惱太多。

返鄉時古正義和宋美怡只有三十歲，還是滿頭黑髮的青年！兩人精力充沛，滿溢熱情，自己組織社團，辦理跳蚤市場、美食大街、聯歡晚會等活動，也重金禮聘老師教授鄉民們自製Tatuk，這是太魯閣族在慶典時使用的樂器，一種只能發出Re、Me、So、La四個音階的木琴。還有傳統樂器口簧琴（Lubuw），號召對音樂有興趣的人組成陽春演奏團，毛遂自薦去各地表演。

就這樣也帶過一群小蘿蔔頭征戰韓國、菲律賓，最遠還曾經去過北京交流。那些由教育部頒發「光輝鄉社會教育工作站績優召集人」、「光輝鄉在人力物力缺乏之偏遠地區辦理婦女教育、家庭教育、藝術教育等各項活動。績效良好」的獎牌；或是台東生活美學館舉辦「花蓮縣社教站年度義工及眷屬趣味競賽冠軍」、「年度東區社教站評鑑特優」的獎座，掛在牆壁上或壓在書櫃裡數也數不清的獎狀，都是古正義和宋美怡拿青春和熱情去換來的紀念品。

古斌和古恩從小就跟著父親古正義和母親宋美怡參加光輝鄉各式各樣團康社教活動，兄弟倆常常笑說自己除了上學以外的時間，都在做志工。週一到週五在網咖教年紀更小的孩童用電腦，週末假日則扮演維護秩序、招待客人、必要時還得上台獻唱跳舞娛樂大眾的童子軍。

離開家鄉十年的古正義，再回到部落，他把族人當作親人，把鄉公所當作第二個家，他想做事，也做了很多事，返鄉時英雄少年意氣風發，像是做夢似的經歷人生最黃金的二十年。他一直以為自己在圓一場人生的夢，卻沒想到最後卻是徒然換得夢醒時分的傷痕。

光輝鄉是山地原住民組成的偏鄉，即便在偏遠地方也要落實基層公職人員選舉制度。小小的地方選舉，大大的金錢交易。政治這種事情，不分族群，不分階級，一旦蹚入，就像沾染毒品，權力的幻覺，掌握一秒便是一秒的帝王。每個人都以為自己可以在這個圈子裡成為毒梟，贏取暴利或地位。然而毒品就是毒品，它不會為你改變，而你卻可能為它毀了人生。

古正義的第一道傷痕在他第一次參選鄉長時已劃傷撕裂血肉，直到最後一次選鄉長，體無完膚屍骨無存時才讓他真正心死。

關鍵人物是另一個溪梧村人。

蘇年來。

古正義這輩子都不會忘記這個名字。

兩人都是原住民。那個歷史故事裡不是說過「本是同根生，相煎何太急」？原住民族，幾千年前也都是一家人……

蘇年來是官校專科班高十幾期的學長，他不像古正義有能力考取國家考試成為公務員，蘇年來退伍後無業，隨即返鄉。靠著舊交情，老鄉長提拔蘇年來做鄉公所機要祕書，屬政務官，任職連續八年，成為地方有力人士，但是蘇年來不滿足這樣的成就，他渴望鞏固更強大的舞台。蘇年來家族在光輝鄉勢力龐大，八個兄弟姊妹，有校長、老師、軍官、警官、醫生。做醫生的是他妹妹蘇春嬌，就在溪梧村靠近台十一線的田埂中央開設診所。診所剛開幕時族人都把她當作部落救星，神醫再世，接著，不到兩年光景，溪梧村鄉間農地突然坐落起好幾間造型華麗的別墅，有歐式古堡、日式禪風、美式鄉村，各種造型琳琅滿目。村民好奇打探哪裡來的有錢人？結果都是蘇春嬌的房子。

再過幾年，有一天蘇春嬌的診所突然關門，族人才明白，原來蘇春嬌專門收集病患的健保卡去盜領健保費，已經被法院判定停業一年。

一年之後，診所重新開張，村子裡無處可去的老弱病患依舊報到，看病拿藥，說說笑笑。

那時候古正義年輕，熱心，具備高學歷，古家大姊古明珠以前做過鄉民代表，退休後依然熱心地方公益，古清輝經常協助處理部落糾紛，古學良懂樂器，常常在婚喪喜慶中伴奏演出。古家人在地方上也算略具分量，尤其是這個年輕英俊又風趣的古正義，深耕光輝鄉在地事務多年，有些族人開始鼓動他可以更上一層樓，選鄉長就是最好的登龍天梯。

「你看那個蘇年來長得就一副奸詐狡猾的樣子，而且他已經那麼老了，沒有力氣服務了啦。」

「今年聽說溪梧村有兩個人要出來選，除了蘇年來，另一個是代表會主席，這個更糟糕，他沒有選上主席之前，在加油站當站長，因為貪汙被開除。」

「同一個村子兩個候選人，選票會分出去。長壽村只有你一個候選人，可以集中選票，你的機會大好。」

還沒有決定登記參選，平常在身邊一起工作或有業務往來的人，已變身選舉幕僚，紛紛為他擘畫前程。

「古正義，你年輕有為，先選上鄉長，再選縣議員，跟那個陳才明一樣，為我們族人爭光。」

從地方到中央的康莊大道！

古正義被挑逗起輝煌的政治光環。這輩子，努力求學，進修深造，認真工作，難道不是為著出人頭地這一天？

欲望，如鬼火。還不到農曆七月中元普渡，有人說已經看見公墓裡磷光爛漫。

同年六月，國中同學汪志雄突然拜訪古正義，他說他現在做工頭，手下帶著十個原住民工人。汪志雄說：「老同學，我們這裡都是你的鐵票。」

汪志雄意在言外，話中有話似乎更進一步暗示：「有需要幫忙的時候，我們一定會幫忙。」

古正義大概聽懂汪志雄的意思，但是他還沒有決定參選，現在說這些也太早。於是他自然將這樣的說詞當作客套話，也客氣回答：「謝謝你們幫忙。」

沒想到汪志雄打蛇隨棍上，他略為停頓語氣，似乎欲言又止，半晌，接著說：「但是，現在這些工人困在山上工地，拿不到薪水。你知道，包工程很難做。」

原來是沒錢吃飯。古正義懂了。

過去古正義的大哥古清輝、二哥古學良也發生過同樣的事情，他們被無良包商騙到深山工作，結果包商捲款而逃，不顧人和機器已經抵達山裡工程進行到一半的工頭和工人，任由他們自生自滅。古正義不願意見到同樣被剝削的事情再度發生！他心想給個吃飯錢是小事情，每個月他奉獻給天主教堂的錢就不止這個數字。於是古正義慷慨掏出三千塊錢交給汪志雄，囑咐老同學為工人買些雞肉，做燒酒雞給他們吃。

沒想到就在投票前夕選戰膠著時，老同學汪志雄突然跳出來檢舉古正義在六月拿出三千塊賄選，買他家三張選票。

這件事讓古正義到死都無法理解。當年鄉鎮市長選舉是九月開放登記參選。汪志雄拜訪古正義的時間點落在登記參選前三個月。那年六月，古正義還是個謹守本分的公務員，根本沒有參選的意願，誰有通天眼能夠預知三個月後古正義的決定？更重要的證據是：汪志雄的戶籍地並沒有設在光輝鄉，他家根本沒有選票更沒有資格選光輝鄉長。古正義去賄選汪志雄一家人有什麼用！正常人都不會做出這種蠢事吧。

距離投票日剩下一週，古正義聲勢看好，許多鄉親志願來競選總部幫忙，對新鄉長充滿期待。然而耳語紛紛，吃飯喝酒閒談之間，總會傳出某某拿了二號候選人的錢，某某拿了一號候選人的錢。

「上個月給一千，現在給兩千。」

賄選的消息，浮動於有山有水的偏鄉，立冬剛過，溪河意外鼓譟，滔滔流水翻滾著謠言，鎮日嘶隆作響。妻子美怡說她親眼看見有人拿了蘇年來的錢，她不敢當面開口問，背後拜託熟識的朋友探詢。那人回答：「我只是拿他的錢，票還是會投給古正義。」

十一月二十四日，投票前三天，敵營放出消息，古正義賄選，已經被抓去關。

當時古正義和宋美怡一群人都在競選總部，為最後三天的造勢活動忙碌。聽到訊息，古正義驕傲地嗤之以鼻。

「奧步！」他心想：「我明明就在這裡。光明正大，不怕你們惡搞。」

隔日，查賄小組開始約談。

古正義斷然回應：「沒空。」他認為自己清白選舉，有什麼好約談的。

「你被檢舉賄選。」

「誰檢舉我？」

「警察局已經做了筆錄。」辦案人員回答。

「誰啊？」

「除了之前的，現在還有一對母子檢舉你。已經構成罪證。」也是太魯閣族的警察賴俊財說：「你賄選。證據確鑿。」

那一年的冬季格外肅颯，怒吼的空氣撕裂部落的平靜，山那邊吹來的呼嘯疾風淒厲如女巫喑啞的嘶叫，咆哮著黎明之前的陰闇，部落的明天，還有沒有陽光。

山的戰慄與風的威脅究竟是預言或詛咒已經不重要，三天後，古正義以二十二票的差距落選。

大姊古明珠嫁到光輝鄉溪梧村五十年，連任二屆鄉民代表，造橋鋪路，深耕部落，這次親力親為全心輔助親弟弟古正義選鄉長。七十歲的老人，獨自騎著電動車，挨家挨戶一個一個親自拜訪握手拉票，最後拉不住自己親生兒女的心，孩子們一張票也沒投給親舅舅古正義。

鄉長選舉結果，溪梧村得票率只有百分之二，老大姐羞愧想自殺，落選當晚獨自在家中喝完半打普力康。

曾經扛著摩里沙卡大頭目古和平的遺照到溪梧村拜票，跪下來央求溪梧村親戚票投古正義的古家大哥烏茂，在落選那一晚，拿出幾十年不用的太魯閣族番刀。刀具為木製刀柄，金屬材質的刀刃在尾端向上弧線收勢。刀鞘使用整塊木材製成，單面挖出可以容納刀身的凹面，並以金屬絲簡單固定。這把番刀露出刀鋒這一面，在木材兩側鑽孔穿越鐵線固定，讓刀鞘成為空心狀，每當插入番刀時，可以看見銳利光亮的刀鋒服貼在牢固的鐵線邊緣。

烏茂輕輕撫著刀鞘與刀柄，刀刃依舊磨光鋒利，刀柄是他的媽媽林春華親手用藤條編織的握把，這把刀是傳家之寶，從他父親古和平時代就為家人披荊斬棘，勇擒獵物，滿足一家人溫飽。

番刀還在鞘裡，古清輝的眼淚已經流出眼眶。

7 權力是毒品不是春藥

古恩在CH醫院急診部正式上班一個月，平均每天送走往生者一至二人，許多人都是躺著進來躺著出去，更多人站著進來躺著出去。

那天送來一個患者是在醫院廁所發現的，病人到達時已經瞳孔縮小呼吸抑制，用白話來說就是沒呼吸沒意識，但是還有心跳。根據目擊者陳述，發現病人時，他手中拿著針筒，旁邊有強力膠以及不明白粉。古恩推測是用藥過量，疑似吸毒或嗎啡中毒，判斷立即施予解毒劑治療，先注射一毫升naloxone，同時靜脈給水以及提供氧氣插管。必要時每兩至三分鐘給予重複投藥，期間觀察病人甦醒反應。

通常躺著進來的病人，即使到院前已經停止呼吸，急診部還是會先做CPR，把病人的心跳壓回來之後才有時間去思考怎麼治療。如果心跳壓不回來，持續無脈搏現象，那麼讓病人呼吸抑制或失去意識的原因是什麼其實已經不重要了。白話一點解釋，心跳停止代表病人到院前已死亡，那個就跟醫生沒有絕對關係。

古恩在PGY訓練的時候宣判了醫師生涯的第一個死亡案例。那是一位癌末患者，在安寧病房離開的。老太太過世之前已經有半年的時間呈現植物人狀態，受限於健保規定，晚年在各大醫院間旅行，每三個月換一次。她的家人幾乎不曾出現，只有一個外籍勞工陪伴在身邊。這位皮膚黝黑體格嬌小的看護很用心，古恩光是在同一間醫院就看過她兩次，對她印象特別深刻的原因，除了她長得像阿美族，也因為她會輕唱東南亞家鄉歌謠給全身插管的老太太聽。當古恩最後宣布「病人XXX，於民國一〇七年十月十日星期三上午十一點二十五分，因呼吸、心臟衰竭原因，於本院過世」時，也只瞥見外勞悄悄抬起手臂不斷揉眼睛，鼻子抽搐隱忍吸鼻涕的聲音。老太太的兒子和媳婦站在一旁，低頭滑手機。當時古恩想走過去按照老師教導的臨終禮儀，輕握家屬的手致上最誠摯的安慰，但是剎那之間，他不知道此時該去握誰的手。

第一次宣告病人死亡讓古恩的心糾結了好一會兒，之後，他就習慣了。

當他考上醫學院的時候，大伯二伯和父親古正義滿心歡喜，他們認為族人的宿疾有救了，而救星就是將來會主治痛風的醫師古恩。

醫院裡分科沒有痛風這一科，但是古恩還是笑笑地跟父親點頭。古正義坐牢之前希望古恩將來做到大型教學醫院院長，當他假釋回家後改變了願望。他跟古恩說：「你回村裡的衛生所上班就好了，朝八晚五，週休二日，輕輕鬆鬆又沒醫療糾紛，只要治好鄉民的痛風。剩下的時間趕快生個孩子給我含飴弄孫。」

老實說，古恩對人生沒什麼具體想法，當初是用公費念完醫學院，依照合約到偏鄉服務六年是既定的生涯規畫，只是時間早晚還有些彈性，落在哪個歲數返鄉也沒有定數。加上當時的女友錢盈君是台北人，若是她繼續跟著古恩，他的返鄉會是她的離鄉，真是悲喜交加。

對了，錢盈君已經是前女友，最終她不是因為殺豬的文化差異而分手，她後來發現古恩的父親古正義坐過牢，她認為這樣有犯罪前科的公公恐怕會影響她在金融界的發展。畢竟她從事的是管錢的行業，在這一行，個人徵信與名譽是非常重要的，因此她主動將這段長達六年的戀情畫下休止符。

古正義坐牢的時候，古恩陪媽媽宋美怡去探監過。古恩小時候聽媽媽說過古正義過去曾經擔任過監獄管理員，沒想到他自己也會有進監獄被人管的一天。

宋美怡總是能幽默地解釋每件事情。但是當她第一次去探監時，她還是哭得比坐牢的受刑人還淒慘。

古正義在東部監獄的編號是1936。

監獄會客室裡九個座位，每人面前一具老式電話，盤固在光滑的磨石子桌面上，陳舊而靜謐。每當會客時間開始前的那段空檔是最安靜的，充滿期待與焦慮，讓這份寧靜滲透著冰涼，明明沒有冷氣，卻能渾身哆嗦。高懸的氣窗飄入室內唯一的清新，摻和著揮之不去的期望與失望。

「1936會客。」監獄官喊出指令。

鐵捲窗緩緩由下往上展開，古正義先是瞧見宋美怡的衣裳，是那件熟悉的花布衫，他們一起到泰國旅遊的紀念，當時，他買給宋美怡的時候還被笑俗氣。回到家鄉，濕熱的天氣常常令她皮膚搔癢，只有穿上這件純棉衣服才特別清爽。宋美怡穿了洗，洗了穿，整個夏天好像只有這件衣服似的，已經褪色的花朵渲染成一種說不出的迷離，像是小朋友塗鴉。宋美怡自嘲，笑著說：

「以前是花，現在是油畫，都是藝術品。」

古正義眼前緩緩露出宋美怡的手臂、脖子、臉龐。漸漸地，拼湊出完整的人影。臉頰與鼻尖上熟悉的雀斑，燙焦的鬈髮。完全和從前一樣，唯一不同的是，啊！她在流眼淚。她曾經是那麼愛笑的人，什麼悲劇都可以被她說成喜劇。而現在……

即使面對面，卻彷彿光年相遇。古正義與宋美怡之間排除密閉式的鐵捲窗，還有整面橫向的鐵條，一根一根切割她的形象，也切割現實中的妄想。在鐵捲窗與鐵條的兩側，另設置透明壓克力窗，完全阻絕兩邊氣息的交換。古正義心想，還能要求什麼呢？此刻，能親眼見到老婆，已經滿足。

宋美怡一隻手拿著電話筒，緊緊攀黏耳朵，彷彿古正義能縮小身軀從哪兒鑽出來似的。另一隻手，抬抬放放，擦拭流不完的眼淚。

「美怡……」古正義呼喚牽手的名字。

她的眼淚更澎湃。

「別哭了，說話吧。」

「想吃什麼？」她啜泣地問。

「山產。想吃Lonai，猴子肉。」

美怡笑了出來：「別鬧了，這是保育類動物欸。不要再罪加一等。」

古正義也笑了。

緊繃許久的臉頰放鬆，看著心愛的人，感覺真舒服。自己多久沒笑了？在新收房裡，似乎已經度過一個月。

宋美怡問監獄生活好不好？古正義回答，這裡到處都很乾淨，以前我們在那間木造的宿舍還會經常看見蜈蚣、白蟻，現在這裡都沒有。

「上次妳帶來的蝸牛，我分給室友一顆，妳知道他怎麼吃嗎？」

會客時間，古正義述說生活點滴，彷彿回到過去居家生活那般閒話家常。

「啊你都一次放五顆進嘴巴，是要怎麼吃？」美怡的聲音嗲嗲地。

古正義說：「他小心謹慎地拿起這一顆蝸牛肉，看了半天捨不得吃，最後是一小口、一小口、抿著嘴巴慢慢咬完。一顆蝸牛，他吃了有十分鐘。」

美怡終於笑了。

真好看！古正義心想。這個女人，跟著他全台灣行旅，好不容易在自己的家鄉定居，陪著他生活，工作，打選戰。最後，陪著他坐牢。

剛開始古正義還是四級受刑人，親屬每週只能探監一次，誰先到先排隊登記。美怡擔心這一週一次的會客時間給古正義的其他探監朋友用掉，她就見不著老公的面，總是清晨五點從百公里外的光輝鄉出發，獨自開車到監獄，趕在八點鐘第一批排隊報到。

會客人數一次開放九人，每人探監半小時。進去之前先檢查會客菜，重量限制兩公斤，管理員把塑膠袋打開，用剪刀剪碎所有的菜餚，防止偷渡任何堅硬物品讓受刑人發生意外。食物中不能出現酒味，若是水果中的鳳梨、荔枝、龍眼、香蕉皆屬違禁品，因為這些被歸列為容易釀酒的水果，禁止攜入。

「家裡都好嗎？」古正義問。

「還好你有留下『錦囊妙計』，我都按照裡面寫的事情去做。繳水費、電費、房貸。存摺和印章都保護得很好，只有那個水龍頭總開關，怎麼切換自來水和山泉水有點難，常常搞錯。」

「叫烏茂幫妳。他會。」

「他們都很幫忙了。」美怡說：「現在的鄉長讓我當代表會助理，薪水兩萬多，可以貼補家用，你不要擔心。」

古正義陷入短暫沉思。直到現在，提到「鄉長」二字，心中依然湧起辛酸絞痛。

「聽說他們很多人都進來了。光輝鄉三個候選人，在選舉期間就被收押了。」

「喔！統統進來『南華大學』進修啦。」古正義為自己解嘲。他們這群坐牢的人，都把監獄當作社會大學尊敬。自從花蓮出現東華大學之後，乾脆也將這所社會大學賜名為南華大學。

美怡：「是啊，都來進修了。光輝鄉代會選出十一個代表，早上十點就職，十一點就全部帶到調查局。那個代表裡面有六個原住民，五個漢人，結果是漢人當選主席。後來傳出來，原來是買票，一票五十萬。」

古正義冷笑。

「不說這個了啦，還想吃什麼？」美怡轉過頭來問古正義。剛剛她暫時沒有理會老公，因為聽到隔壁探監家屬的對話很好笑，竟然轉過去跟他們聊了一會兒。

「我想吃Magali、路蕎。」古正義回答：「還有山羌、果子狸。」

「山胡椒和薤菜沒問題，可是那個肉喔！保育類耶……我去找找蛤。」美怡撒嬌說：「這樣我就有機會跟你一起進來南華大學進修囉。」

古正義微笑。

三十分鐘倏忽消逝，鐵捲窗再度緩緩移動，降落，決絕生命的距離。

保持距離，也許是一種空的哲學。什麼都沒有了，自然無欲無求。在這裡，確實什麼都沒有，只有時間最多。「時間」像個隱形的篩子，過濾看得見和看不見的垃圾。

三人一間的新收房，完全密閉的空間，慘白的牆，映照慘白的面容。將近三米高的對外氣窗，能見卑微的陽光，僅在天亮時救贖。厚重的不鏽鋼門上方，有個十公分監視窗口，底下鑿開由外面開關的小洞，三餐從洞外推進來，用洗澡的小塑膠盆裝著，一葷一素。用餐十五分鐘，時間一到，管理員即大喊：「收phun。」「盆仔嚕出來。」這時，得趕緊將吃不完的飯菜倒進塑膠盆，由小洞推出去，萬一錯過收phun的時間，剩菜剩飯只能放進馬桶沖掉。

室友都是壯碩的原住民，餐餐卻總有過多的剩餘。

新收房一天分早中晚放風三次，每次三分鐘。另外規定每晚六點到六點五十分要打坐，打坐時聽阿彌陀佛唱誦，反覆播放。古正義是天主教徒，這旋律讓他很不適應，他跟管理員反映，想聽天主教聖歌，什麼人演唱都沒關係。卻只得到冷漠的回應：「不要囉嗦，五個星期就出去了」。

剛進監獄不到一個月的古正義安慰自己，這是管理員除了「盆仔嚕出來」之外，說過最多話的一次，似乎也堪安慰。

日日夜夜，除去制式作息，其餘時間都關在小房間裡反省。三個大男人有時講些無聊的對話，更多的時間沉默，呼吸。

管理員通常在早晨查房，先敲門，獄囚必須立刻回報「主管好」；接下來叫「報數」，室友們輪流喊出一、二、三。管理員再從牢門上的孔洞觀察，確定裡面的人活著。

入獄後，按照規定先在新收房禁閉五週。前一個期滿的室友剛離開，馬上進來一位七十九歲的阿公，阿公只會說達悟族語。

通常新收房都是老鳥搭菜鳥，按照入監順序，前一位學長剛走，應該來個「學弟」遞補。七十九歲的阿公已經是老鳥，只剩兩週可以離開新收房，準備下工場。問他為什麼改變囚室？阿公說他是虔誠的天主教徒，吃飯前一定要禱告加上唱聖歌，年紀大了動作慢，唱完聖歌，已經過了十分鐘，三菜一湯早已被另外兩個年輕力壯的受刑人吃光了。

「吃飯沒有菜。」阿公勉強用不標準的國語向監獄抱怨，就這樣連續抱怨了三個禮拜，終於被調來同樣是天主教徒飯前大家都要禱告的囚室。

古正義體諒阿公禱告的習慣，三餐幫他留菜。阿公吃飽了就會說：「很好！我在蘭嶼有房子，給你，土地，給你。」

阿公七十九歲入監，到底犯了什麼罪？阿公說他只是在家裡放A片，有小孩子進來，他就被告亂摸小孩，違反《兒少法》判刑六年。阿公說他是冤枉的！

「在這裡每個人都是冤枉的。」古正義心想。

監獄生活的第二階段是「下工場」。古正義不抽菸，他選擇「戒菸工場」。因為這裡待遇稍好，除了所有受刑人都不抽菸，還是四人住一間的「套房」，有個馬桶就在牢房角落。古正義每天早晨七點到八點一定要強迫自己大便，「套房」裡沒有隔間，脫褲子放屁瀉肚都在室友面前公開分享。古正義努力訓練自己在早晨這段時間拉屎，因為八點十五分開工後，工場幾百人，想去廁所大便除了向主管報告還要排隊。「下工場」之後生活作息固定，早晨六點半起床，七點吃飯，八點前點名兩次，確認人還活著醒著就開牢門出發上工。接著要到十一點才能休息，十一點半吃飯，一天過去了一半，剩下的似乎也就沒那麼難捱。

監獄裡，一個人存在的意義只能看編號，看到號碼大概就清楚來歷。兩百號以下是無期徒刑，一千號以下坐牢十五年以上。古正義編在1936號，四年半有期徒刑。

戒菸工場專門製作百貨公司和服裝店的購物紙袋。「同學」們每日工作八小時，分發紙模，拼整組裝。即使購物紙袋內什麼東西也沒裝著，單純呈現彩色的空洞，但是受刑人每天摸著摸著也像是摸著親人的禮物，在奢美的花樣裡寄託思念。

古正義下工場才發現，監獄最缺文書。原來一般人用嘴巴隨便說話很容易，一旦需要寫字時，這裡幾乎每個人都皺眉癱瘓。古正義因為學歷高，被分配為儲備幹部，之後就做文書，他擅長處理工作日誌與調查報告，還能編訂簿冊，很快受到主管重用。古正義同時發現監獄制度挺敬重讀書人，為此感覺到一股虛榮，又聽說在監獄裡得到記功嘉獎還有提前一個月假釋的機會，於是他利用文書職務積極辦理作文比賽，也組織樂團參加合唱比賽。為了在表演中脫穎而出，古正義自己發明在牛皮紙上畫出假領帶，讓每個人都掛著端莊的道具領帶上台，看起來竟也有幾分專業，讓他如願得到第一名，還博得眾人歡呼與掌聲。

不到半個月的時間，主管突然告知，希望將古正義升做「自治員」，台語叫作「總組」，職務是擔任管理受刑人的受刑人。這工作每個工場只有一個職缺，負責管理工場程序，古正義仔細研究分工組織，發現「總組」的責任繁瑣。他已經坐牢了，不想再添麻煩，總組責任重大，黑白兩道都要擺平，比較適合「有背景」的人擔任。他進一步發現在總組之下，排名第二的是「藥管」，再其次是文書、福利員、作業助理員。

做老二比較好，凡事不要強出頭。於是他選擇「藥管」工作，在戒菸工場裡專門管藥。監獄裡有本事的重病患者早就申請保外就醫，剩下繼續坐牢的就是一些慢性病患者，例如糖尿病和高血壓或者痛風。不過這種營養太好的文明病，通常在入獄三個月後就會因為獄中均衡飲食奇妙地不藥而癒。

藥管的工作內容單純，只需負責協助獄中「同學」看病掛號，早晚發藥，唯一要牢記的就是必須一個人、一個人面對面確實發藥，並且親眼盯著受刑人把藥吞下去，絕對不能讓他偷偷私藏藥物。

坐牢，只是失去基本人權，卻依然要維持基本生命。許多慢性病患者的藥物，一天也不能少。就像國家規定的刑法期滿之前，一個人也不能少。

古正義聽聞過其他受刑人試圖自殺的消息，但是監獄看管嚴格，室門三道鎖，自動鎖、扣大鎖、鏈條鎖。除了身上陽具偶爾還會硬一下，囚室裡沒有一個東西是硬的。曾經有受刑人選擇用頭殼撞馬桶的自殺方法，常常死不成卻換來譏笑。還有人想點火逃獄，偷藏口香糖的鋁箔包裝紙，撕成細條，利用電池正負極的導電原理，引燃衛生紙想要自焚或異想天開鬧出火災趁機逃獄。當然，這些奇門遁法都在監獄管理員的掌控之中。據說目前為止唯一找死成功的人，就是吞下大量私藏藥物，當天晚上就去西方極樂世界報到。

「藥」，用對地方就是藥，用錯地方就是毒，過量也是毒。以前沒有藥的日子，在山上受傷了切開葛藤，用它的汁抹一抹就可以走路；或是咬碎白茅草，吐出塗在傷口上也能止痛繼續打獵。哪裡像現在，什麼都用吞的，紅橙黃綠藍靛紫，藥丸都長得那麼漂亮，有的還加糖衣，結果吃太多會送命。

做「藥管」的重要任務之一，就是看緊同學，不能讓他們太靠近「毒品」。除此之外，藥管允許擁有自己的辦公桌，古正義還雇用兩個黑牌助理，專門幫他處理公務。其中一個是被判無期徒刑的村長，犯罪原因是「氣憤殺人」。這位六十多歲的漢族老頭，沒想到自己隨便揮揮手上的刀子就捅進對方心臟，讓對方一刀斃命。老村長受過教育，懂文書，古正義每個月給他六百塊錢，監督他寫報告，工作都丟給他做。日薄西山的老頭再次受到重用，幹得有模有樣，把當年做村長的活力與拚勁都拿出來在獄中貢獻。

另一個助理是犯下強制性交罪的小范，他是標準的奶油小生，古正義不敢問那個受害者是誰，他擔心知道真相會違背天主教一男一女的夫妻教義。除去犯罪的事實，這兩個助理在工作上倒是挺認真，偶爾幹譙幾聲也是正常情緒表達。

「早知道就不要亂摸。」小范說話聲音很嗲也很娘，他常常在幫忙古正義發完藥之後會冒出這樣的哀嘆。這個年輕小夥子的記憶力不知道是盛年早衰或是魚投胎只有六秒鐘，他一天之內會問身旁白髮老翁至少三次同樣的問題：「鄉長，早知道你是不是也不要亂捅一刀。」

「幹！」白髮老翁說：「千金難買早知道。」

古正義放下手邊的報紙，被這句話撩撥思緒。

他看著兩個正在整理藥品與寫報告的「助理」。監獄裡必須服藥的受刑人多半是慢性病患者，花花綠綠的藥丸膠囊，不外乎治療高血壓、糖尿病、心臟病，數來數去就那麼幾種處方箋，處理起來不難，按照說明，對症下藥。

對症下藥。但是，這世界，永遠沒有治療後悔的藥。

剛進監獄的時候，古正義也經歷過絕望、想死的厭世人生。新收房禁閉期間，噤語的室友，無聲的牢牆，看似平靜的空間，迴盪著千千萬萬個「為什麼是我」？疑問似腐肉之蛆，蠕噬他的腦波，啃蝕臨終的驕傲。

唯一的依靠是每週在固定時間，在大清早開車兩個多小時來探監的宋美怡。以前在一起的時候常常鬥嘴，冷戰又和好；分開以後才明白過去喇滴賽有多甜蜜，縱然互相吐槽的都只是些生活瑣事。

「你要的電風扇、新棉被都已經買好了。還有啊，現在都不看書了嗎？都沒聽你說要我帶書給你看。」隔著鐵條壓克力窗，宋美怡問。

「我每天看四份報紙。」古正義回答。

「這麼清閒。」宋美怡說。

古正義牽動嘴角，神氣地展露笑容：「我現在有助理。」

「這麼好？」美怡露出妒嫉的神情：「原來你每個月跟我要錢，都是用在這裡喔。」

美怡柔軟的說話音頻，即使生氣時都不會讓人感覺到情緒，因為她的聲音太綿軟。

「我不只一個助理呢！另外還有兩個，幫我洗衣服、打掃。那個洗衣服的小子還真不錯，每次都摺得整整齊齊，像軍隊棉被一樣，送來給我。」古正義愈講愈開心。

「你唷！不要再那麼容易被人家騙。以前那個施什麼強的，也是個年輕人，剛剛出獄，回到我們鄉下，你說要幫忙照顧人家，他就來找我，說沒地方住，我就帶他去看山上的農舍，結果他嫌舊又漏水，不要住。後來在鎮上開按摩店，我還介紹客人過去給他按摩，結果，你知道嗎？他是吸毒犯。」美怡哼了一聲：「還好山上的房子沒有給他住，要不然就成了毒窟。」

「這麼誇張噢！」古正義附和著宋美怡的語氣。

「是呀！」美怡接著說下去：「還有你的室友，那個犯了槍砲彈藥管制法的黑道大哥，一直說有遊艇可以讓我們家老大舉行遊艇結婚典禮，還要投資老二開醫院。後來得了喉癌那個？記得嗎？你不是寫信給你官校同學募款，要幫監獄大哥治病。你同學就一千、兩千寄到監獄。啊寄信人不是都會留下地址？結果那個人獄外就醫，第一個就跑去找你官校同學借錢，借一個好奇怪的數字，好像是四萬七千三百二十幾塊。哪有人借錢這樣借的？你同學覺得很奇怪，遇到我的時候才問我，我叫他不要再跟這個人聯絡了，啊那個黑道不是說他有遊艇嗎？賣一個遊艇就有四千萬，還要借四萬塊喲！」

「噢！我同學真的有寄錢喔？我都不知道。那個黑道每次收到錢，都說是他公司會計寄來給他零用的。」古正義回答。

「後來聽說，那個人喉癌四期，出來沒多久就死了。」

古正義靜默。

隔壁探監的親屬聲音突然大了起來，好像是為了零用錢的事情爭執。美怡轉過頭去看了一會兒，又轉過頭來，掩住電話筒，細聲細氣地透露線索：「隔壁為錢的事情吵了起來。」

古正義學她也故意掩住電話筒，低語：「我在裡面也聽到了。」

兩人視線交流，一陣傻笑。

「你不要擔心。高雄的老房子賣掉了，賣三百萬。你也知道，那個房子又舊又破，賣三百萬差不多，可以用來付現在這個房子的貸款。」

古正義點點頭。從前這些生活開銷，都是他在負責，宋美怡是「執行」長，古正義說什麼她都照著做。她個性單純勤奮，年輕時推攤車，會利用煮過黑輪蘿蔔的湯頭來煮蚵仔麵線，不必添加味精，客人都說好吃，那時候，為家裡賺了第一桶金。

宋美怡的第一桶金，為這個家奠定扎實的基礎，也讓兩個孩子可以補習，考上好學校。有錢就是老大，監獄裡監獄外、江湖上下、黑道白道都一樣。

想在監獄裡過好日子，黑道老大靠「會計」每月匯錢，白道老大靠家屬資助。每次會客結束，「大哥」的身分地位，清楚攤開在餐桌上。只有「大哥」面前，才有滿桌豐盛佳餚和高級水果、進口零食餅乾，沾到邊的眾人吃得滿臉油光，飽足暢快。這份光景，讓那些從來沒有家屬探視的受刑人，看得口水直流，眼淚吞進肚裡。

「利誘」，永遠是經營管理的最高原則。從前古正義在課本上學到的「藍海」只是咬文嚼字，複製這套用來檢驗人性，讓他敗掉半生基業。現在，他學聰明，法律褫奪他的公權也消滅他的熱血，他從此不再廢話，罩子放亮，只挑身邊能辦事的人，給點錢，分享好吃的食物，這些人隨即忠心耿耿，為他代勞，心甘情願呼喊他「大哥」。

「我是白道大哥。」古正義臉上笑著，心頭悵惘。

三年前，若是明瞭做大哥的道理，唯利所使，情義靠邊，也許痛心的程度可以紓緩些，也許，當血脈親族不願意和自己在同一條船上，能夠釋懷背叛。

新當選的光輝鄉長蘇年來和他老婆雙雙出生成長於溪梧村，家族、姻親扎根於此，勢力連綿到全鄉。當選後，酬庸所有輔選人員。古明珠的兒媳婦依娜也是蘇年來的競選團隊成員，選前是無業遊民，選後立刻到蘇春嬌的診所上班，負責掛號接電話，月薪兩萬五。

在派出所裡負責做筆錄的太魯閣族警察，也是承辦古正義賄選檢舉案的賴俊財，這麼巧合剛好就是蘇年來的小舅子。

那時出面檢舉古正義賄選的除了汪志雄，還有一對母子鍾蓮妹與杜思來。他們是賴俊財老婆的舅媽，也是蘇家的姻親。

這對出面檢舉古正義賄選的母子可妙了，六十多歲的母親酗酒、獨居、不認識字，不會簽名，不會說國語。兒子杜思來，無業，有吸毒與恐嚇取財前科，進出監獄無數次。偵訊時，兩人全程需要翻譯。

他們記不得自己的出生年月日，不知道身分證字號，他們只會一口咬定古正義是在十月二十八日草林國小運動會時，發給每人各兩千元買票。

第一次在法院開庭時，檢察官問：「誰給你錢？」

「沒有。」

「有沒有拿到選舉的錢？」

「沒有。」

「是不是古正義給錢？」

「是。」

只要一聽到古正義的名字，只會說太魯閣族語的這對母子，立刻回答「是」。

法官全然採信偵訊筆錄。即使古正義提出人證物證：十月二十八日草林國小運動會，古正義與競選團隊確實前往握手拜票，但拜票時間是中午的用餐空檔，大約十二點四十分，團隊隨即趕赴其他行程。然而起訴書中，鍾蓮妹母子所指控的收賄時間是下午四點，接近黃昏。根據草林國小的活動記錄，當天運動會在下午三點已全部結束。

檢調在選後立刻持搜索票到辦公室、住處，甚至山中久無人居的老家鐵皮屋，也成為大肆搜索目標，企圖從任何一個角落找出賄選證據。調查局幹員一次來七、八人，黑衣黑褲，像是拍電影，在屋裡任意翻箱倒櫃，拉開抽屜，直接倒出內容物，衣櫃的衣服全數拋丟，踐踏，床墊掀開，割破，棉絮滿天飛，老人家一直咳嗽。

他們採取連豬圈、水塔都不放過的精密搜索，最終也沒能搜出一本賄選名冊或一張賄選證明。所有的事實讓古正義相信正義尚存，正如同他相信自己的名字，相信自己。

賄選案從地方派出所，一路送進地院，高院，拖延三年。

選後的光輝鄉，和選前同樣喧囂，部落裡陸陸續續傳出Kablin、Kablin的閒言閒語。因為鍾蓮妹只要喝醉酒，就反覆說出族語「騙人」Kablin二字。

剛開始沒有人認真聽。這位老婦人獨居在萬立村海拔兩百公尺的山上，總是搖搖擺擺走到雜貨店討酒喝，沒人見過她清醒的模樣。唯一的兒子杜思來到外地打零工，若是很久很久沒回家鄉，任憑他的老母親自生自滅，據說都是被關進看守所。

隨著鍾蓮妹嘮叨Kablin的次數愈來愈頻繁，終於有人忍不住問她：「妳到底被誰騙了？為什麼一天到晚說『騙人』？」

鍾蓮妹說，警察賴俊財跟她講，只要去檢舉古正義賄選，就會給她十萬元。可是到現在，她都沒有拿到錢。

Kablin！鍾蓮妹啐一口檳榔汁，用族語說：「賴俊財騙人。」

司法程序進入最後的高院審判，這兩名檢舉人決定在法庭上翻供，並清楚說出賴俊財當初唆使檢舉賄選的過程。然而檢察官首先以「賴俊財在選舉結束後一週已辦理退休」為由，另案處理，不列在此次偵訊內容。同時強調：「偽證罪會處七年以下有期徒刑，你要具結喔。」

「七年什麼？是什麼意思？」

「在法庭上說謊就是犯了偽證罪，要坐七年牢。你以前說古正義賄選，現在又說他沒賄選，你們到底哪一次說實話？如果你現在推翻了以前的筆錄，就是犯了偽證罪，要判七年以下有期徒刑。」檢察官說。

法律兩邊刃，黑白俱傷人。

那一刻古正義終於覺悟，為什麼選舉之後，所有與賄選案有關的警察立刻辦理退休，不惜移居他鄉。全縣十三個鄉鎮市，起訴五個候選人，其他四人首次開庭就認罪，緩刑，不用坐牢。

只有古正義相信司法正義，堅持不認罪，官司纏繞三年，最高法院定讞：不認罪，關到底，四年半有期徒刑。

選鄉長那一年，縣政府發出查賄獎金三千多萬元，從基層警察到法院行政人員，紛紛記功、獎勵、封賞，人人有獎。這個縣的查賄績效，當年全國第一。

鍾蓮妹加汪志雄，兩案賄選金七千元，古正義的堅持，在政治的對價關係中，已然被龐大的利益結構拍賣掉了。

以及生命中再也不可逆的一千多天。

第一次參加面對面懇親會讓宋美怡心情激動到前夜輾轉難眠。她有一種幸福的感覺，雖然她不知道怎麼形容，但是她會滷豬腳，炸山豬肉。另外偷烤兩隻飛鼠，全部去骨，剝成細絲，用大蒜刺蔥辣椒豆瓣醬爆炒到聞不出山產味。

帶去監獄的食物足足兩公斤，剛好在探監規定的食物重量邊緣，也許多出一點點。她知道管理員不會計較，因為她已經是資深探監家屬。

監獄在重要節日辦理懇親活動，受刑人必須期滿一年才能提出申請。家屬進入大禮堂之前，先穿越部分牢獄，宋美怡第一次參加懇親會時曾經好奇張望，她想知道古正義晚上睡覺的地方，卻只瞄到囚房三重鎖的背後，晃動著一雙雙用力偷看外面、充滿期待的眼睛。

進入大禮堂，除了被點名的人可以在座位等候家屬，靠近氣窗的四周，仍然站滿其他受刑人。這些人事先已向獄方提出探親申請，被允許帶出囚房，等待家屬報到會客。常常，許多人在這裡站立整天，直到活動結束，親人都沒出現。

沒有壓克力窗，沒有電話筒，活生生的古正義就在眼前，宋美怡能感受到她先生的體溫，聞到他的鼻息，熱呼呼地，帶點早餐醬瓜味飄過來。宋美怡想說什麼卻說不出口，只會直愣愣地盯著他瞧。古正義竟然笑得出來，嘴角拗拗另一邊，示意宋美怡也轉過頭去看一看。

同一張長桌邊緣，一對久別重逢的伴侶正在當眾擁吻，引起眾人騷動。獄卒聞聲，立即趕來阻止，強制他們分開，面對面坐好。

宋美怡噗哧笑出來。就在這個時候，古正義的手，穿越桌上的糖果餅乾塑膠袋，在窸窸窣窣聲中伸過來，握住她的手。

熟悉的溫暖，融化壓抑的淚珠，她低頭，一滴淚直落衣裙，彷彿落入時光的臉頰。宋美怡默默擤擤鼻子，再抬頭，露出笑容：「他們有人叫我寡婦。」說這話時，古正義能感覺到她的手輕微抽搐。

「原來寡婦就是這樣過日子，沒人可以商量事情，都是自己一個人，跑腿，辦事，吃飯，睡覺。」說完，她用手肘衣衫揮拭淚水，恢復輕鬆：「做寡婦真不簡單，還得擔心別人亂講話。出去辦事情跟男人都要保持距離，上次那個代理鄉長還說我愛上他了！幫幫忙，他已經七十八歲。啊我老公這麼帥，他是沒見過喔？」

古正義安慰她：「就快假釋了。我在裡面組織合唱團，得到冠軍，還承辦作文比賽、啦啦隊比賽，有很多獎狀。這些對我申請提早假釋都有幫助。」

宋美怡點點頭。凝視古正義半晌，她接著說：「蘇年來可能也快進來了。貪汙罪。」

這些年過去，古正義再度聽到這個名字，而且是和貪汙罪行連結在一起，他還是忍不住抖擻起來，感到精神振奮。

「那個路燈，本來是水銀的，一盞一萬五千塊，後來換成ＬＥＤ燈，一盞三萬，一個村的預算就批了九百多萬，鄉長拿五成回扣。嚇死人，這麼多錢。廠商已經供出名單，好幾個鎮長、鄉長都被起訴。聽說是新北地檢署偵辦的，因為廠商在新北市。不是我們花蓮這邊在辦。」

古正義無語。

「還有我們光輝之光的縣議員陳才明，也被檢舉貪汙賄選。他馬上就認罪了，自願把賄款全部繳出來，結果檢察官一查，說檢舉資料只有五百萬，你怎麼還了五百六十萬？金額超過這麼多。法官一審就判了六年。」

宋美怡笑道：「好啦，八卦說完了，我跟你講，你什麼都不要擔心，爸爸媽媽都很好，社團的工作也還在繼續，只有你進來以前給小孩打電動的網咖關門了，因為小孩子都近視眼，這樣不好。我現在請教練組籃球隊，訓練他們打球，以後可以加入美國職籃，打那個什麼ＮＢＡ。」說完她自己都笑了，這個牛皮吹真大。

古正義點頭表示讚許，對宋美怡微笑，故意說些跟判刑無關的事：「我在福利社又買了電暖爐、牙刷、內衣內褲，記得去付錢呀。」

「唉！你坐監牢一個月總共要花一萬多塊錢耶，省著點用啦。」

「沒辦法，身邊很多人要養。」古正義聳聳肩。

「我還要養其他男人喔！」宋美怡微嗔道。

古正義伸出雙手，緊緊握住宋美怡的手。宋美怡突然間羞紅臉龐，蠟黃的皮膚裡透露出暈粉色嬌美，傻笑牽動了她的眼角皺紋，指揮顴骨上的雀斑舞動詩歌，彷彿祖靈獻唱感恩祭。

現在他漸漸能夠理解，曾經以為文膽出豪傑，可取代獵槍與彎刀，透過選舉成就企圖心。然而，驕傲讓他忽視那些比他更強悍的狩獵者，驕傲為自己造了神，在沒有信徒的樂園孤獨。政治像美麗的獵物，誘惑虛妄的人性。偏鄉小村，選舉的戰鼓聲囂囂瀰漫祖先打獵的場域，很久很久以前，為爭奪獵物，也會殺敵人。

宋美怡總是安慰他：「三個人出來選鄉長，一定有兩個落選，怎麼算都是落選的人比較多，你要想得開。而且，我們以後死掉都葬在光輝鄉，最後都還是在這裡，更要想得開。」

這女人，叨叨絮絮，囉嗦個不停，但是到了緊要關頭，她比誰都堅毅。將近兩年，從一週一次會客，到一週兩次，美怡從來沒缺席，不分寒暑，總是前三名報到的會客家屬。有其他鄉親質疑：「這樣累不累啊！」「妳是有多愛他啊？」宋美怡都是笑笑回應。她不會說大道理，只知道每次探監，看到其他家屬從不放棄任何一次機會，大老遠從屏東、台南、高雄那些更遠的地方驅車趕到後山，她就告訴自己：「別人可以，我為什麼不行。」

說完家常瑣事，宋美怡充滿自信地告訴古正義：「放心，我會得全勤獎。」

「美怡……」古正義柔聲呼喚，再度握緊妻的雙手，緩緩說出：「謝謝妳。」

宋美怡又紅了臉，輕聲回應：「古正義，你神經病。」

8 溪梧柯文哲

古明珠很正！

五〇年代的農村，她就敢穿著紅花迷你裙和厚底高跟鞋走來走去。她自銅門國小第一名畢業，也考取國民中學，但是父親古和平卻不讓她繼續念書。大頭目認為，孩子長大了就是工具，回家種田才能賺錢。從此，古明珠的人生就和台灣甘蔗一樣，都是又直又挺又甜美的本質，而且一年四季到處可以存活，偏偏他們都把最精華的部分奉獻出去。甘蔗壓榨為糖成為出口貿易天王，為台灣賺取許多外匯；古明珠最美麗的青春都在中央山脈底層彎腰務農，雙手磨出厚繭換到的每一毛錢都用來照顧家人溫飽。

甘蔗有節，卻不如歲寒三友或花中四君子高尚。甘蔗那麼甜，卻很少得到文人雅士歌詠，歷史上有個雄才大略卻毀譽參半的人物叫作曹丕，他在《典論》裡自述：「余嘗與平虜將軍劉勳、奮威將軍鄧展等共飲。宿聞展善有手臂，曉五兵；又稱其能空手入白刃。余與論劍良久，謂言將軍法非也，余顧嘗好之，又得善術。固求與余對。時酒酣耳熱，方食芋蔗，便以為杖，下殿數交，三中其臂。」

這個故事我們只要看重點，那就是曹丕和大將軍鄧展小酌之後正爽正開懷，本來只是打嘴砲桌邊論劍，後來發現旁邊有甘蔗，於是兩個人拿起甘蔗當作劍器現場比畫高下，結果，曹丕贏了大將軍。

曹丕這傢伙有才華有謀略，但是，中國第一本詩評專書《詩品》的作者鍾嶸卻把曹丕列為中品爾爾。直到距今一千五百年前的劉勰寫《文心雕龍》，才開始為曹丕平反，他認為曹丕是個有節制美學的人，因為「慮詳而力緩，故不競於先鳴」。

歷史總是要過好多年好多年以後，以後，以後……還不一定會把故事說清楚。

曹丕死後，又過了兩千年。

我們這一代的漢學大師葉嘉瑩，終於給了曹丕一些公道話：「他是感性和理性結合的，不但是詩人，而且是第一流的批評家。」對於曹丕為文的節制與自律，葉嘉瑩認為這是「以感取勝」，她說：「這才真正是第一流詩人所應該具有的品質。所謂『感』，指的是一種十分敏銳的詩人的感覺。就是說，你不一定需要遭受什麼重大的挫傷或悲歡離合，僅僅是平時一些很隨便的小事，都能夠給你帶來敏銳的感受，也就是詩意。這是一種十分難得的詩人的品質。而曹丕顯然就具有這一種品質。」

這些「詩意」，這些「品質」，似乎也只有做學術研究的人會去認真探尋，努力從史料中看清楚真相。大部分的人們，還是從連續劇裡認識曹丕。即便英雄豪傑，千古風流人物，雄姿英發都不如一鍋料理，因為「煮豆燃豆萁」啊！

古明珠與古正義，曾經也是同根生的兄弟姊妹，當古明珠第一次當選地方公職人員時，就像古家所信仰的十字架變作強心針，也宣慰了大頭目古和平的在天之靈。然而古明珠剽悍的個性並不是從勝選這件事情上開始展露，曾經，當她只有十二歲，被父親一聲令下禁止升學強迫回家耕田的時候，她默默晴耕雨勞忍耐五年，直到十八歲成年，毅然逃家私自參加勞軍隊，跟著民間歌舞團一路唱歌跳舞到屏東。若不是在屏東認識當時師專剛畢業的鄧老師，而鄧老師也正準備返回花蓮老家溪梧村任教，古明珠可能還在全省走透透繼續唱跳她的明日天涯。

古和平不讓孩子們念書，應該也有他的苦衷。那時候的生活確實困苦，日據時代的良田都用來種植日本人需要的經濟作物，在東部就屬甘蔗為大宗，收成後整批運到糖廠，由廠商一條鞭收購，由廠商任意訂價。

烈日下農民一根一根砍甘蔗、分裝、捆綁、運上火車皆動用全家老少齊做工，而薪資，卻是以一個一個的貨櫃來計算給付。要裝滿一個貨櫃需要多少甘蔗？商人不會去體恤那些時間與勞力成本，他們要的只是CP值，最少成本最大效益。而古和平只希望田地裡面的農作物能賣得出去，因為他只會講山地話，沒有人願意來和山地人談交易。

古家最苦的時候，古明珠曾經被送到銅門村的大姑媽家做養女。美其名是養女，實際上是女工，那時候古明珠天天從日出做到日落，舉凡除草割稻餵豬殺雞砌水泥，她樣樣都要學都要動手，薪資三塊五毛錢，或是換作白米寄到老家養活父母親與年紀更小的弟弟妹妹。所幸大姑媽有點魄力，讓古明珠一邊做工一邊念完小學，識得基礎教育。古明珠的堅忍剛毅與聰明伶俐，應該就是這段童年經驗培養出來的。

依山傍水的銅門村，有著天然雅致的美景，秀美清澈，正是養育俊男美女的好地方。寶石藍的溪、寶石綠的樹、寶石紅的花、寶石黃的石頭、寶石亮的天空，太魯閣族人不需要蘇富比拍賣的寶石，他們就住在寶石裡。

古家追溯族譜最早就在銅門集社，這從古和平的親族與上一代都還留在銅門村這件事上面就可以看得出來。

古和平的大姊，也就是古明珠的大姑媽，在銅門村是最早受公社教育的女子。她生了八個小孩，有七個從事軍公教，可惜第八個孩子來不及長大就肺癆病死了，要不然巫醫夢占時曾預言這孩子將來會當總統。

大姑媽很厲害，所有女人會做的事情她都會做，男人會做的事情她更會做，如果有人曾經看過她揮著銅門番刀力宰雞鴨牛羊的姿勢，那可是媲美庖丁解牛「手之所觸，肩之所倚，足之所履，膝之所踦，砉然嚮然，奏刀騞然，莫不中音。合於《桑林》之舞，乃中《經首》之會」的美姿美儀，簡直就是結合奧運體操與華山論劍的神遇，且看她雄眉鷹眼，躊躇滿志，且凜然著一股正義之氣，為了全家溫飽，為了肉食，她必須舞出「無厚入有間，恢恢乎其於遊刃必有餘地矣」的哲學，這樣的學問不只用在犧牲，更是人生。大姑媽的一番真功夫，若不是太魯閣族將女人狩獵甚至碰觸打獵工具視為禁忌，她絕對有資格在臉上紋面，而且做到大頭目。

大姑媽還擅長理財。除了親自帶團隊上山焚田屯墾，苦學漢語與平地人談判農作物價格，對外組織農民分配工作，對內持家有方開源節流。她還懂得圈地買地，把賺到的錢去換成土地。民國六十三年小蔣總統一聲令下，十項大型基礎建設開始，後山也分到了一點餅乾屑，大姑媽買在花蓮火車站後方的一大塊土地被政府徵收，聽說這一轉手就賺了一千八百萬。

像大姑媽這樣的女英雄終有陽壽用盡的時候。當她仙逝的消息傳來，古明珠立刻揪上兩個親弟弟開著家裡唯一的鐵牛拼裝車，大清早從光輝鄉出發前往銅門村弔祭。將近六個小時的車程讓古明珠回想起許多往事，內心千迴百轉，自從離開銅門大姑媽家，屈指一算已經有十多年，她可是從當年營養不良的小山花，如今成熟為C罩杯的豐腴少婦。是啊，古明珠都已經生了兩個孩子，大姑媽還能不老嗎！

只是往事已矣，恰似「閒雲潭影日悠悠，物換星移幾度秋，閣中帝子今何在，檻外長江空自流」！大姑媽啊！一代女豪傑！如今再也無法在銅門村主持部落正義，她的故事也將隨著木瓜溪遙遙流向太平洋，雖然她生的孩子都不姓古，但是她的血脈裡有著強悍的古家基因，因為這神奇的去氧核醣核酸不但成就大姑媽生前死後的神主牌，也培育出古明珠性格中務實犀利的雙螺旋結構，她不只是會在少女時抗拒務農的宿命而棄離親生父母，也會在成為少婦之後為爭取自己應得的利益而返鄉呼求。

台九丙省道走到終點，是一戶戶坐落於山崖溪澗邊陲的灰色平房，黑色油毛氈屋頂，似曾相識的房舍，路過的記憶。太魯閣族辦喪事是低調的，不會在外張揚披麻帶孝，也不會在家門口接上紅白字條或是挨家挨戶貼淨符。古明珠帶著兩個弟弟，在一間熟悉的老平房門前停下車，她什麼話也來不及說就衝了進去，一進屋裡就下跪磕頭，只用天靈蓋對著桌上擺放的照片嚎叫哭泣，聲聲悲痛：「大姑媽！大姑媽！妳為什麼不等我，為什麼不等我，讓我來看妳最後一眼……」

兩個年紀小的弟弟跟著跪在大姊旁邊，模仿著同樣磕頭哀泣的動作，他們只會也只能跟著哭。烏茂和馬路對大姑媽實在沒什麼印象，因為光輝村距離銅門太遠，在那個年代，客運一天也只有早晚兩班，所有關於大姑媽的記憶都是部落傳說，從上一代傳到下一代，大姑媽已經不是一個人，她是個神話，是個類似具備女媧補天魔法的神話。因為她是古和平的大姊，在嫁給異姓之前，她曾經是古家的命脈。

此刻，大姊古明珠哭得肝腸寸斷，彷彿也在為古家逐步凋零的際遇哀嘆！風木含悲，做過養女的古明珠最是深刻，她哭著哭著，竟然不由自主地用太魯閣語呼喊出Bubu！Bubu！這是太魯閣語的媽媽。媽媽啊……

當古明珠再次抬起頭，仰望大姑媽最後一眼時，她的嚎哭聲剎那間戛然停止，她整個人睜大眼睛，怔怔望著眼前照片中的肖像，她的眼淚凝結在豐潤的臉頰正準備沿著膠原蛋白雄厚的法令紋滑入微噘嘴角，這晶瑩的淚珠在古明珠青春的臉上是那麼美那麼動人，然而她的表情卻是卡住的，卡在某種驚嚇的縫隙中，因為卡得太緊而呈現出比任何遺照都還要僵固駭慴的表情。一切情感在此刻完全凍止，凍止在情緒來不及轉換的瞬間。

因為，即便是人生中無處不展現英俊風姿的大姑媽，再如何震懾人心決策霸氣的大姑媽，再怎麼讓歲月刻畫無情的皺紋於臉上的大姑媽，也不可能，徹底變成一個男人。

桌前，是一位穿西裝打領帶的男士遺照。

古明珠帶著兩個親弟弟哭錯了喪家。

「怎麼辦？還要不要去找大姑媽？」烏茂舉足無措地問。

「既然都到銅門了，當然還是要去。」古明珠回答。

「那妳還哭不哭得出來？」馬路說：「我已經笑到沒眼淚了。」

後來他們還是找到大姑媽家，同樣的感情戲再度上演，但烏茂是低著頭不說話，馬路則是低著頭一直聳肩偷笑。

客套寒暄之後，古明珠打聽到大姑媽早已經分配好了遺囑，全部留給她的親生子女，平均每個人可以拿到兩百五十萬新台幣。

在回程的路上，古明珠默默駕駛鐵牛車，柴油引擎咚隆咚隆喀嚓喀嚓響，彷彿她一路卡著的心事：「姑媽賣地一千八百多萬，也不分給我十萬。我還做過她養女。」

兩個弟弟已經在副駕駛座累到睡著了。

古明珠不只正又甜，而且敢要。她就像她的名字，是滲入牡蠣的異物，為了緩和刺激，就會自體分泌一層又一層的珍珠質，將異物逐漸淬煉成寶物。她是這樣在各種苦難環境中求生的明珠，她長出了自己的風光明媚，她勇敢地做她自己，不只是要，她更會給。嫁到溪梧村鄧家五十多年，是最熱心公益的媳婦，當她第一次競選民代成功之後，根本就是嫁給所有的村民。

曾經有村民遠嫁新竹，不幸遭受到家暴，被老公痛打，想要離婚卻無處申訴。經家人向古明珠求救，古明珠立刻搭火車到新竹協助族人，除了安撫受害者的情緒還要幫忙打官司，古明珠自掏腰包千里迢迢到新竹，不但請對方吃飯，還出車錢幫忙買火車票讓她回家。

有年輕族人在花蓮市被酒醉駕駛的平地人開車撞死，可憐的年輕人有老婆還有一個兩個多月大的新生兒。對方擺明不賠錢，認為死了一個山地人活該。消息傳回溪梧村，又是古明珠一個人去幫忙討回公道。她那時候也有四十多歲了，不再是體態玲瓏婀娜的少婦，但是她出門依舊穿戴整齊，搭配各種閃亮發光的飾品，將長髮端莊盤起，在已經很精緻的五官抹上讓她覺得更有自信更漂亮的化妝品。憑著滿腔熱血，再度單槍匹馬前往花蓮市談判，對方有黑道背景，看到這位原住民婦女濃妝豔抹來「協調」，先入為主以為她就是來要錢的。對方有備而來帶了十幾個黑衣黑褲的兄弟，古明珠只有一個人，她不怕。

她說，今天就算是撞斷路邊一根電線杆都應該賠償，更何況是撞死人。古明珠拿出法律條文，逐條逐列說清楚，她不是來敲詐，她是來討回正義。

協調結果，肇事者願意拿出八十萬和解，因為死者不但有老婆小孩，他還是個大學畢業生，也是個有穩定工作的銀行行員。

古明珠在地方上除了造橋鋪路，最知名的業績就是簡易自來水。當時溪梧村部落有些住戶還在用山泉水，自接塑膠水管不但影響鄉村地貌，水源也不穩定，遇到颱風暴雨，山區樹倒土崩，水質混濁不說，有時候還會有寄生蟲。古明珠說服山地縣議員共同爭取鋪設簡易自來水管，每戶只要月繳一百元，就可以使用自來水。這個工程經費數百萬，屬於鄉公所與小型工程款，買一根水管、一顆螺絲釘，都有帳簿清楚記載，也有會計負責監控。管理簡易自來水也不容易，管委會在颱風天都要冒著生命危險出門察看維修。就這樣，村民還懷疑古明珠A錢，甚至還有人去控告她貪汙，被警察偵訊好幾次。

那段期間，連鄧慧珠都被請去喝茶。

檢調來了五個人，其中最帥最高的那位小鮮肉溫柔地問：「請問妳是鄧慧珠嗎？妳認識古明珠嗎？我們要麻煩妳跟我們去做筆錄。」

「什麼筆錄？我的戶籍又不在這裡。而且我家有個神經病。我要回去燒飯給他吃。」鄧慧珠回答。

她家裡確實有個「神經病」，正是她的丈夫黃進籃。黃進籃原本也是傑出原住民榜樣，不但長相英俊，更是人如其名很會打籃球，而且他聰明伶俐，經過消防警察特考取得公職，分發在基隆消防局時被重用，舉凡上山救難或下海撈屍都是他的強項。即便當時只是一毛三的基層員警，但是情商高，體格健壯加上幽默風趣，前途大為看好。不料在值勤時意外生病，符合危勞降齡退休條例，壯年即返鄉養老。

「妳不要反應這麼劇烈，我們只是問幾個問題就好。」小鮮肉笑了，他笑起來真的很像韓星：「聽說那次活動，妳也在。」

「你們說妖怪嘉年華活動嗎？那是溪梧村的活動，不是利晴村。我到溪梧村是回娘家丟廚餘，我回去看媽媽不行嗎？我只是去丟廚餘。」鄧慧珠願意和波麗士大人說這麼多話，純粹是因為看那小鮮肉長得太帥，笑容又太迷人，想趁著對話的時間空間多看他幾眼。要不然，她也算是老江湖，面對偵訊，只要回答一個「在」字也是回答了這個問題。

正是因為這次訊問，讓鄧慧珠來不及回家做晚餐，惹到黃進籃生氣了。

黃進籃走過一趟死裡逃生的命運之路。他在工作時罹患流行性感冒，發展成為急性腦炎，是致死率極高的併發症。這種病造成周邊神經傷害，發病快且急，通常被當作感冒誤診，若是來不及在黃金治療期確實找出病灶，後遺症非常多，救回來的病人經常降到五歲智力，或者有面癱、肌肉萎縮、構音障礙、甚至大小便失禁等自律神經功能障礙。

即便連醫生都說黃進籃是奇蹟似復活，但是黃進籃的運動神經元還是癱瘓了。他再也不能打籃球。僥倖存活讓他領到健保殘障手冊，因為他符合肢體癱瘓、智能障礙、性格改變、失語及顳神經麻痺等條件。他有兩年多的時間喪失記憶。回到家鄉，有親戚用族語叫喚他的名字：「伊將阿嘛」，阿嘛是女婿的意思，他完全聽不懂，愣愣地不知道別人在跟他裝熟什麼。

沒有生病以前，黃進籃溫柔體貼，對每一個人都很有禮貌，幽默風趣，整個溪梧村民都是他的粉絲。他疼老婆，會說甜言蜜語，他的英文很好，整天Honey來Honey去，加上他長相英俊膚色光亮健康，很多人都以為他是ABC。生病之後他變成門神鍾馗，鎮日怒目瞪視，豹頭環眼，果真如驅魔真君化身，鄧慧珠走到哪裡黃進籃就跟到哪裡，誰要跟他老婆說上話，必定遭他一頓破口大罵。以前的英文他都忘記了，現在最會說的是趕羚羊，槓一鳥。這種語言在以太魯閣族為主的溪梧村，還真沒幾個人聽得懂。

糾正選舉與地方自治歪風就像當年林則徐整頓毒品一樣，要用對方法才有效。滿清末年廣東作為國際貿易大埠，幾度查獲藥頭毒梟的鴉片膏和菸具，官方卻選擇用火銷毀，燃燒後的鴉片煙滿城縈繞，嗎啡效果抑制人們中樞神經的痛覺，麻醉了現實生活的苦楚，整城的人浸淫罌粟花嬌豔粉飾的歡愉之中，因為風的緣故。

不只是風吹過，燒過的毒品會滲入泥土裡，讓毒癮上身的人寧願徒手挖掘泥土只為吸聞鴉片餘香。是林則徐用了頭腦，改採石灰掩埋與海水沖刷的方式終結毒品氾濫，也狠狠地給了洋人教訓。

處理事情要用對方法，歷史畫面就是一則又一則的寓言，然而人們常常只注意演員的表情，而忽略了寓言背後的真意。

就像是後山原住民部落，只為候選人的老公說了一句：「我什麼都不多，就是子彈多。」也會引起軒然大波。因為這句話有兩種意義，一種是他很會打槍，另一種也是他很會打槍，重點是在哪裡打槍？淫彈和銀彈發射的位置不同，意義的輻射性也大大不同。有心人紛紛解讀「子彈」從哪裡來？熱門話題從東檢署燃燒到選民，有人害怕中槍，也有人準備好標靶，就等著接收豐厚的子彈。

後山太純淨，純淨到沒有風。於是每個人都想要走路有風。從村長到鄉長，一路走到縣議員。走路有風意味著名利雙收，有權就有錢，有錢更有權。比方說，別人都要辛苦讀書力爭上游，考個國家考試證照，一步步從基層幹起累積財富與社會地位，就像古正義的例子。而另外一種天生走路有風或是風力範圍影響的人，不用辛苦準備考試，有個鄉長爸爸就可以直接進去鄉公所做公務人員。例如有些政二代剛好有張護理師執照，最輕鬆的工作就是派到國民小學做校護，在這裡絕對不用擔心醫療糾紛，固定上下班時間，還可以睡午覺，薪水從四萬起跳到六萬。

鄧慧珠的老公黃進籃沒生病前的俸點五五〇，在偏鄉可以過著不錯的日子。他生病後智力時好時壞，最糟糕就是當面罵髒話，嘰哩咕嚕連續罵上祖宗八代。當他清醒時，那是笑容可掬，桃花眼彎成弦月秋水，言行舉止就和過去一樣溫柔體貼，他很希望有機會回饋鄉里，幫助急難救助。

他說他要選溪梧村長，還認真去查閱選舉公告，發現只要年滿二十三歲就可以開始報名競選。競選村長必須繳得出保證金，金額是新台幣五萬元。黃進籃同時發現，中央選舉委員會對於候選人資格沒有學經歷規定，只有所謂的「消極資格限制」，包括曾犯內亂、外患、貪汙、《組織犯罪防制條例》之罪行經判刑確定。或是受保安處分或感訓處分之裁判確定。或是破產宣告確定、褫奪公權尚未復權等等。

黃進籃恢復記憶之後，腦子裡除了愛妻鄧慧珠，其餘就是擔任警消的光榮紀錄。他自認在體格與知識，甚至自律與自我要求的門檻比任何人都要高。那些所謂的消極限制條件，他可是清清白白，一件也沒犯過。

「神經病！」鄧慧珠當面對著黃進籃吐槽：「你不買票，他們光吃光喝最少就要五十萬。現在光給他們喝酒也不會投票，要拿錢才投。」

鄧慧珠打從二十歲開始幫媽媽古明珠輔選，她懂得家鄉的選舉風氣。有時候她會懷念起媽媽沒有從政之前的鄉親關係。那時候，左鄰右舍經常厝邊拉隔壁、阿公牽阿嬤、爸爸參媽媽、阿姨招阿叔……大家共乘好幾輛鐵牛車，伴隨著引擎咚隆隆喀嚓嚓的聲響和族人的歡語笑顏，分享生活中的點點滴滴，一路說說唱唱，悠悠度過山上種田採花生的時光。

那樣的情感維繫到古明珠第一次競選鄉民代表高票當選，第二任則是勉強過關，第三任就落選了。村民看著古明珠自擔任民意代表之後，整修家舍，買國產轎車，還能出國旅遊，他們以為公職人員是個好康，在古明珠競選第三次連任，出現了兩個高中畢業的年輕族人，據說用一票三千元的代價，角逐部落百里侯。

「我在部落當護士三十年，什麼事情沒看過？我們這裡有吃有喝也有拿。以前我陪媽媽去發火柴、送鹽巴醬油。現在呢？基本一千塊，五百塊你就不要來了。」鄧慧珠愈講愈生氣：「部落婦女都會大嘴巴，說拿了誰多少多少。話傳出去，要吃要喝要錢的人都來了，東檢署也來了。」

「我想為民服務。」黃進籃的頭腦很清楚。他一個字一個字，把「為民服務」這四個字說得鏗鏘有力字正腔圓。

「神經病！黃進籃你頭腦是燒壞了嗎？現在選舉都是那種，官商勾結那種。什麼小型工程款，幾十萬，一百萬，田地靠哪裡，產業道路就過去。你懂不懂！」鄧慧珠說話的分貝跟著情緒飆漲。

「我不是去做壞事那種。」黃進籃無辜地說。

「你頭殼歹去。」鄧慧珠撂出台語：「真正頭殼歹去。你只要一喝酒就罵人。上次你怎麼說的？罵他們『乞丐村民！你們是來乞討我什麼？』你都忘記了嗎？這樣會得罪很多人。萬一年輕村民不爽，會打你。原住民會打人你又不是不知道。」

「我有言論自由。」黃進籃說。

「喂！什麼言論自由！你有時候罵人也會罵到無法讓人接受。」

「我做村長，絕對比現任和前任都做得好。妳快準備五萬塊保證金，今年八月三十一號前我要去鄉公所登記。還有，五十萬競選經費也要準備好。」黃進藍做出決定。

鄧慧珠懶得再跟黃進籃辯論下去，她最後說：「是！是！競選口號我也幫你想好了，你就叫作『溪梧柯文哲』。你長這麼帥，要叫你『溪梧劉德華』也可以。」

9 一罐行軍散的愛情

戴安若回到台灣時沒有任何一件行李，她只是緊緊捉著戴正的小手。回到出生地，就是靠岸了。

風風雨雨這麼多年，再美的花都會凋零。也好，化作春泥，種子不死，就能夠萌芽重新生長。漂泊的容顏最終還是容顏，不會因為漂泊就多生出一隻眼將世事看得洞察，也不會因為漂泊就多長出一張嘴將人情說得練達。容顏它是一張心的臉，心好心壞，在回眸之間，在一笑之間。

暫時安頓好住所和戴正讀書的學校，戴安若第一件事情就是去軍人公墓看父親。

位在市郊的公墓依山傍水，遠眺高速公路，前臨四分溪，丘陵群擁，綠樹環繞。若不是園區大門有座宏偉的中式牌樓清楚鐫印國字軍人公墓，這裡看起來真像古代皇族居住的避暑山莊。沿著階梯向上漫步，終點是高聳的大理石軍人紀念碑。穿越紀念碑是南港山東麓的茅草埔山，縱走之後可經四分里山接九五峰步道，好個樹色千層亂，天形一罅遙的綠樹森森。整座園區建築有忠烈祠祭殿、安厝忠靈堂、以及懷恩亭、紀念碑、鐘鼓樓，皆採中式宮殿造型，確實符合民國五十八年興建時「莊嚴肅穆，雄偉壯觀，用來象徵革命軍人浩然正氣，以長祀英靈」的目的。

時光與歷史並逝，「莊嚴肅穆、雄偉壯觀」的牌坊殿堂亭台鼓樓如今依舊在，鋼筋水泥廟瓦不死亦不毀，但是浩然正氣啊……伴隨忠靈堂逝者長存記憶，那是清明時節雨紛紛，淚水和雨水都成為季節應景的道具。千年前理學大師程顥寫過「世路嶮巇功業遠，未能歸去不男兒」，正是如今軍人公墓的寫照，浩然正氣長祀英靈，彷彿天寶遺事。二十一世紀後，「正」這個字最常出現在「正妹」，一個女人若是被稱呼「正妹」時也很正經地板起臉來討論關於「正」字的意義，比方說「正氣」或「正派」，那肯定讓氣氛瞬間石化冷凍。大家都喜歡撩正妹，不太喜歡聊正義。

市區軍人公墓共一千六百六十六座骨灰埋藏盒，先烈們的姓名與照片標示於塔前，如公寓門牌清楚羅列，這些名字裡有「正」的人還真不少。其次是忠與義。

戴登綱，族譜排名登字輩，綱是網子的主繩，結網有綱才能有條不紊。戴登綱的弟弟取名戴登維，綱維就是總綱與四維，引申為法度的意思。程顥的學生朱熹說「歷選前聖之書，所以提挈綱維，開示蘊奧」，可見戴家對長子與次子命名的用心。一九四九年之後，戴登綱離開家鄉來到寶島，一心反攻大陸。離家之後，這輩子，他離大陸最近的距離是部隊派駐馬祖時，看著藍眼淚流眼淚。

戴登綱會將獨生女的名字取作安若，應該也是反映了當時的心情吧！大江大海，一去永不返，油麻菜籽，落到哪裡就在哪裡安身立命。這心情有點像童玩遊戲大風吹，現在吹無家可歸的人。只是孩子們太天真，吹完無家可歸的人還會繼續不羈不罷手地讓風一直吹。

只有真正無家可歸的人，祈求大風吹，吹出一條回家的路，他們還想再見一眼爸爸媽媽。再見一眼好嗎。

曾經，每年農曆除夕夜天黑之前，戴登綱會在宿舍的小花園擺一桌豐盛牲禮，明明只有父女兩人，卻在桌上擺滿道口燒雞、紅燒蹄膀、香滷牛腱、乾煎白鯧，以及香腸臘肉。另外還有三個大湯碗，內盛酥炸排骨、炸肉丸、炸雞塊，炸過瀝乾再蒸，連同油汁倒扣入碗，接著置入濃稠的大骨高湯，淋入少許醬油、醋，撒上蔥花與芫荽，便是戴登綱去世前每年都會親自料理的家鄉菜。

豐盛的熟食之間，擺著一個碗，碗內盛滿生白米。戴登綱為了娶古芝琪時接受天主教洗禮，聖名保祿，但是此刻，一年只有一次，農曆十二月三十，他會手持三炷香，帶著戴安若燃香、拜天、祭祖、三鞠躬。每年只有這個時候，戴安若會聽見父親語帶哽咽的聲音，輕輕述說自己的不孝，他遙望天空，滿布皺紋的眼角積累淚光：「爸，媽，登綱不孝，未能承歡膝下。現在不知道你們過得好不好，希望上天保佑，我們全家團圓。這是戴安若，你們的孫女，是個好孩子！」

戴登綱將點燃的三炷香插入米碗之後，還會帶著小安若一起下跪對著天空磕頭，這樣的儀式持續許多年，直到戴登綱下肢動脈硬化，再也無法屈膝跪地為止。

戴安若年紀小不懂事，只覬覦桌上的菜餚，看著原本冒煙的家鄉菜漸漸涼了，薄薄的油脂結晶在湯面上，彷彿輕點水燈。祭祖完畢之後，戴登綱會重新加熱菜餚，湯碗裡的炸肉丸、雞塊排骨與蔥花芫荽與高湯再次煮沸，像是融合了些什麼，新與舊，族群與部落，寶島與離島。故鄉與家鄉。戴安若啜飲著溫熱的高湯，那時候她備受父親寵愛，她只知道有爸爸的地方就是家，她心目中硬漢般的戴登綱，是永遠的世界屋頂。

現在，世界屋頂只剩一片三十公分見方的壁墓，靈骨塔前一張照片，戴登綱音容宛在，笑容英挺，只是他再也不能牽著戴安若的手，除夕夜的祭祖盛宴已成絕響，剩下戴安若一個人。還好，她還有戴正，戴登綱的外孫。

當年玉盤珍饈風華不再，戴安若只會煮水餃，供桌上是十五粒高麗菜水餃，一顆蘋果。她另外去牛肉麵店切了兩百塊滷牛腱，想著祭拜完了還可以帶回家給戴正當晚餐吃，雖然數一數兩百塊牛腱子也沒有幾片肉。供桌上有一張戴登綱的照片，那是她唯一擁有的，父親同鄉會證件上的照片。他辦這張證件的時候應該是滿懷返鄉的意志力吧！笑容如此瀟灑充滿自信，他這輩子在戴安若的心中都是這樣的形象。

戴安若倚靠在戴登綱的骨灰收藏櫃前，眼淚撲簌簌流下。她沒說話，只在心裡想著：「爸爸，我回來了。」

偌大的忠靈堂，上千位靜默的長輩們都聽到了。

話說完了，水餃涼了，戴安若獨自回到供桌旁，跪在父親遺照與供品前方，按照習俗需先擲筊，一正一反，父親同意了。她微微一笑，知道父親從來未曾刁難過她，現在她肚子好餓，想在胃裡塞點食物，眼前只有水餃可以吃，滷牛腱要留給十歲的兒子戴正。於是她端起便當盒，坐在旁邊陳舊的沙發椅中，一口一口，將冷掉的水餃放進嘴裡。在第一顆水餃入口之前，她心裡默想著：「爸爸，我陪你一起吃飯。」說著說著，眼淚和咬破水餃的湯汁一起滴落。

戴登綱陪伴她三十年，直到她去美國為止。她的前夫始終沒有兌現允諾，把戴登綱一起接到美國住。前夫總有千萬種理由，卻永遠只有一個答案，那就是「說到的事從來沒有做到」。戴登綱過世那年，戴安若窮到買不起返台機票，她連長途電話費都花不起。幫忙父親辦後事的長輩會用Skype通訊，網路一接通之後，只聽到戴安若啜泣吸鼻涕的聲音。

現在一切從頭開始，清清白白。

如果不是認識汪承熙，現在的戴安若，回到故鄉重新開始的戴安若，應該就會像戴登綱當初命名的初衷，安然自若。

偏偏，汪承熙出現了，這男人，高大英挺，從背影看來還有幾分戴登綱的模樣。然而，汪承熙貌似男子漢的外表下卻包裹著男孩子的心靈。他什麼都有了，就是沒有愛。他的媽媽周娟美說：「不是他壞，是世道壞了。」

若是在過去，以汪家在地方和中央的影響力，繼續布局政壇輕而易舉。汪家從日據時代開始經商，至汪志群是第三代。台大畢業的台籍菁英汪志群，高票當選省議員，後來連任立委，透過民主選舉將人脈拓展到政治圈，可謂汪家的巔峰時期。到了汪承熙是第四代，享盡最優渥的資源，哈佛大學甘迺迪學院博士，熟稔國際公共事務，博士論文精闢分析台海關係。除了在讀書深造這件事情上是菁英，汪承熙透過長輩介紹，娶了本地銀行富二代賈薇玲。賈薇玲當時是電視台新聞主播，透過這段聯姻，不但將汪家的農產品事業與金融界成功媒合，還進一步與媒體圈配套整合。那時候，他真是青年才俊，意氣風發。

童話故事都是這樣開始的……Once upon a time很久很久以前……結局也千篇一律是Live happily ever after從此過著幸福快樂的日子……富四代汪承熙和總裁千金賈薇玲的婚姻，郎才女貌，富貴雙全，絕對配得上這樣的童話結局。

But……

但是。

但是兩個人都是在雲端成長的王子與公主，他們的生活容不得一絲絲接地氣的現實。王子與公主也是人，和哺乳類動物一樣需要吃喝拉撒睡，然而號稱萬物之靈的人類更甚於哺乳動物，因為他們擁有各自獨一無二的個性，難以磨合的DNA。在故事開始時，兩人以正常人類模式分泌一種在腦中喚起性欲的分子引爆劑多巴胺，發揮紅血球一氧化氮的傳訊作用，引燃腦內杏仁皮質側核群變化，簡稱做愛，徹底實踐人類在文化學研究論述裡傳宗接代的功能，交歡與懷孕生女。但是，這一切激素也挽救不了「東飛伯勞西飛燕」——因為習性不同而注定分離的結局。

汪承熙唯一的孩子汪洋洋，從她出生日期往前推算，應該是所謂的入門喜。賈薇玲經長輩介紹認識汪承熙還不到三個月就結婚，婚後陪伴還在念博士學位的汪承熙住在美國，汪家富四代，持盈保泰，勤儉有方，和賈家新富那種奢華排場大相逕庭。汪承熙自攻讀碩士學位起就在美國求學，他是少爺，除了不會做菜，其他洗衣服開車修電器這些瑣事已經習慣自己來。留學生沒有傭人沒有司機很正常，但是，賈薇玲顯然很不適應這樣的生活，她也抱怨這裡沒有好的指甲美容師。

為了討好新婚太太，汪承熙每週末都帶賈薇玲去逛街買東西，嬌妻嫌Wrentham Village Premium Outlet暢貨中心是打折過季品，汪承熙就帶她去Copley Place科普利廣場買當季新貨，賈薇玲特別愛買鞋，舉凡義大利Manolo Blahnik、Rene Caovilla、Giuseppe Zanotti，法國Roger

Vivier、Christian Louboutin，都是她的囊中物。這些精品隨便一雙都是五百美金起跳，賈薇玲囤貨多到有些鞋子連一次都沒穿過。

汪承熙鼓勵她順便申請一個哈佛碩士，無奈她托福成績並不理想，加上她自己也無心進修，索性每天逛街買東西。無聊的時候立刻買張機票回台灣，三天兩頭把頭等艙當作交通車在搭，來來回回波士頓與台北。她朋友經常在台北知名的高檔咖啡店看到她，隔幾天又在波士頓The Langham酒店看到她用Wedgwood瓷器喝著下午茶。賈薇玲像個神祕女超人穿梭太平洋，讓汪家龐大親友群的頭殼都暈了，到底這媳婦兒是嫁到哪裡？到後來連汪承熙也暈了，忍不住當面詢問賈薇玲是憑什麼條件當上新聞主播？

賈薇玲只簡單回應幾個字：「因為電視台是我家開的。」

賈薇玲懷孕的消息傳來，汪家全家上下滿心歡喜，這是汪家第五代，每個人都雀躍期待新生兒，即使產檢時就確定是個女孩兒，與閩南人重男輕女的傳統有點落差，但這是汪家正室這一脈的孫女，不是那些旁門左道來的偏房。賈薇玲的婆婆周娟美為此特別親自飛一趟美國，想要親自幫媳婦安胎，不料這媳婦竟然前腳才搭上飛機回台灣。

「這孩子……」周娟美年近六十，頭髮早已花白，髮量所剩不多仍堅持梳成整齊的髮髻盤在頭上。她是個內斂的婦人，作為汪家長媳多年，她看盡權豪勢要，她也嘗遍人情冷暖。她為汪家生了三個男孩，現在，只有汪承熙可以說上話。

「我的意思是，這小孩，要在美國生還是回台灣生？」周娟美柔聲地問。

「不知道，要看她。她一天到晚跑來跑去。」汪承熙無奈地說。

「你們還好嗎？」周娟美私心最偏愛長子汪承熙，她很想多探問些什麼，但是，汪承熙早已經比她高出一個頭，是個已經長大的孩子了。周娟美心知肚明，這不是過度干涉的時候。

汪承熙沒有回答這個問題。

他是個愛面子的人，就像他從來不會跟別人提起，他要像父親一樣考上第一志願建國中學，結果因為零點五分的成績差距落榜時，他寧願選擇私校第一志願，也不願意念公立學校排行第二的師大附中。

汪承熙讀高一時身高只有一百六十五公分，又瘦又小，座位都排在第一排，自卑內向，不太跟同學們講話，即使兩年之內他的身高神奇地拉長二十公分，讓他有點自信和男同學一塊兒打籃球，他還是不太跟女孩說話。他把所有時間都花在讀書這件事，專心讀教科書。

但是，他的考運始終不好。大學聯考第一志願是台大醫科，高中三年死拚活拚就是為了當醫生，結果又是差幾分落榜，他當時若是願意念其他醫學院，也一樣能夠成就當醫生的夢想，然而，倔強的他卻堅持選擇念台大其他科系，因為他就是要像父親汪志群一樣擁有台大學歷。他認為自己是家族繼承人，他的一生就是為了承襲家族榮耀與創造榮耀。他不能輸給父親，他至少要和父親成為平行線。

也許是這些看不見的壓力讓他在大學一年級時經常胸悶胸痛，安靜坐著也會喘，睡覺更是難以安眠。他以為這些症狀是因為聯考失敗導致心情不好，忍住不說，突然有一天臉色發青，痛到無法忍受甚至無法呼吸，身高一百八十五公分的他就突然倒下了。還好當時人在醫院附近，急救診斷是原發性氣胸，空氣跑進肋膜腔壓縮肺臟，醫生先使用胸腔引流術治療，在氣胸這側插入胸管排出空氣，效果不彰，最後決定採取開胸併肺楔狀切除手術，在腋下切開約十公分的傷口，由第三肋骨間進入，切除異常肺泡及機械性肋膜摩擦。

汪承熙的右腋下方，從乳頭旁直到後背的天池穴有條長長的疤痕，因為蟹足腫體質讓這條疤痕長成白色小蜈蚣，沒頭沒尾似地在胸腔邊緣盤旋，當時手術緊急未顧慮到傷口縫合，使這道疤痕除了像隻蜈蚣，有時也像是暈船的槳，在無人的竹筏上搖晃。這個成年的印記曾經只有周娟美疼惜，賈薇玲看到時皺縮眉頭，轉身把燈關掉。

汪家第四代長媳賈薇玲，生下第五代嫡長女汪洋洋沒多久，剛剛把月子坐滿坐好，她什麼都不說就搬回娘家，接著找律師來協議離婚。

含著金湯匙出生，除了考運不好，人生都在勝利組擺盪的汪承熙怎能忍受婚姻失敗的羞辱，他拒簽離婚證書。那時候他剛剛從哈佛大學甘迺迪學院學成歸國，正準備大展仕途，他父親早已經幫他喬好地方縣市政府的官位，他苦讀一輩子的書就是為了光宗耀祖。這時候賈薇玲發什麼小姐脾氣都不重要了，汪承熙在乎的只有事業和家族。

偏偏周娟美在這個時候發現腫瘤，膽管癌末期。從發現病灶到過世，不到三個月。這段期間賈薇玲只來探望過一次，那次還帶了律師同行，當著所有人的面跟周娟美說：「我從來沒有愛過他，媽媽，妳死之前還是勸勸他放過我吧！」

周娟美過世後，汪志群「喬」好的工作因為政黨輪替落空了。汪承熙宦途夢碎，婚姻夢醒，過去最依靠的母親，默默守候在他身邊三十年的母親周娟美，也永遠離開他了。

就像周娟美生前所說：「不是他壞，是世道壞了。」

當汪承熙決定簽下離婚協議書的那一刻起，他就壞掉了。

曾經默默坐在高中教室最前排，害羞內向低頭不語的孩子；曾經在美國每週一定要打電話回台灣問候父母平安，聽聽他們健康講話聲音的留學生；曾經在氣胸發作時獨自面對死亡，一度因為醫師誤診在鬼門關邊緣徘徊的汪承熙……

他也認為自己沒有變壞，是世道壞了。

舞小姐、模特兒、空姐、櫃姐、理財專員……他的LINE通訊記錄一打開全部都是漂亮女人頭。以前想媽媽，動不動就打國際越洋電話聽聽聲音，說說心事，帳單每月結算，總是一筆金錢開銷。現在通訊軟體發達，電信吃到飽，隨時隨便上。還有一堆貼圖，不用說話，不用寫字，不用負責任，手機上調情打嘴炮，送愛心送親吻，免費。那些女人口裡叫著汪董汪董，手裡就把自己的低胸露乳相片透過網路滑過來，汪承熙的手機照片檔裡都是這種女人自動獻身的欲照，連買色情雜誌的錢都可以省下來。

當初認識戴安若，也是想這樣玩弄她一下。

在基金會裡，有人說她以前是明星，但是汪承熙不認識。她當紅的時候他出國念書了，他開始交女朋友聊八卦的時候換她出國了。現在，聽說她也離婚了，帶著一個兒子。她剛回台灣的時候在英語補習班做櫃台，基金會執行長就是幫女兒報名托福保證班的時候認出她，把她延攬來做會計。因為執行長是她的大學同學，台大經濟系。

在幾次開會的時候，汪承熙會注意到這個過氣女明星。她安靜不多話，字寫得很工整。汪承熙同她鬧過幾次說要請她吃飯，她都微笑搖頭，客氣拒絕，說大家都忙，別耽誤時間。汪承熙是少爺，從來都是別人攀過來，未曾有他自己攀過去的，他又嫌她奶小，身高是不錯，畢竟當過明星，還得過什麼金獅獎，但是，她現在看起來就像個書店或咖啡店老闆之類的中年婦女，氣質是很不錯，走在路上經常招致「回頭率」。這是汪承熙發現的，有時候董事們在公司開會結束，就近到附近餐館吃飯時，走那一小段馬路，總是會有人在戴安若經過時，回頭再看她一眼。這樣的情形發生幾次後，讓汪承熙走在戴安若旁邊，都會感覺到一股莫名的虛榮，而有意無意的向戴安若靠近。

「但是奶子還是太小。」汪承熙評估後做出決定。

戴安若經常胃痛，汪承熙建議她服藥，她依然點頭笑笑，不說話。又隔了兩個月，基金會召開董事會，汪承熙帶了一罐泰國五塔標行軍散給戴安若。

「胃痛吃這個很有幫助。」汪承熙說：「而且可以治療暈船。」

戴安若茫然地看著汪承熙。

「妳不是老船長嗎？」汪承熙賊笑道：「像我們經歷過大風大浪的人，多少都有船長的歷練。」

「這個……」戴安若指指他手上的五塔標行軍散，彷彿欲言又止：「我從來沒吃過。」

「這是家庭必備良藥。」汪承熙終於恢復正經，認真解釋：「我家有個櫃子，裡面都是放這些居家保養藥。像是太田胃散、臥佛牌青草藥膏。」

說著說著，汪承熙竟然又另外拿出一罐黃色的草藥膏，像是炫耀什麼稀世珍寶似的繼續說：「像是妳如果肩頸痠痛，就要用這個。只有黃色的才是真正到臥佛寺裡面買到的正統臥佛牌青草膏，其他綠色罐子的到處都買得到不稀奇。」

戴安若開了眼界。

「妳一天到晚彎腰駝背，我看妳一定是肩頸痠痛導致。」汪承熙遞出那罐黃色的藥膏：「這罐給妳，沒事拿來搽搽脖子和肩膀，會有改善，而且很舒服。」

戴安若這輩子沒吃過成藥，她父親在醫院上班，她從小吃盤尼西林長大。

莫名接受汪承熙的餽贈，戴安若心裡頭剛剛浮上一股暖流，覺得這人不像他外表看來那麼浮華與虛情假意，沒想到汪承熙接著就說：「妳有沒有想過，妳和我是最相配的。像我這樣身分地位的人，如果在外面玩，很容易被人設計仙人跳，所以我基本上不會去外面亂玩；而妳是個有知名度的人，更不可能亂來，萬一被抓到把柄會很麻煩。所以，我們兩個在一起是最適合的。來吧！」

才剛剛覺得汪承熙沒那麼壞，轉眼他就露出真面目壞起來。

戴安若不擅長爭辯，她是個典型把吃苦當吃補的人，看著父親忍氣吞聲一輩子，她也複製了父親的形象。她這一生除了做錯婚姻的選擇，幾乎沒有汙點。其實，當時會選擇婚姻也不一定是那麼錯誤的事，那時她必須逃離，逃離這個不友善的島嶼，逃離嗜血的媒體，逃離許許多多的恨意以及排山倒海的誘惑。那時候，像汪承熙這樣的男人太多，這種男人輕易把任何金錢能買到的東西都當作戰利品，他們的戰爭不是船堅砲利的愛國者飛彈，他們用名牌用支票用賓士車用甜蜜的誓言掀起欲望大戰，他們說出來的誓言比跳海還要偉大，他們做到的誓言比一顆曲棍球還渺小。

一罐行軍散，能換到什麼愛情？

這男人，逕自把戴安若的皮包拿過去，打開拉鍊，把五塔標行軍散和兩罐綠色與黃色的青草藥膏同時放進去，又幫她把皮包拉鍊拉好，說聲：「帶回去慢慢用，別忘了。希望妳不要再胃痛了。」

基金會裡有人察覺到汪承熙似乎對戴安若有意思，刻意媒合兩人，說說鬧鬧之間，總愛開汪承熙與戴安若的玩笑。當那些「汪大少什麼時候請我們喝喜酒啊！」「你們兩人真的是郎才女貌耶！」的言語紛紛傳來時，戴安若偶然聽到汪承熙回應：「我配不上。」眾人還是繼續開玩笑，他便回答：「你們不要鬧了，人家就是一個正宮的格局。」

這句話讓戴安若的心揪了一下。汪承熙，大家都知道他是大少爺。

大少爺說話時有紈袴，時有正經，要看心情，說不準的。

就像他第一次請戴安若吃飯，選在永康街附近一間知名道地的江浙館子，一進門，領檯帶位剛剛坐下，汪承熙就說：「我們兩個人這樣走進來，萬一被狗仔隊看到，會怎麼樣？」

戴安若沒好氣的回答：「你有沒有搞錯，我們是走進餐館，又不是賓館。」

這句話逗得少爺哈哈大笑，他立刻拿出身分證，說：「妳看，我的身分證背後的配偶欄是空白的，我想妳一定也是。這代表我們兩個人是可以大大方方而且不會犯法走進賓館。怎麼樣，要不要去？」

戴安若認識汪承熙也有一年多，平日開會時也見過他調戲其他人，比方說大家相約吃飯，汪承熙會說：「兄弟，帶幾個妹來吧。」或是對著女員工說：「正妹，一起來喝酒。」這類物化女性的言論。她愈不喜歡他，就愈會注意他，時間久了，竟然對這男人起了一股憐憫，覺得這男人有點可憐，明明擁有眾人欽羨的條件，怎麼會把自己搞得這麼下賤，品格如此不堪。

就像他們第一次約會，他毫不修飾語句出口直接探問：「妳交過幾個男朋友，包含前夫？」

她愣了一下回答：「兩個。」

「這麼多。」他說。

「汪先生，我請問你，你是在美國修得博士學位吧？」她問。

「沒錯。」

「寫博士論文的時候需不需要用到量化研究？」她繼續問。

「我有做。」

「你的量化研究對象只有兩個嗎？」

「怎麼可能！這麼少。」

「那就對了。剛剛我回答你我交往過兩個男朋友，你覺得多。現在我問你是不是只有兩個量化研究對象，你又覺得少。你的多和少的『大數據』也很奇怪。」

汪承熙說：「這不是這樣算的。」

這樣沒交集的對話，在服務員上菜之後暫時舒緩。蔥燒肋排、雪菜百頁、蝦腰煨麵。汪承熙舉起筷子，專心吃飯不再說話。汪承熙腦袋裡盤算著，他不應該再招惹戴安若。他心想：「這女的外表看起來軟弱，實際上頭腦很清楚，她不會像那些女人那麼好打發。」

唯一一次請客吃飯之後，汪承熙刻意迴避戴安若將近半年的時間。

他沒大事業要忙，卻也沒閒著，那些眉來眼去的歡場女子依舊潮聚潮散，另外還有一個最傷腦筋的女人，就是他的獨生女汪洋洋，不斷惹事生非，讓他煩死了，汪承熙乾脆給女兒幾棟房子鑰匙讓她隨便住，不要回家把他和爺爺氣到心臟病。

自從汪家與政治圈脫鉤之後，加上全球經濟不景氣，家族事業一落千丈，這幾年投資什麼賠什麼，汪承熙負責的房地產開發公司更是慘澹經營，除了基金會發放獎學金和協助社會福利捐款有點成績之外，整體而言的營收數據是溜滑梯。汪家大權目前掌握在第三代當家的汪志群手上，大少爺汪承熙到現在還在領月薪。

離婚之後，汪承熙交往過幾個女朋友，學歷一個比一個低。最後一個女友專門跑單幫，開間服飾店賣韓國進口成衣，年紀和汪承熙差不多，也是個離婚的女人。汪承熙後來發現自己喜歡來這間服飾店勝過見到女友本人，他覺得在這個小店裡可以自由呼吸，不必處處小心偽裝。在汪家那樣親族繁冗的大家族，汪承熙常常身不由己，說什麼話做什麼事都會被放大一百倍解讀。從前母親在世的時候，能夠了解他的苦處，有時會挺身而出為寶貝兒子說幾句話，自從她過世之後，汪承熙愈來愈發現自己做什麼事情都是錯的。汪志群強悍霸道，汪家就是以他為君父的城邦，凡事他說了算。汪承熙，被父親的陰影籠罩，長期抑鬱，他胸悶愈來愈嚴重，經常伴隨暈眩，他甚至意識到胸腔那條蟹足腫的傷口再度裂開，烙印在肉身上的白色蜈蚣不是疤痕，它複製著遠古唇足綱節肢動物的本能，爬行在他的五臟六腑，而且是肉食性動物。

汪承熙再度和戴安若正式約會，他選擇在自己心愛的白色賓士車裡先見面，這是他少數可以自由呼吸的地方。他說要開車接她去大直搭乘摩天輪看夜景，這樣，他竊想，比較有正當理由在汽車裡獨處。

在摩天輪上他第一次握她的手。他其實還想做更多事，因為摩天輪有十五分鐘的時間離開地表在空中隱密盤旋，但是他來不及做，因為當他握住她的手，發現她一臉空白，茫然，暫停，鎖住，卡死，以及許許多多他無法形容的冷淡與冷漠之後，他似乎也得了同樣冷凍的傳染病。

「妳好奇怪喔。」汪承熙說。

戴安若還是一臉冷酷茫然的表情。

「一般女人被握手之後，只有兩種反應。」

「哪兩種？」戴安若不解地問。

「一種是尖叫把手甩開。另一種是握得更緊。」汪承熙回答。

「喔！有沒有第三種？」

「算了！」汪承熙說：「妳就是個Late bloomer。」話才說完，他突然感覺到劇烈的腹部絞痛，如繩轉或如筋吊，如錐刺或如刀刮，脹悶非常，亟欲上廁所。汪承熙很迷信，他一直記得算命仙曾經說過他是「陰陽日月主高堂，明潤黃光福壽昌，難防猝中絞腸痧，桃花散金津未央」。這幾句話裡，把他的病症都說得一清二楚，絞腸痧是中醫用語，西醫的說法就是腸絞痛，又名脹氣。

後來約會的內容有沒有繼續握手或肩並肩欣賞旖旎夜色都不重要了，他只記得當時只想趕快找間廁所躲起來。

戴安若在廁所外面等了四十分鐘，孤獨地站著。

這男人什麼話也沒說，離開摩天輪之後就直直走，戴安若只好直直跟，走到男廁門口，他轉身便閃進去，留下她一個人站在外面。走也不是，留也不是。

彷彿隱喻他們後來的關係，走或不走，都痛。

汪承熙從廁所出來的時候發現這個女人還在原地，他的心熱了一下。

那天她穿著靛藍色洋裝，在百貨公司即將打烊，店鋪紛紛熄燈的同時，她站在那裡，曖曖含光，粉黛曼妙，像朵夜色中的桃花。可不是嗎，算命仙都說過「桃花散金津未央」，過去汪承熙一直以為是自己命帶桃花，心想男人做生意逢場作戲，鶯鶯燕燕難免。現在，他看著靛青色裡的戴安若，就像是一株瘦弱的桃花。

只是一株瘦弱的桃花就把整個眼睛占滿了，整個人占滿了。

他在車上吻了她，他再也無法抗拒這股吸引力，他欲望著她，比胸膛上那條白色蜈蚣還要強烈的欲望，他準備爬行在她的私密山谷，鑽進山谷中的每個孔洞，他是肉食性動物，隨時準備狩獵，因為欲望的緣故。

而她，則是在月光中看見了那道胸腔傷口，撕裂又癒合的疤痕，貫穿腋下，隱隱約約在他的開合之中露出蜈蚣般的肢節，張牙舞爪地浮出光滑的肌膚表面，蟹足腫體質讓這道疤痕隆凸起氣滯血瘀的山丘，肉身山丘，在消逝的時間軸裡磨平稜角，時間讓一切有為法試圖如夢幻泡影，然而，時間最終只能淡化疤痕的猩紅血色，無法再回到過去。當汪承熙是個新生兒時，曾經讓母親衷心疼愛，父親高度期望，那時候他也曾經天真單純，以為世界上所有的事情都會像童話書描寫的結局：「從此他們過著幸福快樂的日子！」汪承熙在他寂寞的十七歲氣胸發作時已經將憂鬱縫在胸口，他這輩子都不會承認他根本做不到父親一半的心狠手辣，更做不到父親一半的英雄謀略。

成年後的他只會做愛，用金錢和時間換取床笫之間的掌聲，有關期望與失落，欲望與滿足的社會心理學研究，汪承熙在女人身上田野調查並交出滿分論文。就像他現在蜷伏在戴安若身邊，他的長手長腳交叉著她的身體，彷彿勝利的疆界，占領女體肉身，任由他進出。而戴安若，則是低頭親吻汪承熙胸膛的疤痕，緩緩且柔軟。沒有任何欲望與期望，單純得像個母親在睡前親吻嬰兒的額頭，或者嘴唇，他們裸體相擁，他沉沉地呼吸，而她，帶著彩虹的氣息，黃昏之後，揮別靛藍色的憂鬱，他們在黑暗中貼近彼此，懷抱僅有的溫暖，當黑暗結束，就是黎明。明天的故事會成為「很久很久以前」的開始，結局沒有寫出來之前，所有人都希望會過著幸福快樂的日子。

汪承熙在戴安若懷中睡著。老船長暫時不暈船，此刻，他也靠岸了。

10 橋頭

光輝孤橋忘鷺鷗
日薄旱地竹蔗窮
時光流過豐年祭
君住那頭我這頭

「安安姊姊，妳注意聽，那個山再過一會兒就要爆炸了！」小朋友拉著戴安若的手，另一隻手指著河對岸的中央山脈。

遠處山林應當出現綠地藍天的蓊鬱青森，卻在接近山峰處，赫然裸露一大片崩場的碎石坡，遠觀那弧度，應是垂直稜線達百公尺的殘缺。慘白的泥灰色，雷同蠹蟲蛀蝕的破洞，一瀉千里，彷彿貪得無厭的石嘴，狂暴張口欲吞噬所有觸目可得的財富，哈乾抹盡。取之不盡、用之不竭的造物者之無盡藏！本應受到歌詠，卻受困於貪婪，碎了碎了，碎了一世豐華。

山已不是山。是政治。

戴安若好奇地問小朋友：「喔！你怎麼知道呢？」

「很簡單，每次那邊要爆炸的時候，會先有聲音，好像防空警報喔！嗡嗡嗡一直響，然後有人會大叫，很大聲，我們這邊都聽得到，沒有多久，山就爆炸了。要不然，妳等一下，仔細看！」

於是戴安若刻意安靜下來，仔細聆聽。

小朋友繼續說：「我爸爸說，那些都是平地人來的，他們開很多卡車到山上，裝炸藥，可以把山上的好石頭挖出來，比較快！然後運出去，可以賣很多錢！」

等待的時間不超過一分鐘，就看到遠山冒出煙霧，接著是一聲巨響，轟隆隆伴隨著回音。正如同小朋友敘述的，山爆炸了。會先看到煙霧是因為光速以每秒三十萬公里的速度飛馳，比聲音在空氣中每秒三百二十公尺傳遞的速度要快太多倍。

因此我們常常被視覺的第一印象框住。即便耳朵聽到真相，也在稍縱即逝之間忽略。

然而賞心悅目，確實是一種美好的初體驗。花東美景是戴安若心裡的印痕，讓她念念不忘。她長大以後，無論是求學或就業，只要有假期，必定回外婆家看看親人。即使她的母親古芝琪早已不知雲遊何方，戴安若還是會回到媽媽出生的地方，陪陪媽媽的媽媽，看看媽媽的兄弟姊妹，以及他們的孩子。

瞧！別太在乎山上的窟窿，且將視線穿越眼前的萬里溪。這條阿美族所稱呼的Mariu溪，在日本殖民時期以日語發音的「摩里沙卡」森坂溪。無論它叫作什麼名字，它源源不斷向東流，一去不回頭。

萬里溪是台灣河川中極少數沒有攔砂壩的河流，河川砂石大都是上游山區岩石風化崩解後，經山洪挾帶形成土石流至河道，逐漸隨著水流搬運堆積而成。萬里溪珍貴的原因在於河床堆積的礫石性質與上游岩性相近，是著名的天然砂石場。因為河流在長距離的移動過程中，經歷自然沖刷與篩選，比較脆弱的岩石早已溶解或粉碎成塵，只留下相對堅硬的石頭。經過長遠的時間與空間淘汰，萬里溪的砂石被公認是品質最佳的原料來源之一。

視線再越過寬闊的河床對岸即是連綿青山，向更遠處望去，或者可以想像溪水發源地中央山脈白石山與安東軍山之間的萬里池，或許也是深山中另一滴天使的眼淚，它可能大到像月娘，也可能小到像一顆鵝卵石。萬里池無限供給萬里溪水，悠悠蕩蕩從高山傾出，沖刷山谷，展潤良田。繼續遙望另一側狹長的縱谷地形，那是花東平原，板塊邊界縫合帶，高山溪流在水量暴漲時與礫石同心協力，明顯沖蝕溪流谷地與大河盡頭的V形切割。大水在中央山脈與海岸山脈東西分流，構成縱橫交織的景象，原先的谷地經過河流作用，砂礫堆積形成寬大的沖積扇平原，也沖刷出廣袤肥沃的農地。

萬里溪與馬太鞍溪交會處，有純淨的水源與排水良好的河床砂礫地，每當大雨過後，經過洪水沖刷，砂質土壤經過洗滌、更新、淬鍊出更精純的營養與美味，是花蓮西瓜的經典產區。

那時候的光輝鄉夏季，整條萬里溪沿岸遍布盛產的大西瓜。當熱浪一波波來襲，許多當地的小孩會脫光衣服，在河流裡盡情逐浪嬉戲，他們也會跳躍在溪邊「綠鑽石」砂礫地中，奔跑在西瓜田裡自動曬乾衣服兼遊戲玩耍。遊戲讓孩子成為巨人，隨手就地拾取平均重量約二十五至二十八台斤的大西瓜，先學電視上看到的商人們有模有樣地敲敲打打一番，藉著西瓜的震顫聽聽裡面的聲音，是沉厚，是清脆，是扎實，是低沉，他們根本聽不懂。他們就是模仿，成為大人的樣子。

戰爭也是一種模仿。

孩子們將挑好的西瓜陸陸續續地搬運回河床上，準備西瓜大戰。各自分封各自的區域圍成基地，然後，拿起自己囤積的西瓜，直接往石頭上敲，頓時這顆綠鑽石皮開肉綻，爆噴出鮮紅的西瓜漿液，噴到身上，撒向四周，儼然一番紅雨。孩子們沒有工具，直接用手指頭挖取西瓜果肉，送進嘴裡，手掌愈大的人挖得愈多，吃得更快。如果這顆西瓜不甜，往往吃了一口之後，就把剩餘的西瓜丟向敵方，邊丟邊喊「看我的飛彈」！若是不想繼續戰鬥，便將西瓜拋向河裡。載浮載沉是一種安全的方式，河流默默無語，河流並非風平浪靜，但是它的終點是從來沒給過答案的遠方。

最本能最天真的事情依然是飽足食欲。

吃完西瓜大餐，孩子們會把連同果肉的西瓜殼套在頭上當帽子，剩餘的紅色瓜肉隨意塗滿全身，有人說可以防曬、有人說可以偽裝，沁入身心不只是西瓜的清涼香甜，還有童言童語，即使所有的童玩都只是一場國王的新衣。

花蓮縣全年西瓜栽培面積約二千二百零四公頃，西瓜全年總產量達四萬八千五百二十六公噸，高居全台灣之冠。第一期西瓜大約在五月下旬採收，最精華的產品上市之後，陸續開賣到颱風季來臨，夏季之後的西瓜品質每下愈況，辛苦採收換不到好價錢，農民便任憑晚摘西瓜在旱地裡自生自滅，卻意外成就孩子們的遊戲天堂。

夕陽西下，白晝的遊樂世界即將打烊，孩子們繼續在河床上跑來跑去，追著小狗，追著陽光，追著任何還能追逐的景象，包括柴油動力火車。

萬里溪下游有座軌道鐵橋，連結著花蓮與台東之間的人貨運輸。這條在一九二六年開通的鐵道路線，全長將近一百五十一公里，舊萬里溪橋主要用來支撐鐵軌，專供火車行駛，人想要過橋，只能沿著軌道枕木邊緣的鋼梁與僅容旋身的木板之間，步步驚心走完長度二百九十六公尺的鐵橋。若是剛好遇到火車經過，在鋼桁架北側間隔十五公尺會搭設一個簡陋的避車平台，讓行人暫時在這裡躲避火車。

時速九十五公里的柴油動力火車若擦身經過那是淹沒視線的呼嘯，但是，若站在很遠的距離觀賞過橋火車，那就是一幅沙畫。徐徐的移動，緩慢的滲透，在海岸山脈作為暮色的陪襯下，拖曳著十五節藍白色車廂的莒光號經過，彷彿太平洋海豚遁溪而上巴別塔，連聲音都這麼遙遠，何必在乎語言溝通。若是橘紅色的自強號轟隆轟隆行經萬里溪橋，那可是火辣辣的夕陽排列式，筆直漂向南方，絕不回頭的姿勢同步宣示末日決心，直到光芒消失隱遁。

花東縱谷的孩子沒有親眼見過海上斜暉紅霞，他們的太陽下山會被海岸山脈遮住，關於落日，他們只能靠想像，一種金橘色的想像。往往隨著自強號火車消逝在橋的另一頭，想像力也跟著消失了。這種速度似乎隱喻了縱谷裡生長的孩子，童年是那麼繽紛，燃燒，卻在青春期之後直接跳入火坑。

那是很久很久以後的故事了！

此刻，他們只想尾隨遠方的火車一起奔向遠方。火車裡有許多人，他們是乘客，也許正在回家的路上，也許被迫離家。看不清楚的火車窗框裡有著數不清的面孔，也許有一天還會成為朋友。於是孩子們用最大的嗓門歡呼，立時蹦蹦跳跳展現熱情。他們戴著西瓜帽，舉著西瓜皮，遠遠地朝火車揮手！這群猴崽兒們身形有高有矮有胖有瘦，他們站在自以為是的砂石堡壘，站在他們以為的高崗，對著遠方火車上模糊的人們，奮力舞動手臂跳躍歡呼：「嗨……嗨……」

然後不知道是誰開始說英語，孩子們又跟著模仿，怪聲怪調地朗誦著：「唉……拉……夫……優……」

戴安若也曾經是這樣的西瓜小孩。

那句「唉……拉……夫……優……」，是她在英語電視影集裡聽來的，她根本不懂英文，也沒學過ABCD，她憑著印象模仿類似的口音，在萬里溪邊，朝向遠方疾駛的列車吶喊。

那時他們以為的遠方，如今，童年的朋友也去了遠方，再也不相見。

戴安若的母親古芝琪在山上出生，在橋頭長大。因此戴安若的童年經常在這裡度過。小時候越過堤防就是大山大水，整個暑假戲水最快樂的發源地。她不知道橋頭其實地勢低窪，屬於河川行水區，一旦洪水氾濫，橋頭是最快淹沒的地方。

台灣有很多橋頭，不同的命運。

彰化縣福興鄉、雲林縣麥寮鄉、台南市新市區都有名之為「橋頭」所在。就連香港西貢區跟橋咀洲相連的島嶼、大埔區粉嶺公路旁和合石和九龍坑山之間的一處區域，都叫作「橋頭」。在高雄市橋頭區有後勁溪、典寶溪、中崎溪流經，因鄰近楠梓而快速發展成工業區，是南北縱貫公路、縱貫鐵路、高雄捷運紅線的網路中心。日據時代設置台灣第一座現代化機械式的製糖工廠，經過一百多年，現在是吃冰與踏青的郊遊好去處。曾經，碧綠參差的甘蔗田覆蓋全台，甜蜜多汁的甘蔗並非全然為了品味，大多數時間是為了換錢。

糖吃進嘴裡是甜的，然而記憶卻不一定。至少，橋頭古家的糖總是連結著那麼一點苦澀。古清輝返鄉後做過採收甘蔗的包商，古學良負責開怪手，他們八十歲的媽媽林春華，砍不動甘蔗，也能蹲在農地邊纏絲繞線，或拿把小番刀將砍倒的甘蔗割除枯葉，成排擺放，依序捆綁，再由怪手將成堆甘蔗放入運搬車載運到糖廠，大功告成，換取日領一千元的工資。

古家靠著日領薪資一點一滴的累積，讓古正義念完高中，再一路繼續念書到碩士。

整個橋頭村落的人複製著同樣的生活，只有一個人有機會出去念書，他是古正義。

古正義的父親是太魯閣族頭目，他在世時經常用母語提起遷徙的往事。古家一族從南投越過能高山來到花蓮，日本人為了破壞族人團結決定拆散部落，將人群分批押上火車，從新城到台東沿線丟包似的將族人丟散到各個偏鄉。

古和平和林春華以及零星的族人被丟到光輝鄉，在陌生的異域，他們以本能繼續攀爬至高山居住。

尋到山裡一處平坦坡地，古和平先搭建一座竹子屋，後來學會與平地人交易，陸陸續續買進木材，擴大建築，蓋成一座倒L型房舍。屋頂使用油毛氈，終於克服原本茅草屋頂遇雨難免滲透滴漏的困境。正中央是古和平與林春華居住的主臥房，這些所謂的「臥房」都是沒有床鋪的，只是個架高起來的木板通鋪，有點類似大陸黃土高原的原始土炕。通鋪離地面大約半公尺高，每個房間的面積都足夠容納五、六個人同時坐臥在上面。大人們聊天，孩子們盤腿或蹲坐寫功課，興時也可以直接倒頭就睡。

房子左側有廚房、浴室。所謂「浴室」，其實也只是一個有著竹籬笆屏障的隔間，裡面有著「自來水」。「自來水」水源引自深山源源不絕的山泉，整條水管都是用竹子做的，打通竹子裡的關節，一段一段捆裹連接，成為就地取材的水管，將水源運送到吃飯洗澡的地方。浴室裡還有一個大水缸，專門儲水，地面鋪著石頭，想要洗澡的人直接走進去，舀起水來沖一沖就算是洗澡，廢水沿著石頭縫流到外面，流到哪兒無所謂，反正整座山都是莊園，流到窪地飼養雞鵝，流到荒原灌溉植物。廚房，就是間狹仄卻也能夠砌出雙灶的空間，旁邊貯存堆成小山高的薪柴，隨時準備生火煮飯。

太魯閣族不像排灣族會因應自然環境就地取材，使用板岩與頁岩興建石板屋。古和平的房子確實也利用到一些當地的石材，但大部分是木板。因為他喜歡自己敲敲打打，當他發現他沒辦法打造出一個尺寸合宜的門框，這個房子就理所當然的沒有門；也因此，每一個房間，只能做到單純的木板牆隔間，中間根本沒有門，像是一條龍似的敞開，每個房間都像是一個開放的攝影棚，天天演出真人實境的生活起居。

沒有電力設備的老家，夜晚有數不盡的星星點燈；沒有自來水公司淨水處理後pH值七・八的水源，但是有天然潔淨的深山甘泉。只是夏夜裡蚊子比較多。在這裡沒有紗窗，因為裡面互通的房間連門都沒有，紗窗似乎也成為奢侈品。至於窗戶，那是一個個用木頭片拼湊出來的空間。他們生活在大自然中，即便蓋好遮風避雨的屋子，而且沒有門，但是會利用兩扇垂直間隔鏤空的木片，左右移動重疊在一起，露出中間的空洞，就是所謂的開窗；如果把兩扇木片分別錯開，交叉鋪平遮住視線，就是所謂的關窗。

有屋頂的房子讓人安心睡覺，最大的功能是休息，不是用來社交。古和平沒有客廳和餐廳的概念，曬穀場就是所有人生的舞台。

曬穀場最常上演的動作戲是杵麻糬。煮熟的糯米放進木製的傳統臼內，兩個人各拿一個杵，輪流戳杵入臼，搗碾糯米成麻糬。因為要承受壓力，製作杵臼的木材很重要，那時候，他們都用最堅固的烏心石來做工具，一戶人家有好幾個杵臼。那時候，沒人知道烏心石這種常綠大喬木是貴重木，依據行政院農委會規定的《森林法第五十二條第四項所定貴重木之樹種》條例，竊取具有高經濟或生態價值之貴重木者，加重其刑至二分之一，罰金提高為贓額十倍以上二十倍以下。吃個小米麻糬，可能面臨最高可處十年六個月的有期徒刑，或併科新台幣三十萬元以上三百萬元以下罰金。

嚴刑峻法是為了懲戒專門盜採珍貴林木的山老鼠。古和平一家是山地人，他們跟老鼠之間最近的關係是捕捉真正的山上老鼠，會飛的那種。

會飛的山老鼠就是鼯鼠，因為天生具有飛膜，在撐開四肢後可將飛膜當作翅膀跳躍在樹梢或岩壁間，再利用尾巴控制方向，讓人錯覺是會飛的松鼠。文獻記載鼯鼠的最高紀錄能夠在樹林之間滑翔四十七公尺左右，也許因為飛翔這種天賦太珍貴，讓鼯鼠成為原住民的夢幻神品，列為深山捕捉的首要獵物。

老祖宗的傳統觀念認為飛鼠常年在樹上飛來飛去不落地，而且體態輕盈，能夠去到人類攀爬不到的純淨之地，吸收日月精華，攝取最天然的果實靈草，完全不受汙染，整個仙氣飽滿。捕獲到飛鼠之後，最好立即生食，族人會先確定性別，如果是公的，立刻用牙齒咬破陰囊，把兩粒睪丸生吞下去，取其命根固己精神。之所以直接用牙齒咬而不用刀具的原因，是他們認為金屬的鐵味會破壞飛鼠原味，也有干擾營養的疑慮。接著把溫體飛鼠開腸剖肚，取出新鮮飛鼠腸，連同腸內尚未消化的食物拌著米酒與少許鹽巴一起吃下去。太魯閣族將飛鼠腸視為極品仙漿，事實上他們所吮啜入口的軟爛黏稠物只是飛鼠大便。

戴安若小時候，親眼見到外公和舅舅們吃下飛鼠腸。

因為好奇，她刻意鑽進人群想看個仔細。只看見一隻孤伶伶的黃金小飛鼠，牠的體積還沒超過戴安若弱小的雙手，整隻飛鼠毛茸茸軟綿綿的好可愛，然而當牠被大人們從後腳倒立抬起時，卻像塊破碎抹布懸浮。牠像個空的小布囊，因為牠的肚子已經被剖開，血淋淋的腸子被掏出來，清洗之後另外放進碗裡。大人們接著俐落地將整隻連皮帶毛的飛鼠丟進火堆裡，目的是灼燒毛皮，省得費工夫刮來刮去。此時火堆裡傳出來的味道撲鼻，燒焦的毛彷彿初學小提琴者拉出的高音，慌抖厲害，尖銳難忍，它從耳膜一路刺到鼻腔，然而，怎麼說燒毛的味道還算是食物中的古典樂器，頂多走音而已。但是，飛鼠的生腸，即使已經浸泡在米酒裡去腥，還撒了鹽加味，當大人們仰頭享受吸吮一條條滑溜溜的生腸，姿勢快意風發，轉頭看見年幼可愛的戴安若，歡愉地詢問她要不要也來嘗嘗這難得一見的戰利品？戴安若只覺得這已經不是走音的小提琴，這是鬼哭神號。

生腸裡洩漏出來的飛鼠屎瀰漫在碗中，它的顏色就是糞的顏色，完全無法用任何想像力美化。大便味道與酒精混合後席捲出另一種更龐大的千年巨獸噬血狂襲，這簡直就像電玩遊戲中的「植物大戰殭屍無敵版」、「火焰之紋章聖戰系譜」終極戰役，雙方精銳盡出，迫使饕餮覺醒力挽狂瀾，獨自對抗瀰漫蜂擁的瞞天魔咒。

戴安若只有九歲，一年三百六十五天她有三百六十天住在首都台北市，剩下這幾天來外婆家探親訪友兼度假。她在生理上沒辦法接受吃屎的動作，心理上更無法承認那個可愛到可以做寵物的飛鼠，已經分屍死去。

長輩們完全不受戴安若呆滯茫然的表情影響，因為他們相信只有飛鼠才能吃到深山裡人類無法採集到的鮮花異果，或是神木枝頭的新葉嫩芽，這是真正的天地珍饈，這是最豐富的營養來源。

他們只是想和戴安若分享生命中最珍貴的東西。還有其他珍貴的山產，像是鹽焗烤田鼠、蔥薑炒山羌、油煎山豬肉、長鬃山羊燒酒湯……都是外公外婆、姨媽、舅舅、表兄弟表姊妹奉為珍貴極品的美食。每次難得進補，第一時間都會詢問小戴安若：

「要不要吃？」

獵人在面對獵物時就是你死我活，這裡面沒有雙贏的空間。獵人帶著殺氣進入山林，取得足夠的食物後離開，留下尊重。天地太奧妙，他們不會解釋，他們只會在出發打獵前祈禱，勝利凱旋時祈禱。

殺戮之前是和平的祈禱。

古家大老古和平過世時，兒女們湊出兩萬元買了兩條山豬。殺豬行動開始之前，由大姊古明珠帶領祈禱：「爸爸意外讓摩托車撞到過世，現在我們透過豬的血和豬肉向祖宗祭獻，希望爸爸和祖先在天上保佑我們古家不要再亂下去，活著的人好好活到死……」

所有參與殺豬儀式的親族，圍站在兩隻橫躺地面的豬旁邊，共同為即將死去的豬祈禱。他們念完祭詞後畫十字聖號、灑聖水、齊唱聖歌。重達兩百多斤的豬隻，四肢早已被緊緊捆綁，兩條豬在死前聽到聖歌的一剎那曾經嚎哮幾聲，之後在六、七個壯丁以長條木棍壓制，並由古清輝揮動番刀俐落割開豬隻頸動脈後緩緩停止呼吸。古明珠將分到的一塊豬肉用芋頭葉子包裹後丟到屋頂上，象徵祭天祭祖與奉獻。其他人開始分解與分送豬肉，同時烹調全豬料理，做成各種菜餚讓親族們團聚餐桌共享。他們將豬血和生米煮成一鍋濃粥，有人端來一碗問小戴安若：「吃一碗。」小戴安若的思緒還停留在剛剛殺豬前的祈禱，她原本以為豬會大哭大叫，但卻出乎意料之外的安靜等死。豬瀕死前她站在旁邊和族人一起為牠畫十字聖號，她所祈禱的是平安不是殺戮，她沒辦法將她親眼看到的死亡吃進肚子裡。

童年記憶就像是抖音神曲，故事性畫面感非常強烈。然而時間的河流總是會沖淡那些曾經震撼的視覺與聽覺。很多年很多年以後，戴安若只要閉上眼睛，回憶外婆家的童年，她只會記住好的，甜美的，像是青綠的山，明亮的月，大舅舅古清輝彈吉他，二舅舅古學良吹口簧琴，小舅舅古正義唱歌跳舞……那時候大姨媽古明珠還會用族語唱幾首Naluwan之類的歌謠。然而大多數時候他們唱日語歌，還有一些我們現在稱呼的國語老歌。

隨時隨地，圍著火堆可以唱歌，圍著火堆可以烤肉。哪裡有燃燒的柴火，哪裡就是舞台，也是餐廳。

深山裡，戶數不多，每當日落時收割完農作物回家，經常呼喚左鄰右舍一起吃飯，曬穀場上的空地堆幾張椅子，就是親族團聚的食堂。夕陽西下，餘暉拖曳著斜斜的暈光，或是夜色來臨，星宿提早出來玩耍，除了下大雨，這個露天食堂永遠有加料的鳥語花香，還有霓虹般的晨昏夕照作為布景。當年從西邊到東邊翻越能高山的辛勞、被殖民的日本軍閥丟包的苦楚，如今早已遺忘，在光輝鄉六鄰九十九號，古和平一家人重新找到安居的地方。

古和平甚至在曬穀場旁邊靠近坡地邊緣的一棵大樹下，搭起一個茶棚。他用竹子並排鋪陳為床面，架高約一個成年人膝蓋的高度，面積比制式雙人床再大些。這個竹子通鋪，像是招待客人的長條椅，又像是床，任憑疲累或酒醉的人臥在上面睡覺休息，或者，人手一碗米食，在吃飯的時候全部蜷坐在上面，閒話家常。

也許古和平當初心中的藍圖是蓋一個涼亭，要不然他不會把這棵大樹設計在茶棚的正中央，打算直接採用樹梢繁茂的枝葉做屋頂。他在竹席中間挖一個洞，讓樹木繼續成長，屋頂果然愈來愈旺盛。家人在樹下乘涼，用餐，賞月，數星星……

吃喝玩樂，都在山上，是啊！那時候他們還被稱作山地人，快樂的居住在山上的人。但是他們很知足，生活就是一場大自然的即興揮毫，有晴有雨，如畫如夢，生活像歌詞，生命只要吃飽，還有一些小米酒更好。一切都很簡單，其他事情都跟他們沒關係。

直到，漸漸地，他們遙望鎮上風景，俯瞰入夜後平地萬家燈火，像是星星的床鋪，亮晶晶的好迷人。漸漸地，他們知道平地人家家戶戶都有隨手開關的電燈和沒有寄生蟲的自來水，而他們，還在山上燒薪起灶，晚上黑漆漆找路回家，還得依賴煤油燈。孩子發高燒生重病，需要壯丁揹著爬下山，步行兩個多小時才能就醫；政府規定六年國教，孩子要上學，清晨四點必須出門；更別提日常生活的補給品運送，光靠背上的竹簍能裝多少貨物？每隔兩天，還是得下山去交易。漸漸地，用姑婆芋和石頭竹籤擦屁股的時代已經被淘汰了，自從碰觸過衛生紙的柔軟，沒有人願意再用野生植物礦物清潔私密處，更何況，他們也喜歡上汽水的味道，甜甜的碳酸飲料，小孩子以為那是屬於他們的無酒精糖漿，沒有酒的啤酒。

漸漸地，族人開始往平地移動，距離老家最近的平地就是萬里橋頭，一小塊位於火車崗哨亭旁邊的低窪地。

這一遷徙，高山族成為遊牧民族。

以前在山上抬頭仰望，翱翔天際的是老鷹，牠寂靜無聲，與人類和平相處，晴空的上升氣流有助於鷹鴞盤旋，忽遠忽近，上上下下，自由自在。牠的出現總是預言好天氣的來臨。現在落戶橋頭，鎮日隆隆呼嘯而過的是柴油機電火車頭，領銜著十多節厚重的車廂，在台九線忽遠忽近，在山坡與河底隧道之間上上下下，在限制的鐵道上奔向規範的方向，看似自由，卻不自在了。

原住民族的槍、原住民族的刀、原住民的一雙手、原住民作為原來的住民……以前靠山吃山，大自然就是家，阿公背著一把山刀出發去打獵，沒人知道他什麼時候回來，但是族人相信他回來的時候一定會帶來豐盛的食物。

當然，山羌不是寵物，長鬃山羊也不是絨毛玩具。現在，文字填滿樹葉之間的空隙，樹幹是緊鑼密織的法網：《國有林林產物處分規則》、《槍砲彈藥刀械許可及管理辦法》、《槍砲彈藥刀械管制條例》、《野生動物保育法》……

摘取山蘇葉，犯法。撿拾紅檜倒木，犯法。獵捕山產給紋面嬤嬤慶生，坐牢三年。現在想要狩獵只有去到釣蝦場最安全，但是不管有沒有收穫都要先付入場費。

住在橋頭之後，只能看著火車自山腳下沉重經過。橫列的柴油機電運輸物像一把文明人的長劍，水平切斷了橋頭窪地與高山的連結。

只剩下一望無際的甘蔗田，這是國有財產，山地人平地人都可以承租，可以耕種，可以合法採收。古家人的腳丫子不必再適應顛簸崎嶇的垂直山路，他們水平移動，向一列一列火車行進，只是火車還有目標有方向，古家人和所有的族人早已受限於合法的農地裡繞圈圈。

那些田也不是自己的，是國家的。

一九二九年台灣砂糖總產量高達一千兩百九十六萬擔，台灣的製糖會社支配的耕地達二十多萬甲，佔台灣總耕地的百分之十五，當時台灣蔗農有十二萬戶之多，台灣成為日本糖業帝國的原料供應基地。日本學者矢內原忠雄認為，台灣農民是典型的「農業的無產勞動者」，因為農民在自己的土地承諾種甘蔗，製糖株式會社就以契約簽訂賣身契，由會社提供蔗苗，但農民必須保證種植並交由會社收購，若違約須負賠償責任。農民等於為日本會社勞動，成為賺取工資的工人。會社常將收購價壓得特別低，甚至在磅秤上做手腳，使農民損失慘重。當時有一句朗朗上口的台灣俗語就說：「第一憨，種甘蔗給會社磅。第二憨，吃菸吹風。第三憨，吃檳榔嘔紅。」

到了一九五〇和一九六〇年代，台灣有十二萬公頃的農地面積是甘蔗田，全部屬於台灣糖業股份有限公司，產糖量每年超過一百萬噸。台糖因為大量外銷糖產品，成為當時台灣最大的企業，也是台灣最大的地主。甜滋滋的糖，堆疊出經濟起飛的第一座金山，當時台糖甘蔗契作的農戶多達十五萬戶，這些遍布全台灣將青春血汗奉獻給甘蔗田的農民，為台灣經濟創造了一億三千五百萬美元的外銷外匯收入。這個數字曾經佔中華民國總出口外匯的百分之七十九，上繳國庫盈餘多達二十八億元。

橋頭旁邊就有甘蔗田。

古清輝每年都會向糖廠承包甘蔗採收的生意，把握每年十二月至隔年四月的採收期，擔任「包作人」角色。包作人等於包商，除了一紙合約，所有採收機具、採收工都要自己準備好。通常五十人任務編組成為一個「班」。這時候，家族和左鄰右舍所有人都有工作了。

古清輝靠自己，沒有後盾，他能承包的土地大部分是畸零地和石塊較多的蔗田，必須依靠人力採收。因為甘蔗高度不同，有不同採收速度，通常一個班單日可採收蔗田大約五分地面積。工作流程是二人一組編排，其中一人砍下蔗根後拖曳至畦上，另一人去除末梢及枯葉，再順便拖到另一邊畦上。若是此時來到蔗田觀光，會看到單數畦都是黃色枯葉與青綠如稻葉般的甘蔗葉；而雙數畦則是一根根甘蔗堆疊而成的小山。

在面積較大較為平坦的蔗田，古清輝也會適時運用機械採收。利用甘蔗採收車省時省力，只需要一個熟練的司機開著採蔗車在田裡來來回回，一部採蔗車單日採收面積可達二公頃，採收數量估計有二百至三百噸，可以取代兩百至三百人的工作量。只是機器採收還需要一個搭檔，隨時在車子旁邊清理石塊和撿拾遺漏在地上的甘蔗。司機按件計酬，他們都會拚命做，常常從日出做到日落，只要眼睛張得開，視線看得清楚，他們一天可以工作到十二小時。

每年只有入冬之後到春夏交接的季節是甘蔗的採收期，什麼時候在哪個農場工作，統一由廠區分配。一個農場占地五百公頃，分配有三位「耕區管理員」，他們依照甘蔗甜度決定採收區域。甘蔗收割後，必須在二十四小時內壓榨製糖，以免甘蔗甜度降低。為了達到產值，一天二千五百噸的收割量司空見慣。

以前甘蔗田裡的野鼠是可以吃的。野鼠喜歡偷吃甘蔗，肉質甜美彈牙。抓到野鼠時立刻就地生火，把野鼠打暈丟到火堆裡，直接燒焦燒斷牠的毛，從火堆裡取出野鼠時用刀子刮一刮已成為炭粉塵埃的鼠毛，接著直接剝撕肉骨啃食。

戴安若曾經被分配到一隻烤田鼠腿，雖然她對老鼠沒有特殊好感，甚至對這種動物的死亡不具任何憐憫。但是要她吞下老鼠腿肉，即便大人們口口聲聲說是上帝為大家加菜，天上掉下來的禮物，肥美意外的珍饈……她還是無法把這樣「好吃」的美食放進嘴裡。

後來農藥氾濫，部落裡傳言有人吃了田鼠之後中毒暴斃，再加上，也許連田鼠自己都不敢吃有毒的植物，導致身材愈來愈瘦弱。人們辛苦捉到一隻瘦巴巴的田鼠，有時候都忍不住想再餵牠吃點白米飯，因為實在瘦得太可憐。還有另一種美味的家常菜：蝸牛。以前只要下雨過後，滿山滿地亂爬，多到不吃可惜。現在，要不然被毒死了，要不然牠們另覓良居，雨過天晴滿桌蔥薑熱炒蝸牛肉的盛宴再也不復見，古家餐桌的傳統美食，就像他們的族譜，從來沒有被書寫，也就沒有留下任何紀錄。

動物吃植物，動物被毒死。植物真無奈，植物只有凋零。

台糖配合政府政策，開始企業轉型，不再自己種甘蔗，製糖業成為夕陽工業。在台灣製糖成本一公斤六到八元。進口糖一公斤三到五元。這算盤撥一撥，買哪裡的糖划算？

市售本土二號砂糖一斤裝一包賣二十元。從東南亞進口同樣等級的二砂一斤只要五元，這些進口貨加上關稅，分裝後到市場去零售一斤只賣十元，就算包裝更華麗賣到十五元都還是大賺。台灣本土自製自銷的糖，一斤至少要賣到二十五元才能回本。精打細算的消費者，同樣都是買一斤的二號砂糖，吃進嘴裡口感味道沒差異，低頭看看荷包，這時候誰還會堅持用行動愛台灣。

古清輝做包商，大家都叫他老闆，聽起來很神氣，只有他自己明白，他根本就是賠錢賺辛酸。上游廠商價錢愈壓愈緊，每次包到標案，他要負責準備怪手、採收車、器具、司機、工人……忙裡忙外協調各種大小瑣事，還要兼做會計、學會報稅、還有不斷的開會……最後，他跟工人一樣只賺到工錢，完全沒有利潤。除了動手動口還要動腦，預付代墊款。工頭要應付廠商，他比旗下的工人還要累。工人做完一天可以回家睡覺看電視，古清輝在甘蔗田裡不但親力親為自己下去工作勞動一整天，收工之後還要繼續做報表，這個老闆比工人還頭痛。

新世紀來臨，全國第一大企業，大地主，正式公布轉型策略。明定公司未來的核心價值是「推動新農業、邁向循環台灣」，朝「推動與政策有關的產業維新」、「滿足社會的需求與期待」、「以產業合作促進事業升級」、「海外投資」及「管理革新提升營運效率與效能」等五大方向努力，實踐使命及願景。過去倚農立業的台糖必須順應時空變化，逐漸延伸並拓展業務的觸角，進而發展出精緻農業、休閒遊憩、商品行銷、生物科技、畜殖、油品及量販等產業。台糖自許為國營事業，須具備宏觀的思維、前瞻的視野，帶領台灣社會走向循環新世紀，因此台糖以「重新發揮對台灣經濟和社會發展的貢獻」，與「重建台灣人生活裡溫暖的記憶與連結」之經營願景，全方位利用既有的資源優勢及研發動能，倡導與推動環境循環再利用的產業模式，同時營造並落實有溫度的社會關懷。

啊！有溫度的社會關懷，多麼美麗的形容詞。落落長的公告內容有條有理又豐富澎湃，文字裡編織的願景更是波瀾壯闊一望無際，彷彿台灣錢淹腳目的時代又要來臨。愛拚才會贏！

但是，這滔滔不絕的論述中，有哪一項工作是部落裡，甚至偏鄉裡的老弱婦孺可以具體參與的？

台糖不產糖，也就不種甘蔗；不種甘蔗，就不需要採收甘蔗的工人；不需要採收甘蔗，古清輝就失業了。靠他吃飯的古家和橋頭親戚，只好各自找頭路。往昔全家人與親戚鄰居共同在甘蔗田裡分工合作的畫面消失了，農地紛紛休耕，機器漸漸荒廢。

聽說西部的甘蔗田都改建成科技園區。東部是後山，地位就像後媽，具備所有「媽」的使用功能卻沒有「媽」的主流地位。後媽必須昇華到一種哲學高度，要不然就會像童話《白雪公主》裡面的後母一樣，在父權宰制的君主專制下，她渴望（或只能）以美貌和肉體來換取並掌握國王的愛情。因為是繼室，不安全感驅使她走向一面靈異的魔鏡，結果，魔鏡說出實話，這個世界上，最美麗的女人其實是白雪公主。也許後母也曾經憧憬婚姻會是一樁浪漫愛情的堡壘，現在卻成為地雷，後母不再是全世界最美麗的女人，那麼她還能夠擁有國王的心多久？一旦失去國王的關愛，除了葬送愛情，她也必須將已經獲得的榮華富貴一併拋棄，又有誰知道，在那之後，她還能擁有什麼？

於是這個世界上出現了自伊甸園之後就很久再也沒有見到過的蘋果。

壞蘋果。

白雪公主的後母活在童話裡太可惜了，她如果有機會持盈保泰到二十世紀，看看奧地利歌唱家瑪莉亞・奧古絲塔・馮・崔普的真實故事改編電影《真善美》，就會發現後母另一種華麗登場的方式。

有時只需要優美動人的旋律，清亮柔美的歌聲，讓音符的力量感化不安與焦慮。並不是所有的仇恨都要依賴壞蘋果治療，在好山好水的地方好好唱首歌，人生可以活出另一種豐富。

O hay yan o ha I yan na, I ya na ya o hay yan naluwan, O hay yan o hay yo ho I yan!

古清輝的吉他早已高高掛在牆上，他現在唱起〈明日天涯〉還會忘詞。比方那句「我原想與妳消磨一生，無奈生命如此短促」，古清輝常常故意唱成：「我原想與妳消磨一生，無奈錢包早就不見。」

亂改歌詞是娛樂，平凡生活的消遣。當時他們都很喜歡一個綜藝節目明星「兩百塊」。兩百塊只要一出現就讓大家笑個不停，他常常和主持人雞同鴨講，遇到無法回答的問題就傻笑，因為他是臨時演員，每次演出只收取兩百塊薪酬，卻意外讓「兩百塊」成為藝名，紅透半邊天。兩百塊是個學習遲緩兒，他無法記住超過三句話以上的台詞，曾經他演過一部電影，編劇原本為他寫的台詞是：「大難臨頭，你們還有心情去溜冰？」但他卻說成：「大哥有頭，你們還去當兵？」

所以古清輝最寂寥時，會把「牢記我倆真摯的愛情，你我會在天涯相逢」改編成「你我會在監獄相逢」也不足為奇。

失業時，就來喝喝部落手搖飲料。將國農保久乳（或莎莎亞椰奶）加入稻香綠酒，再加入保力達（或米酒、普力康、威士比皆可），三種飲料混合，搖一搖，就是當地人最愛喝的部落雞尾酒；或是把健酪加上保力達與咖啡，發明「健保卡」冰飲，每天都要來一杯。他們不覺得這是在喝酒，他們認為這和城市人愛喝星巴克或熱拿鐵的概念一樣，含酒精飲料等同於族人的咖啡，是他們的日常。

因為沒有工作做，古清輝投下老本購買的那輛怪手，這陣子也靜靜陪著天公伯降下的梅雨季節一起閒在角落，許久，直到熾熱的夏天來臨，古清輝的孫子們也長了一歲，愈來愈好動的孩子們像猴兒一樣閒不住，渴望擺脫溽暑。

從前從前，古清輝和古明珠、古學良、古正義兄弟姊妹們的小時候，每到夏天，溪澗河流就是天然遊樂園，即使豔陽高照，只要能玩水，便是清涼自在。那時候他們沒聽過游泳衣，甚至連「游泳」什麼概念都不明瞭，他們都說去玩水是洗澡。他們到了溪邊或河邊，脫光衣服就跳下水，青春發育期的少男少女比較尷尬，總是和衣戲水，潮浪浸濕了棉布衣裳，胸前那兩粒小小的花蕊綻放。

清淨的水，涼爽的水，除了洗滌身上沾染的塵埃，也洗去了腳底髮際的髒汙，水有清有濁，水流來流去，水裡頭什麼怪東西都有，獨獨沒有是是非非，水只有包容。它綿延而來，悠悠而去，帶著所有天然的或人工的，玷汙，長逝盡頭。

古清輝和從前一樣，駕駛怪手沿著產業道路抵達萬里溪河床，在靠山的灣流處，慢慢堆疊砂石。他熟練地操縱機器手臂，用挖斗在河床中掘出一個安全的集水區，像個天然的小泳池。古清輝經驗豐富，目測水深不會超過一公尺，心想：「這樣剛剛好！Hayum、Yumin他們就不會淹死。」

Hayum、Yumin是古清輝的孫子孫女，包括古學良的內外孫，目前住在橋頭的古家三代，共有九個學齡前幼兒。小孩有些尚未上學，有的在念幼稚園，他們的身高都還不到一百公分，共同的興趣就是玩水。整個梅雨季，一堆小孩都泡在儲水專用的塑膠大水桶裡，在裡面吐口水又撒尿，根本就是堆肥料。古清輝一直想帶孫子們到靠近山的地方玩水，就像他的小時候，那時大家都像個猴子似的整天蹦蹦跳跳，為了玩水幾乎可以溯溪到源頭，忘記吃飯，甚至忘記回家。現在老了，自己爬不動山坡路，連看顧小孩在河邊玩水都會嚏咕點頭打瞌睡，把小孩子全部丟進門口的大水桶裡也安全，隨時有路過的鄰居幫忙看著，至少把淹死的機會降到最低。

最近天氣放晴，想想橋頭旁邊就是萬里溪，開著挖土機來這裡堆出個集水區，除了打發時間，還能有點貢獻，給孫子們打造一個有山有水的小泳池，在裡面玩水很安全，對老人家和小孩子都是個不錯的休閒。

「還好有你。」古清輝獨自坐在駕駛艙中，自言自語對怪手機器說話。他停下手邊工作，點燃一根菸。

初夏像個熟練的劊子手，無情施展陽光手刀，砍除寒食節的陰霾冷雨，劈出無雲的天空。是故空中無色，不生不滅。不垢不淨。不增不減。

什麼都「不」了，連工作也不了了之，只有熱依舊。

古清輝憋在沒風扇也沒有冷氣的挖土機駕駛艙裡，再度遙控機械手臂與挖斗，俐落操縱旋轉平台，前後扭動，將一堆堆土石垃圾攪和漫天塵沙鏟進該去的地方，這種工作整日與風暴沙礫為伍，據說做了半年不咳嗽也會得肺病。古清輝從貧窮的農民轉型成為曾經有固定收入的司機，咳不咳嗽沒關係。此刻，怪手冬眠甦醒，它最神聖的任務是為孩子們挖一個游泳池，在接下來更加酷熱的季節裡有地方歡樂避暑。

古清輝還沒有機會戲水，已經一身汗。

他一點都不覺得累，他滿心歡喜。

再度點燃一根菸，靜靜地欣賞自己的傑作。以鵝卵石為堤防的小游泳池緊貼山壁，岩壁上有樹枝與蔓藤，樹葉可以遮蔭，蔓藤可以擺盪。古清輝腦海裡突然閃爍出很久很久以前，好像也是同樣的地方，他還是個小孩子的時候，徒手攀岩，超過洪水位高度，抵達石壁上生長樹枝處，抓住一根蔓藤，從十多公尺高的地方「喔咿喔咿喔喔……」學泰山吶喊，什麼都不怕地由高處盪下，躍進水裡，簡直就是天生奧運跳水金牌選手的架式。

那時候古清輝全身上下的關節都很靈活。現在醫生建議他最好裝個心臟支架。

「從前啊！」古清輝心想，從前做任何事情都是天意。比方說老天爺下大雨，上游河水暴衝氾濫，等待雨停，等待水流將砂石自然沖刷出適合游泳的集水區，或是一個夠深的腹地夠大的溝壑。那時候，為了尋找大人小孩都能夠放心玩水的天然泳池，必須逆流而上，全家人和親朋好友一直往上游探訪，有時須走一個多小時才找得到「游泳池」。

現在，有這麼方便的山貓大機器，只要在家旁邊的河川挖一挖。下次颱風來臨之前，小孩子都可以擁有一個私人的，專屬的，快樂的人工又天然的游泳池。

「明天還是這麼熱，就帶孩子們來玩水。」古清輝心想。

抽完菸，他發動引擎，開著他最貴重的資產，這個被他暱稱為「小野貓」的挖土機，沿著同樣的產業道路回家。這條產業道路越過萬里溪橋底下，經過橋墩，直到下游河口區的平坦處，才能將怪手駛離河道，回到陸地上。小孩子不必像他這麼辛苦，他們只要越過橋頭崗哨亭旁邊的堤防小路，很快可以抵達「游泳池」。

「游泳也順便烤肉吧！」古清輝心裡默默規畫著。反正也沒工作，晚上去釣魚場釣幾條吳郭魚，再殺一隻雞，明天在河邊烤肉吃。

前方突然出現兩個穿著藍色制服和反光背心的警察，他們揮手示意古清輝停車。

現在年輕的警察很多是外地派來的，和從前多半是親戚朋友返鄉就業的光景大不同。這些平地員警願意遠從異鄉來到這裡，選擇在偏鄉過水，除了後山風景宜人，這些原漢混居的鄉鎮治安還算良好，極少發生危及人身安全的重大刑事案，年輕員警在部落執行勤務，還能經常取締酒駕創造好業績，對這些外地人來說，是個好山好水好升官的好地方。

古清輝停下怪手，對年輕的警察笑一笑，他想請他們吃個檳榔。

「你被檢舉違法盜採砂石。」

什麼？古清輝一下子沒聽懂。

「我只是去挖個游泳池。給小孩子玩水。」古清輝說。

「根據《土石採集法》罰則，土石採取人未依第二十條規定核定之土石採取計畫採取土石，未依第三十條規定採行安全措施或為安全措施設計、管理及維護，以及未依第三十二條第一項規定申報採取及銷售數量者，還有未依第三十五條第二項規定，將土石裝載於專用車輛或專用車廂外運者。」

警察顯然有備而來，他振振有辭背誦法律條文，面無表情地繼續說：「現在我依法將你拘提，你要跟我們去警察局一趟。」

「我只是去給孫子挖個游泳池。」古清輝說話的時候，檳榔汁濺在嘴角，彷彿嘔心瀝血。

「你涉嫌違反《土石採集法》，依據第三十九條罰則，未依計畫採取土石處新台幣五十萬元以上二百五十萬元以下罰鍰。第四十一條罰則未按照規定申報採取得處新台幣三千元以上三萬元以下罰鍰。」

「波麗士大人……這……我聽不懂。」古清輝說：「我什麼都沒有偷採啊，夏天這麼熱，我只是去給孫子們挖一個可以游泳的地方。」

古清輝開著心愛的怪手來到萬里溪，最後卻搭乘警車離去。警車緩緩從堤頂產業道路駛上橋頭路邊，抵達省道台九線時，才亮起喔咿喔咿的警示燈。

警車開得很慢。鄉下資源短缺，只有時間最多，多到足供外地警察和原住民一起揮霍，在漫漫的時光中，風吹過。警車準備行經萬里溪橋回到小鎮派出所，在橋頭旁邊低窪地蝸居的古家老小，一家人還在等待古清輝回家吃晚飯。

餐桌上的菜色都是今天新鮮採回的桂竹筍，包括桂竹筍炒肉絲、桂竹筍煮排骨、美乃滋涼拌桂竹筍。

五月是桂竹筍盛產的季節，在低海拔的斜緩山坡地隨處可見，是每年春末夏初最廉價的美食。這種植物離土之後難以保鮮，容易發酸、變苦。鄉下人家都知道，採收桂竹筍回來的第一件事就是要剝殼、殺青、然後煮熟。今天咪娜和鄰居婦女上山去採了好多桂竹筍，用機車一捆一捆來來回回帶下山，現採桂竹筍連皮帶殼長度可達一公尺，表皮顏色瀰漫濁黑斑駁，像是烏皺堅硬的大象皮膚還能長出老人斑。然而婦女們俐落地拾起一根根帶殼桂竹筍，右手靈巧地剝開筍尖一個縫隙，左手握緊長長的桂竹筍底端，順時鐘繞圈圈，醜陋的筍殼立刻由筍尖處沿著纖維脈絡撕開，每個竹筍捲兩、三圈，便出落得一根清秀光潤，彷彿美肌軟體P圖過後的雪白桂竹筍。

這東西要新鮮吃，每年從三月底之後直到六月都是盛產期。桂竹筍長得很快，每日生長十五至二十五公分，幼筍出土四、五天，長到腰部高即可採收。因為竹筍一旦成熟，短時間內就會纖維化而無法食用。古家山坡地的農田栽種桂竹筍已經好多年，所謂「存三去四不留七」，平均壽命十年，即使收入暫時短缺，仰賴著家裡自己種植，不需要農藥或肥料，自然有機生長的桂竹筍，一家人還是可以活下去。

古清輝的妻子咪娜，一邊動作迅速剝著桂竹筍皮，一邊思忖著，臥病在床許久的婆婆林春華，除了行動不便，也不能咀嚼硬物，今天，要特別為婆婆把桂竹筍刨成細絲燉肉湯，希望她能多吃點，早日下床走動。遙想當年，林春華可是個非常有勇氣的女人。古正義在媽媽八十歲那年帶她去泰國旅遊，在芭達雅海邊，林春華還想玩拖曳傘呢！家人和導遊擔心這活動太刺激恐怕會引起心臟病而強力勸阻，這件事讓林春華生了一陣子悶氣。現在，她再也沒有機會體驗海邊飛行的樂趣了。

古清輝默默坐在警車裡，他被安置在後座，旁邊還有一個小警察盯著賊似的盯著他不許妄動。警車行經橋頭，古清輝側頭望去，眼睜睜看著自己的家就在前面一百五十公尺處，久病的媽媽今天是否能夠下床？總是喝醉酒的老婆清醒了沒有？開卡車的孩子下班了、在國小和幼稚園念書的孫子放學了，今天就像過去三百六十四天的每一天黃昏，家人會在屋子裡等他一起開動吃飯。

但是這次他回不去了，他有理也說不清。

夕陽掉落在海岸山脈那一邊，晚霞在雲破處綻放，施捨似的投射幾處光束，成為人們口中「聖光普照」或「上帝之梯」的現象。這種雲隙光是一種大氣光學，由英國物理學家約翰・丁達爾首先發現，光透過雲這種膠體載具，就像遇到分散劑，透過空氣中持續分散微小的塵埃或液滴而形成光芒萬丈的丁達爾效應。

部落裡的人不研究科學，他們也不會懂得那麼多，他們看到光束時會認為一切都是天主的恩寵，他們只想要一家人聚在一起吃晚餐，在飯前祈禱：「求天主降福我們，並降福祢所賜給我們的食物。」

古清輝的謀生工具「小野貓」被遺棄在河口區，它動也不動，只有一束上帝之光陪伴。然而這道光束也隨著時間漸漸挪移，慢慢褪去，而終至泯入黑暗。

11 日出時面對殘酷與華麗

當夜色將盡……
日出來臨，
彷彿我們可以觸碰宇宙
是梳理頭髮的時候了……
並將酒窩準備好……
並懷疑我們竟然在乎
在乎那蒼老的……消逝的午夜……
惶恐……已是一個小時前……

——艾蜜莉・狄金森〈當夜色將盡〉

日出的華麗總能輕易粉飾午夜的蒼涼，繽紛過後，也帶來下一次殘酷的黑暗盡頭。人們從來沒能逃離日夜交替的循環，它就像好人壞人一樣更換面具。能選擇嗎？能選擇當好人嗎？每天像太陽亮晶晶的好心情，像紫外線殺菌消滅軟弱與誘惑，時時惦記喜樂。能嗎？高加索山上的普羅米修斯！他用肝臟交換日與夜這兩個知音，殊不知日夜早已協商好故事大綱，輪番上演永生的折磨。一切都是因為盜取火種送給人類，讓他被垂直吊在陡峭懸崖，鐵鏈纏縛，獨自忍受風吹雨打，還有一隻禿鷹在日出時啄食他的肝臟，消失的器官卻又在夜晚重新長出。悲劇也是一種肉做的雷達，它最擅長探測善良的底限。天神普羅米修斯的萬劫不復，只是因為他把人類當作好朋友。

人類很可愛，特別是語言。

古恩見過整個陰莖一半以上瘀青發黑的患者，持續勃起的來到急診室求救。醫護人員還沒開口，患者急忙開口說明是在健身房裡做運動，不小心被舉重器的槓鈴片壓到。陰莖是塊體積不大的海綿體，沒事時像根泡水的油條，有事才會突起佔據空間。最輕的槓鈴片是〇・五公斤，成扁平狀，能與男人的陰莖相遇、相撞醞釀瘀青的結晶，真是個牛郎織女的浪漫故事。

醫生負責診斷病情，做出醫囑。醫生不是法官，不必找出事故原因與責任歸屬，也不必判別有罪無罪。

所以汪洋洋會在急診室出現，也跟對錯沒關係，縱然她又是一身細肩帶緊身衣。

那個說自己的名字是大海洋的洋的汪洋洋，實際上她的身材玲瓏，屬於纖細嬌小的骨架，是陸生哺乳動物。她像隻剛出生的雛貓，不小心就會被踩碎。

凌晨二點多，她和另外幾個女人一起被送到急診室。她們集體來到醫院時，那陣仗真像是女版古惑仔，左邊一群右邊一群，妳瞧我，我看妳，沒有原因的，只是互相看不順眼，眉來眼去導致心生不爽，又是一番霹靂廝殺。女人打架的姿勢不外乎拉扯頭髮或用高跟鞋踹踢，這幾個女人的長髮雖凌亂但是還長在頭上，然而腳上文明人該有的鞋子，無論是高度至少十一公分的細跟鞋，或夾腳拖，或充滿時尚設計感的尖頭一字帶，鑲鑽不鑲鑽，幾乎都少了一半。有些人只剩下一隻鞋，將另一隻拎手上；有些人連鞋子都不見了，裸露出水晶彩繪的鮮豔腳指甲，赤足在磨石子地上滑來蹭去。

深夜與日出輪迴的急診室，有點像是民間俗諺抓交替的鬼門關。值班超過八小時的醫護人員在大多數人半夢半醒的時間必須扮演天使，力圖振作精神，抗拒睡魔，謹慎行醫，一個不小心被投訴，那可是比做鬼還難解釋的冤屈。此時，一群漂亮女人的出現，真如春色無邊，波光瀲灩。她們清一色是緊身低胸小洋裝，迷你裙，有些是雪紡紗，有些點綴水鑽亮片，無論是細肩帶或是V領網紗，所有的造型都讓美人兒露出線條優美的頸項與鎖骨，還有弧度專業的乳房。

這些娥眉金釵、豐乳纖腿的畫面最常出現在酒店夜店，如今搬演到醫院，與白袍素顏的醫護人員交織成一言難盡且欲說還休的春天，鶯鶯燕燕，唧唧嘈嘈，美人兒不只出一張嘴吵架，還會忍不住動手打架，搔首擺尾盡像一群不斷甩動翅膀的小麻雀。幾番對話下來，仔細聆聽，更像是幼兒園裡無知的童言童語：「是她先打我的」「是妳先動手的」「明明是妳先打人」「放屁，是妳先拉我頭髮」「是她先給我一巴掌」「都是她啦！」

說來說去都是別人的錯，自己沒有錯。

酒店小姐互毆受傷，半夜來急診，對於中山區士林區一帶的醫院來說是家常便飯，幾乎每天都會出現。只是平常陣仗較小，約略一至二人，這種不光彩的事情多半當場私了，或是小姐酒醉太厲害先回家睡一覺，隔天醒來發現門牙不見了才想到醫院。像這樣大規模群架還是頭一遭，據說是某千金小姐揪了姊妹淘去知名酒店學男人點檯，她一次叫上八個美眉在包廂裡排排站，千金小姐說要辦選美比賽。當場看不滿意就退貨，連續卡檯好幾回，最後紅牌公關都上場了還是沒能讓千金小姐高興，新來的幹部搞不清楚狀況凶了千金小姐幾句，接著就莫名其妙打起群架。

目擊者描述包廂裡砸破好幾瓶軒尼詩XO，有人剛整形的鼻子歪掉，有人花幾十萬隆乳的水球被打破痛到地上翻滾，有人眼睛被戳到流出血來，還有人被細高跟鞋刺穿小腿肌腱，現場血跡遍布加上女人的哀號嘶喊，間或出現「幹你娘」「操你媽的78」「Fuck」閩漢英語夾雜的對白，一整個台味陰屍路。眼睛流血的美眉狂叫著「我要瞎了！我要瞎了」，話還沒說完左臉頰又挨了一巴掌。此時剛好遇到警察臨檢，一堆人就這樣被送到醫院急救順便做筆錄。

急診室一團凌亂，連小兒科和放射科醫師都來支援。醫護人員先詢問相關病史，並測量血壓、脈搏、體溫、對身體生命徵象做出評估，若是見到出血的傷口立刻加壓覆蓋敷料，那個小腿肌腱刺穿傷的最嚴重，已經送進手術房裡外科治療，其餘若是心跳血壓呼吸都正常，暫時視為尚且穩定的三級狀況。

急診室醫師把握黃金時間做出診療描述：輕度呼吸窘迫。呼吸困難，心跳過速，在走動時有呼吸急促的現象，沒有明顯呼吸工作的增加。說話可使用句子。呼吸道順暢。血氧飽和度九二％至九四％。血壓或心跳有異於病人之平常數值，但血行動力穩定。收縮壓二〇〇—二二〇mmHg，舒張壓一一〇—一三〇mmHg。外觀表現無病容。體溫正常。疼痛程度：重度。範圍：周邊與中樞。
患者中出現一位COPD with AE，估計是慢性支氣管炎急性發作，一般都是老菸槍才會出現的症狀。現在她氣喘不停，護理人員已經協助吸入支氣管擴張劑救治。年輕小護士學校剛畢業，第一次碰到急診室像五月天演唱會擠爆人潮，她在一旁手忙腳亂抽血止血，還要準備給患者注射點滴。
小護士輕聲詢問：「幾毫升？」
手臂剛貼上酒精棉和透氣膠帶的美麗女患者嬌喘回答：「二十五號。」
小護士又問一次：「幾毫升？」
「都說了二十五號生，妳還要我說幾次？」美女不耐煩的回答。
小護士皺著眉頭，困惑地望著醫師，眼神透露出求救的訊息。
醫師立刻回答：「Hydrocortisone八毫升，生理食鹽水五百。」
醫師囑咐處方箋之後，特別轉頭對女患者說：「她是問幾毫升，不是問妳『幾號生』。」
《急診五級檢傷分類標準》是現行各醫院急診室必須遵行的過程，這套檢傷分類合併電腦輔助決策系統，以客觀的數據評估，提高檢傷精確度，才能有效利用醫療資源。
經過一陣混亂診治，這群美女們的檢傷級數大多數是三到四級，這類患者包紮搽藥完成，都可以回家休養。
就在美女們一個一個排隊接受檢查時，古恩與汪洋洋相遇了。
汪洋洋先是一愣，後來一驚，接著喜出望外，興奮地拉著古恩的衣袖說：「你來你來，你跟她們說，都是她們害的。都是她們先動手。」

汪洋洋的嘴角滲血，手肘和腳踝挫傷，指甲斷了幾根，她一直喊痛。

古恩幫她包紮完畢，繼續忙其他病患。汪洋洋也奇怪，她一個人就在候診區的塑膠椅上坐著，累到打瞌睡也不離開。古恩瞥了她幾眼，猜測她在等家人來接應，但是直到天亮，當黎明在落地窗投射第一道曙光，她身邊沒有出現任何人。

急診科醫師工作時間一個月十五天，每次上班十二小時，每班輪值時間是八點到八點。分成日班與夜班。昨晚古恩值夜班，隔天早晨八點，正是古恩的下班時間。

他脫下白袍換上便裝，準備回家睡覺，經過候診室時，發現汪洋洋還留在座位上，她像個懸絲木偶，一顆小頭顱從頸椎骨懸著掉啊掉，濃密的染色長髮披散在裸露的胸膛，人類最大的器官系統——皮膚，在她的髮際之間隨著肺臟的呼吸忽漲忽緩，肋骨在表皮、真皮與皮下組織的保護之下安靜起伏。她的膚色太白，正常人的角質層對她來說可能是幻覺，她的肌理潤滑如雲端，那裡沒有毛細孔，只有無限想像。

古恩走過去搖醒她，說：「回家休息吧。」

汪洋洋睜開迷濛的大眼，看著古恩：「我喝醉了。」

「一般人血液內的酒精水平會以每小時〇・〇一五度的速度下降，〇・一度的血液酒精水平從身體清除大約需要七小時。換算成酒精代謝率，妳現在已經好多了。」

「不行，我喝醉酒，不能開車，送我回家。我記得你會開車。古恩。」汪洋洋說。

她竟然記得他的名字！

一時的心軟，讓古恩陪著她回到酒店停車場去取車。

「我叔叔是這裡的股東。」她說。

當古恩開著汪洋洋的三百萬名車，進入大安區的豪宅地下停車場，他愈來愈肯定傳說中跑去酒店找坐檯小姐辦選美的瘋狂千金，應該就是汪洋洋。

汪洋洋的家很大、很整齊也很乾淨。走在光潔的花崗岩大塊切片的地磚上，古恩不曾踩到任何刺腳的瑣碎之物。房子位在頂樓，坐南朝北，玻璃落地窗外可遠眺陽明山，天空一片蔚藍。所有直立的置物櫃使用實木貼皮鋼琴烤漆，清澈如水，均勻細緻，顏色飽和度高，如鏡般反射影像，特別是在白天裡映照整片落地窗陽光，將室內渲染出重重光圈，彷若置身天堂。再一轉身，室內擺設毫不花俏，線條明快俐落，若是消除目視所及的花崗岩地磚和鏤空線狀造型天花板，以及曾受前奧地利皇帝Franz Joseph I授勳的百年企業Schonbek手工枝形水晶燈飾，這個空間的透明、冷靜與簡約，其實和醫院差不多。

對於汪洋洋這個視覺年齡非常年輕的女孩來說，這間屋子裡的時尚感，實在不像是她的住家。整體造型採取黑、灰、白的工業極簡風，廚房與餐廳之間透過黛色鈦晶框玻璃拉門間隔，彷彿未來世界的冷漠異境，走進廚房像是走進永夜的太空艙。

汪洋洋從廚房裡走出來，她雙手端著兩個馬克杯，遞給古恩，說：「喝牛奶。」

她自己仰頭喝了一大口，一抹雪白沾染她的嘴角，似笑非笑。

「妳安全了，我可以回家休息了。」古恩說。

「你要不要吃東西？我會煎荷包蛋。」汪洋洋說。

「妳到底幾歲？」古恩忍不住問：「妳看起來好小，可是妳家看起來像拍電影的樣品屋。」

「我會過敏。」汪洋洋完全沒在聽古恩說話。她立刻打了一個噴嚏，一行清澈的鼻水從她鼻孔流出，剛好洗過牛奶在她唇上遺留的白色痕跡：「尤其是喝冰的飲料的時候。」

「妳早點休息吧！」古恩說。

「古恩，我有去找你臉書，好難找喔。」汪洋洋一屁股坐在沙發上，手上還端著那杯牛奶：「你說過要幫我取一個太魯閣族名字，我估狗了一下，好像很多女生都叫作沙雲。你覺得呢？」

「妳會上網喔？」

「廢話。我是北一女畢業的。要不是我爸爸逼我一定要念台大，我只好去念台大戲劇系，但是我覺得同學都太假掰了。我從小到大都在看大人演戲，念大學還要學大人演戲，煩死了，我就不念了。要不然，我現在應該念大三了。」汪洋洋說。

她的假睫毛，她的低胸洋裝，她的彩繪指甲，她的葡萄色紅髮，她全身上下充滿庸脂俗粉味，她說她念北一女，台大。

汪洋洋跑去翻櫃子，一會兒，拿出她的高中畢業證書，還有一本相簿，拿來展現給古恩看。她說：「你看，我沒騙你喔！這是我穿小綠綠制服的照片。」

然後她慧黠一笑：「你呢？你是哪一個醫學院畢業的？」

古恩誠實說出他的畢業學校。

「不錯喔！我二叔公以前是那間學校的教授，他教解剖學。」她又離開沙發跑去櫃子裡翻找東西，這次拿出一本書，是二〇一二年出版的非虛構文學作品《人體交易》：「你看，全世界的醫學院學生都需要骨頭。全世界都有人需要器官。」

汪洋洋，大海洋的洋……

「我肚子餓了。」她說。

她從皮質精品沙發中躍起，赤腳走到客廳另一邊，拉開黑色鈦金屬框霧面玻璃門，嘩然展現另一個樣品屋的餐廳空間。白色圓形線板天花板垂懸著水晶吊燈，大理石檯面和訂製煙草木飾面的長方形餐桌，可供八人以上排排坐用餐，胡桃色高背皮革餐椅，整齊地排列在餐桌兩側，乾淨的桌面，正中央裝飾著寬口水晶玻璃淺底花瓶，裡面插滿一團團綠色與白色的球形花卉，造型非常簡約素雅。盆花最下面幾片彷若展翅舒逸的葉子，古恩還算認識，那是白色的火鶴花，但是上面一朵朵圓形球狀物，古恩還沒看清楚以前以為那是青花菜，後來看仔細了，才知道那是乒乓菊、綠石竹、綠色繡球花和白色桔梗。

最離奇的是八張餐椅，其中有一張椅子上面放著一個巨大的絨毛玩偶。這個東西古恩也認識，它叫嚕嚕米，是芬蘭女作家Tove Marika Jansson創造的童話角色，後來成為卡通造型。嚕嚕米的身形圓潤，有著大大的鼻子，外形類似河馬，但是當故事敘述嚕嚕米意外被抓到動物園裡，管理員卻搞不清楚嚕嚕米究竟是河馬還是犀牛時，嚕嚕米懇求動物園裡的人放了它。

「我不是河馬也不是犀牛。」嚕嚕米說：「我是森林裡的小精靈。」

此刻，坐在餐椅上的絨毛嚕嚕米至少有八十公分高，一眼就可以判斷它的材質是丙烯毛皮密絲絨，摸起來像毛巾料，這種材料是低敏度，而且觸感舒適。只是，這個巨大的玩偶出現在這個充滿新古典主義風格的餐廳，實在很不協調。因為放眼望去，廚房裡的壁櫃設計為鍍鈦金屬框，主牆兩側為了銜接置物櫃與客廳電視牆的高低差，利用金茶鏡斜向收邊的視覺差異區分兩個領域，整體風格很明顯的符合低調奢華特徵，如此後現代，如此貴氣凜然。但是，就在這種冷冰冰令人感覺非富即貴才能擁有的居家環境中，卻出現一個跟真人一樣大的玩偶嚕嚕米坐在餐椅上，它露出電視卡通裡呆萌的微笑，散發安靜閒逸的氣質，它顯然沒事幹，所以胖成這樣。它令人妒嫉又羨慕，因為坐在水晶燈下的它，正俯瞰著大台北市東區街景，遠目連綿青綠的陽明山巒，氣密窗阻隔了城市喧囂，室外嚴寒酷熱都與它沒關係，這裡全年中央空調，恆溫攝氏二十六度。

汪洋洋應該是覺察到了古恩疑惑的眼神，她聳聳肩，牽動嘴角，似笑非笑：「他是陪我吃飯的家人。」

說完，她把剛剛喝完牛奶的馬克杯放到洗碗槽裡，開啟水龍頭順便沖洗。頂級廚具從材質、設計與使用機能，追求精緻工藝與完善規畫，例如最先進的e-Sink靜音技術，以及屢獲國際大獎的包覆式制震技術，使用手工鑄造，高強度、高耐腐蝕、高耐熱性的18-8不鏽鋼素材，藉由媒材之間的互相引導產生自然機轉，創造寧靜水槽，有效降低槽內的震動與變形，即使是洗碗的水流聲也不會影響到其他空間作息。

汪洋洋只是清洗馬克杯，彷彿淺吟著「流水今日，明月前身」的年華，只是清洗一個馬克杯也能如詩般流暢，財富可以堆積的不只是品味，而是意境。

她接著掀開黑色結晶鋼烤收納櫃，拿出兩個湯碗。高級進口廚具之所以昂貴，就是在細節處處貼心，不只是表面上做工夫追求膚淺的華麗，在一道道令人讚嘆的門內面板底下，是經過二十多道密集板貼皮噴漆的過程，以避免底材損壞時接觸到濕氣或水氣，讓面板膨脹產生變化，並符合歐盟E1級規低甲醛，行動愛地球。連結開門關門關鍵五金零件西德鉸鏈，以及油壓緩衝不鏽鋼滑軌，讓整套廚具彷若遺世獨立，凝聚出銀河系般的超寂靜空間，就像古恩第一次見到汪洋洋開關餐廳門時的直覺，這簡直就是一個遠離現實感的太空艙。

然後她推開一個隱藏式的木質推門，用腳趾頭在地上不知道輕輕觸碰了什麼，同時開著門似乎在等待一個東西出來。

古恩原本以為接下來出現的東西應該是她豢養的寵物，可能是小貓小狗，或是一隻高冠變色龍，畢竟她會喜歡嚕嚕米，應該也會喜歡這種頭頂長出圓冠肉瘤，長相奇特，還會隨著情緒、健康改變顏色的爬蟲類動物。

結果，從小房間裡出來的是個掃地機器人。

高度九公分的圓形飛盤蠕蠕前進像隻低頭嗅聞的獵犬，然而獵犬是生物，即使訓練有素依然是條會呼吸的狗，犬科哺乳動物和人類一樣在大腦尾狀核部位共同擁有預見、期待食物和愛情等快樂經驗的能力，當目標出現時容易見獵心喜，成為一隻活蹦亂跳汪汪叫個不停的失控興奮狗。但是掃地機器人是機器，不受任何激素干擾，它很冷靜，即使遇到地震打雷停電下雪，它仍然規律運轉，平緩地在變頻馬達驅使下，以智能導航無障礙穿越室內每個空間，凡走過必留下業績，還原乾淨的地表。

「這是我朋友小金。」汪洋洋說。接著她拿出一包營養穀麥片，倒入之前拿出來的骨瓷湯碗裡，再從冰箱拿出牛奶，一起放在如鏡般光亮的餐桌上，朝古恩噘了噘嘴，說：「吃早餐。」

一個會把掃地機器人喚作「朋友」的人。

一個會把卡通玩偶當作「家人」的人。

古恩原本預期汪洋洋也會給嚕嚕米倒一碗麥片配牛奶，就像個標準「思覺失調症」患者，分不清楚現實與妄想，把靜坐在餐椅上「陪吃飯的家人」當作真人，共同分食餐點。還好她並沒有這樣做。在神經病的分級程度上，汪洋洋算是輕微的。「思覺失調症」的拉丁原文是Schizophrenia，過去被翻譯為令許多人聞之色變的精神分裂症，因為「精神分裂」容易被汙名化以及造成誤解，讓大多數人恐懼或消極對待。一九九五年日本人發現精神病康復患者的回診率低、中斷治療的比例偏高。經過研究，發現患者不願意繼續治療的原因，多半是對於精神疾病的名稱引發誤解所導致。因此，日本花七年的時間推動更名，終於在二〇〇二年成功改為「統合失調症」。接著韓國在二〇一二年也更名為「調弦症」。而台灣在二〇一四年經過長期問卷調查與票選，最後確定「思覺失調症」。藉著「思覺失調」這四個字反映Schizophrenia的兩大主要病理：思考與知覺功能的失調。而「失調」二字同時隱喻著「恢復的可能性」，還有機會調整。

不到十五秒的時間，古恩腦海裡迅速閃出以上這些訊息。他判斷汪洋洋不是神經病，她只是太寂寞。

這是古恩的診治。

而汪洋洋開始把古恩當作最新的實驗對象，或者說是真人玩偶。

當古恩值大夜班時，她總是在早上七點多來等古恩下班；古恩若是上正常班，她就在晚上七點多來急診室。

剛開始她還會跟在古恩旁邊，觀摩他問診與醫治病人的過程。因為她長得漂亮，又很會傻笑，懂得察言觀色，所以也沒有人出面阻止她。而且她很聰明，都選在檢傷標準最輕微的患者旁邊聽醫師問診，她在患者身邊顯露哀憐的表情，不明白的人還以為她是陪同就醫的親屬或朋友。只有古恩知道，她在惡作劇。

剛開始就連資歷最深的急診室主任值班時，也以為汪洋洋是陪同患者就診的家屬，但是後來他也覺得納悶，這女孩怎麼一天到晚出現在急診室？她的家屬或親友也真是包羅萬象，從車禍的年輕上班族、打架受傷的刺青猛男、腦中風的阿公阿嬤、瀉肚瀉不停的小學生、痔瘡出血的孕婦……汪洋洋都跟在他們旁邊，露出關心的眼神，彷彿用具體行動實踐中國哲學《論語》當中「人飢己飢，人溺己溺」的高尚精神。

汪洋洋的身影不斷穿梭在急診室，終於被資深護理長發現她從來就不是病人家屬，她本身也不是患者，她只是一個對任何事情都充滿好奇心的二十出頭的天才美少女。

是，她是一個天才美少女，任何科普書她看過後幾乎過目不忘。她可以在感冒倒嗓的時候，對著古恩說：「我的左喉返神經通過主動脈弓下緣的時候，在氣管與食道之間的溝槽卡住，壓迫主動脈肺動脈窗，疑似病理性腫塊產生淋巴結腫大，而造成聲音嘶啞。古大夫，你應該建議我做胸腔斷層掃描或放射造影，以確保我的身體健康。」

古恩白了她一眼：「感冒多喝水，少講話。」

「你去過香港嗎？」汪洋洋有一次突然問。

古恩搖搖頭。

「香港人的英語發音有著虹弧上拱的旋律形狀，會發出低高高高低這樣的音階，因此常被譏笑為說『鳥語』。大陸人講普通話習慣了，說英語的時候會把yes和nice說成『爺死』、『奈死』，這樣的發音習慣和香港人一樣，所以香港人說store是『士多』、stamp是『士擔』、last是『喇士』。研究人類語言聲音系統的科學叫作音系學phonology，即便聾啞人士使用手語而不是用喉嚨舌頭發音，也都在反映人類在使用語言時，大腦跟著編排這些用來表情達意的聲音與動作。它涉及人腦認知系統，也涉及用於表達情感的語言。『表達』真的是很有意思的一件事，特別是文化差異容易造成誤解，或是讓邊緣人愈來愈邊緣。澳洲知名人類學及語言學家Diana Eades說，澳洲原住民疑似犯罪的被控告率和監禁人數，遠遠超過當地白人。經過深入研究發現，這是因為澳洲原住民有著很不一樣的表達方式，他們在說話的時候不會直接與對方的眼神接觸，講話的時候習慣與同伴並排，共同目視遠方交談。澳洲原住民很少跟人眼神交流，也因為這種習慣，讓白人員警經常誤以為他們是故意躲避警方犀利的目光，他們一定有什麼隱瞞的罪行。而且澳洲原住民不習慣爭論，尤其是面對長者或權威人士，這樣到了法庭聆訊，他們又吃虧了。」

那時候他們正在汪洋洋家裡吃著麥當勞外帶餐點，因為車程因素讓食物早已冷卻，涼掉的薯條吃起來像密度扎實的棉絮，明明知道它是食物，但入嘴時好像空氣。古恩正準備用力擴張他的顳顎關節繼續咬下一口大麥克，卻聽到汪洋洋這番長篇大論，頓時之間，古恩覺得他的嘴平常只用來吃飯而沒有進一步發揮音系學的學術深度而感到有點自卑。

「所以我只跟陌生人做朋友。」汪洋洋說。

古恩細嚼慢嚥，徐徐吞下剛剛咬進嘴裡的漢堡，拿起餐桌上的衛生紙輕輕拂去唇邊的番茄醬漬，語調平靜地問汪洋洋：「可是我不跟陌生人做朋友。」

汪洋洋卻露出燦爛一笑：「現在我們已經不是陌生人，我們是朋友。」

古恩後來才搞懂，如果只能給他五個字描述汪洋洋，他會說她是「人生勝利組」。

她父親是政四代汪承熙、母親是富二代賈薇玲。她是汪家唯一的第五代，汪家家規嚴謹，汪洋洋從小被嚴格管教，非常懂得修飾禮貌。她本性不壞，只是特別聰明任性，在這種爾虞我詐、眉角特別瑣碎的大家族裡成長，她早練就一身銅牆鐵壁。她明白，只要她會讀書，按照大人的願望考上第一志願，她就可以輕易得到話語權。即便她在外面泡夜店、喝酒抽菸、到處闖禍，只要她能考到第一名，一亮出成績單，就像拿出塞嘴布一樣堵住眾人意見紛紛的口腔。

「你不覺得大人很噁心嗎！」汪洋洋說：「像我媽媽自己是千金小姐，她眼裡也容不下我這個千金小姐，早早拋棄我就算了！我爸爸呢！他櫃子裡一堆花了好幾十萬買來的心靈成長套書，幾年前也跟人家去美國上什麼靈修班，一天到晚跟我Skype的時候都在講什麼神通、觸及、覆蓋、感知、超力量。他認為他學會利用這套心靈量子電儀表程序可以開始拯救個體，然後在永恆中運作，主導復甦，完成什麼印痕消除，找到本質，拿回屬於自己的能力，讓pc曲線上升，巴啦巴啦的……我只知道他那時候非常熱中研究靈魂學，心甘情願花兩百多萬去美國靈修，結果就在這個靈修班認識一個從台灣過去，也在尋找身心靈安頓的女朋友。這女人，真的是我見過我爸交往的女朋友當中最漂亮的一個，從皮膚到身材到臉蛋，幾乎毫無瑕疵。雖然我覺得她一定有做醫美，但是醫生的技術真的太厲害了，她整個人走過來的時候就像一張會動的P圖，你知道吧，就是美圖秀秀ＡＰＰ之後的超完美人偶。」

古恩很想知道，最後這個「女人」有沒有成為汪洋洋的繼母？

「其實，我爸和我媽離婚之後一直很抑鬱。他覺得像他這樣的人生勝利組，怎麼可能連婚姻這種小事都搞不定，所以他才會被慫恿到美國參加這個靈修會，說什麼重新尋找自己的靈魂，把前世累積的宿怨消除，聽起來像消除宿便一樣。我爸可能也沒想到會在那裡遇上女神，他瞬間高潮到忘記打聽對方的來歷和學經歷，他大概以為有經濟能力越過太平洋去參加這麼昂貴靈修團體的人，應該都是和我媽一樣的富家女，和他天生門當戶對。後來兩人回到台灣，我爸迫不及待向我爺爺介紹這個女人，我爺爺是什麼人，他根本就是《笑傲江湖》裡的岳不群，他是江湖老狐狸，他太精明了，這世界上沒有任何蛛絲馬跡可以逃過他的法眼。」

汪洋洋喝了一口牛奶。這女孩不太愛吃東西，卻特別愛喝牛奶，她把牛奶當作代餐，更像太空人在無重力的外太空只能進食流質食物，在密封的牙膏管裡用吸吮安全攝取。

「其實我爸也很聰明！我就說過他是『有心機沒城府』，結果他立刻回應我說『有心機是為了保護自己，沒城府是做人厚道』。咦！他這句話也接得挺有道理的。」

汪洋洋說到一半，突然跑去打開鏡面儲物櫃，她在櫃子裡翻來翻去，找出一根雞毛撢子，問古恩：「你知不知道這是什麼東西？」

「當然知道啊！我身上有好幾道疤痕是這東西留下來的。」古恩回答。

「這是一種什麼武器？」汪洋洋疑惑地問。

「它是武器，也是工具，看妳要用在哪裡。」古恩說。

他走上前來，接過汪洋洋手中的雞毛撢子，左右翻轉仔細檢查一遍：「這是手工做的好貨！現在很少人願意這麼費工夫了。做雞毛撢子最常用雞的背毛、脖毛和尾毛。如果是公雞毛比較長，顏色亮麗，彈性特別好，做出來的雞毛撢子比較大。母雞毛比較短也比較軟，可以做成小支的雞毛撢子，用來擦陶藝品。」

「算了，不管是誰的，反正這個雞毛棍子應該也是人家送的，而且送禮物的人也已經死了。」汪洋洋接著打開另一個櫃子，裡面整齊排列著許多瓶XO等級白蘭地，還有精裝禮盒。

「送這些東西的人也都死了。」汪洋洋淡淡地說。

古恩有時候覺得汪洋洋是不是亞斯伯格症患者？她的社交與對話能力經常蹦跳出令人拍案驚奇的情節。

「古恩……」汪洋洋突然柔聲低吟著古恩的名字，略帶哀怨的音調，彷彿也在為剛剛介紹的死者獻上緬懷之意。然而，不過一瞬間，她又突然露出笑靨，嫣然魅視，眼珠子裡閃耀著令人猜不透的晶瑩：「這些東西都是我的前男友送的。」

這個笑話，老實說，古恩笑不太出來。

至少古恩從來沒有說過前女友錢盈君死了。他們是正常平靜地分手。況且，錢盈君只是做出對她自己最有利的選擇，她選擇另一種有安全感的未來，就是金錢保障與社會地位。即便古恩醫師現在也是一個有社會地位而且月薪不算少的年輕人，但是流在他身上的原住民血液，曾經出草的家族歷史，以及現在還繼續在鄉下酒駕致死的部落鄉民，都是古恩這個生物總體價值的扣分。錢盈君和他交往六年，最後選擇離開，確實不能勉強與責難，只能說文化差異這件事，並不只是教科書或學術界的專業議題，它依然默默存在於生活裡，看不見的寧靜革命。

「我爸爸那個在一起靈修的女朋友，後來被證實，她是一個專門給富商包養的高級妓女，用模特兒的身分做幌子，每個月都說要出國『工作』兩、三次，每次去個五到七天，其實真正的原因都是陪富商出國伴遊。等到富商棄養，她們身邊也有點錢，就去參加這種昂貴高檔的靈修團體，因為願意花這麼多錢而且花得起這些錢到美國的人肯定也有些錢，而且心靈空虛才會想到用這一招來重新做人。這些麻豆就利用這樣的機會，美其名是靈修，實際上是釣凱子，專找有錢人下手。我爸就是這樣上當了，帶了一個高級妓女回家，而且還是我們家族幾個長輩都用過的，我爸爸一下子和我叔公成了表兄弟。」

汪洋洋一邊說話，一邊抬高手肘將雞毛撢子往後背敲，把雞毛撢子當成了不求人按摩器，疏通筋骨。

「古恩，你知道我為什麼叫作汪洋洋，大海洋的洋嗎？」

古恩搖搖頭，說他不知道。

「你沒發現我的名字都是水，因為算命的說我命中缺水。哈哈！」這是汪洋洋第一次開自己的玩笑。

「妳相信嗎？」古恩問。

「結果沒人叫我『洋洋』，都叫我『癢央』。你說呢！」

古恩忍不住噗哧一笑。

癢央……這發音聽起來確實跟水一點關係都沒有了。

「不過我爸爸最近認識的這個阿姨還不錯。聽說以前是大明星，但是現在沒幾個人認識她。」汪洋洋話題又一轉：「我後來聽阿公他們說，這個阿姨以前拍戲的時候很跩，都一個人來一個人走，有時候還會騎摩托車到片場，也會把自己吃不完的便當打包，她從來不跟片場的人說話，只聽導演的指令。她就是那種走在路上莫名其妙被星探挖掘，剛好遇到什麼獨立製片要拍一部小清新電影，主題是憂鬱症。聽說我阿姨的樣子非常適合演憂鬱症，她站在那裡不說話光是看著鏡頭，就會自然而然散發出一種很深很內斂的憂傷，那年頭根本沒人聽過憂鬱症，阿姨演了這部電影之後不但自己爆紅，也做了社會公益，讓更多人了解憂鬱症，幫助患者走出黑暗陰影。然後她又得到金獅獎最佳女主角，又是台大高材生，根本是個女神！但是你知道嘛，演藝圈有所謂的潛規則，就是很多女明星都要陪導演睡覺才能當上女主角。我阿公就是擔心我爸又帶了一個高級妓女回家，所以找人去調查了一下，才發現這個女明星根本就是個怪咖，她在最當紅的時候跑去嫁人，然後就去了美國，因為先生拿美國護照，很多人以為她愛慕虛榮想作美國夢，但是她在美國住了七、八年卻始終沒有申請美國護照，讓人跌破眼鏡。聽說她很愛國，她曾經在媒體訪問時公開說過自己是中國人，這輩子都不會改變身分，更不會向美國國旗彎腰敬禮。然後她先生因為走私被判刑坐牢，她最後的下場就是離婚帶著兒子回台灣。」

古恩覺得這個故事聽起來好熟悉，這個阿姨的遭遇跟自己的親生表姊戴安若怎麼這麼接近？

「我這個阿姨和我也有幾分相像，都是單親家庭長大，哈哈！」汪洋洋說起「阿姨」，表情輕鬆，眉開眼笑，彷彿已經是一家人：「聽說我阿姨有一半原住民血統，所以長得很漂亮。但是她媽媽在她五歲的時候拋棄她。不過這樣也比我幸運多了，我一出生，我媽就不要我了。」

古恩不會抽絲剝繭繼續追問任何聽起來有線索的故事，因為他是醫生，不是警察，更不是偵探。汪洋洋缺乏母愛，從她驕縱與孤僻的個性已經略知一二，而汪洋洋口中描述的阿姨若真是戴安若，只要表姊不願意透露她的私生活，古恩和所有親戚都不會過問。

在古恩的家鄉，他們不太關心遠親的八卦，因為遠親太遠了。「遠親」看不見聽不著抓不住，遠親遠到常常讓人覺得「那個跟我沒關係」！

他們比較愛講近鄰的壞話，因為近鄰就在身邊眼前，做什事說什麼話都會馬上引起反應，有事當面對決，沒事就瞇眼過去。他們沒有時間等待機關算計，這些「馬上令人不爽的事」馬上轉變成怨念，很快讓他們因為滿腹牢騷而靠向酒精。酒精的學名是乙醇，具有易燃的特性。乙醇可以與空氣中的氧氣發生劇烈氧化反應產生燃燒現象，加熱所有物質。乙醇容易揮發，可以與水、醋等溶劑混溶，它也是液體，用來舉杯澆愁，一邊吟唱著：「美酒加咖啡，我只要喝一杯。想起了過去，又喝了第二杯。」就這樣一杯又一杯，直到酒醉酒醒。百分之七十五濃度的酒精可以用來消毒，乙醇可使細菌中的蛋白質細胞膜凝固變性，達到殺菌消毒的效果。對族人來說，恩恩怨怨常在酒醉酒醒時被哭與笑扭轉，然後忘記，天亮之後又恢復左鄰右舍，還是朋友。應驗楊柳岸，曉風殘月的人間美景。

假設是欠錢、罷工、遲到、曠課、賒帳、毒死狗，這些事情都不至於太傷感情。對於欠債還錢這種事，族人有一種默契，那就是這次你欠我錢不還，下次就換我跟你借錢不還。如果兄弟感情還算和諧，反正原住民天生硬漢，遇到有人偷懶罷工也就多幫他做一點，只要別忘了拿酒來還。再說遲到這件事情感覺也不會比罷工更嚴重，如果延遲上班那麼就延後下班吧！曠課，哪個小孩不調皮，十二年國教可以畢業就好。買東西賒帳確實有點厚臉皮，但是整個村子的族人彼此從阿公阿嬤那時候就互相認識了，若是有人一定要丟祖先的臉，就準備讓兒女來還，躲得了這一世躲不了下一代的這輩子。最後說到看不順眼毒死狗這件事，部落普遍認為，人也有死掉的那一天，狗早點死早點投胎做人也好。

這樣看來住在部落好像桃花源，良田美池、阡陌交通、雞犬相聞的畫面確實存在。

而這些都是表面上看得到的！

他們不在乎遠親的八卦是因為遠親太遠眼睛看不到鼻子聞不到。他們是獵人的後裔，只有觀察到獵物蹤跡時才會心動，換成白話文就是要看到好處。光輝鄉是出了名的窮鄉，每年在全國三百六十八個鄉鎮收入排行名列倒數前十名。這裡經常上演鄉長或民代「早上就職下午免職」的荒謬劇，雖然如此，仍然有許多人飛蛾撲火投入選舉，因為選舉勝利的果實是如此甜美，他們不會承認貪婪，他們認為這是迷戀，就像獵人追尋獵物，他們渴望尊榮活下去。民主選舉不分階級，無關財富，人人都可以參與，但是只有勝利者可以獲得權力，藉著既得利益提升階級，創造財富。

地方自治選舉，是微型宮鬥劇，結果都是一樣的，勝者為王敗者為寇。就算是獵人遇到獵物，兩者為了求生戰鬥最終也只有一個能活。地方自治儼然成為新世紀的獵場，若是想在其中晉官加爵，那麼這道狹窄的門檻會貼上左右兩邊對聯，分別是「公職人員選賢與能」與「意識形態政治嘴砲」。

橫批「撕裂族群」。

頻繁的地方選舉，彷彿情緒熱帶性氣旋，往往在一個風平浪靜的環境（北太平洋海面）生成之後，受到一種氛圍（副熱帶高氣壓外圍環流）影響而決定未來的路徑。這種情緒熱帶氣旋，可快可慢，可強可弱。它會在條件充足下蔓延成風暴，也會在外圍導引氣流不明的情況下打轉或停滯。

古正義三次參與地方選舉，朋友愈來愈少，家人分崩離析。造成撕裂和變節的原因和颱風雷同，都是外圍導引氣流。在政治上的外圍導引氣流就是利益分配，拿不到好處或分配不均，自然倒戈。叛變的族人，在過去是會被殺頭的。現在只是雙方決裂，老死不相往來，某種程度上，或許還保留了山地桃花源餘緒。

古恩就讀的高中是台北市第一志願，當年他從遙遠的東部漂向北方，進京趕考，不靠原住民加分政策，靠實力就能夠進入這所名校，讓古正義光榮地在家鄉殺了好幾條豬。古恩來到這間菁英薈萃的高中，同學裡有不少人是政商二代，更多的是天才，他們多數光環籠罩準備走向為學霸鋪好的康莊大道，例如繼承家族事業或是從政。然而，古恩從他們的言談之中看不到閃耀的熱情，他只看到錢的符號在他們的眼神裡亮晶晶。

當時的同學還引用美國當代最聰明的投資家，也是股神巴菲特的合夥人查理・蒙格的金句：「要不是人們老是犯錯，我們也不會這麼有錢。」

這樣聽起來，從政與從商都是把群眾當作經常犯錯的傻瓜。而群眾也確實像個傻瓜才會讓上層結構迅速累積財富，下層結構終身做牛做馬。

古恩原本想念文科，他從電玩遊戲《三國無雙》開始對歷史產生興趣，當初以為自己會念第一類組，他甚至思考過從政這條路，也許將來大學畢業回到老家光輝鄉，接續古正義未完成的志業，步入父親後塵為家鄉的親友做些事情。反正他覺得留在台北也無法出人頭地，即使他念的是明星高中，而且很會跳舞，組織熱舞社經常參加比賽，但是，因為他從花蓮來，加上皮膚黝黑，濃眉大眼，因此，還是有同學曾經當著他的面問：「你是不是山地人？」「聽說你聯考加很多分才考進來的。」

古恩曾經被問過最難以回答的問題是：「你們住的地方是不是都髒髒的？」

這個地球上有很多地方都髒髒的，不只是原住民部落。

古恩如果再自暴自棄一點，他也想過，有父親之前擔任鄉代會祕書為人民服務的經驗，地方行政事務根本難不倒古正義，選舉也是（雖然古正義都選輸了）。但是古恩不一樣，當他決定聽從父親指示，報考第三類組，成就考上醫學院的終極目標之後，他覺得七年之後醫學院畢業若是回家競選，標語可以寫「醫生鄉長」之類的，聽起來很響亮。而且，只要古正義還在，老爸基本上就是個現成的政壇導航員，可以讓古恩少奮鬥幾年。

但是，古恩畢竟是個情商超高的年輕人，當他更進一步思索，古正義最後的下場是坐牢，這種投資似乎風險太大。即便「為人民服務」這件事的想法在古恩腦海裡曾經浮浮沉沉幾回合，最終他還是選擇放棄。

那時古恩看著文組同學們汲汲營營，都以台大法律系為第一志願。有背景的人安心等待天命，寒暑假前往歐美名校交換學生累積更雄厚的背景。沒背景的人積極參與首都各項社會活動，到處找大學長攀親帶故，這些有權有勢的學長們不是念法律系就是政治系，靠近標籤彷彿有人幫忙撐起大纛，即使只在旁邊吆喝加油的小弟也有機會更靠向一心描摹的輝煌前途。

尤其是古恩曾經向他最喜歡的公民老師提問：「老師，我想請教一個可能有點膚淺的問題，請問學政治的人適合從政？還是學法律的人適合從政？」

老師立刻回答他：「學政治的人適合從政。因為學法律的人判斷條件，只會著眼當下；學政治的人會從過去的經驗擘畫未來，較為宏觀。」

古恩又問：「那麼國父說『政治是服務眾人的事』這句話是確實的嗎？」

「這只是口號。」老師笑了笑：「我們現在講從政是Political entrepreneur，把政治當作企業經營，尋求最大利益。」

把政治比喻成企業，果然是新世紀政商之間的權力毛細管作用。政治與經濟從交叉研究到交叉運用，最終都是向錢看！

古恩忍不住進一步探究：「那麼黃花崗七十二烈士？戊戌六君子？他們代表什麼？」

嗯！老師微笑點頭：「那是大數據裡面的一項數據！」

全球幾個規模最大資訊技術分析公司之一的451 Research曾經將大數據定義為：「以前因為科技所限而忽略的資料」。資料科學家Matt Aslett直接將大數據定義為：「討論這些以前無法儲存、分析的資料。雲端計算、區塊鏈、物聯網、人工智慧……讓機器與人類共享多采多姿的生活。」

現在就連ＡＩ智能小冰也會寫詩。

古恩在落後貧乏的現代光輝鄉出生長大，他所耳聞的英雄主義，都是從垂垂老矣的耆老口中斷斷續續陳述，特別是老人喝醉酒的時候，那種時不我予的寂寥更增添了故事的浪漫成分，例如部落英雄彎弓射鳥這種事，會變成射下九個太陽。然而，欲與天公共比高的志氣確實有的，每一個年輕族人都希望有機會成為領導者，古時候憑的是武力，現在憑腦力。

凡事只要涉及到利益，那可是比動刀動槍還要劇烈的機關算盡。

因此，古恩早已被環繞身邊的政治風暴訓練到謹言慎行、沉默是金的性格。在他的經驗裡，一旦話多，就像是促成颱風加快腳步的低氣壓漩渦，不斷吸引四周爛空氣加快向漩渦中心流動，流入愈快，風速就愈大，最後的結果就是把古正義送進監牢。

他和汪洋洋之間的友誼也是如此。

為了避免將來兩人同樣囚困於友情牢獄的窘境，古恩選擇靜默。大部分時間，都是汪洋洋講話，古恩聆聽。

「我的家族龐大，但是沒有一個人可以講真心話。」汪洋洋說：「這就是為什麼我寧願和陌生人做朋友。因為所有人最後都會變得陌生。」

汪洋洋常講垃圾話，但偶爾也會口出金句。

「我每天都聽大人說他們多愛國，電視新聞裡常常出現我家親戚，那些名嘴有一半以上我幾乎都親眼見過，每個人在外面說話好像都有幾分道理，但是我看到的都是他們如何分配利益，最後如何分贓。他們一邊罵中國一邊去中國賺錢，他們口口聲聲台灣獨立卻一個個溜到美國生小孩、買房子、拿身分。他們愛的根本不是那個『國』，他們愛的是權力。」汪洋洋說。

這一刻的美少女臉上浮現出傲睨的神情，蘊含著某種超齡的世故，就和古恩第一次遇見她的時候一樣，那時候的她藉著濃妝豔抹武裝年齡的青澀，這次，她徹底卸除武裝，卻露出更深沉的陰暗。她大多數的時間像個洋娃娃一樣可愛，但是偶爾也會露出今天這樣憤世的腔調。也許因為古恩這個「陌生人」的意外出現時機都那麼湊巧，在他出現的場合都具有某種導航或治療的象徵，例如他們第一次認識時，古恩是開車的司機；第二次再度相遇，古恩是急診室醫生。這兩種身分都具備某種神祕的功能。司機與乘客、醫師與病患，都是在短暫的相遇中彼此傾聽，告解與救贖，甚至可以帶領走出迷宮。

汪洋洋在一個被宗族壓抑、被身分制約的環境長大，只有陌生人才能賦予她轉移包袱的空間，只有陌生人可以讓她不負責任的露出內心小野獸的爪牙。她年紀雖輕，卻從小浸淫在政治大觀園，看盡「嘴甜心辣，兩面三刀」的險惡眾生相。她在命運的遊戲規則裡操縱著電玩裡的高階程序：越級打怪。但她畢竟太年輕，這歲數要做到委曲求全那可真得有著非凡人的氣魄！在這方面，汪洋洋還是個女孩兒，她不高興的時候，還是會霸氣地亂罵一通，厭世般的起心動念。

「這種人怎麼不去死一死。」汪洋洋說。

野蠻女友。

念醫學院時，古恩曾經到全國最頂尖的醫院附設球場打籃球，他原本以為開放式的籃球場，單純是個愛好運動人士匯集之處，打球的人來自四面八方，年齡有大有小，即使大家球技平平，但是對籃球的熱情高昂，才會在業餘或課餘時間來舒筋展骨，一方面是娛樂，一方面也是較勁。因此，在某次娛樂賽中，當古恩發現對手運球出現漏洞，趁機抄了對方手中的籃球，轉身站穩立定跳躍一個三分線投籃得分！他開心地回頭想尋找掌聲，卻發現自己的隊友正在九十度彎腰，低頭向剛剛被抄球的中年男子鞠躬，同時連番說出「主任，對不起」。

那次之後，古恩明白，在台北打球有潛規則，那就是別讓主任不高興。因此，絕對不能抄主任球，別讓主任不高興！負責控球的人一定也要把球傳給主任，別讓主任不高興！從此以後，一場兩個小時的球賽，古恩最多只投過兩球。這已經超越了運動精神，這是提早實踐的希波克拉底精神：「當我成為醫業人員，我鄭重地保證自己要奉獻生命為人類服務。」

主任也是人類，而且是個有極大影響力的人類。希波克拉底是醫學之父，全世界的醫生在正式行醫前一定要宣讀這份誓詞。古恩在台北菁英大醫院的籃球場上，當時只是醫學系四年級的他已經以身教證明，自己絕對有誠意甘願奉獻生命為人類服務。

在高中一年級就發現自己無法「為人民服務」的古恩，可能自己也沒想到最後的選擇是「為人類服務」。雖然將醫學系做為第一志願是父親古正義的志願，但是當公民老師告訴他黃花崗七十二烈士只是大數據的那一天起，古恩就徹底明白這個世界的不公平。他唯一能做到的就是安安靜靜。他認為安安靜靜地面對世界的喧囂，也許才是對自己最公平的待遇，也是對閒言碎語的最佳回應。

汪洋洋當然不知道古恩在青春期的心路歷程，她只是覺得古恩很老實，而且很好使喚。任何時候她在古恩面前胡說八道，古恩都是安靜聆聽，沒有表情，不會反擊。這讓她覺得古恩更像一個溫暖的家人，願意真心陪伴的家人，而不是祖父汪志群那種終年的陰沉，或父親汪承熙自以為是的滿嘴道理。汪洋洋心裡想，她有的是錢，她從來不擔心古恩敲詐她。然而，實際的情況卻是他們每次買麥當勞都是古恩付帳，汪洋洋好樣沒有花過一毛錢。

汪洋洋不喜歡外食，她總是把食物帶回家，她喜歡坐在大餐桌旁，陪著嚕嚕米一起吃吃喝喝，然後打開筆記型電腦，東看西看。古恩注意到，她總是握著滑鼠上下溜動個不停，就是從來沒看到她動手打字，也就是她從來不在網路上與人互動聊天。有一次古恩看到她的手機畫面裡的各種通訊APP都有超過百位數以上的未讀訊息，包括Google電郵也都有一千個信件通知。這可引起了古恩的注意，他忍不住好奇的問：「妳都不用檢查訊息嗎？」

汪洋洋懶懶地瞧他一眼：「Gmail裡面有九百封信都是訂閱各種電子報，另外一百封是我自己寄給我自己的。」

她把筆電螢幕轉向古恩，果然在Gmail裡的整排信件都是電子報或訊息通知。沒有一個主旨和私人活動有關。

「什麼LINE那裡面也都是我亂入的群組，我喜歡看到很多訊息通知，那會讓我感覺我的人緣很好，有存在感。」話剛說完，她突然冷笑一聲：「雖然我明明知道這些朋友，只要你願意花錢，他們隨時都存在。」

古恩覺得汪洋洋太寂寞。一個只有二十二歲的女孩子這樣過日子有點浪費光陰。他決定帶她去教堂參加主日彌撒。望彌撒現在又稱為感恩祭。古恩認為，在同一個時間同一個地點有許多志同道合的人聚集在一起，這樣的存在感才是真實的。

「那裡是不是網美拍照景點？」汪洋洋又恢復到二十二歲的愚蠢。

走進教堂之前，古恩特別提醒汪洋洋，不能穿太暴露的衣服以及夾腳拖，這是對聖事禮儀的不敬。

「你從小就這麼乖哦！」汪洋洋說。

「我們小時候也會在教堂的大窗子爬來爬去，小孩子都坐不住。」古恩說：「可是，我們現在已經長大了。」

「你有選擇嗎？」汪洋洋接著問。

「什麼意思呢？」古恩不太能理解她的提問。

「關於信仰，你有選擇嗎？」

「沒有。」古恩解釋：「我一出生剛滿月就被父親抱去教堂接受聖洗聖事，聽說幫我授洗的神父是個西班牙人，那時候還沒有原住民神父，後來有了，像我表舅就是，他去過梵蒂岡讀神學院。」

「你有教名嗎？」從汪洋洋的提問裡，她似乎對天主教也有一點基本認識。

「保祿。」

「是『教父』幫你取的嗎？」

汪洋洋沒說出「教父」這個名詞之前，古恩還一度私心佩服她的博學多聞或博覽群籍，連天主教徒有教名這樣的細節都知道。但是當她一說出教父這兩個字就掉漆了，原來她是電影看太多。

汪洋洋今天穿著一件長裙洋裝，灰底白領，顏色非常素淨，讓古恩感覺很熟悉。他後來才想起來，這件長洋裝和修女的服飾非常相似。古恩有時候覺得汪洋洋沒有繼續念完戲劇系實在很可惜，要不然以她這種入境隨俗的本領，應該沒有什麼角色可以難倒她的演技。

天主教彌撒由各堂區神父主祭，當神父與輔祭團一同進入教堂時開始詠唱進堂曲，走在最前面的輔祭員會手持遊行十字架帶領隊伍。現場有唱詩班與鋼琴演奏。現在許多教堂裡培育青年樂團，以較活潑的方式演奏電貝斯和爵士鼓，讓彌撒像個小型音樂會，充滿歡樂氣氛。主祭神父在彌撒時所穿的祭衣按照當日禮儀的意義而決定。神父的祭衣顏色與意義也會延伸到祭台上的用品，以至整個聖堂的鮮花和陳設。例如聖誕節時的白色祭服代表「光」，有無辜、純潔、喜樂、勝利和光榮的意思。在耶穌誕生與復活的日子，或聖母、天使和非殉道聖人慶日與婚姻聖事時，神父會穿著神聖莊嚴的白色祭衣。綠色代表聖神，有永生和希望的意思，也是常年期禮儀最常見的祭衣顏色。紫色是受難的象徵，並引申出苦修、謙遜、傷感之意。因此紫色祭披會在將臨期、四旬期、七旬期、守夜和救主受難日、安息彌撒使用。紅色容易讓人聯想起血和火，引申出受難和天主之愛。在普世教會中，本來只有宗徒殉道日、聖神降臨節才會穿著紅色祭衣，現在符合華人文化，在喜慶的日子例如農曆新年、婚禮彌撒也會穿著紅色祭衣。最後還有一種可愛的顏色，一年只會出現兩次，那就是粉紅色。色彩心理學分析，粉紅色帶給人們的視覺印象是溫柔甜美、沒有壓力、軟化攻擊。有些活潑的神父會在主祭時以幽默的口吻指指身上的粉紅色衣著，讓大家注意到顏色的變化。事實也如此，神父在一年之中只有兩次機會穿著粉紅色祭服，分別是將臨期第三主日以及四旬期第四主日。這兩日又名「喜樂主日」。

汪洋洋第一次跟隨古恩進入教堂是在「主受洗日」這一天，是常年期的第一個主日，也是耶穌基督領洗的紀念。耶穌接受洗禮在歷史上是一件令人驚異的事，因為洗禮是個具備強烈又深刻象徵意義的禮儀。在《聖經》中，水有雙重用途，可以是摧毀的水，也可以是給予生命力的水。在洪水淹沒世界時，整個犯罪的世界被毀滅了，另一方面，我們也看到雨水如何滋潤土地，繁衍生命。耶穌為了完成天主的計畫，做了天主的僕人，祂充滿愛，在天主之愛的帶領下生活。祂的使命是謙遜與堅定宣揚真理和正義。在主受洗日的讀經一，依撒意亞先知描述天主的僕人說：「他不呼喊，不喧嚷，在街市上也聽不到他的聲音。破傷的蘆葦，他不折斷；將熄的燈芯，他不吹滅。」

在讀經一與讀經二之間有領唱者帶領眾人答唱詠，教會大堂裡正按照慣例進行彌撒規程，然而在聖詠團司琴與團員吟唱聖歌的同時，飄揚的音樂聲瀰漫另一種和諧與莊嚴。聖樂具有某種安定的能量，旋律平靜如春日和風，緩緩拂去塵埃與憂傷。儀式進行到主祭神父在祭台上講話，這時候可以稍息片刻，聽聽神父如何解讀今日的彌撒經文，比方說主洗日這一天所讀的〈依撒意亞先知書〉當中的第一句是：「你們的天主說：『你們安慰，安慰我的子民吧！』」接著神父以自己生活小故事為例：「有一次我收到一個簡訊，上面寫著：『雖然你做錯了事情，但是我決定原諒你，晚上回來吃飯吧！我會做你喜歡吃的菜。』我看了非常詫異，雖然原諒是一種美德，但是我究竟做錯了什麼事情呢？於是我立刻傳訊息請教發訊的人，她是一位教友，原來她是要傳給她老公的，不小心傳給神父。我不知道她老公到底做錯了什麼？但是她願意原諒他，還願意做晚餐，這就是安慰，是愛的具體表現。」

古恩喜歡聽神父傳道，現在的神父愈來愈親民，除了深入淺出解釋經文要義，偶爾還會開開自己的玩笑，真實展現謙卑。例如古恩曾經聽神父說某次用餐結束，主教竟然挽起袖子，主動去洗碗。主教的位階比起神父、修士們都還要高出許多，按照規矩不應該是主教去洗碗，當神父修士們紛紛婉拒主教洗碗，願意代勞，然而主教卻仍然堅持親自洗碗時，眾人只好跟著陪在旁邊洗碗。

主祭神父最後做出結論：「所以下次你們要讓神父洗碗。不要覺得神父很忙，神父其實很樂意幫忙。」在〈聖保祿宗徒致斐理伯人書〉中記載：「弟兄們，你們要在主內常常喜樂，我再說一次，你們要喜樂！要使眾人知道你們的寬厚。」

喜樂這兩個字經常被人們掛在嘴上，然而究竟什麼是真正的「喜樂」？這也是一個曾經困惑著古恩的問題。只有在主日彌撒中，一次又一次，聽神父從日常的生活經驗中詮釋教義。這個功能和暢銷排行榜上的冠軍經常是勵志書的道理雷同，因為人們很容易怠惰，必須透過不斷提醒才會積極練習正面思考。暢銷勵志書是資本主義的提醒，神父傳福音是面對眾生的提醒。

古恩很喜歡聽神父講道理，即使有時候對於經文內容，他也是一知半解，但是他喜歡主日彌撒的氛圍。在這裡，人們因為某種信念而集合，卻能夠自由來去，沒有人會點名也沒有人強迫。願意出席的人都是心甘情願，縱然帶著悲傷而來，大多數都能夠歡喜離去。在這裡的奉獻很自由，大家量力而為，沒有誰強誰弱，誰大誰小，誰應該誰不應該的問題。換作醫院急診室，那些只是破皮流血的患者經常因為不耐久候，與醫護人員發生衝突，甚至演變成急診室暴力。一開始先咆哮：「我痛死了，你應該先救我。」然後質疑醫生：「你到底會不會看病？」「你是不是合格的醫師啊？」接著失去耐性，從罵人到打人，急診室暴力加害者自顧自走著個人的情緒高速公路。這種人什麼都要優先，完全不管檢傷分級制的優先順序，更不會在乎其他病情更嚴重甚至瀕死的危險傷病患者。

古恩作為一個專業醫生，他不怕病人死掉，他最怕的是醫療糾紛。過去他目睹好幾個醫術醫德非常精湛，工作認真又視病猶親的老師和學長，很不幸被病患告上法院，這輩子和這些原告糾纏不清，官司常常拖延好幾年，生活成為兩地一線，在醫院與法院之間來來去去。萬一最後法官判決醫師敗訴，往往工作三生三世都不一定賺得到賠償金額。

古恩的工作是救命，然而他自己也常常需要被拯救。這時候，只有充滿強大正能量的教堂，可以讓古恩暫時舒緩一口氣。他承認自己常有懦弱的時候，他需要信仰的安慰與天主降福。

此刻，古恩是如此專心融入感恩祭的聖事禮儀中，直到彌撒進行到領聖體禮和羔羊讚。羔羊讚的樂曲是F調四分音符一拍，旋律優美莊嚴：｜12 3 3 33｜5 35 32 1｜56 1 32 1｜1 61 1 -｜。唱到第二段時出現二部合音，男聲女聲高低合鳴：「除免世罪的天主羔羊，求爾垂憐我們」。伴隨著風琴與爵士吉他的音律顯得更為溫柔，彷彿神聖的寬恕已在歌聲吟唱中降臨。古恩專注於樂聲全心歸向上主，他根本忘記汪洋洋的存在。直到他在聖事禮儀快要結束時跪下，和眾人同聲祈禱：「主，我當不起祢到我心裡來，只要祢說一句話，我的靈魂就會痊癒」時，才猛然想起，有個玲瓏剔透的小矮子跟著他一起走進教堂，而她正是一個靈魂也需要痊癒的汪洋洋。

於是他轉過頭，想關心一下坐在旁邊的教會新朋友，卻赫然發現汪洋洋竟然在掉眼淚。這個第一次見面時濃妝豔抹讓人誤以為是酒店小姐、第二次見面則是糾眾鬧事的不良公主病發作，第三次以後漸漸認識她孤僻傲慢與任性獨為的少女心。古恩一直把她當作人工智慧充氣娃娃，他從來沒意識過她也會哭。汪洋洋五官清秀，化不化妝都讓人看得順眼，偶爾精心打扮更像個讓人叫不出名字的藝人。但是，此刻她掉眼淚的方式絕對不是拍偶像劇那種美麗柔焦的畫面，她根本就哭得像孝女白琴，整個人就是一根融化的牛奶冰棒，滴落著唏哩嘩啦的鼻涕，簡直就是那句成語花容失色的3D立體展現。她哭得七零八落，哭到鬢角髮際的頭髮全濕了，還有兩行不知是鼻水還是淚水的黏稠物垂涎在上嘴唇尖的凹陷人中裡，彷彿在她美麗蒼白的臉龐上蓄積了一個地震過後的微型堰塞湖，她現在幾乎就像個美國電影《大法師》裡的台版附魔女，因為她哭得實在太慘了。

「妳……妳還好嗎？」古恩問。

汪洋洋睜著一雙還在積掛眼淚的晶瑩大眼，勉強吐出幾句話，幾乎是抽搐著，抖音頻率的，慢慢說：「聖歌……聖歌……好好聽……」

「那也不用哭成這樣啊！」古恩又心疼又憐惜的回答。

「因為……因為……」汪洋洋可能忍住哭泣很久了，有點上氣不接下氣，她終於喘回神，娓娓地說：「原來……原來……耶穌也是獨生子……」

這是哪招對哪招呀？

直到彌撒結束，汪洋洋整個人依然彎腰蜷伏在雙膝上，背部還是顫抖哭泣個不停。

禮成曲唱〈如鹿切慕溪水〉，這是一首D大調4／4拍的抒情歌曲，旋律優美動聽。這首由西雅圖音樂家Martin J. Nystrom於一九八四完成的祈禱樂曲，由於歌詞簡單易記而傳唱全球。在歌詞中寫道：「我的心切慕你，如鹿切慕溪水，唯有你是我心所愛，我渴慕來敬拜你……」

此刻，汪洋洋正像隻絕望的小鹿在哆嗦著。她彷彿是卡通小鹿斑比的化身，這隻曾經因愛誕生，備受疼惜，在森林裡無憂無慮成長的白尾鹿斑比，突然間，因為人類出現，母親被獵人無情的一槍射殺斃命、大火摧毀牠的世界，從此開始逃亡生涯，如此無助，如此孤單。獵人的槍響震碎了原本與世無爭的家園，鹿群倉皇逃命，卻面臨無處可去的絕路。

幸福在槍響時被擊潰，破碎的生命，還能依靠什麼重新啟航？

汪洋洋終於抬起頭來，她的淚光依舊，但是已經比剛才平靜許多。她虔誠地，彷彿許願般，在受難的耶穌十字架前，凝神與古恩說話：「教堂好美啊！我以後要在教堂舉行婚禮。要從大門口慢慢走進來，還要布置一堆白玫瑰花，幸福的玫瑰花！」話剛說完，她自己從皮包裡拿出衛生紙，擤乾淨所有的鼻涕，這個動作足足用上了一整包面紙，才終於把她積累已久的鼻涕眼淚，或者還有些因為哭得太激動而代謝出來的汗水。

然後她再吸一次鼻子，嫣然傻笑，朝著古恩說：「我想到了，如果以後我們生了一個小孩，就取名古真。再生一個，就叫古善。再生第三個，就叫作古美。你知道這是什麼意思嗎？這代表真、善、美的組合。這樣是不是太完美了！」

一向平靜的古恩，忍不住微微糾結眉頭。也許這動作太細微了，就像外科醫生身著無菌衣進開刀房鎮定持拿手術刀的細微，不容許一絲絲抖動與閃失。因此，連面對面直視的汪洋洋都沒發現，這是古恩第一次在她面前皺眉頭。

因為，到目前為止，古恩連汪洋洋的手都沒碰過。

有些女人的天真很真，就像古恩的母親宋美怡。宋美怡自從嫁給古正義之後，隨他北中南東處處遷徙，隨他做他想做的事情，就連古正義坐牢之後，她依然堅毅苦撐，每週必定到獄所探監，沒有一次不去，堪得模範妻子美譽！

有些女人的天真很虛，例如錢盈君。相愛時互相允諾天長地久，兩人立定志向協力為後半輩子打拚，在準妻子的建議下共同存款，儲備結婚基金。當時以她的名字開戶，最後分手時她全部拿走，一毛不留。

有些女人的天真介於真與虛之間，那就是汪洋洋。現在，古恩診斷，對於汪洋洋，除了之前冊封她五字箴言的「人生勝利組」，現在可以加上旁白「瘋瘋癲癲、真真假假」。

這樣很難判斷用藥。

就像那天早上在急診室，突然送進來一個急性腹痛的少男，陪在他身邊的家屬是位相貌端莊、儀態穩健的中年女子，神情雖焦急但是情緒還算穩定。少男的臉部五官幾乎全部擰在一起，他的表情已經說明爆表的十級疼痛指數，幾乎痛到在地上打滾，而且喘得無法呼吸，嘴裡不停喊叫著：「好痛！好痛！」

古恩看到病歷表時發現，患者是直腸癌合併腹膜及肝臟轉移，之前就診紀錄已經有過間歇性腹痛的現象，同時已經使用弱效鴉片類藥物（Ultracet）到最高劑量。白話一點講，他是位癌末患者。

在檢查之後確認他的疼痛來源是腹膜轉移造成，古恩判斷弱效嗎啡類藥物應該是無法止痛了，現在只有轉換藥物才能緩解他的症狀。通常這時候，直接使用嗎啡是唯一的選擇，因為患者體型比較高壯，估計有八十公斤左右，古恩一時猶豫該先開三毫克或是直接使用五毫克。嗎啡這種止痛藥的劑量必須配合體重，若是劑量太少，用了也沒有效果，反而白挨一針。他略微思索，想想還是先保守使用三毫克，之後再看情況。畢竟這年頭，即便學校再三教育醫學倫理，懸壺濟世必須仁心仁術，但是上過法院的醫生太多了，現在的醫療方向都是以「不被告」為原則來治療。

古恩在診斷意見裡寫下「morphine 3mg STAT」，意思是使用嗎啡三毫克，立即給予。同時交由護理人員執行醫囑，採取靜脈點滴注射，六小時給藥一次。

接著古恩繼續去照顧其他病患。

沒想到，過了幾分鐘，剛剛那位看起來氣質優雅的病患家屬，怒氣沖沖地跑來質詢古恩：「為什麼要用嗎啡？為什麼沒有跟我說？難道沒有別的藥可以選擇嗎？如果上癮怎麼辦！我才離開一下子就用上這種藥，你這樣子要我跟他爸爸怎麼交代！如果我兒子之後都一直昏迷不醒，你要負責嗎？」

古恩猜測她應該是看到診斷書上寫的「嗎啡」二字。

一般正常人若是因為逃避現實或想增加快樂感而把嗎啡當作毒品或麻醉劑，確實會有上癮的風險。但癌末病人經常面臨極度疼痛與呼吸急促等病徵，若是沒有更好的取代藥物，嗎啡是目前治療效果較好的。嗎啡可以讓病人重新獲得舒適感，幫助度過疼痛，過去在臨床上很少有成癮的案例。其次，嗎啡確實是屬於比較後線的用藥，但是它有一個特點，就是沒有所謂的「天花板效應」，這意思是即使患者症狀的嚴重程度不斷上升而使得嗎啡劑量跟著增加，最終仍能有效止痛，並不會因為提高劑量而讓病人痛到無藥可醫。過去在醫院實習時，古恩曾經負責照顧一位乳癌病人，她因為淋巴轉移疼痛的關係，每天必須口服近六百毫克的嗎啡止痛。直到出院，她沒有因此成癮，還因為輔助治療得宜，在她生命的最後階段，因為適當用藥而不須忍受極端的癌症病痛，幫助她安詳度過餘生。

但是眼前這位病患家屬顯然無法認同嗎啡用藥的意義，更無法相信年輕醫師古恩的專業，她激動地對著古恩大喊：「叫你們主治醫師來！」

古恩很無奈，他轉頭看著病床上因為注射嗎啡已經睡著的少男，剛剛用輪椅推進急診室的時候還痛到上氣不接下氣，幾乎是逃離地獄的表情，現在他已經不再喘氣，而且表情非常平靜。古恩不知道還能說什麼。他心想，終究病人是止痛了，就這一點來說，他還是完成了醫生該做的職責。

天亮了！

再過一個小時就要下班，古恩默默希望這個事件是這天輪值夜班的唯一高潮。

一大清早，競選車隊已經開始在馬路上行駛，伴隨著超高分貝的喇叭聲，不斷宣傳著：「拜託！拜託！」擴音器裡傳出來的語言有國語和台語，沒有其他方言。

古恩這才意會到，快要選舉了。每次選舉，父親一定要他返鄉投票，即使是當天往返，也會命令孩子們回家一趟為古正義支持的候選人固樁。古恩心想，還好當初沒有一廂情願地繼承父業，要不然此刻他很可能成為站在競選車輛上嘶吼的那位可憐人。不過說到繼承父業，古正義出獄後，因為仍然褫奪公權而無法回到原公家職位上班，古正義乾脆重拾以前的興趣去當飛行傘教練，時間自由還能兼賺外快，日子過得輕鬆自在，度日像度假，每天吃飽了飛，飛累了睡，出獄後心寬體胖，體重節節上升，已經胖到快一百公斤

現在這種天上飛的父業……古恩搖搖頭，心想：「這行業，真的就像阿嬤和大姑媽說的，跟上帝太靠近！」古恩的工作每天都在上帝與撒旦之間擺盪，他已經太靠近了，靠近到沒有美感。

不過，父親能夠在天空裡重新找到自己的定位，讓古恩也為父親古正義感到歡喜。古恩自己也熱愛運動，像是打籃球、羽毛球、桌球、游泳等等。但是最方便最隨興的還是跳熱舞，古恩覺得台北最好玩的地方就是有幾個不需花錢的練習場地，隨時想來就來，想走就走，沒有罣礙。古恩喜歡跳熱舞，各種HIP HOP、R&B JAZZ、POPPING、LOCKING、BREAKING、DUPSTEP或是FREE STYLE都難不倒他。他曾經是個只會讀書的後山草地狀元，來到首善之區雖然念冠軍高中，但是學校裡臥虎藏龍天才環繞，他才發現原來自己以前的第一名都只是鄉下雞首，土雞牽到台北還是土雞，尤其他講話有怪怪的口音，皮膚黑黑的，眼睛大大的，還有不少人以為他的家鄉就和他的膚色一樣髒髒的。後來幸虧有熱舞，只要聽到節奏感強烈的音樂，古恩就能夠掌握旋律跟著移動，他從來不在乎別人的眼光，他只要專心聽音樂，抓住節拍，重複練習動作追求音樂與肉體完全融合的流暢感，他愈來愈能夠駕馭高難度的舞姿，也愈來愈得到同儕的認同。跳舞讓古恩發現到真正的快樂是一種高尚的靈魂活動，這種愉悅來自全心全意地享受，享受全心全意專注的自己，而不是為了討好別人而故意擺出姿勢。只要一開始跳舞，就會讓古恩沒有心思去憂煩快樂或不快樂的問題，未來也沒有任何事情可以保證發生或不發生，好比說用功讀書不一定會考到第一名，考到第一名也不一定進入第一志願，進入第一志願也不一定保證就業或賺大錢。這世界上還是有很多人遭受背叛、詐欺、陷害、甚至謀殺。我們永遠無法確定失業或窮困、疾病或死亡的厄運會不會來臨，人的一生中總是會有某些類似的不幸事件發生，但是，我們能做的就是保有讓自己得以熬過艱困時期的態度和願景，就像古恩在最苦悶的時候找到熱舞。

因此，今天清晨下班後，如果精神還很高昂，他決定獨自去跳舞。

「各醫護人員請注意，999呼叫！999呼叫！」

院內廣播響起。

古恩一顆心早已隨著時鐘倒數計時，正盤算稍後換裝啟程去捷運中山站地下街練習街舞。那裡有一大片室內空地，還有鏡子可以觀看自己的舞姿。打從古恩來台北讀高中之後，那裡就是古恩練熱舞的基地之一。他好久沒有痛快地伸展肢體了，眼看值班最後半小時，正期待安全下莊。

但是，現在院內廣播999的訊息，澆熄了他的美夢。999是醫院專屬的急救代碼，也是全院性的指令，這個代碼一旦出現，將啟動一系列特定與受到嚴密監控的標準作業程序，因為這代表送來急診室的病人經過初步判斷已經沒有呼吸心跳。999代碼一出現，內科、外科加護病房也必須做好準備，因為很可能會有一場長期奮戰。

Trauma red！Trauma red！

糟了！古恩心想，Trauma red代碼是嚴重創傷。

聽到這個指令，必須立即啟動創傷小組，包括外科醫師、心臟外科、胸腔外科、放射科醫師、麻醉科醫師、呼吸專科醫師、放射、抽血技術人員與血庫人員預先準備8U血品，以及CXR機器都要在十分鐘之內趕到急診室待命。必要時醫生和技術人員會先穿戴好袍子、手套、口罩準備應變急救。

患者是一名腦部受到槍傷的女性。

「BVM。」主任指示：「準備氣管插管。」

「脈搏？」主任繼續問。

「沒有。」值班醫師回答。

「心跳？」主任再問。

「沒有。」值班醫師回答。

ＯＨＣＡ。古恩聽到有人低聲呢喃。這句英文縮寫的原意是「到院前死亡」。根據經驗，到院前心跳停止只有百分之三到百分之六的出院存活率，因為細胞內的氧氣與營養在心跳停止後的十分鐘內會完全被消耗而無法恢復，進而導致器官甚至腦部的缺氧灌流不足，造成器官衰竭腦死。

她躺在擔架上由護理人員推到急診室，救護車上的急救人員暫時先做了包紮，但鮮紅色的血液早已浸染白紗布，糾擰著她原本如雲的黑髮。很明顯槍擊位置在太陽穴，因為只在那個區域看到血跡。古恩幾乎可以想像一個人拿槍對著另一個人的頭顱太陽穴射擊，這幾乎是一種行刑式的處決，尤其是以這樣的方式殺害一位女士，究竟是要有多麼殘忍的心腸才做得出這種行為。

陪著患者同來的是一名身材修長、看起來也有一點年紀的中年男子，他的面容憔悴，卻仍然保持著優雅的儀態與理智，整個過程他幾乎沒說話，只是低頭看著擔架上的女人，默默接受醫護人員急救治療。只有當醫生詢問他：「救不救？」的時候，他才彷彿從半夢半醒之中恢復神智，他毫不遲疑，並用盡全身的力量嘶吼：「當然要救。」

「要不要救？」是急診室醫師一定會問的問題。問這一句，是為了保障自己，避免將來的醫療糾紛。過去有太多醫師挨告的例子，尤其《醫療法》第六十三條：「醫療機構實施手術，應向病人或其法定代理人、配偶、親屬或關係人說明手術原因、手術成功率或可能發生之併發症及危險，並經其同意，簽具手術同意書及麻醉同意書，始得為之。」第六十四條：「醫療機構實施中央主管機關規定之侵入性檢查或治療，應向病人或其法定代理人、配偶、親屬或關係人說明，並經其同意，簽具同意書後，始得為之。」以及《醫師法》第十二之一條：「醫師診治病人時，應向病人或其家屬告知其病情、治療方針、處置、用藥、預後情形及可能之不良反應。」這些白紙黑字都明文規定醫療機構和醫師為病人進行診療、手術、處置、用藥前，必須告知病人或家屬可能的不良反應，手術和侵入性處置前也必須取得同意書才能作為。這些條文，或許是保障醫師和病人的權益，但是醫師和病人也是人，只要有人類的地方就會出現人性的試煉。人性往往是最複雜的，在醫生救人的天職與現實遭遇官司的兩難中，最後演化的結果就是生命會自己找到出口，而所有生物的本能都是先保護自己。

古恩經過七年醫學院訓練加上PGY到R1的臨床歷練，他早已被訓練到對生老病死無感。無論是擔任不分科住院醫師或急診重症醫學部住院醫師，都依照專業的標準作業程序施行：病人入院後醫師必須到場診治，確定生命徵象（心跳、血壓、體溫、脈搏、呼吸、氧氣和意識狀態）是否穩定，評估呼吸道是否暢通、呼吸是否費力、脈搏血液循環是否穩定。若是外傷，在相對應的受傷地點做加壓止血，給予氧氣點滴輸血，接下來送基本血液生化檢查，再送電腦斷層及X光檢查影像確立受傷位置、是否出血、腦部有無損傷、確定需要開刀的位置，最後轉介給手術醫師至開刀房。

一般完成這些動作之後，急診室醫師的任務就算大功告成了。

但是今天的狀況有點凌亂。因為槍擊病人到院之後，急診室內外陸陸續續出現了警察、官員，以及一些不斷徘徊在飲水機旁或會客椅上等待的黑衣人。

「DC Shock！」主任再度下達命令。

DC Shock就是電擊，醫院專用的術語。老實說，它的作用並非讓心臟開始跳動，而是試圖使心肌完全去極化產生暫時性無收縮，那麼竇房結可望復原正常律動，或許還有救命的機會。

但是急診室裡所有的醫護人員都知道，這個女病人，其實已經回天乏術了。

作為急診室裡最資淺的住院醫師，古恩一切聽從主任指揮，這個時候他彷彿半人半神；半個人是因為古恩不需要負擔最大責任，可以像個看戲的人一樣在旁邊觀望。半個神則是因為他畢竟是個專業醫師，他懂得急救程序，而此刻正在施行電擊與急救的槍傷患者，在他的專業認知是不久之後，就要準備宣告死亡。

這時候，護士送來了病人的書面資料，古恩剛好站在最外圍，他順手拿起這張病歷表瀏覽。這一看，古恩整顆心都揪起來了。不！不是糾結，是痛！心痛！這不是一個醫生該有的情緒反應，但是古恩無法控制，他這輩子接受的所有專業訓練在這一瞬間被擊潰了，當他看到病歷表上的病人姓名清楚寫著「戴安若，女，四十二歲」。

戴安若不是別人，是古恩的親表姊，二姑媽古芝琪的女兒，他們半年前還一起參加姪兒的滿月酒，古恩就是在那一天認識汪洋洋。

病歷表上除了戴安若的基本資料，下面還出現了DNR與DCD。這也正是讓古恩陷入天人交戰的痛苦來源。DNR（Do Not Resuscitate）是放棄心肺復甦術治療；而DCD（Donation after circulatory death）則是同意器官捐贈。這些都是戴安若活著的時候自願登記，而且註記在健保卡上，清清楚楚呈現在病歷資料裡。這也意味著，稍後，在沒有法定代理人、配偶、親屬或關係人出面反對的情況下，宣告死亡的戴安若即將被摘除心臟、肺臟、肝臟、腎臟、胰臟等器官，以及眼角膜、皮膚、骨骼、肌腱、心瓣膜、骨髓、周邊血液幹細胞等所有可利用的身體組織。

「還要救嗎？」小護士在一旁壓低音量對古恩耳語：「要怎麼跟家屬說？」

家屬？古恩就是戴安若的家屬，但他不是法定代理人，不具備任何法律效力。在命懸一線的生死邊緣，古恩除了是個醫師其他什麼都不是。

陪同戴安若進醫院的人正是汪承熙。他雙手緊握，不斷在病床四周觀望，他的眉頭緊鎖，聽說槍擊案就發生在他的白色賓士車裡。

當汪承熙聽到戴安若早已簽下放棄急救和器官捐贈同意書的時候，一直努力維持紳士風度的他終於完全失控了。他對著護理人員大聲喊叫：「不可以！不可以！你們不可以再這樣折磨她。」

「這位先生，請問您是病人的……」

汪承熙什麼都不是，過去他從來沒想過要給她正式的名分，他只想做戴安若的親密朋友，他不願意被契約綁住，他不要負責任，他甚至不想花錢，因為他只要說幾句話就可以在她身上予取予求。然而，現在，戴安若的身體，即將被更多人擁有。他們每個人都可以分到戴安若的一部分。

而汪承熙，除了回憶，什麼都沒有。

「先生，急救時間已經超過四十分鐘，還是沒辦法恢復心跳，一般這種情況，我們判斷……」

「什麼情況？你們有沒有在認真救人？她進來的時候明明還有體溫，我摸過她的臉還是熱的……」汪承熙依舊嘶吼咆哮，但是他的眼角已經迸出眼淚。

急診室內外聚集了更多著正裝的人們，大部分是夾克Polo衫的公務員打扮，還有一些人穿著正式西裝。他們之中有一個人過來攙扶汪承熙，身高一百八十公分的汪承熙，這個時候看起來像支飽經風霜摧殘的旗杆，原本掛著什麼旗幟已經不重要了，現在只剩下這根凋零的旗杆，如此徬徨無依，軟弱到願意讓另一個大男人扶著，這是從前驕傲的汪承熙根本不屑做的事，他總是高高在上，踐踏所有人的善意。

「汪先生，你先坐著休息一會兒吧！律師馬上就到了。」這人說。

汪承熙沒有任何動作，他固執地守在戴安若身邊，彷彿用眼睛凝神觀望，可以望回一條命。彷彿用他自己的身體橫亙在戴安若與醫護人員之間，就可以捍衛抵擋那些想在戴安若身上動一根寒毛的人。

「已經腦死了。」醫護人員之中，傳來了這樣的低語。嗡嗡囂囂的討論開始在消毒水味濃厚的急診室內掀起化學作用。

「病人有沒有預立遺囑？」

「她好像有一個未成年的孩子。」

「未成年啊……」

「陪在她身邊的人是？」

「好像是男朋友……」

「那就不是法定直系親屬……」

「如果兩次判斷腦死……」

「DCD？」

「現在有很多人在等……」

「對啊，有錢都不一定等得到……」

耳語之間，古恩已經清楚聽到，另一位值班醫師正在打電話給樓上的行政單位。通常急診部不會直接對接行政部門，除了嚴重的醫療糾紛，或是，此刻必須依法行事的行政步驟。

古恩聽到外科主任醫師在電話中清楚地說話，他用詞非常簡潔，這是他們的專業，醫生的專業。

「準備下來摘器官了。」

每天的太陽依舊升起，就像此時，急診室外光芒燦爛，那是寒冷冬天裡的慈悲。金色陽光總是溫暖地照射在每一個人身上，不分男女老少，不分年齡高矮，不分邪惡與善良，不分種族。唯一要面對的是日出之後的故事，那是每個人必須自己面對的殘酷與華麗。

然而歷史總是複沓著風月痕跡。三百多年前，一把桃花扇，點點熱血換作冰涼春光，無奈好花不照麗人眠，開闔戲興替。故事說完了，正是曲終人杳，江上峰青，愛與痛都成為過去，吟罷恩愛一時間。

正是：

寒風料峭透冰綃，香爐懶去燒。
血痕一縷在眉梢，臙脂紅讓嬌。
孤影怯，弱魂飄，春絲命一條。
滿樓霜月夜迢迢，天明恨不消。

12 孤獨的孩子都和神住在一起

當戴安若幽幽自夢中醒來，她回憶夢境，混沌之中有個熟悉又陌生的身影，模樣與她幾分相似。

夢中的戴安若正在認真研究財務報表，一項一項逐條對帳確認，和平常一樣低著頭，壓迫到頸椎而不自知。直到窗外有人喚著：「汪夫人，回去休息吧！」

她才從專注的工作中被喚醒，抬頭望向聲音出處，發現窗外不知何時站著一個儀容端莊的女士，整齊梳綁著那種師姐頭上才有的髮髻，光潔的額頭延展出弧度優美的鵝蛋臉型，即使她面無表情，白皙的雙頰近似無血色，只有淡色紅唇些許透露著人氣，然而她呈現出來的底蘊是種怡然自在，雙眉舒坦，眉尾甚至微微下垂，有點長壽仙人彭祖的況味。她的視線凝望著正在勤奮工作的戴安若。汪承熙的母親周娟美和戴安若同樣有雙大眼睛，純真明亮時時眨巴閃爍的眼睛，容易透露感情的雙眸。她定睛看著戴安若，不是看著一個人，彷彿看著一幅山水畫。

現實生活裡的周娟美確實成仙了，她因為膽管癌逝世將近二十年。

那是戴安若和汪承熙纏綿之後的第一夜，她夢到汪承熙的母親周娟美，一個穿越靈界來到現世的美麗女子。她和她都是蘊乳了汪承熙的女人。

醒來時，戴安若瞥見晨曦穿透窗沿，陽光自然散發溫暖，胸膛沉浮著生存鼻息，這是真實生活，這是人間，不是夢。她立刻轉頭，看到身邊熟睡的兒子戴正。他睡得沉，甜蜜祥和，伴隨著安穩的呼吸與體溫，戴安若輕輕摸摸他的手臂，今年夏天又長胖了些。

這是現在唯一能掌握的幸福。

夢到周娟美，讓戴安若不甚理解。汪媽媽想說什麼呢？關於愛情……關於婚姻……或者，關於自由。長輩是不是也有著難以啟口的故事？還是汪媽媽只是想來看一下兒子的新密友，到底是個什麼樣的人，就像將來戴安若也會好奇獨生子戴正交往的女友，就像，很久很久以前，戴登綱也會質疑寶貝女兒究竟看上了什麼樣的男人。

戴安若在演藝事業當紅的時候嫁給前夫。前夫口才很好，即便他一無所有，仍努力塑造奮鬥不懈的形象，他在那時候也確實做到了，符合他口述的正能量，漫天巧語編織著勵志人生。舉凡天天到圖書館閱讀公眾期刊，開口閉口美國Bloomberg全球商業和金融數據。一身節儉低調的過季折扣精品，他是凡事順毛摸的理財專員，他也是攀藤摸瓜的心靈諮商師，他更是守株待兔的賞金獵人，直到他取得他所欲望的財富並順利債留台灣遁返美國。

人生海海，命運如江上輕舟。世界上的船長那麼多，戴安若偏偏信了一個會跟她說藍海的人。

那年冬天，暮沉沉的夕陽像是個與時間競賽的百米選手，剎那間衝刺到暗黑的終點；又像是放學直接回家的乖孩子，沒有徬徨的罅隙。大寒過後，晚風冷颼颼，細雨來伴奏。

戴安若獨自去幼兒園接放學的孩子。雨中的戴正揹著書包獨自站在門口等候，孤伶身影彷彿雨後萌生的小蘑菇。

冒著白色泡泡的小蘑菇。

可能是洗衣機的程序設定錯誤，沒有將清潔劑完全溶解就脫水晾乾，導致大量洗衣精殘存在衣服纖維裡。現在遇到下雨，水分滲透進衣服，竟然重新溶解纖維裡的洗衣精，衍生出大量白色泡沫和雪花般液體，讓戴正的外套從袖口緩緩滲透出糖霜般的白泡泡。

「啊！怎麼會這樣！」戴安若輕嘆。

「媽媽怎麼了？」戴正疑惑地問。他只有三歲，理解這個世界的方式和經驗都複製於戴安若。只要戴安若皺起眉頭，他的心也會跟著微微緊縮。

「沒事！」戴安若微笑，牽起戴正的手。

戴正在這時候才看到自己的手腕處，有白色泡泡沿著衣襟流出，他好奇的問：「媽媽，妳看，我的衣服在下雪。」

戴安若笑著回應：「是啊！這是聖誕老公公留下來的禮物。」說完，她彎下腰，在戴正的額頭輕輕吻了一下。

事情已經糟了，不能更糟。這是戴安若這幾年慢慢領悟的道理。怪來怪去怪天怪地怪誰都沒有用，因為糟糕的事情已經發生了，剩下的就是設立停損點，就到這裡為止。如果還有餘裕，轉念思考，不要讓已經糟了的事情變得更糟糕就好。

當生活已經卑微到只能防止悲哀而不是創造快樂，戴安若只有依靠信仰讓她保有最後一絲存活的力氣。

阿肋路亞！這是十二月，將臨期。

將臨期是天主教教會在每年十二月最重要的禮儀聖事。這是為了慶祝耶穌聖誕前的準備期與等待期，也是一個希望與等待的季節。教會和每個人藉著將臨期準備好身心靈，迎接耶穌的誕生，同時為新的一年揭開序幕。

這也是感恩的季節。

〈依撒意亞先知書〉記載：「豺狼與羔羊共處，豹子將與小山羊一起躺臥；牛犢和幼獅將一同飼養，一個幼童即能帶領牠們。母牛和母熊將一起放牧，小牛和幼獅也一同躺臥；獅子要像牛一樣吃草。吃奶的嬰兒將在蝮蛇的洞口遊戲，斷奶的幼童將伸手探摸毒蛇的窩穴。在我的整個聖山上，誰也不再作惡，誰也不再害人。」

孤獨的孩子，都和神住在一起。

聖誕快樂！

十二月的新北市政府廣場矗立著高達十二公尺的聖誕樹，3D光雕投影不只是照耀著聖誕樹的繁華，也圍拱全城的熱鬧喧囂，上千支LED流光燈牆漫布四周，建築物巧飾燈光藝術巔峰。德國MADRIX專業軟體設計，每一分每一秒，都是頂級人工的喜悅，精確地對圖元點控制，多方無縫串接的3D燈光展演，彷彿全世界的歡愉都要在十二月用盡，人間繽紛。

「媽媽妳看！Christmasland！」戴正興奮地指著遠處銀光閃爍的霓虹燈管英文字體。

整點光雕幻燈秀再度上演，市府廣場的擴音器也在這時候以巨大分貝的音量播放著不間斷的經典聖誕歌曲：

You better watch out! You better not cry, Better not pout, I'm telling you why, Santa Claus is coming to town…

聖誕老公公要來了啊！帶著幸福和禮物，在十二月的光輝節慶中降臨。在此同時，另一側裝潢高尚的百貨公司玻璃帷幕，炫亮的螢光雷射探照出「光之奇蹟樂園」幾個碩大的字樣，不斷閃耀天上、地上、路人的臉上。

音樂中的雨滴如紛亂的霓虹燈串，滴滴答答投影在經過的人生，敲落地面時彷彿也持續叮叮噹噹地叩問，聖誕快樂嗎？因為歌聲如此嘹亮：We wish you a merry Christmas and a happy New Year…

戴安若牽著兒子的手步行回家，衣服都濕了。

他們回到戴正爸爸留給他們住的老舊公寓，生鏽的鐵門雕欄剝落，由紅轉黑的漆色彷彿述說人間塵囂，對講機上黏貼著許多借貸和交友廣告，瘦長的紙張條條複密堆疊遮掩住門牌號碼，一時之間似乎也讓人找不著安頓的居所。在僅容遮雨的騎樓，戴安若掏出手帕擦乾戴正臉上的雨水，三歲大的孩子只會微笑，風雨中，他也只能做到這樣的安慰。

打開公寓一樓鐵門，兩人一前一後緩步爬樓梯到四樓，正在喘氣時，赫然發現，自家大門被貼上斗大的「查封」字條。交叉的白色字條彷彿是傾倒的十字架，紙張上面印戳官章與墨泥，巨量而謹慎地將門縫黏得牢固仔細，徹底杜絕任何人想要走進去的意志力。

雨愈下愈大，淋得屋裡屋外都是江湖。

戴安若愣住了。

戴正年紀小，不識漢字，他好奇地轉頭問：「媽媽，這是什麼？」

戴安若不得已，急忙編出藉口安慰戴正，說：「快過年了，這是一種白色春聯。可能是你爸爸在開玩笑。」

前夫這種生物是靈長類動物中最難以造冊的突變人種。恩愛的時候他願意為妳摘星星，給妳全世界。遺忘恩愛的時候，一條命都是賤的，攀都不願攀。

曾經，戴登綱堅決反對戴安若嫁給這個他看不順眼的生物。

「孩子啊，妳要想清楚，他離過婚，沒房子沒工作，這種男人不可靠。」戴登綱操著濃重的鄉音這麼說。

戴安若卻讓前夫的話術擄獲。他說他經歷過離婚的痛苦與無奈，所以會更珍惜現在的婚姻，絕對不花心；他說他沒房子是把現金都拿去靈活投資，不要做房奴；他說他沒工作是因為時局不好，龍困淺水遭蝦戲，人要能屈能伸，現在是韜光養晦的最佳時機。

結果，戴安若結婚照中的全家福，三個人裡面就看見戴登綱一張極度不情願的臭臉，整個嘴角下垂，板起僵直的雙頰，連眼神都不願正視鏡頭。

但那時候大家都諒解，天底下沒有一個做父親的人會看順眼自己的女婿。

戴登綱辛辛苦苦養大的寶貝女兒……

戴安若婚前，父親又說一句話：「孩子啊，妳值得更好的生活。」

這句話彷彿離港前最後一次看見燈塔，結果戴安若還是熄滅了光。她最後在藍海裡翻船，她要自己負責。

戴安若繼續向父親編織善意的謊言。在房子被查封之後，她獨自帶著兒子前往美國千里尋夫，即使婚姻已經演變到無話可說的地步，這次，她也要找到孩子的父親把話說清楚。她天真地以為美國之行，短則一星期長則半個月應該就能回到台灣。沒想到，離鄉背井這件事竟然重演一九四九年戴登綱經歷的故事，只是說聲再見，卻終身無法再相見。她到了紐約就回不來了，翻船的婚姻也推翻了她的人生，最後竟然讓戴安若連見著父親臨終前的最後一面也無法如願。

一直以為人生安靜等待，結局就會出現。只是等待啊！等待！所有的等待都只是徒然，人們坐在善與惡的對岸，偶飲光明，時啜黑暗，一切都是遊戲，是碧海，日麗中天。一切都是沒有終點的時間。

要如何說服自己，終有一天，孩子會以另外一種方式離開父母親，就像戴安若無奈地遭遇母親背離，與父親永世不得相見。戴安若只能依靠信仰安慰這一切：孤獨的孩子會和神住在一起，她常常默禱，把壽命與可能的幸福全數奉獻給戴正。她經常在心裡對著孩子說：「祈望在那天，你能夠成為一個有自信心與安全感的人，自己揹起十字架，比媽媽堅強，比媽媽聰明，比媽媽更有勇氣面對人生的千瘡百孔。這種勇氣，能讓你在受傷的時候微笑，在流淚的時候站好。」

最終，還是戴安若不爭氣的掉下眼淚。

上次她掉眼淚時，是婚姻已經走到懸崖，面臨險峻絕壁，殘路無處可退，眼前只有跳崖的唯一選擇。

全家團圓的天倫畫面是每天出現高分貝「嚴重溝通不良」的音頻，完全違逆所有故事書繪本的想像。前夫是個瞬間爆發的活火山，情緒則是壓抑的岩漿迸發高溫和氣體，碎屑漫天掩蔽。他把所有的憤怒丟向戴安若，手邊能摔的東西全部摔出去，就差最後一步抓戴安若的頭去撞牆。一次爭吵就是一次活火山的甦醒，災難過後的火山灰和硫酸液滴輻射不斷，阻絕太陽的溫暖讓地表冷卻，再冷卻。愛情的冰河世紀來臨，心都寒了。

那天又是一場情緒火山的爆發，導火線只是戴安若燒菜燒得不好吃這種芝麻綠豆事。當時，戴安若坐在餐桌旁邊，望著桌上的殘羹冷炙，默默承受另一個人的叫罵。戴正已經吃飽飯，他只有五歲，很明顯的無法也不敢反擊，他安靜挪動雙腳跨出兒童餐椅，離開飯桌，獨自坐在客廳茶几旁的小板凳上，拿起紙筆畫圖。戴正的父親持續吼叫十幾分鐘，沒人敢有反應。最後他自己決定轉身走進書房，結束這一切聲音的暴力。餐桌旁只留下戴安若一個人，她望著自己獨自去市場採買清洗燒好的晚餐。過去她一直強忍著絕對不在孩子面前哭泣，但是這一次，她再也克制不住眼淚。

不知道過了多久，小戴正走到戴安若身邊，拿著一張畫紙，給媽媽看他剛剛畫的圖。白紙上簡單勾勒出一個女孩的線條，沒有著色，黑白簽字筆描繪出稚氣的樣貌，卻明顯看出他所畫的是個長頭髮有著笑臉的女孩。

小戴正說：「媽媽，不要哭，我畫了一個公主送給妳，妳是公主，公主不哭。」

這麼天真的孩子啊……

戴安若止住眼淚，點點頭，說：「媽媽不哭了，謝謝你。」

小戴正接著說：「媽媽，我現在去幫妳復仇。」

他不知何時揹起了他的塑膠玩具寶劍，他抬起小小的手臂，指指揹在背後的寶劍，面對戴安若，堅定地說：「我去打他，幫妳出一口氣。」

話才剛說完，身高不到一百公分的小戴正，轉身走進書房。

戴安若聽不到房間說話的聲音，一切都很安靜。

過了十幾分鐘，戴正爸爸牽著兒子的手走出來。說：「妳知道兒子到房間跟我說什麼嗎？」

戴安若搖搖頭。

「他說，媽媽是女生，男生不要欺負女生，不要讓她哭。」

若這世間真有魔法，戴正就是戴安若這一生最美麗善良的魔法，任何時候，只要他說一句話，就能使靈魂痊癒。

戴正剛開始學中文學算術，一知半解運用成語套用在學習成效上，處處向戴安若炫耀。例如他受到老師稱讚數學的概念很好，會高興地和戴安若說：「我對數學是一竅很通，像有些同學就是一竅不通。」

商人將牛奶廣告行銷為「好朋友」，粉紅色是草莓好朋友、黃色是蘋果好朋友、橘色是木瓜好朋友。戴安若買了一罐草莓口味，戴正指定要巧克力口味。因為他說：「草莓不好喝，都是色素。媽媽，妳的色素好朋友喝完了沒有？」

小朋友都愛吃點零食，小戴正也不例外，他偏愛馬鈴薯洋芋片。戴安若說她喜歡吃膨化玉米點心的乖乖，特別是五香口味，這是她小時候最愛的點心。

乖乖是什麼？小戴正好奇的問。

戴安若很難解釋「乖乖」在他們這一代的影響力，除了口味獨特（特別是台式鹹味的五香乖乖），另外還有「奶油」、「椰子」、「花生」，提供多種選項，有別於當時的傳統零食，加上電視廣告強力宣傳，簡單易懂的置入性行銷歌舞動畫，完全就是現當代洗腦神曲的濫觴。在戒嚴的七〇年代，「乖乖」的意義不僅僅在於好吃，還有它的名字「乖乖」，它的受歡迎也暗示著那個時代的氛圍。一九八〇年八月花蓮港至花蓮的鐵路車票，還在使用印有「明禮尚義　雪恥復國」的舊制紙本車票，當時朗朗上口的標語是「團結自強奮鬥」。

新世紀之後，全球化國際村，一個小島上曾經輝煌的「乖乖」，也被淹沒在網路的浪潮裡而顯得那麼渺小，甚至被人遺忘。

當戴安若終於有機會在華人超市看到這項產品時，她立刻買回家與戴正一起分享。母子兩人驚奇歡喜地打開包裝，像是朝貢似的專心品嘗長條形狀的台式零嘴，但是，霎時之間，戴安若突然感覺到一股惆悵，小時候那種豐富飽滿的滋味不見了，再次入口的乖乖為何顯得這麼平庸，她甚至覺得不好吃了。那種期待與滿足的心情在乖乖入口的一剎那跟著消失，或者，是再也回不去的童年。

戴安若誠實說出心裡的感受，而小戴正微笑著，只回應一句話：「『乖乖』的王朝已經結束了」。

這句話彷彿先知。所有二十世紀的繁華與榮耀，在千禧年煙火璀璨燃放之後，剩下的就是硫磺滅絕，忠孝仁義禮義廉恥跟著燒成灰燼，小三小王敗金成塔，安座在資本主義的火車頭上，人們愛慕榮華富貴如同追逐煙火，誰會在乎當下結束之後一切都是過眼雲煙。

戴安若的年歲剛好跨越新舊世紀的交界，她是繁華，也是灰燼。

唯一還能點亮她的溫暖，是童話裡的火柴，小小的戴正小小的光。

戴正也是發光的甘露，一點一滴，流入戴安若努力奉獻的磐石，磨合成結晶鐘乳，寸寸凝結母子的心。

在異鄉的生活並不順遂，唯一的安慰是擁有彼此，生命中最幸福的時光剩下分享，無論貧窮與遷徙、惆悵與歡愉，他們努力苦中作樂，努力活下去。

戴正每天放學回到家會和戴安若說些學校事，也許是他想跟媽媽說話，也許是想讓母親安心，戴正的話術人如其名，充滿「正」能量。

他有次說：「媽媽，我跟妳講學校發生了恐怖暴力事件，還好我沒有牽連到裡面，妳不用傷心。」

戴安若聽到還在念小學的戴正模仿著成熟男人的語氣，又好笑又擔心。然而身為母親，她只能選擇冷靜應對：「喔，寶貝！別擔心。你發生任何事情我都不會傷心，只會處理。」

他們的生活平靜，返台後住在郊區老舊公寓，沒有車馬喧囂，沒有市集人潮，那兒就是一座山，牢固的山。假日時的休閒，就是到戶外散步走路，時時漫步林間曲徑，泥土地有高有低，錯落巨石砂礫，戴正總是刻意走在母親前面，彷若指引生命道路。四周林相繽紛，紅楠、杜英、青剛櫟、欒樹和楊梅這些喬木植物，枝椏繁茂，春夏秋冬始終屹立，像是長生不老的精靈。有次戴正隨意撿起一根樹枝，向空中比畫幾圈，轉過身，凝望戴安若，一字一句清楚地說：「媽媽，我已經長大了，以後換我保護妳。」

「哦！你如何證明你已經長大？你會收拾自己的房間嗎？」戴安若笑著問。

「會！」戴正回答。

「什麼時候開始呢？」

「黎明的時候。」孩子說。

山路迤邐，疊峰幽邃，叢木崎嶇，老樹蔽蔭處，總是遮日，林間霧靄曲曲折折，似幻又真。孩子腳小，戴安若擔心他踩不穩，靜靜跟隨在後方，是守護也是守候。因為她知道，生活裡處處危機，最黑暗的時刻往往就在黎明來臨之前。一向年光有限身，人們總是期待明亮的洗滌，去除罪惡與軟弱，然而在等待曙光乍現之前，往往有更多人失去耐心，任憑永夜麻痺。

那才是最黑的黑暗。

還好今日出現晨曦，晶翠的線條彷彿傾倒的水晶調色盤，浮光穿透玻璃與窗櫺，露出方正潔砌的倒影。戴安若看著身邊瞇瞇眼、似乎欲睡將醒的戴正，輕輕將他的手握得更緊。

戴正在這時候醒了，他睜開雙眼，瞧見眉心緊蹙的戴安若，他伸出手試圖撫平母親眉宇之間的憂容，問：「媽媽，妳在生氣嗎？」

戴安若笑笑：「我沒有生氣，我只是有一些煩惱。」

戴正問：「什麼是煩惱？」

「就是害怕的事。」戴安若簡單解釋。她旋即又想，小孩子可能不明白什麼叫作害怕，或者，也應該是讓這年紀的孩子認識害怕的時候了。

她問：「你怕什麼呢？」

戴正說：「我怕兩件事：怕黑、怕鬼。因為有黑就有鬼，有鬼就有黑。」

戴安若笑了，這兩件事聽起來像是同一件事，也都是故事書裡面教小孩的事。

戴安若摸摸戴正的頭，說：「你知道我怕什麼嗎？」

「妳怕什麼？」

「當你老爺還在世的時候，我怕你老爺死掉。」

「妳是說外公喔，我沒有見過面的外公。」

也許是戴正從來沒見過戴登綱，對於直系親屬死亡這件事完全沒有想像力。他的世界只有戴安若，他唯一能想像的死亡是戴安若的遠離，那是一件徹底超越他這個年紀能想像到的最恐怖畫面。

也許如英國女詩人克莉絲緹娜・羅賽蒂輕聲低訴〈當我死的時候，親愛的〉：

我再不見地面的青蔭
覺不到雨露的甜蜜
再聽不見夜鶯的歌喉
在黑夜裡傾吐悲啼
在悠久的昏幕中迷惘
陽光不升起，也不消翳

我也許，也許我記得你
我也許，我也許忘記。

或者如西藏尊者龍欽巴臨終遺言〈純淨之光〉：

我的這一世已盡
我的業已消
祈禱所能帶來的利益已經用罄
世間的事業已經完成
這一世的表演已經結束。

然而這些，都太詩情畫意。

現在，戴正只會直直盯著他的媽媽，戴安若，認真專注地凝視。她的呼吸，她的體溫，她的面容，她活生生地在他面前。

他不要她離開他，他不要她走，哪裡都不可以去。她將來要去的地方，他也要跟著一起去。

戴正終於說出口：「妳怕死……我也怕死。」

他不明白他其實害怕的不是死，在這個年紀，心理學家都會說，孩子害怕的是遺棄。

戴安若心疼地擁抱戴正，縱然他已經有一百二十公分高，長手長腳，像個巨大的娃娃。戴安若自責為何要給孩子出這麼深奧的難題。生與死，每個世代的哲學家都在處理同樣的問題，卻沒有一個世代的人能真正領悟。

她故意轉移話題，笑著問：「你不怕沒有錢嗎？」

「不怕。」戴正回答。

「為什麼？」

戴正問：「死跟錢哪一個比較重要？」

戴安若不假思索：「錢比較重要。」

「可是……」戴正接著說：「錢能買到命嗎？」

戴安若靜默了。

錢不能買到命。但是命可以換錢。

戴安若靜默的原因是，前夫總是說在美國投資許多一本萬利的大生意，然而戴安若看到聽到的都是他的事業愈來愈冒險，交往愈來愈複雜。

那次前夫又說馬上就要發大財了！因為他打聽到台灣淘汰的流刺網漁船，經過轉手賣到加勒比海的海地共和國，一來一往可以賺好幾十萬美金的差價，而且穩賺不賠。現在透過中間人與國會議員接洽，只要他拿出六萬塊美金，和另外兩個合夥人共同湊到十八萬美金去買一艘漁船，再透過有勢力的國會議員仲介，等個三、五個月賣到海地就可以順利翻本。

前夫連船名都想好了，叫作「黃金冒險號」。

結果，錢匯出去，船也到了港口，但是中間人卻與國會議員鬧翻了。

這下子沒辦法繼續跟海地做生意賺大錢，投進去的六萬美金等於丟到臭水溝，只剩下一艘被淘汰的舊漁船。此時，前夫的合夥人小胖突然搭上福青幫的平姐，平姐提議，這艘船閒置在那裡也沒用，不如拿來偷渡人蛇。

小胖跟前夫說：「我們要發了，做偷渡，可以賺更多。一艘船載三百五十人，一個人頭我們收三萬，你看看這樣賺多少。」

但是小胖接著說，這生意還需要再挹注資金，每個人必須再加碼十萬美金。前夫逼著戴安若把她所有的積蓄都拿出來賭這最後一把。

「要不然……」

前夫恐嚇，沒錢了大家都得想辦法活下去，他準備把戴正送到唐人街餐廳去洗碗，那是唯一可以讓未成年小孩偷偷打工的地方。

當黃金冒險號順利抵達北卡羅萊納州外海，眾人睜著大眼熱切期望這筆即將蛻變為千萬富翁的生意成交！沒想到，船長突然落地起價，揚言此刻若要他把船繼續開進港口，股東現在就要立刻再匯十萬美金入帳。否則他把船停在外海原處，動也不動。

就在股東與船長僵持的時候，美國海關及邊境保衛局的船隻和執法人員即時出現，當場扣押黃金冒險號，並循線找到船東，全部依法處理。

戴安若後來才明白，這是人蛇集團「一打三」的策略。兜售生意的平姐根本就是詐騙集團主謀。當時平姐一共找了五艘船，早已規畫讓黃金冒險號專門用來做犧牲打。人蛇集團慣用的伎倆是每次偷渡同時有五艘以上船隻入港，為了讓人蛇順利偷渡入境，會先跟警方供出一艘船，讓官方有業績。只要第一艘船被起獲，後面四艘船就能夠安全進來，偷渡成功。

戴安若的前夫在這次事件中被抓去坐了三年牢。

戴安若沒有坐牢，但是現實生活卻比坐牢更辛苦。

都說夫妻是命運共同體。前夫投機犯罪事實成立，同床共枕的妻子也脫離不了干係。美國東岸華人最多的法拉盛區，正上演一齣人言可畏的推理劇。那些人指指點點，竊竊私語，戴安若走到哪裡都成為話題。當初，她就是為逃避指指點點，竊竊私語而離開台灣。現在，她再度為了同樣的理由離開紐約。

她想去的地方很簡單，華人少一點，天主教堂多一點。

法定配偶入監服刑，戴安若的名校經濟系學歷也幫不了她，金融界最重視背景與誠信，戴安若此時失去所有籌碼。最後剩下的，只有華人這個身分，她突然感激自己的國語字正腔圓，也聽得懂台語，現在華文是主流，無論這些有錢有勢的華人來自大陸或台灣，他們到了美國都需要溝通，而戴安若剛好身處夾縫中，靠著雙語能力在偏僻小鎮存活。

戴安若主動向天主教中文學校投遞履歷，她是虔誠的教友，星期天一定上教堂參加主日彌撒。戴安若最窮困的時候，常常帶著戴正去吃教堂的免費飯，母子倆靜靜地吃飽後悄然離開。通常其他教友會自己找認識的人聊天，偶爾有些熱心的教友會招呼戴安若母子多吃些，因為母子倆食量不大，往往吃飽離開時其他人正歡樂融融，也不會注意到兩個神隱的新朋友。

現在的教堂很親民，隨時都敞開大門讓人進去靜坐或祈禱，也常常舉辦共融餐會，在特殊意義的日子由教堂提供點心，讓教友們在餐敘中互相祝福。除了嚴肅的聖事禮儀，教堂更多時候會開放舉行婚禮與殯葬彌撒，常常在彌撒結束後在教堂外的花園舉辦露天餐會。餐會的食物與茶點都是新人或喪家的感恩奉獻，對於撥冗前來參加彌撒的親友或教友，一起分享吃食是最誠摯簡單的心意。通常這些餐宴並不奢華，多半是外燴或派對餐點，例如杯子蛋糕、沙拉、餅乾、派塔等等。所有參與儀式的人們都受邀參加，因此，戴安若常常帶著戴正混進來吃東西。

剛開始，戴正很開心地參加這些彌撒，因為儀式結束後，他可以跟很多小朋友一塊兒吃食玩耍。那些生老病死的事情對他而言太遙遠，他把這一切當作陪媽媽來看劇場表演，有人笑，有人哭，最後大家都安靜莊嚴地告別。戴正這年紀，對許多事情半知半解，當然有時候也會覺得很奇怪，為什麼每一次聚會都是重新認識陌生的阿姨伯伯？哥哥姊姊和弟弟妹妹？戴安若總是微笑跟戴正解釋：「他們都是媽媽的朋友。」

然而當戴正三番兩次看到其他人對於媽媽釋出陌生的眼神，再加上他常常聽到，媽媽和其他大人們之間的談話完全沒有交集，例如：「那個住哪裡的誰誰誰妳認不認識？」「那個誰誰誰也是妳好朋友嗎？」小戴正總是看到戴安若傻笑點頭，從來沒有回答一句話。他開始好奇，為什麼每個假日或特殊日子，媽媽都要帶他來教堂參加活動，然後這些媽媽認識的人都要結婚或是死掉？這樣下去……戴正心想，在不久的將來，媽媽的朋友會不會全部嫁人嫁到遠方或者全部死掉死光光？

當戴正提出這樣的疑惑時，戴安若說：「喔！不要擔心，媽媽的朋友像太陽一樣多，你瞧，每天太陽都會出來呢！」

不過，自從戴正質疑戴安若去教堂的動機之後，她帶他去參加婚禮或殯葬彌撒的次數漸漸減少了。

來到陌生的小鎮重新安頓，戴安若透過教會尋得一份華語教學的工作，暫時能夠養家活口。她不貪心，薪資足夠她照顧孩子一起活下去就好。戴安若悶煩的時候，會主動來教堂做志工，幫忙些雜活，這是她唯一的社交，她覺得在教會裡與神父修女們相處很安全。這裡的堂區教會經常舉辦進修課程，來自許多不同國家的神父會分享家鄉趣聞。

中非查德的神父說，在他家鄉的傳統信仰裡有許多的小神，但是天主是最獨特的，為了表達天主與其他小神的不同，查德人不是以一個名詞來稱呼天主，而是用一個「很長的句子」來描述天主。若是將查德語翻譯成中文，這個句子的大意是「我們所尊崇敬拜的這一位是全能和永生的」。

在馬達加斯加人的概念裡，地上的事物都會腐朽，因此屬於地上的是腐臭的，唯有來自天上是馨香的。因此他們稱呼上主為「至高者」或「馨香」。

戴安若喜歡聽神父們聊天，讓她有一種飽滿的感覺，原來自己並不孤獨。世界這麼大，在她看不到的角落，還有人信仰比她更虔敬、更忠誠。往往在這個時候她又羞愧地感覺到自己的不足，她總是沒有錢捐獻，還常常讓別人請客。窮人的時間不值錢，所以她才會帶著孩子把時間花在參加各種教堂活動去換取食物，而且，她發現自己心裡有更深層的惡念，那就是嫉妒。

〈聖馬爾谷福音〉寫道：「從人的心裡，發出惡念、淫亂、偷盜、兇殺、姦淫、貪心、邪惡、詭詐、放蕩、嫉妒、毀謗、驕傲、愚妄。這一切惡事，是從人裡面出來的，都能使人汙穢。」

從《聖經》裡得到的反省，戴安若覺得自己太汙穢，太罪惡。她嫉妒那些在教堂舉行婚禮的新人，即使大部分時間她都與新人家屬共同感受歡愉，但是偶爾心底還是會浮現出「憑什麼他們可以無憂無慮，笑得那麼開心？」「為什麼我不值得擁有一段美滿的婚姻？」甚至在殯葬彌撒，當戴安若看著亡者家屬在靈柩旁邊痛哭時，她都會覺得，將來她死的時候，可能連一個願意為她掉下眼淚的人都沒有。她甚至沒有多餘的錢舉辦告別式，因此她希望她能預知自己的死期，那麼，她會靜靜走進海裡，讓大魚小魚吃乾淨她的臭皮囊。

這些從心裡面長出來的邪念，讓她經常覺得自己是罪惡的，讓她循環在愚妄與貪念中愈發偏執。她愈嫉妒，愈不滿，她愈是到教堂來參加各種彌撒，她認為她親身參與聖事禮儀就是懺悔，她值得吃那些教友和家屬精心準備的食物。她不能餓死，她餓死了，戴正就要被送到社會福利機構，他們母子這一輩子全部都毀了。

戴安若也經常自責，也許就是因為她對信仰不夠忠誠，不夠完整，因此才會有這麼多辛苦與考驗。等到她有能力的時候，她願意付出更多，但是，每次聆聽神父說話，她又感覺到天主的愛無所不在，無所不能，天主願意原諒懦弱的、有缺陷的她。透過信仰，她感覺到自己值得被愛，她一定要相信自己被愛，她才有能力去愛別人。她的愛很微薄，目前只有能力肩負起現階段的責任，就是做好一個母親，把孩子健康養大。好好活著，活著親眼看到期盼的幸福降臨。

這一切，戴正完全不懂。他是個好脾氣的孩子，即使偶爾為生活所迫，戴安若還是會牽著他的手走進教堂裡去騙吃騙喝，他也不再質疑母親的動機，主動與其他小孩子玩耍，只是小戴正心裡很明白，每一次的相遇都是偶然，分離是必然。因為最終在遊戲結束時，他們不曾與任何人交換姓名與聯絡方式。

在美國生活，戴安若早已養成隨時收集免費商品折價券的習慣，從一張張廣告紙裡找尋省錢救星。每個週末的超市採買是母子二人最期待卻也是最刺激的小旅行。「期待」的是當季新鮮蔬果，便宜又美味，趁著量產促銷可以節省荷包。「刺激」的是美國超市花樣多折扣也多，看到便宜貨就想買是人類天性，往往一不小心採買過量，預支到下一週的生活費，常常讓戴安若在結帳時膽戰心驚。

他們都是搭公車去大賣場買足所有民生基本物資。戴安若從前在台灣拍戲軋戲，時間就是金錢；現在住在美國東部小鎮，時間是廚餘，靜靜的發酵，五味雜陳。冬天等公車的時候最容易有時間感，別人坐在私家轎車裡吹暖氣，想去哪裡就去哪裡；戴安若手裡握著暖暖包，吐氣成冰，她還要安慰小戴正，只要再撐半小時，就會有溫暖的大公車來保護他們抵達目的地。

戴安若每天親手料理三餐，讓媽媽的味道從來不曾在這個沒有父親的家中缺席。她和戴正兩個人，生活很簡單，有個蝸居小處，能吃飽，母子倆放學下班之後可以說些話，聊聊生活記事，一天就過去了。

然而美麗一直是種誘人的糖衣，特別是喜好主食之後再來些甜點的男人，看到美麗的女人難免垂涎欲滴。華人在美國能夠過上舒服日子肯定儲備好幾桶金，有些男人習慣把女人當作寵物，一旦他們有能力豢養，寵物愈多愈名貴愈光榮。戴安若身處的華人世界裡有著許多真正的「寵物」，她們任意穿梭精品店刷卡血拚，一個人擁有兩輛以上百萬名車，外食必定走進星級以上高檔餐廳。若是這種她們口口聲聲「小確幸」的日子過膩了，隨時可以買張頭等艙機票去巴黎米蘭維也納散散心。

戴安若兼做華語家教，看盡這些迪士尼電影真人版，城堡華廈，錦衣玉食，美女與野獸。她心裡難免有惆悵，從前，她也許有機會可以選擇這樣隨心所欲的生活。

於是她有時候會接受男人的邀請，去高級餐廳吃頓飯，她的前提是一定要帶著戴正同行。戴安若告訴自己，這麼做是幫忙消耗這群色狼的鈔票，藉著她的美麗洗去銅臭。戴安若聽過太多有錢人消費女人的故事，她早就明白，就算是一根羽毛都比這種男人眼中的貞潔更有重量。這些男人把任何錢可以買到的東西都看得輕盈，輕到隨時可以出嘴炮，因為說話不花錢。山盟海誓或任何承諾都可以從這些獸類的一張嘴吐出來，然後這些站立的獸，繼續冷眼任憑別人以碎裂的心掩滅各式打炮證據。

只有搶著付帳單才是必要的。

先飽餐一頓，優雅攀摺白色餐巾，緩緩將嘴角擦拭乾淨。吃東西難免沾染渣漬，有時掉渣，有時衣領肚襟也會濺到油膩肉汁，只要尚未滲透深層衣物纖維，用清水趕緊稀釋乾淨，就是急救保潔良方。最後，記得抹去唇邊穢物，用微笑為這昂貴的一餐落款。

戴安若只是想讓孩子有機會吃些營養精緻的美食。而男人花這點錢根本不算什麼，他們更願意滿足餐桌以外的幻想。尤其到了一年一度的華人農曆新年前夕，戴安若點頭答應邀請餐敘的頻率更高，因為快過年了，這些男人還會另外準備紅包給戴正。這筆金額不僅僅是壓歲錢，簡直成為情感上的賄賂佣金，有時候數目龐大到可以讓母子倆過上一、兩個月的安穩日子。這些男人也會不斷稱讚戴正是個乖孩子，熱情釋出善意。他們很明顯的表示，只要戴安若點頭，她要多少錢，他們都給得出來。

這種飯局吃得心機算盡，處處陷阱。

只有一步的距離。決定。

留在原地，或者墮落。

戴安若就是在這段期間簽下「器官捐贈卡」與DNR「放棄急救同意書」。她對自己的邪惡與軟弱感到痛苦。她常常欺騙自己、說服自己，告訴自己去偷吃教堂食物的正當性，即使她明白自己只是圓謊，現在又進一步去玩弄別人的感情，她更是深深覺得自己有罪，因為她的起心動念都是犯罪的。厄里亞先知曾經說過：「你們是兩條腿瘸著走路的人，沒有一條腿站得穩。這是妥協的生活。」一個誠實的信友不能隨便妥協，更不應該跟隨上主又讓魔鬼進來，任憑誘惑左右。

戴安若認為自己的心壞瘸，她是罪人。像這樣的罪人發生意外根本不值得救，死後也應該讓醫院摘除所有器官，不管是拿去做實驗或者移植給其他更有需要的病患，這是她應得的報應。她只有把自己最後擁有的肉身奉獻出去，才能展現最具體的懺悔。因為她不知道該如何面對自己的罪咎，她甚至不知道該怎麼贖罪，雖然她明白這些甘願掏錢的男人也是壞心眼，但是她不能比他們更壞，而她現在卻覺得自己比這些男人更壞。這些男人有遊戲規則，她沒有遊戲規則，因為她不玩遊戲。童年生活裡的嬉戲，她只玩跳格子，隨意撿起紅磚或粉筆，在地上畫出九個格子，丟擲石頭，依照順序往前跳，無論是單腳或雙腳，都要一步一步踩穩，開始與結束，都要靠自己。

這是她唯一會玩的遊戲，很無趣，但是很安全。

當跳格子童玩成為上個世紀的遺事，新世紀的娛樂太豐富，戴安若以前就不會玩，現在更玩不動，她早已失去遊戲的能力。

在美國這樣高度資本主義的環境裡，金錢是一切遊戲的準繩。她生活在這裡，她周遭的人幾乎都過著錢花不完的日子，談論著珠寶、名車、旅遊與美食。她生活簡單，她搭著灰狗巴士從紐約遷移到這個小鎮，她的旅遊是每天搭市公車上下班，她採買即期打折品在家裡煮兩人伙食，能吃飽但絕對不是享受。她偶爾也想走進高級餐廳吃一頓像樣的食物，精緻的料理。她心裡明白她應該靠自己賺錢去滿足這種虛榮心，而不是趁機占別人的便宜，但是她沒有能力，她如果繼續預支信用卡額度，就是繼續糟蹋信用，她自己一個人承受就夠，她不忍心把自己的無能牽拖到孩子身上，帶著他跟她一起沉淪。

戴安若常常在禱告的時候認罪。每次參加主日彌撒，儀式開始唱到聖歌：「上主，求祢垂憐」，她的眼淚就會不爭氣的落下。她看見魔鬼站在前面，只有一步的距離，誘惑著她「來啊！來啊！」只要她點頭，扔掉羞恥心，拋棄自尊，跨出這一步，就是榮華富貴。

她離魔鬼的誘惑這麼近。

決定簽下DNR與器官捐贈卡，就像是窮人的贖罪券，完成這個動作之後，讓戴安若感覺釋懷了許多，她也說不上來的舒坦，彷彿一條命的功能不只是天地間吐納，她的殘缺與罪愆還有最後的利用價值。

回到台灣，轉移生活現場，過去所有的創傷與罪惡彷彿越過換日線重新歸零。學經歷、愛情、財富、人際關係，統統洗牌。當飛機在高空翱翔，俯視藍海依舊在，只是太平洋上的風不放過，繼續吹皺。

相隔七年，人事物均非，只有戴正，留在身邊。

現在已經是個十歲的大男孩了。

剛返台時，戴安若除了一張台大文憑和金融界與演藝圈短暫的經歷，她完全沒有頭緒。因為商科的背景，她試著投遞幾份會計或祕書工作的履歷，皆如石沉大海。她後來鼓起勇氣與一間獵人頭公司高階主管，也是大學時代曾經友好的同學聯繫，嘗試詢問有沒有工作機會？同學說話非常坦白，一點都不拐彎抹角的告訴她，戴安若有兩個條件是她的致命傷，一是年紀，二是資歷。

「我們是Executive Search，專門做優質高階人才，妳……不要怪我說實話，過去十幾年妳在幹嘛？現在已經四十二歲，還能幹嘛？」

戴安若坐在同學豪華辦公室的落地窗旁邊，低頭剛好俯視敦化南路的綠蔭大道。

「除非妳有很傑出或者非妳不可的職場經歷，或者妳有超強業務能力有一堆有錢客戶會跟著妳帶槍投靠，或者妳是很優秀的專業經理人。要不然我們公司一般不會仲介年紀超過四十歲以上又沒有卓越成就的人，一般自營商也不太會用，因為這種人已經定型，很難帶。用了等於自找苦吃。」

老同學說話很坦白：「不只是我這間公司。外面都是，有些連超過三十五歲的人都不要用。」

戴安若繼續低頭，默默不語。

「我不是潑妳冷水，但是妳到這年紀，又離開職場這麼久，真的很難再接軌。現在也不可能有人找妳去拍電影，妳連演三級片都嫌老。妳看電視上那些女明星，都是二十出頭的正妹，除了青春美麗，還要敢脫敢說敢露奶露腿，這些妳能嗎？」

當初就是不能，她才選擇躲進婚姻的保護罩。

那時候的八卦雜誌記者是怎麼寫她的：「原住民血統賦予戴安若天生的美貌，當然還有其他，讓男人無法轉移自拔的魅力。一般原住民性觀念開放，據說房中術技巧也高人一等，或許這也是戴安若之所以能夠以素人形象出道，卻可以連續擔任電影女主角的主要原因。當記者詢問她是否性觀念開放？她微微一笑，用眼睛回答了這個問題。」

戴安若雖然主修經濟，但是她的國文底子並不差。記者這樣寫，根本就在暗示戴安若是靠著陪男人上床才得到演戲的工作。至於「微微一笑，用眼睛回答了這個問題」的形容更是令人嘆為觀止。她清楚記得當時記者的提問是：「聽說原住民性觀念很開放，床上功夫也很厲害，妳看金素梅，讓好幾個大牌男藝人為她自殺，要嘛對她念念不忘，妳知道的，就是那個，很容易上。妳是不是也這樣？」

任何人面對這樣的問題，若是不想得罪記者，大概只能苦笑吧！怎料到戴安若連苦笑，都會被影射為用眼神默認一切。

原住民只是一個族群的符號，而且是個少數民族，直到一九九四年台灣國民大會修憲之前，原住民族都被稱作山胞，更久以前被叫作番人。

只要是人，都希望被善良的對待吧！

山地平地、漢族異族都有好人壞人。富人窮人也渴望被善良對待，也許差別在於吃好或吃飽，欲求與需求的滿足程度。這個社會常常對窮人有一種想像，彷彿窮人需要肩負起窮人的責任，要處處表現感激、表現努力、表現貧窮，因為窮人就該有窮人的樣子，才能對照出這個社會的善人，讓善人適時施予幫助，進一步展現助人者的高尚。往往在這些美德的表演場域中，善良它一翻身便鍍金了！善良鍍金成為上流社會的工具，讓有些人不只有錢而且充滿慈悲，卻忽略了真正的善良並非自上而下的施捨，而是一種能把萬物蒼生放在同樣高度，真正尊重的情懷。

如果沒有發自內心的尊重，鍍金的結果終究還是會氧化。

漂亮又善良的女人，在人生舞台就是個明顯的箭靶，誘引著每個經過的人拉弓，無論她正直或不正直，都會落得萬箭穿心。

萬箭穿心的戴安若獨自對抗這個世界的歪曲，她用沉默面對所有汙名與誤解，她是公眾人物，任何反擊都是不良示範，她好累，累到遁入婚姻堡壘。只是她沒想到，堡壘裡藏著更危險的地雷。

戴安若返台的消息默默在朋友圈散布，有幾個大老闆對她的現況很好奇，透過中間認識的朋友，以介紹工作的名義想辦法和她吃頓飯。

傳話的人都說是介紹工作，總是約在飯店或餐廳包廂，見面先上幾道小菜，接著勸酒，隨後端出頂級海味珍饈，光是日本禾麻三頭溏心鮑這道料理，它的價格若是變現拿來付戴安若一年的房租可能都還有剩。

大家都在把酒言歡，只有戴安若笑不出來。因為沒人提到工作這件事。

總要等到用餐將近一小時，席間眾人正得意佳餚美酒，氣氛歡愉，戴安若才能找到插話空隙直截了當地詢問：「董事長，聽說您有投資金融相關產業，我過去有金融背景與經驗，不知道在這方面我能不能有什麼貢獻？」

董事長這時候笑得更開心，舉起酒杯，先飲為快，然後笑瞇瞇地問：「戴小姐妳現在很辛苦喔！我能怎麼幫助妳？」

戴安若開始自我介紹，除了台大經濟系學士、企管碩士，多益滿級分，她曾在外商銀行做過分析師助理，擁有合格的證券分析師執照……

「嘿嘿嘿！」董事長吃了一塊肉，油光沾滿他的嘴唇：「我說，妳一個月要多少錢才夠用？」

「就按照公司職務內容的合理薪資。」戴安若回答。

董事長笑瞇瞇地看著戴安若，說：「妳真是個大美人！這麼多年了，妳笑起來怎麼還是和當年一樣純真呢！」

然後董事長繼續大口吃肉，大杯喝酒，大聲說笑話。

再也不提工作內容。

這樣的飯局參加過幾次，每次都是標準作業程序，一開始邀約的理由都說是介紹好工作，筵席之間卻只見男人們談笑自若，從來沒人把話題導向「職業」或「專業」。偶爾會有人提到當年的戴安若，男人們臉上盡是春風拂過的燦爛，眼神中充滿渴望與欽羨。那時候的戴安若多風光，高學歷女明星，得過演藝圈最高榮譽金獅獎。除了拍戲，沒人知道她真實的生活樣貌，更沒有機會接近她的日常。她是女神，餐敘應酬唱ＫＴＶ這種事對她來說是糞土，她從來不沾染。

而現在，男人們有幸見到戴安若本人，似乎是過去燒香布施求得軟玉溫香的心願終於獲取報償，對這些人而言，他們砸個幾萬到幾十萬元新台幣付餐費好比吃餅掉屑，沒看在眼裡。只是幾顆鮑魚、幾塊和牛，或者再加上一瓶九六年的香檳王，女神本尊就會出現，她還會坐在旁邊，安靜聽他們說心事。然後他們看著她消瘦疲憊的臉龐，孱弱的身軀，髮際鬢間些許白髮。這女人美貌依舊，卻掩飾不住生活滄桑。男人們看在眼裡，直覺告訴他們這是一個好時機，盤算著還要再花多少錢才能把女神壓在下面？像騎著尊貴的阿拉伯馬那樣威風炫富。

當女神落入凡間，就是吃喝拉撒柴米油鹽醬醋茶。江湖是醬缸，遇到了就是一團瞎攪和，每個人多多少少明白這個道理。只有戴安若，以為清水可以變雞湯。

她不放棄機會，她始終把介紹人的話當真，她有學歷有經歷，英語也流利，她自認為還有機會得到一份正當工作。直到某個經常穿梭兩岸做生意的董事長，有意無意地說了一句：「妳好二啊！」

戴安若在美國學會一點上海話，「二」的意思是呆萌，很傻，不給力的二愣子。

她終於明白，所有的飯局都是騙局。她認真找工作，為了謀取生路養家活口。他們也很認真，為了約炮的目的配合演出。或許有些男人當下說出「我能怎麼幫助妳」的時候確實誠心誠意，他們真的很想幫忙，只是他們更重要的身分是生意人，「對價關係」是做生意的不滅鐵律，凡事都要有回饋，一頓飯，一筆錢，一個大禮物；對應的代價是女明星殘餘價值：名氣與肉體。也因此他們願意付出「妳一個月要多少錢才夠用」的包養費，不但當著面直接詢問，有時候還會找好律師一同入席。認識新朋友以餐敘的名義約會挺正常，但是認識新朋友時還會帶著律師陪同，這種友誼似乎也太跨界，估計是為了男女雙方條件談攏之後立刻簽署保密協定。畢竟這飯局裡面有些東道主是網路搜尋得到的大人物，他們行程滿檔，願意擠出時間來見過氣女明星並不是為了滿足羅曼蒂克的想像。大人物們的目的還是做生意。而戴安若，無論她是A咖還是B咖或A罩杯B罩杯，她畢竟曾經是個咖。

然而詩仙李白早就這樣形容過女神：「昔日芙蓉花，今成斷根草，以色事他人，能得幾時好？」

我們應該要相信唐朝大詩人李白說這話的時候衷心憐香惜玉，即使他自己的一生也好不到哪裡去，也許提筆為詩時也有點同情自己。

戴安若不要同情。她不要施捨的魚，她要魚竿。

她在最失意的時候看見路邊很多單親媽媽在賣烤地瓜，標語上寫著「木炭烤地瓜，拉把單親媽媽」。她考慮過走投無路時，也去社福機構申請一個攤車，她問戴正喜不喜歡吃烤地瓜？戴正點頭。她接著問：「你願不願意陪我推三輪車去賣地瓜？」

戴正搖搖頭，說不會的。

「為什麼？」

「我的第八感很強。」戴正堅定的回答。

「第八感？那前面七感，按照順序怎麼排？」戴安若好奇的追問。

「第一感是喜感，第二感是『床感』……」

「等等！」戴安若笑了，問戴正：「什麼是『床感』？聽起來色色的。」

「就是很『爽』的『爽感』。」戴正再說一次。他剛從美國回來，講話有點ㄓㄔㄕ分不清楚的口音。

原來是戴安若聽錯了。她繼續追問：「那麼第三感呢？」

「第三感是第三感，第四感是第四感，依此類推，到第八感就是我最強烈的感覺。」戴正用十歲的智慧，天真地回答。

這是戴正，戴安若懷胎十月生下的獨子，陪伴她一路走來，歷經絕望和重生。新生命彷彿是驅逐黑暗的魔法，行經死地憂谷時能引領她走向坦途，步上青青草地。他也像是療癒創傷的靈藥，在不可逆的時光中，只要看到彼此，那些屬於愁苦與記憶的畫面、往事，便如塵埃，在身後湮滅。

戴正是她的唯一，唯一的所有，獨生子。

夢見汪承熙的母親到底有什麼寓意？戴安若想不透。

汪承熙是長子，他下面還有兩個弟弟，周娟美來到戴安若的夢中，是同樣身為母親的她有什麼話想說嗎？即使離世二十年，周娟美對她懷胎十月的親生孩子必定是有著放不下的眷戀吧！就像戴安若與戴正，那條已經消失的臍帶依然牽繫著輪迴不斷的命運。周娟美可能只是牽掛汪承熙吧！即使汪承熙都快要五十歲，在媽媽的心裡，孩子永遠都只是個孩子。

戴安若是個繁華落盡的芙蓉花，比起汪承熙過去交往過的對象，戴安若應該算是最單純的女人了。她和汪承熙之間的「戀愛」非常平凡，是一種成年人的互取所需，莫再蹉跎，白頭空負雪邊春。她寂寞了好久，他也是。他們在有限的相聚時間幾乎都奉獻給性愛。他從來沒有過這樣的經驗，只要與她合而為一，他的熱情可以持續很久很久，完全忘記時間、忘記壓力，甚至忘記他的家族姓名。戴安若的每一個反應都令他感受到無與倫比的刺激，他能夠感受到她最深層的悸動，還有她的眼神，是那種全心全意只為你一個人而活的眼神，她用全部的靈魂夾緊他。為了這樣的眼神，汪承熙更加勃發精神，他在現實人生裡從來沒有嘗過這種完全的占有，徹底的成功。戴安若讓他擁有強烈的成就感與滿足感，她潤澤了他的銳利，她柔軟了他的庸俗，她緊緊包裹他的蟹足腫，胸前殘缺的傷口，她用愛的津液融化了他的憤世猥瑣。

他倆沒有滾床單的時候，就像老夫老妻般的坐在餐桌旁隨便聊天，真沒話講了還會哼唱老歌，例如鳳飛飛的歌曲〈深深愛在心裡〉，或江蕙的〈酒後的心聲〉。汪承熙唱著唱著總會唱到他爺爺那時代的台語老歌，他閉上眼睛，將歌詞倒背如流，如果再戴頂パナマ巴拿馬帽，他的表情就像個日據時代的末代紳士，嚴肅、落寞。戴安若總是趁他閉著眼睛時摘下他的眼鏡，偷親他垂下的眼瞼，繼續吻到耳垂，汪承熙假裝睡著，享受著她的濕潤。他喜歡教戴安若唱台語歌曲，因為戴安若這個芋仔番薯說出來的閩南話總是令人啼笑皆非，像是高雄小港機場，無論汪承熙糾正她多少次，戴安若就是無法將「小港」二字的台語Sió-káng說得標準。她不是說成了siáu-káu（瘋狗），就是說成sió-kńg（小卷），更嚴重的時候會說成sio-kàn（相幹），讓汪承熙笑個不停，眉頭的憂鬱立刻鬆解。

相處久了，戴安若發現，汪承熙的個性算是隨和的，只有幾件事情是絕對碰不得的地雷，比方說不送傘，不送鞋，還有絕對不唱曾經紅極一時的民歌〈散場電影〉。

「我很迷信。」汪承熙說。

汪家迎娶賈薇玲，不只是王子與公主的結合，更是政商兩大家族聯姻。

雙方按照民間傳統，從納采、問名、納吉、納徵、請期到親迎，過程皆遵循古禮，男方從大餅、禮餅到大聘、小聘，十二件禮沒有一項疏漏，全部挑選最精緻昂貴的上等貨，做足面子。迎親當天，整條仁愛路都是響不完的鞭炮聲，六輛黑色賓士600一字排開，氣勢驚人。女方也準備了連根帶葉的青竹和兩根甘蔗，除了討吉兆，竹子有「節」，象徵新娘的貞潔。兩根甘蔗表示「有頭有尾」、「生生不息」，另外甘蔗又有甜蜜、開枝散葉和早生貴子的寓意。

汪家迎親時，將賈家致贈的青竹及甘蔗繫於賓士禮車車頂，同時在尾端掛豬肉一片和一個紅包，這畫面雖然突兀，但為了婚禮的圓滿，還是必須要做。誰叫相傳古時迎娶隊伍總是翻山越嶺，深山有老虎猛獸，為了保護新娘子的安危，傳統習俗就是要在交通工具上掛豬肉，引開老虎的注意，即使猛獸飢餓難耐，去咬豬肉就好，千萬不要吃掉新娘！古禮演變到現在隱喻驅邪避凶，雖然這塊豬肉通常在婚禮結束後就送給幫忙開禮車的司機或是其他工作人員，但是汪家還是精心準備了純種盤克夏黑豚，與日本鹿兒島黑豚肉同種同源的頂級豬肉，作為極度重視迎親過程的獻禮。

汪承熙娶媳婦這一天，可謂轟轟烈烈，即便他是留美喝過洋墨水的歸國學人，對於雙方家族堅持的傳統婚禮，無奈也只能順從配合，只差沒有身穿織繡仙鶴麒麟錦雞紅官袍，頭戴花翎紫金冠狀元帽。當天所有的細節，包括遮米篩、拖竹簑、丟扇子、潑水、拜轎、過火盆、踩瓦片，每個討吉利的步驟都確實做到了，但最後，汪承熙和賈薇玲還是離婚了。

「都要怪那兩隻小黑小黃。」汪承熙說：「禮車開到我家，又祭祖又拜堂、進洞房、坐財庫一堆有的沒的，忙成一團。那兩根特別長的甘蔗就放在花園裡，也不知道是誰隨便扔在地上，等到被我發現的時候，甘蔗已經被小黑小黃這兩隻狗啃得亂七八糟，還在花園裡拖來拖去當玩具。這兩隻是純種土狗，牙齒很銳利，甘蔗早就被牠們咬到斷裂好幾節。」

汪承熙愈說愈生氣：「那時候心裡就覺得怪怪的，大喜之日，討個吉利的甘蔗就這樣被狗咬斷了，這真不是一個好兆頭。以前我和她交往的時候，常常陪她逛百貨公司，她喜歡買鞋，只要她看上的鞋子，都是我買來送給她，後來才知道，千萬不能送鞋給別人，因為送鞋會跑掉，就跟送扇子一樣會散掉。」

戴安若沒有問過汪承熙為什麼不願意唱〈散場電影〉，她猜想，肯定又是些不堪的經驗。兩人開始約會之後，他果真沒帶她去電影院看過任何一場電影，他們連在家裡看有線電視的時間都沒有。他喜歡戴安若幫他按摩，用他送的泰國臥佛寺青草油，常常按著按著就睡著了，他在戴安若這裡特別寬心。

大家都說汪承熙是大少爺，可是他每次來戴安若的小公寓都是吃她的、用她的。他挑食，蝦子螃蟹這種要花時間剝殼的食物，即便再新鮮再美味，他都懶得碰。汪承熙說過他連腳指甲都是去美容院給師傅剪，因為他不想彎腰。大少爺嗜吃甜食，也特別挑，巧克力只吃八十二%濃度的黑巧克力，而且要包堅果的才願意吃。他偏愛中式糕點，家裡經常有人送禮，他總是把這些太陽餅、鳳梨酥、綠豆椪拿來送給戴安若，但他不是整盒送，而是零散地帶過來分一些給戴安若。戴安若每次都要從汪承熙帶來的散裝糕餅上渺小的文字判斷保存期限以及製造廠商，但是像蛋黃酥這類沒有獨立包裝的甜點，汪承熙就用個透明彌封袋任意包幾個拿過來，讓戴安若連猜都猜不出來是哪間糕餅店的傑作。

汪承熙來戴安若家沒在客氣，還會點名他想吃的東西，例如麻油雞或蛋炒飯。戴安若就像是他的行動食譜，遠距菜單，經常接受他的指令準備晚餐。但是她滿心歡喜願意為他下廚，她喜歡看他在家吃飯剔牙，毫不掩飾的輕鬆自在。尤其是她把料理做失敗的時候，比方說牛排煎太焦，或水餃沒煮熟，她特別愛看大少爺的修養與反應。有一次她剛在市場買到新鮮荸薺，加入雞肉丁、培根和蔥花一起做成炒飯。汪承熙那天吃進嘴裡的每一口都咀嚼半天，好像在餐廳試菜，準備打分數。最後他忍不住問：「妳在飯裡面加了什麼？吃起來脆脆的，又不像堅果。」戴安若嫣然一笑：「荸薺。」

「什麼？」

汪承熙是本省人，他們家族的飲食習慣非常本土化，雖然應酬多，也會品味八大菜系之流的名菜佳餚，但是荸薺或薺菜這類太地域性的食物，很顯然讓他吃不習慣。

遇到這種狀況，汪承熙從來不會擺出臭臉，也不批評，他就是停下所有動作，什麼話都不說，但是也不再進食。戴安若私心經常調皮猜想，什麼時候可以拆穿這男人的西洋鏡？就像他以前教過她的台語「江湖一點訣，說破沒價值」。她很想瞧瞧這一點訣被戳破的時候，會是什麼模樣？汪承熙有種虛偽的教養，他永遠不會當著你的面挑剔錯誤，凡事給人台階下。但是，他絕對不讓別人佔他便宜，一旦讓他覺得自己可能被利用了，少爺脾氣就會噴發，接著陷入負面情緒裡口不擇言。

「我媽死的時候留有很多珠寶，都被當時的女友拿走了。我在靈修班認識她，還以為她真的是那麼一回事！後來才知道，她以前給某某董事長包養過，參加靈修班只是為了認識有格調的有錢人，掛羊頭賣狗肉。幹！我那個前女友連胸部都是假的，一摸就知道。什麼靈修，什麼名模，都是騙局，我從此再也不相信這些。」汪承熙愈說愈生氣，連髒話都罵出來了。

「我媽的珠寶，不只是我當時的女友拿走，連我爸的女朋友都來要，這是怎麼回事？這是一種紀念我媽的方式嗎？她們都沒時間流眼淚嗎？我媽是那麼好的人，她留下來的不只是珠寶，還有很多很多記憶，這些都不重要嗎？這些都沒有價值了嗎？所以我現在什麼都沒有了。妳要，我還得另外花錢買。現在房地產和股票都不好做，妳慢慢等吧！」

戴安若不知道該怎麼回答汪承熙。她從來沒開口跟他要過任何東西，從來都是他來她家白吃白睡。

戴安若早就明白汪承熙的身分只是個空殼子，他擔任董事長的房地產公司根本沒賺到錢，他在基金會裡只領取微薄車馬費，他的生活開銷到現在都是用家裡固定發放的零用錢支付。他那輛代步的賓士600也是掛在公司名下，除了炫富把妹，更多時間是用來應召，聽從汪志群指令，載父親或其他長輩到指定地點參加飯局或開會，因此加油的發票一定要打統編才能向公司報帳。平常跟朋友出來玩，花個兩、三千塊他還負擔得起，若是去酒店做那種一夜動輒幾十萬元的火山孝子，他只配跟在長輩旁邊做小弟。有陣子他很空虛，愛交際又沒錢，只能淪落到舞廳裡找舞小姐喝酒聊天，茶舞消費七百元，晚舞一千二百元，都在他負擔得起的範圍。汪承熙有一票貪愛粉味的朋友專門在八大行業裡遊蕩，這群兄弟什麼都玩，從酒店、半套店、樓鳳、外送到理K，隨時隨地鬥志高昂準備品嘗新鮮貨色。在這個圈子裡有所謂的「經紀」提供客製化需求，經紀的口袋裡固定有些配合度高的酒店妹隨時帶出場做S（性交易），服務周到還可以打折，交情好的時候甚至讓人簽單月結。汪承熙跟著玩過幾次，但是他心裡總是有種怪怪的滋味，忍不住猜想這些酒店妹可能都跟他的兄弟有過一腿，完全是個公用馬桶的概念。褲襠底下那話兒又不好意思拿出來比較，女人若是讓兄弟爽到卻沒有讓汪承熙爽到，這樣一比較，究竟是誰的功夫欠佳呢？兄弟之間話題葷腥不忌，但是這種風流豔史的嘴砲很容易傷感情，畢竟兄弟們聊天多半吹噓自己有過人之處，至於酒店妹，往往視作免洗餐具，用過即丟，絲毫不可惜。其實，汪承熙這樣玩，還是玩得有點心驚膽顫，一方面是他害怕染病，二方面是他擔心被設局。這些來歷不明的女人萬一有備而來設計圈套，搞他個仙人跳，肯定會搞個最大的！被敲詐幾百萬幾千萬還不在話下，若是遇到黑道，白花花的銀子丟出去還不一定能消災，只要有一個把柄落在人家手上，正應驗了人為刀俎我為魚肉這句老話，是一輩子的業障。再加上現在網路這麼發達，一旦鬧上刑事案件，汪承熙這三個字會在全世界的中文瀏覽器遺臭萬年，他這輩子就別想在政壇翻身，更別肖想為家族爭光。

所以汪承熙會對戴安若說：「妳慢慢等吧！」

因為這是現實，金錢和愛情，他沒有一樣給得起。

戴安若自己也不明白究竟愛上他哪一點？

他比她還窮。

入冬後，即將跨年之際，汪承熙突然說要請戴安若去老爺酒店二樓飲茶，她說天氣冷，不想跑來跑去，回家吃火鍋就好。他又說老爺酒店粵菜廳還不錯，況且他有信用卡可以打七折，期限就在年底，沒用可惜。到了餐廳，汪承熙看著菜單半晌，翻來翻去，最後盡點些鳳爪、水晶餃、叉燒酥之類的小點。戴安若想吃個烤乳豬玫瑰雞拼盤，他回應：「點太多吃不完，剩下又太浪費，不太好。」

結果那一餐戴安若根本沒吃飽。

又有一次汪承熙說要去故宮晶華吃飯，這次他老實陳述，朋友送了兩張餐飲招待券，他一時忘記使用已經過期，不過沒關係，過期只是不能點套餐，還是可以抵現金，一張抵用四百元，兩張抵八百元。

「那間餐廳不便宜喔！」戴安若說。

「不會吧！兩個人能吃多少錢？吃完我們順便逛逛故宮。」

到了餐廳，汪承熙攤開菜單，又是盯了半晌，最後說：「妳想吃什麼，儘管點吧！」兩個人隨便吃吃，扣掉抵用券還需付款一千一百元。服務生敬業地問了一聲：「有沒有ＸＸ銀行信用卡？現在刷ＸＸ銀行可以打九折。」

汪承熙沒有這家銀行信用卡，戴安若有，於是這一餐又是戴安若買單。最後汪承熙有沒有還她錢，她也沒記住，只對汪承熙處處精打細算的個性印象深刻。所謂小富由儉，大富由天，汪承熙之所以是汪承熙，還真符合了天人條件。

剛開始汪承熙到戴安若家，還會刻意避著戴正，然而相處的時間久了，難免撞見放學回家的戴正。戴正的模樣和他媽媽是同一個模子刻出來的，看了也算討人喜歡。

那次戴安若要去掃墓，汪承熙因為最近炒股多賺了些零用錢，心情一時大好，加上當天沒別的事，他主動說要開車載他們母子去市郊公墓祭祖。

到了軍人公墓，環顧四周，林木繚繞雖然幽靜，但靈骨塔的設計還是讓汪承熙感覺狹仄侷促。他們汪家在觀音山上有塊風水寶地，祖墳蓋得比陽明山別墅還壯觀，將來汪承熙百年後會在家族墓園裡入土，他的獨生女汪洋洋也是。因此他根本看不上軍人公墓，他覺得人死了燒成骨灰住在一個小方格子裡太委屈，他要嘴裡含塊冰種翡翠住到舒適的台灣檜木棺材裡，這是和王永慶同等級的最高級百年棺，顧名思義，就是一百年都不會毀壞。

汪承熙雖然學歷高，但是他本質上還是個生意人，處處撥算盤，凡事為自己打算。但是，當他在軍人公墓裡給一堆陌生人聯合祭拜的忠義堂，看到戴安若拿出一張泛黃的黑白照片，桌上擺著一盤水餃、幾片滷牛肉還有一顆蘋果，這當下連他也不禁覺得窮酸起來。祭祖怎麼會是這樣的畫面？最起碼也該有全隻甘蔗燻雞、一條乾煎白鯧，還有整塊水煮三層肉。四季新鮮水果至少也該有個像樣的蜜棗、金橘、水梨。拜祖先要有誠意，桌上那些東西拿去給遊民吃都會被挑剔吧！

他脾氣有點上來了，想要責備戴安若為什麼不早說自己沒時間準備？他可以先帶她去南門市場買熟食，那裡都是老字號的精緻美味，他和父親也常常差使傭人去買些蔥燒鯽魚、冰糖醬鴨、無錫子排、烏參元蹄、醃篤鮮之類的道地江浙菜，拜完之後還可以帶回家慢慢吃，一舉兩得。現在戴安若端出這些寒酸的食物，連汪承熙都看不下去，站在她身邊都覺得桌上這些食物和他的身分不搭配，害他很沒面子。但是當汪承熙一轉頭，看見戴安若不知道什麼時候開始已經讓淚痕沾濕臉頰，連白色衣領上都沾染到淚水，渲漬出深淺兩種不同的顏色，看樣子她似乎忍住許久，因為鼻子都被鼻涕給塞紅了。

戴安若低頭看著戴登綱的照片，她不知道該說些什麼。身為戴登綱的獨生女，父親來到台灣之後唯一的骨肉，他曾經用心傳授她好多東西，父親對她的期望，父親的教導，父親的寵愛，這一切，最後都被她搞砸了。她現在什麼都不是，連三牲四果都只能準備成這個樣子……

「爸爸……」戴安若每呼喚一次父親，她的眼淚就跟著落下來：「爸爸……安若不孝，你在天上過得好嗎？希望上天保佑，將來有一天，我們會再團圓。這是戴正，你的外孫，是個好孩子，跟著我姓戴，爸爸……」

看到戴安若泣不成聲，戴正這孩子跟在旁邊默默低頭，抖索著肩膀，似乎也在努力屏住哭泣。

這對母子……

剎那間汪承熙不知道為什麼心軟了，他捨不得再責備戴安若的無知和輕率，頓時似乎也感覺到桌上那些微薄供品的無依無靠和淒涼。這哭到無助軟弱的女人，怎麼說都跟他纏綿過睡過，有段夫妻之緣，也算是百年修得共枕眠的女人。她都快五十歲這麼老了，還願意來給父親祭拜冥誕，也表示她重感情，慎終追遠，況且這只是父親冥誕，那些清明、除夕、中秋、一年三節該祭祖掃墓的日子，她肯定是自己一個人來了。想到這裡，汪承熙的一顆心不知怎麼也跟著揪了起來，他不知道該如何安慰她，掏掏口袋竟然還忘記帶手帕，再掏一次連張衛生紙也沒有，看看周圍，旁邊還有其他掃墓的家屬，以及一個緊緊跟在戴安若身後，年僅十二歲的戴正偷偷掩面啜泣。他突然覺得自己應該像個男人挺住，為這女人和小孩暫時撐住塌下來的屋頂。

汪承熙扶著戴安若的手臂，拍拍她的肩膀，跟她說：「不要再哭了，我的肩膀很硬，可以讓妳靠。」

戴安若真的靠了上來，她伏在汪承熙胸前抽搐著，眼淚繼續掉個不停。

小戴正也圍繞過來，他從戴安若背後用雙手環抱著媽媽的腰，彷彿是她的後盾。「我的肩膀很硬，可以讓妳靠」這樣英雄般的話語也如英雄的命運，轉眼遲暮白頭。那次掃墓之後，汪承熙立刻忘記他的允諾。他的個性只會在當下考慮跟自己有關的事，在忠靈堂的片刻，他一時心軟，才會脫口而出「我的肩膀很硬，可以讓妳靠」這種話術。離開公墓，回到人聲鼎沸的市區，浮華躁動依舊，喧囂的群眾是現世裡永恆的背景音，人來人往，說過的語言就像匆匆腳步聲，踢踢躂躂，在人行道、在柏油路、在豪宅的花崗岩地磚、在陋巷的水溝人孔蓋，腳步聲原本就是個附屬的影子，影子還曾讓人看見，腳步聲卻只是空洞的回音，連照片都拍攝不住。腳步聲像風一樣經過，它不會再回頭。

戴正則是默默接受了汪叔叔的存在。戴安若曾經問過戴正喜不喜歡汪叔叔？戴正只回答「還不錯」。戴安若當作孩子也默許了她的男朋友，欣然接受新三角關係。

時年十二歲的戴正與四十七歲的汪承熙，兩人相差了三十五歲，雖然有句老話說「同性相斥」，但是兩人相差這麼多歲數，根本說不上鬥爭，於公於私完全沒有利害關係。唯一的問題就是兩個男人的性荷爾蒙太接近，表面上互相禮讓尊敬，心裡頭各自有各自的念頭。戴正愛媽媽，過去一直是媽媽身邊的小保鑣，那些陪吃飯買玩具的叔叔伯伯，都只是在外面餐廳見面，吃飽飯之後還是只有戴正能陪媽媽回家，回到他們兩個人的溫馨小世界。現在家裡多出一個經常徘徊的汪叔叔，有時候這個男人還會從媽媽的臥室走出來。汪叔叔不只是有可能取代父親的位置，更有可能取代他的位置。戴正年紀雖小，但直覺敏銳，從這個叔叔的一些言行和動作看來，他認為汪承熙並不是那麼安全的大人。

汪承熙是老狐狸，不動聲色。他只是隨手拿起戴正的學校成績單，問他：「你都考第幾名？」

「第五名。」戴正回答。

「喔，那還不錯。」汪承熙似乎有點欣慰。

戴正接著天真無邪地補上一句：「叔叔，我們班只有六個人。他們都是我的好朋友唷！」

汪承熙自己是台大畢業，又是哈佛甘迺迪學院的博士高材生，他的父親汪志群同樣是台大畢業，又曾任三屆民代，祖父是成功的商人，汪家已經五代不愁吃穿，他們的血液裡流竄著菁英的傲慢，學而優則仕一直是汪家的傳統。汪承熙看到戴正這樣爛的成績，他直覺認為這孩子沒救了，不會讀書還有什麼用？考試成績是檢驗一個人聰明才智最基本的門檻，戴正班上只有六個同學，他考第五名，是倒數第二名，小學成績就這麼糟，表示基礎教育根本沒落實，這孩子，將來肯定會是個麻煩。汪承熙愈看戴正愈是覺得他將來肯定沒出息，已經輸在起跑點，只是長得還可以，將來大概就是做泊車小弟或八大行業裡面遞毛巾的差事。

當汪承熙有意願和戴安若更進一步交往時，他只想甩掉戴正這個拖油瓶，這孩子是戴安若跟別人生的，跟他一點關係也沒有，加上功課差，沒出息，長大以後恐怕麻煩更多，不如現在就先做出切割。

於是他向戴安若提出把戴正送到國外念書的想法。

「我爸爸已經說了，妳如果想嫁進汪家，只能自己一個人來。他不要別人家的孩子進我們家門。」汪承熙說。

這些話在戴安若聽來，根本就是羞辱。她聽完之後強忍眼淚，露出漠然的表情，連牽動嘴角微笑的敷衍都不願意偽裝。她只是冷冷地回應汪承熙一句話：「戴正跟我姓，不是跟別人。」

接著她一個月不跟汪承熙說話，不接他電話，在基金會見了面也不打招呼，完全把汪承熙當作空氣。

汪承熙剛開始還有點沾沾自喜，他以為想喝牛奶不需要養一頭母牛，用這樣的方式分手也乾淨俐落。

只是，他沒想到戴安若的影子怎麼會像個鬼一樣在心裡飄來飄去。

有時候在街上聽到好聽又熟悉的女孩聲音，他會忍不住轉過頭去，看一看是不是戴安若剛好走到附近。汪承熙的LINE裡面一堆女性朋友，即使已經跟戴安若「穩定交往中」，他還是改不掉撩撥其他正妹的惡習，在通訊軟體裡和美女理財專員、保險業務員調情，或是和交際場合認識的酒促妹、舞小姐、模特兒半夜私訊，時常免費看一看她們自願傳來的清涼自拍照，或聽聽這些女人用盡心機甜言蜜語撒嬌說情話。當然他也會與這些女人互動，傳幾個親嘴的貼圖，或是寫些好心疼妳、好想妳之類的嘴砲。只是這一次，在戴安若離開他半個月後，他打開LINE軟體時，發現這些女人傳給他的訊息已經累積超過一千多則，而他竟然一點也不想點進去看。他對這些女人的欲望不見了！他只想念戴安若，想念她的一切。而他現在只能眼睜睜看著戴安若在LINE上面的大頭照，恍恍惚惚半天不能自已。

這是第一次汪承熙願意反省自己，他承認自己太魯莽太霸道。直接提出要戴安若把親生兒子送到國外的想法，等於拆散她的家庭，這樣毫不修飾的話術確實太傷感情，難怪戴安若會選擇戴正，放棄汪承熙。於是他拿出念書時的邏輯推理精神，仔細分析這個動作的利與弊，重新想好一套策略與說詞。

這次，他主動約戴安若到五星級的君悅大飯店吃歐式自助餐，他認為這樣的安排給足了戴安若面子。其實戴安若早就明白，汪承熙擁有這間飯店的會員卡多年，他帶朋友來用餐，飯店會提供會員買一送一的優惠。

他永遠都在算來算去。他什麼都吃，就是不吃虧。

汪承熙向戴安若分析把戴正送出國念書的好處，全球化是未來的趨勢，提早成為國際公民才能提升自己的競爭力。孩子早一點出國，除了有機會扎實學好第二外國語，甚至第三外國語，還能夠創新眼界、體驗文化差異可以讓他開拓島內侷限的視野，鍛鍊獨立思考的能力。歐美教育注重引導式、啟發式教學，重視知識整合，鼓勵閱讀、討論、發問，在這樣的學習環境更容易刺激孩子的求知欲，培養自信心。當然，如果他的個性夠開朗，願意多交些朋友，尤其是好學校裡人才濟濟，也有來自各國的優秀留學生，他早點建立人脈，未來的格局發展更是不可限量。

汪承熙接著說：「如果他有能力念到常春藤聯盟學校，或者加州的史丹佛、柏克萊大學，我們也會栽培他，給他最好的求學與生活環境，培養他成為一個人才。等他長大以後，無論將來想從事學術研究，或創業當老闆，我們都願意提供他最優渥最豐富的資源。但是，現在他必須贏在起跑點，他也十二歲了，應該要開始學習獨立，自己為自己負責。現在這個時候送出國是最好的機會，妳想想，接著他就要念國中，就要開始準備考高中、考大學，以後每天的生活都是考試，一直考到十八歲。妳忍心讓他過這樣的生活嗎？天天補習，天天考試，天天填鴨式的死讀書。台灣的教育制度害死多少人？結果呢？養出一堆只在乎成績，其他什麼事情都不關心的媽寶、宅男宅女、啃老族。妳忍心讓孩子再被台灣的教育制度摧殘嗎？妳願意看著戴正從念國中一年級開始就天天揹著厚重的書包來去學校和補習班？然後大學畢業之後好不容易找到工作，起薪卻是二十二K？」

汪承熙這番話，動搖了戴安若的意志力。他說的沒錯，有出國念書的機會，對在校成績並不理想的戴正而言，或許是現階段最適合他的教育方式。畢竟台灣這種以考試定終身的升學制度，確實限制許多孩子的發展。戴正一直無法進入死背教科書的念書模式，也不懂得考試技巧，繼續留在台灣，很可能就會是被淘汰的那群大數據。

當戴安若第一次跟戴正提起出國念書的計畫時，戴正不可置信地看著媽媽，平常對話反應敏捷、機智幽默的他，一時間反常起來，眼神空洞惘然地望著戴安若，竟然半天說不出話來。剛剛端上桌，熱騰騰炒好，吃到一半的晚餐，瞬間僵冷在這個話題裡。

「原來妳是不要我了……」

戴正吸著鼻子，彷彿失去理智，繼續從他嘴裡衝出這句話：「原來都是你們這些噁心的大人。」

話一說完，他隨即放下筷子，衝回自己房間關上門，整個晚上沒出來。

第二天早上，戴安若如往常一樣叫戴正起床吃早餐，看到孩子的眼睛紅紅的。戴安若自己也是，她還沒說話，眼淚又掉下來。她很想說句：「孩子，媽媽不是噁心的大人，媽媽只是很無奈。」但是她說不出口，她希望戴正有前途，希望一家人除了活下去也能夠有機會享受更值得的待遇，她希望母子倆將來都能過上好日子，不要再為吃飽飯這件事去教堂企求施捨，她也渴望遠離底層生活，更希望戴正有機會出人頭地。她心裡很多委屈，她不能說，她很無奈。然而，她的行為在某種程度確實遺棄了戴正，就拋棄親生孩子這件事而言，也確實是件噁心的事。

戴正看到媽媽哭，他跟著忍不住也掉下眼淚。母子兩人就這樣抱在一起，不斷啜泣著。

這是最後一次，戴正願意讓媽媽抱他。已經漸漸邁向青春期的戴正，早就因為荷爾蒙作怪憋扭而不願讓戴安若在過馬路的時候牽起他的手。十二歲的他開始有自己的想法，小時候和媽媽手牽手走路、隨時親親抱抱似乎理所當然，但他現在已經準備成為男人，他的聲音開始變得低沉，他的嘴唇上方冒出鬍鬚。

也不過是三年前，還在念小學三年級的戴正，每天晚上都會在床邊呼喊著：「媽媽陪我睡覺！」然後戴安若便會放下手邊一切的家務事來陪伴戴正。在母子相依為命的日子裡，戴安若細心照顧著戴正生活起居的每一個細節，包括如廁後擦屁股這種小事。直到十歲之前，每次上完大號後，戴正都會在廁所裡召喚：「媽媽幫我擦屁股。」戴安若好幾次笑話戴正，耐心跟他說：「小正，你要學習自己擦屁股，要不然在學校上廁所怎麼辦？」

「在學校我會自己擦，在家裡我想要媽媽幫我擦！」

「那麼媽媽要幫你擦屁股到什麼時候？」

「到我一百零八歲。」這是戴正唯一的答案。

「媽媽幫我擦屁股」的祕密直到戴正十歲，他自己也感覺到屁股長得太大了，不再像小時候那麼可愛，而產生一絲絲羞恥感，便自動放棄如廁後的召喚。

但是戴正清楚記得戴安若和他相處的每一個細節，有時候他的腦海裡還會浮現出自己剛剛出生的畫面，他因為感染重症被送進醫院加護病房，那時候他還在襁褓中靠母奶維生，突然之間，他的世界被蒼白的日光燈與滴滴答答的心電圖音效圍繞，當他睜開眼睛，天空是一個透明壓克力保溫箱的弧狀屋頂，他的鼻孔旁邊黏了一根管子，徐徐送來清涼的氧氣，他的手臂上插滿針孔，每個小時會出現一個全身白衣但面容嚴肅的女人幫他調整點滴輸入的速度。那時候他每天只可以看到媽媽兩次，在她的懷抱裡聞到她熟悉的體香。後來戴安若才向他解釋，那是加護病房管制家屬面會的時間，一天之內只有兩次機會，分別是早上十點與下午五點。

他記得媽媽強忍痛苦的情緒抱著自己，依舊溫柔敞開胸懷餵他喝母乳，透過體液交換，他感受到她深沉壓抑的憂傷，微微顫抖的毛細孔，愈來愈稀薄的乳汁，一波接著一波傳遞著無法言喻的哀愁與恐懼，像是小瓦數漏電電流般的侵襲著所有感官，和過去兩人的親暱接觸完全不同，這是哀愁的毒藥，腐蝕著兩個人的靈魂。新生兒戴正只有七公斤，每天打針吃藥讓他全身循環抗生素，也改變了味覺嗅覺與聽覺，或者是小小戴正不願意承認自己聽到母親啜泣的聲音，所以把一切哀愁嫁禍給藥物，是藥物造成聽覺謬誤與癱瘓。但他清楚的看見，那個跟他長得一模一樣的女人，有著深邃深情的黑眼珠，專心看著自己，彷彿一生只有這一次的凝視，若是輕易蹉跎了這次視線的交流，他們就會終身遺憾生命中唯一一次可以用眼神大聲說愛的機會。

戴安若就是這樣守護著戴正，每天親自接送上下學，每次必定親自看見他安全走進校園才放心離去。

即便現在他們只有在一見面時或互相道別的那一刻互相擁抱，她還是呼喚戴正寶貝，有時候也會對著身高已經超越她的小男生叫北鼻。她常常在吃飯或看書的時候轉過頭來，怔怔凝視戴正，漆黑的眼神裡很難讓人一探究竟她的想法究竟是什麼？她也常常翻開戴正的手掌或腳底輕輕地捏捏看看，似乎在檢查一件新買來的藝術品的完整性。在戴正八歲之前戴安若天天幫他洗澡，從孩子身上的傷口她立刻明瞭這小男生今天又幹了哪些野蠻的勾當，她幫他在流血的傷口上塗碘酒，在瘀青的部位搽涼涼藥膏，然後提醒唯一的獨生子：「你一定要保護好自己。」

戴安若送戴正出國那一天，她也說了同樣的一句話：「你一定要保護好自己。」說完之後轉頭，已經泣不成聲。

那天戴正異常鎮定，完全不像個只有十二歲的孩子，他背著心愛的運動後背包，那是戴安若送給他的十歲生日禮物，穿著深藍色卡其褲和棉質T恤，手上拎著戴安若為他準備的夾克，戴安若說紐約溫度低，一旦離開有空調的地方一定要把外套穿上，免得著涼。她還是習慣幫他準備隨身水壺，讓孩子經常補充水分，以免口乾舌燥，容易感冒。

汪承熙遵守諾言，不但事先透過外商銀行幫戴正開通私人帳戶，找好監護人，為戴正準備一筆金額以備不時之需，甚至出乎意料的慷慨，為未成年的戴正買了商務艙機票，讓他舒服安心地搭長程飛機越過太平洋。在出發之前，也透過視訊和美國的寄宿家庭面對面聯繫過，確認對方的家庭成員與居住環境一切正常。他在台灣能設想到的一切都盡量做到，剩下的風險，只有靠戴正自己撐過去。

「媽媽！」

離別之前，戴正輕聲呼喚：「妳還記得我的小名嗎？」

戴安若無法控制的淚水早已淹塞鼻腔和耳朵，她在泫泣之中點點頭，抽搐著鼻音回覆戴正：「喜樂。」

「妳好久沒有這樣叫我了……」戴正說。

「喜樂……」戴安若順從戴正的意思，彷彿喃喃自語，輕聲地再念一次他的小名：「喜樂……小正，我們每個人都是依照天主的肖像完成，天主同時也賜予我們不同的恩寵。你一定要記著，你的恩寵就是喜樂！我的喜樂，我的寶貝……」

十二歲的戴正幾乎和媽媽一樣高了。戴安若伸出手，輕輕撫摸戴正的額頭與髮際邊緣柔順的黑髮，她的掌紋與髮絲糾纏著憐愛，難分難捨。

戴正柔聲呼喚著：「媽媽。」

這是最後一次了……十二歲的大男孩，他不再像小時候，動不動就大聲喊叫「媽媽看我」、「媽媽抱我」、「媽媽陪我睡覺」。這次他定睛凝視自己的親生母親，這輩子從出生之後來沒有離開他的母親，他看著她的眼睛，深邃而優美，彷彿複製著他的眼睛，天真，無邪，似笑非笑。漆黑的瞳孔晶瑩閃爍，流露靜默的訊息，多麼捨不得！說再見之前，戴正親吻了媽媽的臉頰，他告訴自己，下一次再度相遇，他會繼續親吻母親，繼續相愛，那是戴安若曾經給過他的，她的一輩子。

然後，戴正有條不紊，堅定意志，一字一句清楚地說出：「以後妳想我的時候，就這樣呼喚我。妳自己一個人，要常常記得『喜樂』喔！」

13 那個跟我沒關係

生活從來就不是一場喜樂。

它最多只是邁向喜樂的道路。

七〇年代的林森北路，是知名的花街。範圍大約從長安東路往北至南京東路的左右邊巷弄，俗稱「條通區」。條通是日文「巷子」的意思，日據時代這裡是日人的高級住宅區，共有東西向十條通，一條南北向中條通所圍成的街廓，保有濃厚的日式風情，也是日本商務、觀光客來台群聚處，自然帶動當地的「日式經濟」，包括卡拉OK、酒店、燒肉與按摩店等等。內行人都知道，能做S（性交易）的酒店多位於五、六條通，如果想知道更多，就要找「雞頭」。在這個多條通中，因為「六條」是最寬最熱鬧的巷道，因此又以「六條通」概括整個區域，類似大阪的歡樂街「北新地」。不過，在玩家口中還有另一個暱稱「五木大學」或「五木路」。道理很簡單，把「林森」這兩個字拆開，總共有五個木，就是五木大學的由來。

五木大學的必修學分是人性。這裡的便利商店，賣得最好的生活用品是保險套，遇到有教養的客人，還會多買些東西故意把保險套包裝盒遮住，當然也有人帥氣地直接在櫃台撕掉紙盒，拿出單個裝的塑膠保險套，一把插進褲襠口袋，彷彿走出大門就要辦事。便利店裡第二暢銷的是飲料酒水，賣相最差的是咖啡，也許是快樂的地方最不需要清醒。

六條通酒店有日式與台式兩種，不論規模大小，俗稱鋼琴酒吧，性質等同於現在的夜店或招待所，提供高品質公關服務，注重隱私，客層年齡偏高，大多數是日本人。越戰結束後，美軍顧問團在台人數銳減，日本經濟復甦，一九七〇年代台灣推行出口導向政策，台日貿易活絡，林森北路漸漸成為極樂台灣的地標，全盛時期這裡曾經出現四、五百間日式酒店。在這裡混久了都知道，台式酒店的小姐敢玩敢要，她們按照CP值販賣愛情；日式酒店的小姐多半承襲銀座媽媽桑的社交手腕，她們賣的是友情。日本人來到台灣，偏愛這種小型日式酒店，在裡面，小姐們會傾聽，還會說幾句家鄉話，撫慰異鄉遊子寂寞的心靈。

就在林森北路一三三巷內，坐落著一間只有二十幾坪的小酒吧，在酒廊多到數不清的六條通巷弄間，只要走路的步伐稍快，很容易忽視這間小店。在條通區，幾乎所有個體經營的小型酒吧都有著類似的外觀，雕工精緻的巨大鍍銅隔音門，彷彿刻意鎖住裡面男歡女愛的祕密。厚重的銅製門鎖，在闇黑的夜裡被無數人手撫摸，兩扇肥豔假銅門，打開又關閉，情欲流動之間，開開合合，金錢是最萬能的鑰匙，它不只用來開大門，還能夠打通天地陰陽交歡大樂賦。

除卻銅門春深，這裡大部分的店家，幾乎都使用花崗岩大理石作為牆面外觀。有些是整片亮面拋光大理石，有些是黑金鋒大理石白花結晶、或雲朵狀咖啡色塊、或是有山水潑墨特色的銀狐大理石，以不同花色批貼成後現代元素，唯一的目的就是利用高貴石材帶來高貴想像，低調奢華，只有推開大門，才能更進一步了解高貴的代價，是否換來「珠瑩光文履，花明隱繡龍，瑤釵行彩鳳，羅帔掩丹虹」。

酒吧老闆娘叫作黃春美，她曾經在馬路的旅程中陪伴馬路走過一段青春路，後來透過古芝琪介紹，到學佛的老闆所開設的快炒店做服務生。她個子矮小，做外場服務有點吃虧，別人高個子的走一步，她要走兩步，經常莫名其妙地被客人嫌棄上菜速度太慢。黃春美常常在心裡喃喃自語，她已經很努力加快動作了，菜盤裡有湯湯水水，她不能走太快，因為匆忙間若是濺出菜汁，掃地阿姨又要罵人。她也不敢跑步，上次才因為客人吆喝，她急得跑過去送菜，結果打翻整鍋麻油雞湯。除了被扣薪水賠償這鍋麻油雞，她的手臂被剛滾沸的熱雞湯燙傷長出水泡，足足讓她痛了兩個多月。她在快炒店裡唯一的收穫是學會講台語，至於薪水，不知道什麼原因，還是經常被老闆以各種理由扣來扣去，最終也沒存到錢，更不能寄錢回老家給媽媽。放假時，和同樣來自部落的友人相聚，才發現這裡面有些女孩當年的際遇比黃春美更慘。黃春美只是被賣到洗衣店，有些女孩被賣到華西街已經二十年。同樣是勞力活，黃春美伸出雙手，那些女孩張開雙腿，竟然老得比任何人都快，提早幹不動勞力活。華西街的老闆都在小客廳裡擺上神龕燃香拜拜，最後也不是因為佛心放她們走，是被客人太嫌棄才還給女孩自由。而女孩早已經不是女孩，她們成為人間雞肋。台北生活多年，部落女孩習慣追隨城市脈動疾行，掙脫了停滯的農村步伐，她們大多選擇留在都市繼續打拚。有些人運氣好，嫁給年紀大上三十歲的外省老兵，跟著有吃有住。有些人跟男人同居，在菜市場賣菜賣蛤蜊賣水果賣什麼都可以，就是不要再賣春。當然，也有些人繼續留在風塵打滾，只是她們升級了，脫離華西街那種暗無天日的小房間，她們來到六條通，靠著會說日語，在酒店裡和日本人交朋友，存了很多錢，然後自己也當起老闆娘。

黃春美的表姊古芝琪離家時，也在六條通工作。黃春美會入行，多少和古芝琪也有一點關係。那時古芝琪和幾個姊妹淘在中山北路巷弄租了層三房兩廳的公寓，黃春美放假時就過來這裡打發時間。古芝琪的姊妹淘有原住民也有平地人，像是莉莉就是閩南人，她留著一頭長髮，鵝蛋臉，可惜骨架大了點。另外一位梅子是原漢混種，她自己也不知道媽媽是哪一族，因為她媽媽生下她之後沒多久就跟別的男人跑了。這群姊妹各有各的個性，共同點也很多，例如抽菸喝酒愛說笑話，把人生過得像一場皮影戲。

她們的租屋處在二樓，巷子正對面就是中山分局，當然以她們的視角只能看到分局後棟，肅穆的白色水泥漆牆壁。有時候姊妹們站在陽台上抽菸，低頭垂目就可以看到派出所後方的小房間和儲藏室，她們估計這間儲藏室是暫時關犯人的地方，因為透過狹隘的窗子，經常看到各式男男女女坐在床鋪上發呆，而且每一次都是新面孔。

某個微風輕拂的午後，梅子和莉莉又聚在陽台抽菸，姊妹倆正在數落渣男香蕉芭樂事，聊得正開心，此時，看見一個年輕英挺的警察拿著筆記本，緩步經過巷子，小警察身著規矩的制服，還戴著警察帽，路上遇見行人，會脫帽鞠躬問候，這模樣看起來真是迷死人！也不知是誰先開的玩笑，竟然朝著路過的警察說：「年輕人，有空嗎？」看到小警察沒反應，又補了一句：「年輕人上來吧！我先生不在家。」說完，兩個女人同時哈哈大笑。

沒想到警察果真上樓來。聽到門鈴聲，莉莉和梅子都嚇傻了，她們還真的無處可逃，除非從二樓陽台跳下去。警察拿出識別證，表明身分，他說：「妳們涉嫌妨害風化，我必須依法逮捕妳們。」

在派出所接受盤問時，警察要求她們提出工作證明，以澄清她們並非從事色情行業。但是，酒店上班是日領薪水，沒簽約沒勞保，她們根本無法提出工作證明。莉莉和梅子都是酒店小姐，某種程度的社會邊緣人，事實上她們確實也無親無故，梅子母親跑了，父親過世，她是獨生女，很早就靠自己獨立生活。莉莉是家暴婦女，從台南逃到台北，一路隱姓埋名，就怕被前夫發現抓回去繼續毆打。

最後，拿不出任何良民證的兩姊妹，只好拘留在派出所內，唯一獲得許可的是打電話聯絡家屬。她們都打電話給古芝琪求救。

當天晚上，古芝琪帶著另外兩個姊妹壯膽，於深夜時一起來到派出所。她因為自己也一堆鳥事，心虛得很，不敢直接走進分局找人。一旁的姊妹們和她差不多心眼，也沒人敢吭聲。但是她們又擔心著梅子和莉莉的現況，於是三個女人循著派出所圍牆，一路找到後方拘留所的小窗。從前站在巷子對面的陽台上常常看到這個小窗，估計就是關犯人的地方。還是古芝琪先起的頭，在牆外呼喊：「梅子！莉莉！妳們還好嗎？」窗內的莉莉和梅子竟然聽到古芝琪的呼喚，從牆內往牆外喊著：「我們都好，只是現在不知道怎麼辦。」接著姊妹們就隔著這扇小窗交談起來，說話的聲音不知不覺愈來愈大聲，突然間，警察局後陽台的燈光亮起，同時伴隨開啟鐵門的聲音，想必是警察出來抓人了。古芝琪立刻帶著同行的姊妹們逃跑，一哄而散。

光怪陸離的事情，在六條通，天天發生。

以前很稀奇的故事，街談巷語，道聽塗說，偶爾還會升級為傳奇2.0。現在網路發達，天天腦洗假新聞，明天還有更麻辣爆雷的八卦，沒有人在留戀過去了，留戀這種情懷就像是走路不停回頭看，《聖經》中羅特之妻的教訓猶在，她一回頭就變成鹽柱。於是，七〇年代的黃春美也成為條通大數據中的一個數據，只是她的數據是用青春換來的。她跟著古芝琪入這一行，從掃地洗碗擦桌子的服務生，一步一步，終於做到老闆娘。

她的朋友都叫她はるみ，客人也不例外。酒店外的大理石牆面上，貼掛壓克力製作的招牌，壓克力質輕，廉價，改名字換招牌也不會心痛。壓克力可以鍍上任何顏色，隨著心情更換，這陣子刻意鑲鍍黃銅色，符合大門的氣派。簡單的店名，寫著「伊蓮」二字，這是黃春美在一本雜誌裡看到的名詞，她覺得這兩個字很優雅，便挪來做店名。只是工人做招牌的時候，也不知道是老闆忘記交代，還是師傅的英文不太好，竟將伊蓮二字的英文原文Elain拼成了Elan。這也好，誤打誤撞使用到法文的Elan，意思是「活力與幹勁」，剛好符合女主人的性格。況且，來到這間店消費的客人，全數是日本人，不管是Elain或Elan，對於不擅長英文發音的大和民族而言，念起來都差不多。

黃春美個子嬌小，皮膚特別白，有著一雙柔媚的大眼和豐滿的胸脯。像她這型的女子，在六條通出沒很正常，被歸類為特種行業也不稀奇，不過她有幾個強項是六條通其他老闆娘無法超越的，這樣的差異性也是讓她能夠在五木大學存活並取得資優生地位的優勢。首先她年輕，只有二十出頭。其次她不抽菸不喝酒，從來不是個靠拚酒划拳這些招數留住客人的女人。第三，她精通日語，她說日語的流利程度可以讓她和日本客人吵架時，也能占上風。

每天晚上八點，是黃春美固定上班的時間，她總是一身典雅合身的套裝，搭配同款的窄裙或長褲，足蹬一雙真皮高跟鞋，鏗蹬鏗蹬，響亮而氣派地走在華燈初上的條通。她很擅長包裝，心裡明白自己是個國小都沒讀畢業的鄉下人，光靠濃妝豔抹無法消弭土味，她必須依靠穿著。歐洲進口的精品服飾，是她最好的武裝，在國際名牌的加持下，她自己也覺得有幾分葛莉絲‧凱莉王妃的模樣，只是她稍微迷你一些。

街頭盡是下班準備返家休息的路人，或者是外宿用餐的過客，台北人結束工作可以卸下重擔的時刻，正是黃春美嶄新的一天開始。

她打開大門，負責調酒的師傅小杰已經到了。同樣是鄉下來的孩子，小杰除了負責調酒之外，還會幫她整理清掃環境。

「吃飽了嗎？」黃春美問。

小杰點點頭，他只有十七歲，話不太多。

「我帶了兩盒上海生煎包，等下餓了可以吃。」

小杰順從地收下晚餐，繼續在吧台上擦擦抹抹。

還不到八點半，大門倏地被推開，讓室內原本靜謐祥和的空間，突然滲進室外人車雜沓的喧囂，機車聲呼嘯而過，條通裡的路燈與霓虹燈交織著另一種讓黃春美和小杰亟欲逃避的世界，那是一個比他們現在蝸居的小店更黑暗的地方。

酒吧生意通常在九點以後才會開始熱鬧，當日本客戶結束了正常的應酬飯局，習慣上會找個酒吧轉轉，放鬆心情。如果有熟識貼心的老闆娘，便逐漸將這裡當成第二個家。午夜之前的溫存，絲絨沙發椅與昏暗的燈光，會說日語的老闆娘，聽著客人們緩緩述說自己的故事與離鄉背井的哀愁，迷迷濛濛之中，他鄉彷若故鄉。在這裡，收容他們的不只是醇酒美人，而是告解的聖堂。來到此地的異鄉人，能聽到溫柔女子用自己的母語，說上幾句鼓勵疼惜的話，頓時鬆懈心防，卸除了職場上的武裝，蕩漾的心，整顆軟綿綿，外地獨居，不再思念親人，他們以為六條通充滿了春天，嚮往著林森北路的愛情，忽略了這裡有上千間的酒吧，到處充斥浪漫旖旎如伊蓮般的名字。

走進店裡的是小林先生，他是個不到三十歲的年輕人，從事家族五金生意，又矮又瘦的他，在外型上很難跟富二代聯想在一起。事實上，他的家族在地方上也許有些資產，但並不是外界所想像的那麼富有，在日本過日子雖然比上班族稍微寬裕，但要跟集團相比，那可就差遠了。小林先生從名古屋鄉下來台灣做生意，大家心裡想的都一樣，石油危機剛剛落幕，外銷勢力興起，趁著這一波工業轉型，遠赴重洋都是為了尋找機會。

「小林氏は、あなたが長い時間のための店に来ていませんでした。」

黃春美看到熟悉的身影，笑著臉迎上前去。小林先生已經有一個多月沒來店裡捧場，過去半年，他幾乎天天往伊蓮報到，是黃春美的忠實客戶之一，突然間失去音訊，黃春美自然有一點落寞，這不僅代表著營業額的損失，也有另外一些，似乎關係著友誼的遺棄。黃春美畢竟還太年輕，她只有二十五歲，雖然出道快十年，狼心狗肺的人事物早就經歷不知凡幾，那些一晌貪歡的恩愛，也早已全拋腦後，另啟新人生。但是，對於一個曾經天天都要見上一面、說說話的好朋友，就這麼突然消失了，心裡頭難免有幾句嘀咕。懸念的另一邊，也默默牽繫著幾分思憶。

「これほど早く。」黃春美問他，怎麼這麼早就來？

小林先生逕自走向最裡面的沙發雅座，一屁股坐下來。黃春美遞給他一杯溫開水，本來想親自交付到他手上，卻臨時改變了心意，從小林先生伸出的雙手之前滑過，放置在玻璃茶几上。

「今天想喝什麼？」黃春美微笑著問。

小林先生不語。他看起來沒有不悅，只是心事重重。

「我有好吃的生煎包，想不想嘗一些？」凝望著小林先生的沉默，黃春美接著說。

「妳怎麼不會問我，為什麼這麼久沒有來找妳？」這是小林先生開口之後的第一句話。

黃春美微笑。即使在梳妝打扮上習慣老成，總是用華麗的服飾掩飾自己的淺薄，以為按照時尚雜誌的流行趨勢，可以讓自己超齡，也讓自己更貫徹透悟嬉戲人間的藝術，然而，在她的眼眸深處，依然藏不住和自己年齡相仿的天真。

「小林先生責任重大，事業忙碌是必然的。男人總要以工作為優先，這一點我當然能體諒。」黃春美回答他的提問。

「我要一杯白蘭地。」小林先生說。

黃春美轉頭，用眼神示意吧台的小杰，倒一杯干邑白蘭地。

小林先生將水晶玻璃杯中的白蘭地一飲而盡，從西裝口袋裡拿出一包菸，逕自點燃，凝視著黃春美，徐徐地抽起菸來。黃春美依然靜坐在一旁，這麼久沒見面，小林先生比原來的樣子又瘦了些，他的皮膚本來就偏向黝黑，黃春美還記得，小林先生第一次被其他客戶帶來店裡的時候，她以為他是跟著建設公司老闆來湊熱鬧的工人。

他送過她許多禮物，鑽戒、珍珠項鍊、名牌手提包，這些想必花掉他不少薪水。最有趣的一次，是他在阿里山打電話給她，激動地說著希望能有她在身邊陪著一起看日出。他幾次去東南亞出差還會寫明信片寄給她，文字很簡短，像個恭謹的小學生，從稱謂到信末落款都使用敬語。他不太會甜言蜜語，但是在只有兩個人相處的時候盡情釋放纏綿，她總在這時候認識到這男人細緻的一面。

小林先生接二連三地抽菸，空調機器來不及循環，伊蓮酒吧充滿朦朧的迷霧。

「はるみ！」小林先生呼喚著黃春美的日文名字，這三個字的意思就是春美，發音很可愛，類似哈露米。

「はるみ！私にしてくださいと結婚。」小林先生說。

江湖行走十多年，這是黃春美第一次遇見有男人向她求婚。她從來沒有幻想過這樣的場景，至少沒有對小林先生幻想過。這件事來得太突然，在她不動聲色的臉上看不出任何情緒，但是心裡面，有些神經被牽引了，事實上，有點被驚嚇到了。

「我想跟妳生活在一起，我想要照顧妳。我想去到妳的家鄉，看妳生長的地方，我知道那裡叫作花蓮，我希望陪妳一起去。妳不要再做這種每天陪很多男人喝酒的事情，我的心，一天比一天痛苦，一天比一天難受。我因為很痛苦，所以回家去躲避，但是我每天都想著妳，我不能沒有妳。我已經跟我父母親提到我要跟妳結婚的事情，我不管他們怎麼想，我就是要跟妳在一起，永遠在一起。はるみ，跟我去日本，我會照顧妳。はるみ，跟我結婚，做我的女人。」

這麼美麗的告白，為什麼融化到心裡會感覺酸酸的。

黃春美沒有辦法回答這個問題，小林先生又點燃一根菸，靜靜地抽著，猩紅的菸火一閃一滅，彷彿在嘆息之中閃爍的熱情，這麼短暫又這麼綿長。
「はるみ，我是認真的，我是真心的。」
小林先生喝完第二杯酒，留下這句話走出伊蓮酒吧。
當天晚上直到十一點，才陸續有客人進來。在伊蓮酒吧的氣氛再度被炒熱之前，黃春美腦海裡迴盪的都是小林先生的最後一句話：「我是真心的。」
真心？
這兩個字，小學都沒念畢業，當然也不會看瓊瑤小說的黃春美，心裡默默浮現出一種虛幻的應答：「那個跟我沒關係。」
那個年代的原住民，無論是純種或混種，都被稱作山地人。來到首都討生活的大多數是女性，命運的鵲橋連接起穿越黑水溝的婚姻，只有離鄉背井的的外省老兵，飽經風霜與漂泊的他們願意把山上來的女人當作靠山，穩定大江大海浪濤中最孤獨的遷徙。山地人和外省人最相似的背景，就是都出身於「國中有國的準國與國關係」。哪個國大？哪個國小？都不重要。政治口水這麼多，早就淹沒了國與國的界線，大國小國強國弱國，任憑掌權者定義，彷彿政治家家酒，一群小人合唱：「你說你公道，我說我公道，公道不公道，只有天知道。」
黃春美讀小學時，有個同班同學叫作秋雲，人長得美極了，她只要一站在那裡，就像天邊一朵雲落入凡塵，清新秀麗，連小孩子看到都愛慕不已。
那年夏天，一群青澀的黃毛丫頭，對人生有著懵懂的期待，彷彿小學畢業之後，迎接她們的會是一個璀璨的新人生。她們將會參加派對，會談戀愛，會與對方牽牽小手，還會說很多很多的心事。那個可以說心事的人，會像父親一樣無限關心，但是他會比爸爸更年輕，而且，也比較有體力。他們也許可以一起去爬山、露營、健行、划船，當丫頭疲倦的時候，他比爸爸更有力氣抱著她們，送她們回家。

可是，部落裡大多數人在小學畢業後不再升學，甚至，消失了。

秋雲就是典型的例子。

黃春美和其他小毛頭都叫她「雲姐」。

雲姐有一頭烏溜溜的長髮，就像拍廣告的女明星一樣，頭一甩，三千髮絲在風中飛揚，那麼柔順，那麼飄逸，讓人忍不住想伸手去摸一摸，聞一聞。雲姐的本名叫作王秋雲，她比起同班同學年紀稍大一些。至於大多少？也沒人搞清楚，因為她還在念小學的時候就開始下田工作，她的本業是務農，九年國教規定入學受教育，事實上她把學校活動當作露營，偶爾才來一次。她自己到底念了幾年級也不清楚，反正就是有一學期沒一學期、有一天沒一天的來上學，晃著擺著也不知道多久，直到有一天，老師通知她，可以來領畢業證書了，她才知道自己小學終於念畢業。

大家都說雲姐有資格當女明星，因為她真的很漂亮。她是屬於白皮膚的太魯閣族那一系，如果用台語形容就是「白肉底」，怎麼曬都曬不黑的那種人。熾熱的陽光，下田的辛勞，從來沒在她臉上刻畫出任何殘酷線條，甚至連半個斑點都沒有。她有著一雙又大又圓的眼睛，黑色眼睫毛就像玉蜀黍開花時擠爆田地般的濃密，密密麻麻圍繞在眼白上下，兩道形狀優美的眉毛，高挺的鼻梁，形狀美好的雙唇。她的嘴巴寬度剛好在兩側鼻翼下方，至於厚度，就像所有電影海報上的女明星特寫一樣，那麼剛剛好，剛剛好鑲嵌在人中與下巴之間的完美角度。當她微微掀起嘴角，似笑非笑的瞅著其他人瞧時，常常讓人有一種作夢般的感覺，以為看到了仙女。這世界上如果真有仙女存在過，應該就是雲姐回眸一笑的時刻。

雲姐一家人原本和部落共同居住在海拔五、六百公尺的高山上，當族人為了就學就醫方便，陸續搬下山，他們也跟著重新落戶，同樣擠在萬里橋頭的違章建築裡。房子的牆是用空心磚蓋的，只塗上一層水泥，年久失修的地方，會像鑿壁借光一樣，透露著路燈的光源；而屋頂是一層黑色的油毛氈，用久了會破洞，常常漏水。

在花蓮生活，一定要認識夏天的好朋友：颱風。小孩子不識這種強烈熱帶氣旋的威脅，他們只會覺得好玩。每當颱風來襲，一群小朋友會跑到雲姐家裡找她，即使風雨飄搖，身邊塞滿水桶，依然玩得不亦樂乎！雲姐會帶大家玩撲克牌，會說故事，也很會做菜。她可以用一包泡麵煮成一鍋什錦麵，裡面有蛋、青蔥、肉絲、玉米、地瓜、紅蘿蔔、豌豆、龍鬚菜。也不知道她是怎麼變出來的，每次都讓小朋友們吃得非常滿意，吵著還要再添一碗。她還會幫小女生綁頭髮，設計出各種新造型。有一次她把黃春美的頭髮編成一條長辮子，盤旋在後腦杓，再用髮夾夾住，在髮際的疏空處，零星點綴一些小花，粉粉紫紫的，好漂亮。這個新髮型讓黃春美好幾天都捨不得拆掉，寧願整晚坐著睡覺也要保留雲姐的手藝，她想維持前所未有的美麗造型出現在學校裡，成為吸眼球的人物。

雲姐喜歡黃春美的表哥Bolo，她每次看到表哥，會在兩靨上浮出玫瑰紅的雲朵，然後低下頭，再也不抬起來。

表哥叫作保羅，太魯閣語發音是Bolo，以他的天主教聖名來命名。他的功課不怎麼樣，但是籃球打得很好，才念到國中二年級，身高就長到一百八十公分，每次村子裡舉辦籃球比賽，他是最風雲的人物，前鋒中鋒後衛什麼位置都難不倒他，三分球、罰球、遠射、擦板得分更是英文諺語中的蛋糕一塊，對他而言太簡單。

可是他不談戀愛。當村子裡很多男生女生會躲到廢棄的橋墩下去卿卿我我，他像糾察隊，有時候會突然出現，叫那些男生女生不要亂搞。他有一種天生的正義感，籃球場是他發洩精力的天堂，甚至常常在半夜裡跑去籃球場一個人運球投籃。

村子裡籃球比賽那一天，雲姐總會特別打扮，穿上她最好看的洋裝。雲姐不下田工作的時候喜歡穿長裙，都是素色的，素雅的淺藍、純潔的銀白、浪漫的粉紅。印象裡沒人看過她穿花色繽紛的裙子，也許是因為鄉村太偏僻，服裝店裡沒有時尚新貨，又或者，她的個性就是這麼淡泊，只要乾淨整齊就好。她會任憑那頭黑得發亮的長髮，像小溪瀑布般流瀉在她身上，一件白襯衫，一條素色長裙，是她去看心上人打球的時候，最典型的穿著。

表哥投籃得分，她會笑得比誰都開心，露出編貝般的牙齒，久久合不攏嘴；表哥摔倒了，她的眉毛會糾結在一起，水汪汪的眼睛彷彿要掉下眼淚，輕輕吹吐出必須很仔細才能聽到的語音「唉呀」！表哥有個習慣，他看到熟人會揚起濃眉，點個頭，算是打招呼。當表哥不經意地往雲姐這個方向瞥一眼，而雲姐，被表哥看了一眼之後，彷若被這亂世中的一個闌珊煙火點燃了一身素白，烈火紋身的豔紅暈染了她白皙的脖子，她的透明臉頰，火焰直直燒到雙耳，直達天靈蓋，攝氏一百度。

黃春美曾經私心盼望雲姐可以做她的表嫂，雲姐這麼美，又會煮飯，還會幫忙綁頭髮。但是後來她和家人搬離橋頭部落，換到另一個村子生活，那時只有摩托車代步，兩個部落之間，光是騎摩托車就要三十分鐘的車程，再加上黃春美不會騎腳踏車，她沒有能力自己去任何她想要去的地方。

直到一年後，黃春美的父親騎摩托車載她去橋頭辦些事，她終於可以再見到雲姐。黃春美心中充滿了想像，特別是關於雲姐的點點滴滴，所有的回憶都是那麼溫馨。現在的她，是不是更美了？她是不是又長高了？那樣就離她成為女明星的道路更近一些。她的長髮還是那麼烏黑亮麗嗎？她會不會像現在的黃春美被迫剪短頭髮成為小呆瓜？她變胖了嗎？她到底有沒有繼續念國中呢？不管有沒有繼續升學，黃春美想，她一定要問她，有沒有交男朋友？她還在喜歡表哥嗎？黃春美會偷偷告訴她，表哥也還沒有交女朋友喔！

野狼一二五在台九線省道上緩緩前進，還沒有騎到橋頭目的地，遠遠地就看到半山腰上，一幢新蓋的兩層樓洋房，矗立在綠蔭檳榔圍繞的山坡。那房子，與橋頭那些矮小凌亂的茅屋和空心磚瓦房比起來，真的只能用壯觀來形容。它就像一個巨大而整齊的火柴盒，盤固在綠樹圍繞的山腰上，但它並沒有隱身於山林之中，反而是堂而皇之地霸佔了整個山坡，因為它的正前方也興建了與房屋同樣大面積的平台，為了這塊平台，像是硬生生地砍去了山的一條胳膊，它的露天超級大陽台，就這麼光禿禿、赤裸裸地，讓所有的人從山下仰望。

黃春美循著橋頭舊徑，找到了雲姐的家，敲門敲半天，沒有人回應。大門旁邊的木製小信箱已經腐朽，木頭做的窗板也沒有完全合攏，她透過窗間縫隙往裡面偷窺，只見滿地的垃圾，凌亂的家具，倒塌的板凳，被遺棄的毛衣、球鞋，還有一個掀開蓋子的電鍋，牆上的月曆停留在六個月前，正是許多人全家團圓準備過農曆春節的時候，月曆紙上一整排被印刷成紅色字體的連續假期，也因為累積了太多灰塵而變得黯淡，失去了新年的歡欣氣象。

這是怎麼回事？雲姐搬家了嗎？

隔壁屋子敞開大門，幾個正在客廳喝酒的鄰居，見到黃春美在雲姐家門口徘徊張望，好奇地走出來，一看是當年的小鄰居黃春美，開心地跟她說話。黃春美忍不住問：「這一家人呢？」

「他們搬家了。」鄰居說。

搬到哪兒去呢？黃春美懷抱著一絲希望，如果雲姐只是搬到附近，或是隔壁的村落，她還是可以走路過去找她。

「你不知道嗎？他們蓋了新房子，全部搬到山上去了。」

鄰居伸出手臂，用手指頭遙指山坡上那棟華麗氣派的新建築：「那就是妳的雲姐的家。」

黃春美開心的一笑，立刻回應：「那麼我上去找她。」

「她不會在家的。」

「誰不會在家？」

「妳的雲姐啊……」

現在放暑假了，雲姐為什麼不在家？難道她還是繼續下田去耕作嗎？黃春美心裡想，那麼請快快告訴我，她家的田地在哪兒，我還是可以走路走快一點去找她。

「妳不知道嗎？」老鄰居又用同樣的口吻問黃春美：「妳不知道他們家怎麼會有錢蓋房子嗎？」

黃春美搖搖頭，她不知道，她真的不知道。

鄰居接著說：「因為她爸爸把雲姐賣了，賣到華西街，賣了一百萬，他們拿了一百萬，才有錢在山上蓋那麼漂亮的房子。」

這不會是真的……

「妳的雲姐，小學一畢業就被賣掉了。可是你的雲姐賣掉的一百萬，被她爸爸拿來蓋房子又喝酒，已經花完了，明年可能還是會繼續賣另外兩個小的女兒。希望她們在華西街會遇到，這樣還可以互相照顧。」鄰居一口氣，把故事都說完了。

雲姐……

那一身素色裝扮，飄逸絕塵的雲姐。她從來沒有發過脾氣，沒有大聲說過話，無論遇到任何事，她總是輕柔地微笑，露出一口珍珠色整齊的牙齒，她的皮膚那麼白，白得粉透，像塘瓷洋娃娃。她應該像洋娃娃一樣過著美好幸福的日子，可是她現在在華西街，一個暗無天日的地方。聽說每個被賣去那兒的女孩，只能住在一個榻榻米大的房間，她們的財產是一個臉盆與毛巾，沒有窗，沒有未來。每天同樣的工作，就是在狹小無光的房間裡，岔開雙腿，送往迎來。

「咦……妳不要哭啊！」鄰居看到黃春美掉下眼淚開始啜泣，試著安慰她：「只是去華西街而已，妳的雲姐又不是死了。而且，她還可以回來的，只要時間到了，她就可以回來。」

時間到了？是多久呢？

「十年吧！還是二十年？我也搞不清楚，又不是我在賣女兒。」

雲姐離開的時候，是小學畢業嗎？再過十年，她如果能回來，已經二十二歲了。到時候，還會互相認識嗎？一個女人，過那樣的生活，十年，無光無窗，關閉所有愛情的想像，只剩下肉身，還有能力幻想這一切糟蹋的都不是自己，而是另一個軀殼嗎？數著月曆上的日子，重複又重複的數字會不會讓自己失憶？再也想不起，那一年，她在球場上的青春焚身。那一年，她特別為他穿上如新娘裝般純白的衣裳，最初的最原始的最純潔的，都在一身素白的身影中，逐漸淡去了，逐漸淡去了。

「唉唷妳不要再哭了啦！好奇怪喔！那個跟妳又沒關係。」

「那個跟我沒關係？」黃春美心裡複誦著鄰居最後的話語，但是她的眼淚仍然止不住地撲簌簌流下來。

14 邊界焦慮

我們之所以受到排除與剝削，並不是由於天生無能，而是肇因於我們在社會分工中的位置。

——科學史學家唐娜・哈洛威（Donna J. Haraway）

一輛休旅車緩緩行駛在花蓮台九線道路上，由光輝鄉南邊的長壽村開往北邊的明宜村。車行徐徐，左邊看到中央山脈群山連綿的大檜山與南二子山，山腳下的農田呈畸零狀，靠山太近的田地多半如此，產業道路與灌溉溝渠將農田切割成零碎的阡陌，玉米田的隔壁是水稻田，檳榔園的旁邊是木瓜園。這裡的農田不需要標示邊界，光是看到差異化的農作物就很容易區分田地產權，因為不同的經濟作物代表地主各有各的盤算考量。如同光輝鄉部落，被地形撕裂成南北兩大派系，狹長的光輝鄉自己就會生出隱形的邊界。

現在正是冬季，許多田地休耕中，乾褐的泥土與碎石說明某種貧瘠，便宜而大量使用的除草劑焦枯了青春，比荒原還荒涼。過去農民在期作之間申請休耕補助，一分地可以領三千元，一公頃土地能領到四萬五千元。後來政治環境演變，為了討好農民（或選民），休耕的農地種不種東西也沒關係了，也許政客們早就明白一分耕耘不能保證一分收穫的道理，主事單位顯然不太在乎這些用來勵志的格言，他們比較喜歡在文字上做文章。過去都叫作「休耕」、「停耕」，現在改名為「生產環境維護」，項目是「種植綠肥、景觀作物」。然而美其名之後的結果還是一樣，一分地領三千元。

冬天到光輝鄉旅遊，遍地野生向日葵與小雛菊盛開。

今天是準備競選光輝鄉長的候選人溫添煌競選總部正式成立的良辰吉日，他的總部設在明宜村。距離古正義居住的長壽村有十三公里，開快車大約二十分鐘抵達。古正義先沿著台九線往北行駛，在豐坪大橋之前左轉，隨著產業道路蜿蜒進入明宜村。

古正義的休旅車穿梭在休耕的農田之間，最後暫停在一間獨棟水泥屋前。從鐵門縫隙中鑽出一隻黃斑大土狗，繞著車子狂叫不停。古正義搖下車窗，朝土狗吐了一口檳榔汁。古正義現在臃腫發福的身軀讓他幾乎卡在駕駛座上，更懶得下車，他左手拿著一條抹布伸出車窗擦拭照後鏡上沾到的檳榔汁，右手長按汽車喇叭，噪音伴隨著狗吠，渲染著鄉間早晨的曙光，真是一幅現代鄉野傳奇的畫面啊！

屋內走出一個同樣發福的中年男子，他是多勇（Doyong）。他隨手拎著一件夾克，戴好棒球帽，謹慎鎖門之後終於慢步走出。

「等你等好久吶！」多勇說。

古正義回答：「還早嘛！活動十點才開始。」

「喂！我是主持人，我要去暖場。靠北，我有壓力欸！」

「沒有人啦。」古正義說：「我們不要動員。看這次我們的選民會不會自己主動來。」

「我們這個鄉下，誰在看這個？」多勇坐上前座，繫上安全帶。

距離競選總部成立大會正式開始的時間愈來愈接近，但是古正義說他要先去郵局領錢。最近太忙，出門前才想到拜託多勇擔任活動主持人，主持費他還沒有預先準備好。

「怎麼找不到郵局？」古正義問。

「左轉就好了。你要問這個魚肉鄉民這個。」多勇回答。他個性活潑，愛說笑話，所以古正義經常找他擔任活動主持人。剛好他這幾天也休假回到家鄉，平常，他住在桃園，是一間私立大學編制內的校警。

「依嘛給蘇瘩？」古正義用族語問多勇，意思是「郵局到底在哪裡」。

「左邊那個綠綠的，要往前，要往前。這我的轄區，不問我！」

古正義終於看到郵局，但是，鐵門是拉下的。

「關門囉！」

「不用關啦，提款卡還開著。」

「郵局關門的喔。」古正義又說。

「廢話，週休二日。大週末才開啦，不問我這個魚肉鄉民。」

「忘記了。」

「當祕書當假的喔！」多勇說：「這個古正義喔，關過喔，什麼都忘了。哎呀。混這個湳水幹什麼，要是這次你出來選，一定當選。偏偏那時候出來，雞蛋碰石頭。」

古正義不說話了。只要碰到選舉的話題，他幾乎都保持沉默。

這次，因為是溫添煌出來選，溫添煌和大姊古明珠是姻親，透過古明珠來請託，古正義不能不答應擔任後援會會長。還好，溫添煌是前任明宜村長，據說他每天若不是在辦公室，就是在前往辦公室的路上，隨時接受村民陳情，為村民服務。他是警察退休，兩個女兒都栽培到美國念書，太太是小學老師，在地方上向來有聲譽。溫添煌也認為自己是一張白紙，找不到攻擊的漏洞，這次決定參選，呼應天時地利人和。

溫添煌的對手是現任鄉長潘良光。一年多前他參加鄉長補選，聽說就花了兩百萬。雖然是補選當選，但是他賺錢不落人後，一當選就到處包工程。只是蓋一個活動中心，從前前任到前任到現任的潘良光，不斷追加預算卻始終沒有蓋好。歷任鄉長向中央打報告都寫著「鄉務穩定」，維穩需要追加預算，至於工程進度？這個燙手山芋就留給下一任鄉長處理。

潘良光士官退伍，家族在利晴村深耕，為了一步一步鞏固政權，他參選鄉長之前曾經選過鄉民代表，謠傳他光是為了選鄉民代表就投資一百多萬元固樁。然而當選鄉民代表並非贏者全拿，還要成為鄉代會主席才能真正掌握資源。選主席要花錢是公開的行情，買票對象不是一般人，而是已經當選的鄉民代表，相當於地方上的菁英，向菁英買票一票價值五十萬。

當地人都知道潘良光過去做鄉代會主席時最會包工程，當選任期不到一年的繼任鄉長也還是拚命包工程。光輝鄉過去四年換五個鄉長，都是因為賄選解職。現在這個潘良光故事也不少，但就是運氣好，到目前為止都是「聽說」，沒有人真正去到警察局備案檢舉。

選前一個月，候選人競選總部都還沒有成立，那些放風聲想出來選的人已經陸陸續續被偵訊。萬立村長候選人、利晴村長候選人都被收押，整個光輝鄉已經被檢調鎖定。這次選舉，大家都感覺到一股怪異的氣氛，以往只要到了選舉期間，氣氛活絡好比農曆春節，鄉民紛紛打開大門等人來「拜年」。現在，遠遠看到候選人都躲起來，好像遇到鬼。

想到這個，古正義忍不住揚起嘴角冷笑，心想：「被賄賂的人就算被抓到，只要坦白從寬，自己認錯就沒事了。只要認罪就緩起訴，不會關。選舉罪判收錢的人很輕。」

這幾年光輝鄉成為檢調關注重點，就連古家大姊古明珠都曾經被抓去拘留所關了一個晚上。古明珠個性豪邁熱心，遇到選舉總是主動幫忙心目中支持的候選人。她經常自掏腰包買米酒檳榔送給村民，竟然也被檢舉賄選。她被請去警察局接受訊問時，理直氣壯否認賄選，她心裡想的和古正義一模一樣：「這哪裡是賄選？誰檢舉我？我是被陷害的，為什麼要認罪？」「又不是我在選，我買東西跟好朋友分享，這樣也叫作賄選？」

直到古明珠的警察兒子Bolo來勸說：「媽媽妳就認錯吧！只要妳說聲對不起，我錯了，最多判社區服務八十小時，不會坐牢，可以緩刑。」

古明珠這才明白，難怪鄉公所裡打掃拖地的男女老少經常換人，原來都是因為接受賄選被抓到，認罪之後判罰社區服務，紛紛來鄉公所銷案。

「除非妳是累犯，檢察官才會生氣。如果檢察官一直看到妳接受賄選，就會想怎麼上次是妳這次也是妳！那樣就有可能重判，還有可能加重到兩百小時的社區服務。」Bolo私下向母親透露。

古正義不是收錢的人，他是被誣陷給錢的人。

當時官司一直進行到高等法院，古正義提過三次非常上訴，結果都被駁回。其中有兩次請律師幫忙寫狀紙，律師每次收取一萬元服務費。古正義自己是讀書人，他看狀紙上也沒寫出什麼特別論點，為了省律師費，他後來也練習寫狀紙，繼續為自己爭取正義的審判。

最後連律師都建議古正義不要再花錢打官司了，因為這案子，估計只有百分之一的機會翻案。但是古正義不相信，他始終不明白，為什麼要為自己沒有做錯的事情認罪？於是他動身前往台北尋求一位赫赫有名的大律師協助，這位大律師經常在電視上發表真知灼見，彷彿是個萬能的救星。只是古正義沒想到，光是跟這位大律師約時間就耗費兩個月光陰，好不容易委請朋友透過關係安排，終於提早和大律師見到面，交談四十分鐘。大律師也同樣評估古正義的案子只有百分之一到百分之五的勝率，不到一成的成功機會。

大律師說沒辦法，這件官司審到現在都是對古正義不利的證據。他說：「根據我的經驗，案子一旦走到『非常上訴』，你花幾十萬都沒用，除非檢察總長同情你。或者他是你親戚，願意幫你非常上訴。只有總長提起非常上訴才有機會。」

大律師輕輕舉起雕花骨瓷咖啡杯，杯內是一磅四千八百元的巴拿馬水洗藝妓咖啡，因為古正義和台北友人走進辦公室時，大律師剛剛煮好一壺咖啡，熱心與來客分享難得一見的珍品。古正義現在也愛喝咖啡，常常在主日彌撒結束後，與梵蒂岡留學回來的神父一起做手沖咖啡，漸漸喝出興趣。現在他跟著大律師輕輕舉起精緻的骨瓷杯，啜了一口「藝妓」。老實說，他實在不知道藝妓咖啡到底為什麼要賣得這麼貴。

大律師安慰古正義：「我也知道你冤枉，冤枉的人太多了。來到這裡的人，都喊著冤枉。」

古正義回答：「我是真的冤枉。」

大律師笑了笑：「每一個人都喊冤枉。尤其坐牢的人百分之百都喊冤枉。例如你跟法官說：『你判我太重。如果我沒有被抓到，我就沒事啦！是不是很冤枉。』然後法官說：『你不販毒不就沒事了嗎？』然後犯人還是會說：『我太冤枉了。』」說完，大律師呵呵乾笑兩聲，臉上依然是輕鬆的表情。

古正義感覺大律師和他的螢幕形象一樣幽默又古道熱腸，畢竟是電視上的名嘴，說話像演戲一樣流利，也熱心提供許多建議，又做出更透徹的分析。他們聊天很愉快，古正義覺得自己是個鄉下人，真沒想到有機會結交一個律師好朋友，於是他最後懷抱著感恩的心情步出大律師的豪華私人辦公室。結果，才剛剛關上紫檀木鑲金線板的辦公室隔音門，人都還沒走出這間律師事務所，會計就立刻送上帳單，收取諮詢費兩萬元。

什麼！古正義心想，跟律師講話聊天四十分鐘也要錢。沒請他出庭也沒請他寫狀紙。

陪同古正義一起拜訪大律師的友人解釋：「台北大律師一個案子，至少五十萬起跳。他有機會贏的案子會愈拿愈貴，他有把握的會收更多錢。尤其是我們今天見面的這個大律師，他一般案子七十萬、一百萬起跳。上次我的案子他一開口就是五十萬。」

管他大律師小律師，古正義最終還是進了監獄。而且花了十幾萬的律師費。

有些事情因為錢而引起，卻不能用錢來解決。這世界的矛盾還真多！古正義心想：「其實我在一審就該認罪，如果認罪就沒事了。」

這個懦弱的念頭不是沒有閃過，還好它只是閃過。在大多數的時間裡，古正義仍然告訴自己：「我要相信我爸爸給我取的名字『正義』。我要一直相信司法是公正的……即使結果不是這樣……」

多勇突然調高車廂音樂聲量，嚇了古正義一跳，也把他拉回現實。

「鄉下永遠是第三世界的人，永遠是被遺忘的。」多勇為了超越澎湃的音樂聲，他更加扯開嗓門說話。

古正義剛才恍神了，他沒注意聽多勇在說什麼，感覺好像是想找他談論國際大事。

多勇繼續說：「我北漂三十幾年了。沒辦法，花蓮是農業縣，光是我們光輝鄉有六成以上是農民。我們有本事的不要在這邊拚，這裡好山好水就是沒有好薪水！有本事的人就去台北。我們留在這裡幹嘛去跟他們搶什麼？花蓮愈往南愈窮。中間還好，南北最窮。工作機會有限。像我們這種要賺四、五萬塊，怎麼可能留在這裡賺兩萬？」

「是啊！這裡最低工資才兩萬而已。」古正義附和著。

「洞，很大坑。」多勇說。

「會翻轉啦！」古正義回答。

多勇似乎想到什麼，突然問：「我兄弟呢？馬路？」

「他在署立醫院，剛剛中風救回來，復健一個月。你有空帶一瓶保力達。」

「我今天來不及。」

「他住一個月。你帶一瓶保力達，他應該還可以和你喝一杯。」

「我妹妹在潘良光那裡工作。她私底下跟我說，她也支持溫添煌。那句話怎麼說？人在草營心在漢？」多勇的思緒如同鄉間產業道路一樣彎彎曲曲，他總是想到哪裡就說到哪裡。

「要低調！」古正義說：「不要太刺激對方。人不能去刺激他，會抓狂，抓狂的時候，他會瘋掉。不要去做刺激的事。」

古正義再度打開車窗，朝外面啐了一口檳榔汁，嘴裡繼續嚼著檳榔渣，含糊地說著：「他賺到了。他真的賺到了。」

「我說光輝鄉這次最省，又最低調。你以前不要選，選這次，你篤定當選。」

競選總部成立大會的場地借用溫添煌鄰居家的倉庫空地，搭起簡單的竹竿帳棚和擴音器。鳴炮、祈福儀式、貴賓致詞、授戰旗、致贈吉祥物……鄉下選舉行禮如儀，活動在主持人多勇的賣力演出中熱烈展開，他除了帶動唱，也愛開玩笑，他呼籲大家不要賄選，因為「一關下去，幸福美滿都沒有了！」「大家要忠心耿耿，不要今天這個明天那個。」接著他看到旁邊站著巡邏員警，又鬧小警察說：「光輝鄉已經抓到賄選，你們也抓一個平地人嘛！」

多勇的妙語如珠，逗得眾人哈哈大笑。原住民部落的選舉場子，和其他地方沒什麼不同，只要有人聚集，就有派系。即便是建構在雲端的社群網路不也是如此，同溫層裡，各自擁護宗親事主。

「國民黨，加油！」「溫添煌，凍蒜！」「原住民，加油！」多勇繼續帶領眾人歡呼競選口號，接著他又用母語帶領大家呼喊：「Powda！」

Powda在太魯閣族語中的意義非常多重，有「當選」、「會上」、「過關」或「通過」的意思。在競選總部現場，Powda聲音不時此起彼落，彷彿已經充滿勝選氣氛。緊接著「致番刀」，也是原住民部落選舉時代表出征的英勇象徵。雖然前任光輝鄉老鄉長把番刀拿反了，他將銳利的一面背向群眾，只露出了木製刀鞘。等到發現時翻轉正面，才發現這把番刀陳年已久，忘記磨光，露出刀面的部分已有好幾個生鏽的坑疤，鐵鏽處掉落棕紅色氧化物，剛好一陣風吹過讓粉末狀的鐵鏽掉進老鄉長的眼睛，這位九十歲老人頓時感覺雙目一股刺痛，彷彿也考驗著老鄉長剛剛致詞時的勉勵：「只要你行公義，好憐憫，有謙卑的心，就會與你的神同行。」

「大家要記住嘿！」多勇在致贈番刀結束後又開始帶動輕鬆氣氛：「剛才老鄉長已經說了，溫添煌你一定要聽清楚，要選舉只要記得一件事：『喝酒就喝酒不要有小三。』」

這句話一說出來，又是滿堂嘩然大笑。

曾經代表台灣參加奧運的太魯閣族縣議員陳才明上台致詞時，直言過去四年光輝鄉百廢待舉，不斷補選鄉長造成四年來的施政停頓：「這是誰造成的？是鄉民自己。因為中央民意代表犯案要法院定讞才能換，可是鄉長一審就停職。」

陳才明自己也是官司纏身，他最有名的案子就是與前鄉長蘇年來牽涉在一起的LED燈採購弊案，結果他繳回的犯罪所得竟然超過法院要求的金額，也就是說，他自己承認的收賄金額比法院的調查報告還要多出六十萬。有案在身，目前還在三審，他似乎也有著許多無奈與委屈：「我今天也是非常不高興的，有些警察隨便抓人。我希望警界人士不要這樣玩，把候選人都當作賄選對象。大家要清清白白的選，有時候該給辛苦錢兩百、三百就該給……」

古正義剛好被安排在官司纏身的縣議員之後發言，讓他有點尷尬。陳才明入監服刑是遲早的事，而古正義已經出獄兩年多了。

「嗯嗯……」古正義清理一下喉嚨：「我經驗豐富……」

席間已經有人忍不住笑了出來。

「但是我落選不重要，我的落選能促成溫添煌的當選才重要！光輝鄉過去得了癌症，八年來都是代理鄉長，代理就沒有用心去建設，我們一定要選出真正愛鄉親、願意做事、清清白白老老實實的鄉長。那就是溫添煌，大家一定要把票投給溫添煌。你們說好不好？」

好！

擴音器配合著放大分貝的罐頭鼓掌聲，「Powda！Powda！當選！當選！」的口號聲連綿不斷，主持人接著又說：「披彩帶，我們邀請候選人和他老婆一起上台……老婆是現任的還是下一任？」

眾人又一陣哄堂大笑！競選總部成立大會就這樣歡樂結束。按照慣例，原住民會一起分享征戰的吃食，因此在會場也準備午膳，以自助餐的方式提供大家自行取用。這時候，多勇依然善盡主持人的責任，提醒大家：「今天我們有準備午餐，但是大家吃飯不能打包，因為這會涉及到賄選。法院有規定超過三十塊就是賄選，你們如果打包一定會超過三十塊，會被抓到，我們不要讓別人有話說，所以大家一定要尊重法律。」

古正義臉上又出現一抹苦笑。

人群用餐不亦樂乎，似乎完全忘記剛才競選總部成立大會的激昂。雖然目前粗估光輝鄉長選票分析，位在北區的明宜村有地利之便，加上溫添煌就是現任明宜村長，這裡有他的宗親人脈，也有換帖哥兒們，估計這裡的得票數應該是穩操勝算。

但是，在正式的開票結果公布之前，任何事情都有可能變化。

算了！古正義搖搖頭，還是和大家一起吃飯吧。只有肚子吃飽這件事最牢靠。即便是當初坐牢也是要學會先吃飽，其次就是看清楚風向球。

監獄風雲畢竟不是拍戲場景，可以讓你NG重來。古正義是聰明人，入監服刑很快就學會監獄倫理。在監獄裡最不能招惹短刑期罪犯，因為他很快就可以出去，你就算看他不順眼把他操死，他也是待幾個月就刑滿出獄，你若不知好歹去惹到他，肯定倒大楣。如果自己刑期比他還長，加上犯錯，惹到這種人雙方都會增加刑期，但是他刑期短，再怎麼延長也會比你早出獄，他出去以後會幹出什麼壞事根本讓人料想不到，還是少惹為妙。在監獄裡罩子要放亮的第二件事，就是看清楚白道黑道兩個手套，無論顏色，手套都穿戴在錢的身上。古正義有獵人的基因，與自然環境共存是他的天賦，狩獵是為了生存而非為了利益，他懂進退，願意分享，他因為這樣的性格在監獄裡存活下來，後來還做到高級藥管，使喚兩個助理，讓他坐牢也坐得無憂無慮。而且監獄伙食還不錯，除了剛開始的菜鳥時期有點像是新兵操練，每天像餵豬似的給飯吃，後來進到工場日子就好過許多，加上宋美怡每週補給，古正義一旦適應監獄生活，他都自嘲這是戰鬥營，只是時間稍微久了點。

古正義在監獄裡因為吃得太好，足足養胖二十公斤，還認識三教九流神仙老虎狗的許多新朋友。出獄後偶爾還會想起那段每天只要吃飽喝足不犯錯，幾乎一點煩惱都沒有的日子。他後來調侃自己說人生有機會進去監獄體驗一下也還不錯，但是時間不要長，半年、一年就夠了。

因為他已經學到了任何事情都是政治。

而政治是一種關係的建立或對立。

就像此刻他看著曾經讓他付出青春熱血，真心愛過的同鄉父老兄弟姊妹，正在歡愉地分享競選總部成立大會的午宴，炒米粉、紅燒肉、麻油雞湯，他們看起來好滿足，彷彿回到從前部落群居的時刻，那時候，族人都是這樣分享食物，而且，他們吃得好開心。有食欲是件好事，也是生存本能，人們必須靠著吃食讓身體儲備能量，才有體力幹活。食欲也是一種欲望，而欲望就是激勵奮鬥的原力，好比說一個人想要穿戴名牌就得有錢買得起，想要脫貧得靠讀書或工作。欲望本身沒有對錯，只有在欲望太多超過自己能力負荷時才容易質變，就像過量的食欲會變成無止盡的貪吃。貪吃的法文字源Gourmandise可追溯到中世紀，拉丁文中的Gula原意是喉嚨，後來才引申為暴食。西元三六五年希臘東正教修士艾瓦格制定八大罪孽把貪吃放在首位，色欲居次。修士認為犯罪的順序是從肉體層次逐漸演進到精神層次的連鎖過程。從吃飽的基本需求到滿足欲求，如同一種支配的政治，也是惡人愚人之間的交換掌控。愚人渴望財富，而惡人操縱欲望。支配的過程就是讓一群訓練有素的統計學家、社會學家和經濟學家將財富的價值如同食欲一樣無限擴大，當專家甘為惡人作踐自己，也幫惡人計算出了欲望的最大化方法。

古正義曾經執著於透過正當手段取得光輝鄉執政權力。那時候，他下定決心，一旦他擁有全鄉最高權力，他要做出除弊勵新、讓鄉親過好日子的政績。

結果呢？

一個設局的老同學假裝請託照顧工人吃飯的三千塊錢，還有莫名其妙被有前科的母子栽贓四千塊，總共七千塊錢，讓古正義背負著賄選的罪名遠離家鄉去蹲大牢。最後的競選戰役讓敵營勝利了，鄉親繼續吃喝索拿，陽光依舊升起，只是連續好幾年光輝鄉都是代理鄉長。最近一次當選的鄉長再度創下「早上就職，下午停職」的新紀錄，連同光輝鄉鄉代會的十一個鄉民代表，也是早上十點就職，十一點多全部被帶到調查局。檢調人員說得很清楚：「認罪，緩刑。」下一句就是由古正義率先做出的範例——「不認罪，關到底。」

那年花蓮縣全省查賄第一名，光是獎金就發出一千多萬。

政治這種事情若和利益夠在一起，很容易形成某種寄生蟲生態。廣大納稅人是宿主，讓政客們予取予求。愛吃豬肉，就要小心沒煮熟，因為政客就像是豬帶條蟲，只存在於沒煮熟的豬肉內。這種蟲長有四個吸盤並有頂突和兩圈小鉤齒，它一旦進入你體內，會緊緊咬住人體，噬乾吞盡所有的養分。唯一避免感染這種寄生蟲的方式是熟食，熟食需要火源，食物加熱的過程需要等待，必須有足夠的時間，才能得到安全的豬肉。但是大多數人往往缺乏耐心，誤以為政客畫出的藍圖（Blueprint）等同於藍帶（Le Cordon Bleu）。貪吃太猴急，只看到眼前的利益，將政客的承諾迫不及待吃下去，小心這些騙選票的願景並不是真正的美食，而是有害的寄生蟲。

古正義抬頭望向天空，今天有點雲，但更遼闊的是蒼穹，瀰漫莫蘭迪藍。遠處有幾個正在滑翔的飛行傘，紅黃綠紫橘，像是晴空中飄浮的魔幻彩色小香菇，也像是會飛的糖果，任意穿梭經緯，獨立無羈絆。能夠像這樣無拘無束遨遊天際，看起來可比苦苦勸世救人的神仙還快活。

大概只有在天空裡，才沒有邊界焦慮吧！

現在的古正義是個九十公斤的大胖子，根據國際公認的適航鑑定機構ACPUL認證規定，各類型滑翔傘的最大荷重比與最小荷重不能超過百分之三十，一旦做出中間值限制，上下限的荷重各為中限的正負百分之十五。因此古正義的體重剛好可以做為重心，穩定駕馭飛行傘，安全地讓他以翱翔解離塵世煩擾。大抵人類的夢想都與飛行有關，六〇年代的太空探險讓阿姆斯壯在月球踏出人類的一大步並且名留青史。古正義的夢想沒那麼遠大，暫時離開地表就可以。他在坐牢前就擁有合格的飛行傘教練執照，而且是可以載人的雙人執照，全花蓮縣只有不到二十人擁有這張合格教練執照。出獄後，古正義一口氣花二十多萬元重新購買飛行傘，起初是排遣鬱悶，沒事就去天上飛一飛當作洗腦，常常貪玩做花式旋轉，或玩B Stall失速墜落，再利用動力氣流把傘翼拉提振作，學老鷹般俯衝翱翔。有幾次操作不當，古正義整個人掉進池塘或樹上，幸好傘毀人平安，但是二十幾萬就這樣泡湯，還被宋美怡碎碎念了好久。

古正義有教練執照，宋美怡會精打細算，兩人乾脆就在家門口做起生意，招攬遊客體驗飛行傘。老闆開心，客人也開心，更重要的，藉著經營飛行傘事業，讓古家人又重新凝聚在一起。以前標下每季甘蔗工程，三代同堂分工合作，男女老幼一起賺靠天吃飯的時機財，但是政策一轉彎就跟著失業，各自求溫飽。現在改行從事運動休閒兼旅遊服務，重新召喚家族能量，親戚裡會開車的人就負責車站與基地的客戶接送，懂攝影技巧的人就協助後製飛行體驗紀念光碟，懂財務的人負責記帳，什麼都不懂的人可以煮冬瓜茶，在炎炎夏日裡招待客人與教練一杯清涼。比起失業天天賦閒喝醉酒，古正義的「飛翔企業公司」再度讓親族凝聚，有錢大家賺。

狩獵時期，靠著真本領勇闖山林的英雄打獵成功榮歸部落，必定與族人共同分享所有戰利品，他們相信大家都吃飽，日子就會好。現代資本主義改變遊戲規則，貨幣經濟才是價值，獵人的戰場變成金融數字，數字捉不到吃不飽，數字靠談判與技巧。分食山豬肉已經是童話故事，有錢大家賺成為最通俗的信仰。

素不相識的花蓮市計程車司機，在火車站載到客人，觀察到客人「想要體驗飛行傘」的意圖，於是一路南下開車到光輝鄉，找到古正義家門口，司機劈頭就問：「按呢糖多少？」剛開始古正義不甚理解，以為司機先生真的是口渴又操勞，累到血糖降低想吃點甜食補充體力。直到司機先生繼續問：「係五百還是一千？」古正義才明白，「糖」就是仲介費的意思。司機大老遠從花蓮市開車四十多公里把客人帶來光輝鄉古正義的飛行傘基地，可不是只想單純賺車資，此地好幾間飛行傘公司，為何獨惠古正義？他得靠自己想清楚這件事的意義。

當古正義漸漸明白「有錢大家賺」的道理，他開始使用輪轉的台語廣結善緣，生意愈做愈大。雖說古正義在後山經營社教站，深耕在地文化二十多年，公部門與民間企業好友交往不及備載，但他也無法認識到每一個可能帶來商機的計程車駕駛。再說，帶客人來從事額外的休閒活動賺取KB佣金是檯面下的交易，這種事不能明講，一不小心容易鬧到觸犯《消保法》給自己招惹麻煩。因此，即便是計程車駕駛之間耳語流傳賺外快的機會，也沒有人願意把這事情公開，只能在行動前向商家再次確認利益的分配。

古正義經常接到司機打電話來詢問：「今天可以飛嗎？」

「可以，幾個？」現在古正義的台語愈說愈溜，已非當年在台上演唱自己都聽不懂的台語歌〈恰想也是妳一人〉的青澀新郎倌。

「五個。有糖仔沒？」司機接著問。

古正義立刻明白這意思，打電話來的人是新合作夥伴，是個過去從未與古正義接洽過的計程車司機。在電話或LINE軟體聯繫，每個人都不會親口說出或寫出「佣金」這兩個字，因為大家心裡都明白，爾虞我詐的現實社會，今天的朋友也許就是明天的敵人，在命運的巨輪迫近之前，最好先學會黑話保命符，因為誰都不想做那個被抓耙仔碾碎的路人。經濟學家曼瑟・奧爾森在《國家興衰探源》一書中早就說過，當人們組成利益集團之後，他們更願意去「分利」。他們會更關心自己如何分到更大的一塊蛋糕，遠遠勝過於把一個蛋糕做大。

檯面下的利益交易心領神會，檯面上規矩的事業逐漸發達！飛行傘體驗正正當當以運動之名會友，飛上天空的視野五湖四海，地上交的朋友三教九流。古正義藉此除了認識許多飛行傘愛好者，還有機會練習英文，也堪稱與國際接軌。例如那位在東華大學教書的波蘭籍教授，也許是一個人在台灣生活，教授最喜歡單飛，甚至亂飛尋找刺激。飛行傘這種利用空氣動力學與傘翼上下兩層通氣壓力而上升下降的運動，最怕遇到亂流，如果錯估天氣狀況，亂飛來不及反應，無法適時控制傘繩，傘翼就會被打扁，傘一打扁就失控墜落。這位波蘭教授掛在樹上好幾次，有時候掉在海拔一百多公尺的樹叢上，有時候掛在懸崖的枯枝。

這位愛冒險教授第一次發生意外時，他用隨身的無線電呼叫古正義：「Mr. Gu! Mr. Gu!」

古正義從無線電通訊裡聽到自己被點名，立刻用英文回答對方：「Why?」

「Help! Help!」波蘭教授說。

古正義立刻回應：「Where?」

聽到Where，外籍教授突然在無線電另一邊沒了聲音，他似乎正在遲疑。古正義憑經驗猜測教授應該是在東張西望，判斷地形。果然，在中斷將近一分鐘的通訊之後，這位波蘭教授用簡短的中文，非常精準表達他此刻的處境：「Oh!」他說：「Mr. Gu，這裡樹很多，很多樹。」

廢話！古正義心想，就是已經吊在樹上所以只能看到樹，當然樹很多。如果是天使很多，那麼就有鬼了。

「Where?」

古正義再問一次。要搶救，必須把握時機，現在沒時間和教授玩元宵節猜燈謎遊戲。

沒想到教授還是回答同樣的一句話：「樹很多，很多樹。」

古正義的頭快昏了。他當機立斷，指揮出動五、六個教練，先飛到空中去目測尋找教授的身影，最後終於發現教授懸掛在天主堂後方懸崖邊雜草凌亂的樹叢上。確定墜落地點，下一步就是找人開車前往，預定從地面進行救援。無論是單人或雙人乘載，一個飛行傘都具備二十四至四十八條傘繩，一條繩子可以乘載六十至八十公斤，每一條都是救命線。卡在「很多樹，樹很多」的地方，想必傘繩也與枝葉糾纏不清，這得花非常多的時間去一一拆解。

正當救難人員已經攀爬靠近波蘭教授的失事地點，突然間，無線電又傳出這位外國人的聲音：「Stop.」

這又把大家嚇了一跳。波蘭教授嚴肅地問：「How money?」

「Why?」古正義說。

教授繼續用不甚流利的中文詢問：「多少錢？你救我。」

這是雙方第一次接觸，想必外國人很重視對價關係。也許是教授想太多，擔心救援的人會趁機敲詐，所以必須先講好條件。

「No money.」古正義爽快回答。

然而古正義又突然想到，他自己不在乎錢，但是前往救援的教練們可辛苦了，通常樹上救援，最少得花兩個小時才能連人帶傘安全救出。古正義的飛行夥伴們雖說和他志同道合，不會在錙銖這種事情上計較，但總是麻煩兄弟們幾個小時不能載人飛行，也無法接客賺錢。對於弟兄們自願救人的行為，還是得給予一些義氣上的鼓勵。大家平常就愛喝點小酒，古正義心想，這點安慰肯定是需要的。

於是古正義跟教授說：「Six beer.」

「No problem, no problem.」波蘭教授豪邁地回答。

從來沒喝過洋墨水的古正義，用幾句破英文還跟波蘭人順利溝通，兩人後來成為好朋友。這位教授在課餘空檔會帶著家鄉的美酒來到光輝鄉古家民宿，對著古正義和一群教練說：

「Portland! Very good drink.」

飛行傘不僅是個可以讓人類飛上天的人工翅膀，也是古正義從靈魂裡萌芽生出的雙翼。因為它，古正義漸漸走出牢獄鐵窗覆蓋的陰霾，在借來的翅膀搖擺庇蔭下，鎮日飄浮在大氣層裡，從日出到黃昏。他愛俯瞰花東平原，尤其晴日裡夕陽西下時，遠處總是霽霞滿天，朱橘與靛藍滿布在海的那一邊，堆疊成迷漫繽紛的空谷倩影。山的這一邊已不復普照日光，夜影自山頭逐步籠罩至東域，海的盡頭也浮沉在遲暮的薄光中，深林裡幽微處綠樹濃蔭，蓊蓊如褪色蒙塵的鎏金琺瑯青花瓷，蘊藏著久埋地底的歷史記憶啊！曾經，古正義的父親古和平，翻山越嶺，赤腳在東部小城建立家園；曾經，古正義以為他接受過高等教育，可以用現代文明賦予頭目全新的意義。

只是這一切後來失控了。

工業4.0的時代來臨，愈來愈多的巨量資料、認知科學、人工智慧、人工生命出現，這些新領域正持續帶領人類邁向邊界的全新概念。當速度和通訊加速發展迫使技術重組，雲端數據無遠弗屆，國與國的競合擴大民族意識，自動控制論重新建構「人類」的定義。資訊量鋪天蓋地，沒有人能閃躲。未來的人類將成為信息處理系統，人類的邊界也將依照信息流來決定，靈長類演化的肉身裝上電子心律調整器、人工關節、植入眼角膜晶體、人造皮膚成為「人機合體人」；那些在螢幕接上控制電路的電腦鍵盤手、手術中利用光纖顯影鏡引導的神經外科醫師、連線到智慧駕駛座艙的飛行員與電腦導航系統的砲兵，也是次「人機合體人」。在我們可以看到的未來，有機生物體是否將全面被機器取代？當邊界改變自我核心，身分認同的位置不再是大腦而是晶片，情境重新編碼，人類與機器進入共生關係，後人類時代已經悄悄來臨。

古正義飛上天空，任憑肉身雙臂控制滑翔傘翼成為翅膀，此時的他，彷彿也成為人機合體人。

他終於可以前往自己想要的方向。

只有在這個時候，他才能深切感覺到天空的無限，沒有邊界。

15 深度的夢・隱蔽的質

有人說政治家比政客高尚，但是，政治家需要蓋棺論定，而政客活在當下。

汪家第一代已經蓋棺論定，但是第三代汪志群還沒死，他想要演出王子復仇記。

地方公職人員選舉已經進入倒數，兩個月前汪志群才剛剛舉辦過競選總部成立大會，眼看再過一個星期就要投票了。汪志群原本盤算以他過去連任兩屆省議員加上多年黨部主委經歷，當今政壇哪個叫得出名字的人在當年不是靠著汪志群養大的？他從政經商有聲有色，政治計算精準，雖不敢說做到濟弱扶貧，到處行善布施，但是從政那些年終究還是做了不少共好共享的「好事」，成就強大的利益同盟。即便人走茶涼，但是精明的政客如蛆，總是會選在最營養的腐肉有機物上誕生，從卵孵化到幼蟲只需要十二小時，是種快速繁衍的雙翅目昆蟲。蛆在變成蒼蠅以前只進食而不排泄，這種飽足利益的生態非常類似政壇，總有那麼一群蠅頭鼠目的政客在嗅聞到肥美的利益時會自動出現。如果我們把政壇當作一個萬花筒！那麼具備基礎物理學常識的人都知道，萬花筒利用鏡面反射重疊創造不斷重組的絢麗，產生嬉戲的樂趣，說穿了也不過就是一場遊戲。可是請別忘記萬花筒中的關鍵字：鏡子。歷史上的明君唐太宗怎麼說的？以銅為鏡，可以正衣冠；以古為鏡，可以知興替；以人為鏡，可以明得失。

唐太宗已經死了一千四百年。發明萬花筒的英國科學家大衛‧布魯斯特爵士因為來不及登記萬花筒的專利，而被別人搶奪商機大賺趨勢財，布魯斯特爵士本人並沒有因為這項發明獲得任何利益。

以政治為鏡，終究是一場遊戲一場夢。

汪家三代基業鞏固，汪志群早已淬煉一身百毒不侵的神功。他面善心險，深謀斂志，他最懂得政商人和的遊戲規則。過去，汪家在地方上經營大家都賺錢的生意，曾經照顧不少鄉親，那些豐沛的人脈，共同分配的利益，即便距離汪志群上次擔任公職已經有十多年，但是「台灣最美麗的風景是人」，台灣人最重情義，汪志群是正港的台灣之子，這次再度參選，他有自信誰與爭鋒！

唯一讓他心虛的是，汪家已經傳承到第五代，汪志群的三個兒子早該接棒。但是汪承熙志在做官，嫌棄民意代表太基層，太草根。汪承熙是大少爺，加上名校博士學位為他的世家身分加碼鍍金，過去他也曾經陪哥兒們打選戰，看著兄弟們大熱天也要拜票，到處與地方人士搏感情，不分生張熟魏，每個人見了面都要握手，那有多少細菌啊？當初他的結拜兄弟放著外商銀行副總裁的位置不幹，聽從父親指示去選台北市長，兄弟自己沒想法，但是他的老婆意見多多。市長候選人夫人是財團千金，養尊處優，打死都不願意出來助選，聽說她就是嫌拜票時到處握手，那些死老百姓的手太髒讓千金覺得太噁心。兄弟選戰吃緊，文宣過度矯情，幕僚頻頻犯錯，選個市長面臨內憂外患，讓兄弟體重暴跌十公斤。夫人從來不助選，還和姊妹淘去洗高級三溫暖，進出內外都被媒體拍到歡樂照片。當時社會氛圍早就醞釀仇富心態，少奶奶依然每天不食人間煙火，勤跑精品時尚趴。兄弟家族富可敵國，買通主流媒體竭心盡力做化妝師也沒用，因為網路無遠弗屆，那些瀰漫在群組或自媒體的私議與標籤，讓兄弟為富不仁的形象燒遍地下信息流動場域，最終硬是輸掉二十萬票。

不知道這一切是不是夫人心機算盡，或策略規畫，或者只是有錢就任性的天真。她老公果然無法如願承擔公職新事業，只好乖乖回家繼承祖業，表面上看起來是選戰失敗，但是兄弟家裡還有百億祖產幾輩子都享受不盡。此後他們夫妻倆在雜誌、媒體接受訪問兼曬恩愛的同時，都是有志一同，異口同聲說：「現在夫妻兩人都是過著小確幸的生活。」

汪承熙心高氣傲，除了不願意吃苦，連虧也不想吃。打選戰，人家票還沒投給他，就要說謝謝，拜託，感激感激！這種話，他壓根兒說不出來。他學政治，但本質是商人，什麼事情都要計算自己最大的利益，眼看著哥兒們的選舉有贏有輸，正應驗了勝者為王，敗者為寇，幾家歡樂幾家愁。還好，就算選輸，若通過門檻還是有選舉補助款可以領，有時候汪承熙也忍不住考慮，這樣出來兜一圈，以他家族的勢力人脈，估計票數還是能過門檻，就算輸了，他應該也能小賺一筆。但是，他就是不喜歡「輸」這個字，選輸多丟人，想想還是作罷！等家族裡有人當上市長或縣長，他再來運作個新聞局長或民政局長，直接加官晉爵，省得那麼多麻煩。

於是汪家在兩年前先讓二少爺汪承詮出來選市議員，試試民意水溫。汪承詮沒有哥哥會讀書，但人長得比哥哥還標緻，加上勤跑健身房鍛鍊身體，更是人見人愛風流瀟灑。汪承詮雖然不是名校背景，但也念到美國百大排行榜大學的藝術行政博士，周遊各大藝廊與蘇富比拍賣會之間，往來盡是衣香鬢影，而且，他都四十出頭了依然保持單身，這樣高富帥的條件容易令人遐想，估計也可以吸收到不少師奶選票。

怎料二少爺心眼玲瓏旋，比大少爺還難搞。他表面上跟著幕僚規畫，按照競選行程去公園，菜市場，垃圾站，社團組織，哪裡有公民團體他都去拜票。但是他的幕僚都知道，汪承詮基本上是跑給父親看的，故意演戲表示他有認真在選，只有跟在他身邊的人知道，這些地方如果沒冷氣二少爺待不到十分鐘就想走人。汪承詮說他討厭流汗，汗的味道會讓他暈船。他白天跑完行程，晚上還是吆喝兄弟們去自己投資的夜店貪歡，他覺得這樣賺錢比較快，又有得玩，每天開心過日子多好！反正將來當選以後再漂白也來得及。現在的人記憶都像魚，據說只能維持六秒鐘。電視新聞八卦媒體每天活生生上演政客嘴砲秀，過一陣子吵吵別的假議題又轉移了注意力，到頭來所有人只記得好像似乎曾經有過這號人物，這號人物到底幹了些什麼事？只有六秒的記憶當然全部忘記。真正有時間有腦力去Google線索的人並不多，大部分的人都跟著人云亦云，而且，汪承詮在政治家族成長，他從小看到大，清清楚楚，這世界上百分之九十九的人都是拿錢封口，拿錢辦事。

汪家小孩心裡都有數，論選戰，這麼多的地方自己跑別人也在跑，如果沒有私交、沒有條件、沒有「互信」，就算拜託到死也沒票。跑選戰很簡單，按照行程走好像很容易，但跑到熟悉非常難。路邊拜訪過的人一千個當中有一個肯投票給自己就該燒香了。因為這麼多候選人，大家都在拜託，汪承詮不會記得選民的名字，選民當然也懶得記住誰是誰。打選戰有經驗的人都知道，這就是「相逢何必曾相識，服務不用問姓氏」的最高境界。

最終，還是看靠山。背後有座山，才知道能容納多少人。沒有靠山，每個人走入江湖都只是逢場作戲。山水有相逢，當著面不會得罪人，答應的事，轉眼就躲進山陰，太陽照不到。

靠山很穩固，也很現實。畢竟組織一座山頭不容易，也要憑藉一點一滴的累積，過程要流汗、要有貢獻，才能攀登高峰。傳統選戰靠配票，那是基本盤。至於政見？其實很少人關心，會把選舉公報拿起來研究的人少之又少，大部分都投票給認識的人、或親友、或組織。

汪家現在的大當家汪志群，做了那麼多年黨部主委，他最清楚政治八陣圖。

只是他沒想到，新世紀操盤技術已經和上個世紀完全背離。那時候除了一步一腳印，還有宗親勢力，地方派系，樁腳布局，處處需要搏感情。現在，好幾個年輕參選人，沒有文宣沒有拜票，靠著網路和製造話題，成為媒體寵兒，竟然也能夠當選。汪家老二汪承詮最後高票落選，著實讓汪志群心裡鬱悶難消。該給的都給了，該安排的都安排了，該分配的都分配了，最後怎麼會差那麼一點點？

當年汪志群漸漸淡出政壇，專心經營家族房地產和農產品事業，也算守成。但這些年，國際情勢紛擾，消費市場衰退，景氣對策信號持續黃藍燈，生意愈來愈難做，很多事情無法像過去那樣打通關，公部門裡缺乏裡應外合，好幾個開發案都卡在證照，或者環評過不了關，或者銀行貸款出狀況，或者這個那個，麻煩事接連不斷，手上好幾個建案停滯，每天一開門就要燒個幾百萬。所謂朝中有人好辦事，自從汪家全然在野之後，原本以為可以在商言商，一切按照規矩來，但是規矩是人定的，換了人，所有規矩全部重新來過。繼續這樣下去，汪家版圖恐怕連守成都困難。三代祖業，可千萬別在汪志群手上斷了江山。

選戰剩下半個月，民調最近才剛剛突破黃金交叉，汪志群領先對手不到一個百分點。最重要的賭盤指標還是不樂觀，組頭說，地下賭盤最新的情況是敵手讓三萬票。這意味著下注的人，都不看好汪志群會選贏。

汪志群這次老驥伏櫪，也是苦心經營為下一代鋪路。汪志群這幾個兒子，除了老大汪承熙還像個樣子，老二老三……算了，想到心裡就上火。更別提汪家唯一的金孫汪洋洋。這娃兒也古怪，從小就愛跟在叔叔身邊，那腦子不知道給什麼東西灌進去了，明明是資優生，聰明才智與長相也算是這個世界上獨一無二的極致精品，卻在撕去標籤之後把自己變成假貨，專門跟不入流的人鬼混在一起。她的外在條件讓宗親沒話說，家族團聚時總是眾人焦點，因為她從小就是第一名、第一志願，有禮貌，長得漂亮還會笑，又擅長和長輩聊天，會主動牽起長輩的手，說：「天氣冷了，阿公要注意保暖喔！」「姑婆保養得好好哦，愈來愈年輕漂亮！」家族親戚都喜歡跟她說話，彷彿聽到天使報佳音。只有跟她最親近的家人才知道，汪洋洋國中就嗑藥，高中開始逃家，大學念到一半就休學，還跑去跟一個莫名其妙的男人同居。汪志群找到她的時候，問汪洋洋：「這男的幹什麼的？」

「背債。」汪洋洋說。

「殯葬？」汪志群第一時間沒聽清楚，他還以為葬儀社的從業人員。

背債是黑話，只有內行人才知道，這事不乾淨，是企業脫產的黑白手套。汪志群是老江湖，他的一些企業家朋友，欠銀行幾個億，不想還錢就找人頭背債。按照《公司法》，銀行放款遇到客戶不還款，要不到錢會先找保人求償，求償不得，第二步就是凍結公司和保人的所有資產，再送到法院強制求償，這時候公司就會宣告破產倒閉。但是內行人都知道，這些欠銀行幾個億又不想還錢的公司，早在法院強制求償之前，應該負責的董事長、董事監察人早已經替換成其他人頭。一旦進入司法程序，就由這些人頭董事負責上法院，這些人頭雙手一攤，擺出要錢沒有、要命一條的招式。最後宣判的結果就是讓人頭董事、人頭監察人去坐牢。曾經欠銀行的幾個億列為呆帳，實際負責人早已經脫罪漂白。所謂「背債」就是這種擔任人頭的工作，這一行需要新鮮人，通常由黑道小弟擔綱演出，做一次人頭大約獲得一年一百萬的酬庸，但是也累積一次前科。幹這一行，累積次數多了也不能換贈品，出獄後，若是改不掉奢侈的惡習，一百萬不到一個月就花完。而真正有錢的董事長們，早已經逍遙法外。

汪洋洋那時候在一起的男人，不只做背債，還是海蟑螂。只要哪裡有法拍屋，哪裡就是他的工作地點。海蟑螂霸占法拍屋，以假租約的方式，使法院公告這間法拍屋為「不點交」的物件，也就是法院不負責解決屋內有人居住的情形。這種情況會讓有意下標的買主知難而退，海蟑螂等待機會自己低價買進，轉手按照市價高額賣出，特別是豪宅法拍屋，這一進一出，短時間內非常容易賺取暴利。如果在法拍競價過程中，這間房子還是被別人用高價標走，這時候已經住在裡面的「海蟑螂」就會要求得標者付出高額搬遷費，視狀況要求少則數萬元，多則上百萬元。如果得標人不願意付錢了事，後續的暴力恐嚇、拆牆鑽孔、馬桶灌水泥等等的手段就會不斷出現。

想要高價競標買法拍豪宅，口袋得夠深。汪洋洋的男友沒有錢，他只是大哥的跟班；汪洋洋則是個小跟班。年輕的她，覺得每隔一陣子可以跟著男朋友換各種房子住，這事情太新鮮太好玩，是她過去從來沒有體驗過的刺激。

汪志群實在搞不懂，汪洋洋是汪家唯一的第五代，含著金湯匙出身，這個世界幾乎可以說是沒有她買不到的東西。打從她一出生，家族為了規避遺產稅，每年各贈與二百二十萬元到她戶頭，累積到這歲數，早已擁有一般人這輩子都花不完的財富。她要房子有房子，要車子有車子，要什麼有什麼！她卻選擇跟一個來路不明的黑道分子交往，還跟著對方一起做都會遊牧民族。在汪志群眼裡，這群人根本就是城市裡的乞丐，低端人口，完全不入流。汪志群處理事情一向明快果決，他老謀深算，知道這次金孫女玩得太超過，她和黑道太靠近！黑道的事情麻煩，不只是錢，還得有關係，而這種關係絕對不能漏出半點口風，必須找信任的人幹。因為每次合作，都是一場信心大冒險。和這種人談「生意」，就像吃到包裹糖衣的毒藥，這次他把事情做得漂亮讓你滿意，但是你有了把柄在他手裡，下次他有求於你，就得加倍奉還。如果換作是你不讓他滿意，他就會直接餵你吃毒藥。

一切都是為了汪家祖業。汪志群心想，他如果不做出處理，會對不起汪家列祖列宗。於是他花了一筆錢讓海蟑螂人間蒸發，從此再也不出現在汪洋洋的視線內。

內憂外患！汪志群嘆了一口氣。他已經七十二歲，雖然滿頭銀髮卻是目光如炬，他的眼珠是褐色的，不像一般人的黑眼珠，當他凝神專注用褐色眼球看著你時，那幾乎透明的瞳孔就像是一道X光可以穿越所有謊言。他是汪家第三代掌門人，他拚了老命也要讓汪家基業流傳百世。他沒別的辦法了，只有自己出來參選，而且一定要打贏這次選戰，才是終結所有禍患的王道。政治就像是希臘神話裡德達洛斯打造的迷宮，走進去容易，走出來很難。汪志群曾經飽吮政治權力的乳汁，他明白那滋味太豐美太迷人，權力是人間唯一最接近神的存在。只有重新掌握權力，整頓布局，汪志群才能再度成就霸業。為了勝選，汪志群默認了戴安若這個準媳婦，讓汪承熙帶著她到處助選。戴安若形象好，有知名度，即便年輕人不太認識她，但是青壯年和老年人，都知道金獅獎影后這號人物。況且，這些中老年人手中是有選票的，那些不知天高地厚的網軍，留著以後再處理。

汪承熙非常敬畏他父親，敬畏到有時候分不清楚這到底是愛還是膽怯。比起父親，其實汪承熙更愛的人是母親周娟美。雖然自佛洛伊德以降的心理分析就不斷在弒父戀母的情節上打轉，但是作為汪家第四代嫡長子的汪承熙，他並不笨，很多事情他心知肚明卻無能為力，最終他也複製了父親的陽具在情欲身上打洞宣泄。父親汪志群是台大畢業高學歷，卻娶了高職畢業的周娟美，為的是她受過專業財務訓練，懂得持家。汪家累積三代的祖產，必須找個明事理的女人協助，周娟美出身大稻埕米商家族，雖然是周家二老婆這支旁系，沒分到很多錢，但她在同樣複雜的家庭裡成長，對於裙帶關係運作看得非常透徹，權力的毛細管作用，讓她經歷過親族之間不亞於戰場的殺伐鬥爭。她懂事，會管錢，是讓她出線成為汪家正宮娘娘的主要原因。

既然識大體，就要周全，身段放軟，千萬不要在感情這種小事上糾結。汪志群在外面好幾個女人，逢場作戲更是數不清。做汪家的女人眼睛要犀利，管錢的時候一定要看清楚，但是該瞎的時候也要瞎一下。這些女人，只要沒名分，不來爭財產，周娟美全部默默看在眼底，不動聲色。只是周娟美家族的人都長壽，曾祖母還曾名列台灣人瑞紀錄，就連她的爺爺，汪承熙的曾外祖父，現在都還活著，只有周娟美，嫁到汪家也沒享到福，就因為癌症過世了。

這次父親決定再度親自上陣去競選，汪承熙也明白這一切都是為了汪家的未來鋪路，全家總動員，身為長子的汪承熙更是卯足勁配合選戰。設計將戴安若的獨生子送到國外，縱然有私心的成分，但多少也有些不得已，這樣做也是為了讓戴安若能夠心無旁騖地完全配合選舉行程。她確實按照汪承熙的計畫，跟著他到處趴趴走，沒有一句怨言。有時候汪承熙忍不住懷疑，這個女人好歹也有碩士學位，這麼聰明會念書，她跟在他身邊圖的是什麼？他甚至沒給過她錢。她如果想在他身上榨出些什麼，那她的手段可遠遠比不上酒店小姐。想起從前剛剛自美返國，搞不清楚台灣政商生態的時候，汪承熙也曾經做過冤大頭。跟著兄弟們去酒店應酬，因為愛面子，一出手至少一千元台幣的小費，整晚定框到小姐下班，從他手中至少送出去好幾萬的小費。

而戴安若每天搭公車上下班，還會煮香菇雞湯給汪承熙。她會去有機商店買段木栽培香菇，用來熬湯的雞肉也選擇放山雞，她對烹飪很細心，菜都洗得很乾淨，不油不鹹，她的手藝比汪家的外勞高明太多。汪承熙常常被家裡的傭人氣到自己出去買便當，順便讓自己冷靜一下。他其實不喜歡自己的家，自從母親過世後，這個家沒有女主人，剩下的男人各過各的日子。家族聚餐也像是在演戲，沒有一次能說真心話。他喜歡去戴安若那兒，雖然遠了點，山上蚊子多，室內空間又小，而且廁所還會漏水。

藉著這次打選戰，汪承熙曾經試探性地詢問父親，是不是可以把戴安若接到家裡來住？總是方便嘛！他也用不著天天像司機一樣跑來跑去，而且，家裡有個女人或許也可以適當發揮調和作用，柔化各種尖銳關係。汪承熙甚至私心揣想，也許，日子久了，如果父親不反對，汪家或許有機會再讓一個能持家的媳婦入門。

「免矣！」汪志群說：「彼个番仔。」

汪承熙聽到這句回答時，心臟不由自主撲通了幾下，像是給什麼揪住了。

「還帶著一個拖油瓶。」汪志群說。

汪承熙坐在一旁，不敢出聲。

「查某人係予來用的。你看何麗玲跟黃義交沒名分，她還不是助選得很快樂。」汪志群彷彿趁著機會對兒子曉以大義。他們父子之間不太有互動，可以說上話的時候，幾乎都是談事情。每次汪志群總是言簡意賅，話中有話，汪承熙從小到大，已經被訓練得非常懂得父親的弦外之音。

於是汪承熙不再說話了。

「你現在開車送我去會所，我要去處理一些事情。」汪志群說。

「是！」汪承熙低著頭。他現在沒工作，掛名家族企業董事領乾薪，等著父親選舉成功運作他進市府當個政務官。目前，他在汪家最大的貢獻就是當司機，開著那輛價值八百萬的白色賓士轎車，不但接受父親的召喚隨叫隨到，更重要的是把父親安全的送到各個目的地。汪承熙自己沒有目的地，他常常在抬頭望向遠方時，特別是朝向城市之北看到大屯山脈延展的方向，想念著戴安若在山上的小公寓。

汪志群要去的會所，是汪家談論重要事情的祕密基地。這地方只有幾個最讓汪志群信任的心腹知道，就連汪承熙都沒資格事事參與，他自己也只進去過幾次。那裡面有挑高燭台水晶燈、雕花百頁精緻線板、金箔鑲邊與高挺的羅馬柱、新古典文藝復興風格真皮沙發、吸音絨布落地窗簾，極盡奢華裝飾。然而汪承熙印象最深的，是會所裡充滿濃郁的菸味和酒味，還有一股莫名的，萎靡的，令人熟悉又抗拒的體味。

汪承熙開車將父親送到會所門外，他沒下車，汪志群雖然已經七十多歲，但他體態穩健，腰桿挺拔，他最不喜歡人家攙扶走路。汪承熙看著父親健步進入會所，掩上大門，他就自行開車離去。

會所裡已經坐著兩個人，一個是汪志群的結拜兄弟順仔，兩人合作超過一甲子，早已建立金石般的信任與友誼。另一個身形瘦削的男人坐在沙發上，他面無表情，飽經風霜的臉就像個人偶面具，剩下一對狹長靈活的小眼定視前方，彷彿對這個環境非常熟悉。他的坐姿並不端正，甚至有點慵懶地斜蜷在沙發內，他的嶙峋食指和中指始終夾著香菸，一根接著一根。

順仔站起身，迎面走向汪志群，兩人都還沒坐下，他便附耳說：「董仔，現在賭盤讓票一萬，繃得很厲害。」

「這次一定要贏。」汪志群意志堅定的回應。

「嘿嘿！」瘦男人冷笑：「現在只有一個辦法，保證你贏。」

汪志群打量著瘦男人的眼神。他明白他的意思，事情到了這個節骨眼，只有下猛藥才能急救。

順仔再度靠近汪志群，貼近他的耳朵，囁嚅啟動嘴唇，低聲輕語。只見汪志群眉頭一皺，陷入片刻的沉思。他畢竟是老狐狸，這樣的表情估計只出現不到幾秒鐘，又恢復他平日威嚴莊重，喜怒哀樂不形於色的一號表情。

沙發上的瘦男人，嘴裡那根香菸已經抽到菸屁股，他狠狠吸入最後一口氣，將菸蒂丟到菸灰缸裡。也許是坐久了，原本敞開雙腿背倚沙發的他，向前挪一挪傾了身子，將右腿抬起，改成翹腳的姿勢。就在他翹腳之後，長褲的長度因為體型彎曲而縮短曲線，露出了原本被褲管遮住的皮鞋。那是一雙深咖啡色的鱷魚紋皮鞋，細緻的排列組合，延展出曲折路徑，像是人間遺落的迷宮地圖，在地面與地底之間踅動。據說最高級的鱷魚皮手工訂製鞋，必須選自鱷魚下巴最柔軟的部位，吸菸男人的腳雖瘦，並不影響鱷魚的本質，尤其在他抖動的時候，更像是鱷魚張口吃人之前的逡巡。

瘦男人抬起下巴，斜眼看著汪志群，只吐出一句話：「不惜任何代價？」

汪志群沒有點頭，但是他跟著重複了這一句，彷彿宣誓他的決心，如此堅定，如此剛強，如此固執，在所不惜。

「不惜任何代價……」

十七世紀的法國有一個獨來獨往的劇作家莫里哀，他最擅長把悲劇寫成喜劇。他把命運奉獻給舞台，無論戲劇或人生的形式。他在五十一歲那年，為了賺錢照顧劇團裡五十個工作人員，拚著重病的身體參與最後一場戲的演出，就在演出結束後的幾個小時，他因為咯血倒地不起，人生跟著落幕。

這齣戲是《無病呻吟》。

莫里哀在劇本裡描寫一位博士問醫師：「鴉片煙為什麼可以催眠？」這位醫師回答：「鴉片煙之所以能夠催眠，是因為它具有催眠的力量。」

在另一齣《屈打成招》裡也安排類似的劇情。有個父親想知道他的女兒為什麼是啞巴？醫師解釋：「沒有什麼比這個更簡單了，這是由於她喪失了說話能力。」接著醫師乾咳兩聲：「我們所有最頂尖的醫學書籍都會告訴你，這是由於她不能說話。」

在空洞的同義反複修辭運用中，許多人都如此追隨話術似懂非懂度過一生。哲學家可能會告訴學徒這個議題事實上是一種循環論證，然而我們大部分的人只是任憑歲月帶領前往庸庸碌碌的航程。

「古恩，你知道中古世紀的哲學家怎麼解釋他們自己都不懂的事情？」

古恩搖搖頭。

「他們會說這是『隱蔽的質』！」汪洋洋笑道：「有個叫作湯瑪斯・阿奎納的哲學家說，鐵為什麼能在高溫下融化？因為鐵具有一種在高溫下可以讓它融化的『隱蔽的質』。依此類推，世界上所有無法解釋的事情，都不需要去做深入研究了，這些事物本身的原理和結構性問題都不重要，最後統統推給當中具備『隱蔽的質』，就可以解決所有的疑難雜症。」

汪洋洋捧著一本書，專心地念述裡面的文章給古恩聽。

古恩有時候也覺得汪洋洋是個「隱蔽的質」。

若是更進一步具體說明，她幾乎就是個肉身ＡＩ機器人。汪洋洋捷思敏才，博學強記，很多事情都能過目不忘，但是，她同時也最擅長在基本常識這個地方摔得鼻青臉腫，正好顯現她這年紀的某種愚蠢。現階段人工智慧也差不多是這樣的境界。隨著電腦運算能力大幅提升，驅動電腦模仿人類大腦認知方式的「卷積神經網路」（Convolutional Neural Network），已經能讓電腦具備辨識文字、語音、圖像的能力。二〇一七年五月二十七日，Google的人工智能系統AlphaGo以三連勝擊敗世界排名第一的圍棋天王柯潔，就是因為電腦可以二十四小時持續輸入龐大的棋譜資料，同時從職業棋士的棋步中找出特徵，以訓練機器不斷自己演練對弈，強化學習，找出得勝率較高的棋步與策略。

人工智慧是電腦根據大數據做出分析判斷，這些數據還是要靠人類餵養，你給它什麼養分它就長成什麼樣子，最終還是應驗那句老話：近朱者赤、近墨者黑。美國麻省理工學院媒體實驗室在二〇一八年四月首度嘗試創造暗黑系AI，他們設計一個叫作諾曼的機器人，每天灌輸它暴力事件、恐怖行為、死亡以及和屍體有關的圖片與文字，讓諾曼進行深度學習模式。科學家等著看諾曼會發展出什麼樣的模型？結果，全世界第一個精神病AI出現了。MIT實驗室進一步讓諾曼做「人格測驗」，結果證明它確實長歪，因為諾曼看到任何新資訊，即便是鮮花與天使它都會聯想到與邪惡有關的事。

這或許也可以用來描述汪洋洋的處境。

也不過幾個月前，她還和一個來路不明的男人同居，到處換豪宅居住，直到那男人莫名其妙消失，她沒地方去了，只好回家。現在，她認識古恩之後，幾乎每天和他窩在家裡看書看電視，古恩的工作必須連續值班十二個小時，下班之後需要補眠，她就乖乖地在古恩旁邊，等他睡醒了再和他繼續聊天。汪洋洋安靜的時候可以很安靜，比寵物貓狗還安靜，實在讓人很難想像，也不過幾個月前，她還是個濃妝豔抹、進出酒店學男人點檯卡檯封包打槍的紈袴少女。

AI挑戰真人智慧，雖然贏得一場棋局；但是人類大腦的某些「隱蔽的質」，卻不一定是AI能超越的。

天才棋王柯潔輸給機器人之後，這位年僅十七歲的少年說：「在竭盡全力希望獲勝的第三盤，我一度離場二十分鐘，因為我發現自己在布局時出現了致命的失誤。AlphaGo發現我的弱點，下出關鍵的一步棋。我絕望到渾身顫抖，再也控制不住情緒衝出對局室。我找到一個無人的角落裡哭了起來。我不記得哭了多久，但是我明白，作為一個棋手，無論再困難、再絕望，也要回來把一盤棋給下完。」

世界棋王慘敗，全世界都震撼！面對鎂光燈，這個年輕男孩，依然露出天真的笑容：「我小時候和爸爸下棋，長大了代表國家比賽拿世界冠軍，我為自己的進步開心，也為自己的失誤感到懊悔。我還是很喜歡下圍棋，這條路我會堅定走下去，也要再一次超越自我，無論是圍棋的路，還是人生的路。」

這是享受過無盡掌聲的天才棋王柯潔，在挫敗跌倒之後，告訴世人的答案。

汪洋洋雖然比柯潔大個幾歲，但是她還不到這樣的境界，她生氣起來就是個二十多歲的孩子，完全忘記教養，會罵出一聲幹你娘！

她的智商很高，但是情緒智商顯然還沒有跟上來。

先是汪洋洋覺得自從認識古恩之後，不知為何自己胖了很多，過去輕鬆套進身體的連身小洋裝，現在會卡在手臂和腰圍，細肩帶嵌進肩頸之間像是繫住肉粽的棉繩，失去原本時尚設計的優美曲線，變成一個直立的湖州粽，而且拉鍊根本拉不上去。

「我的肥胖已經激發出我的羞恥心。我要下定決心減肥，下週三絕對不要以熊的姿態出現在我阿公的壽宴。我要以天鵝的姿態出現。」汪洋洋嘟著嘴抱怨。

「是啊！」古恩回答：「妳就想著『我是一隻鵝！我是一隻鵝！』」

汪洋洋白了他一眼：「請不要任意刪除關鍵字。我是一隻天鵝！」

汪洋洋確實胖了一圈，尤其是腰圍。一般人缺乏運動或暴飲暴食引起的肥胖，容易在腰圍、臀部、大腿和手臂等處囤積脂肪，從醫師的觀點，人發胖先要擔心的是膽固醇過高造成心血管疾病、糖尿病、痛風與代謝綜合症。然而從男人的觀點，一個人發胖之後，確實在視覺上會讓人明顯看到曲線調整，白話一點解釋就是整個人變圓，變腫，失去美感。但一般肥胖都是全身性的，若是胖在腰圍，則肚臍上下都會長肉，變成水桶肚腩；但是汪洋洋，她目前的肥胖進度，大部分集中在肚臍以下的小腹。甚至，從背後看她還是有腰身的，若是她在穿著上稍加修飾，根本感覺不出她所抱怨的肥胖。

「妳有沒有量體重？」古恩問。

「有啊！」

「胖了幾公斤？」

「好奇怪耶，好像也沒多出幾公斤，大約四、五公斤左右吧！」汪洋洋回答。

「妳月經正常嗎？」古恩接著問。

「哈哈！」汪洋洋笑了：「不正常啊，已經六個月沒來了。」

古恩一聽，心想不妙！這種狀況很有可能是懷孕了。

果然，驗孕棒一測，出現清晰的兩條線，這是體內類絨毛膜促性腺激素的陽性反應，證明汪洋洋確實懷孕了。古恩帶著她到醫院進一步做超音波掃描，發現胎兒已經六個月大，現在肚子裡的小生命已然成形，除了發育完全的大腦、軀幹，同時也發展出聽力與呼吸系統。最終診斷發現懷孕超過二十四週，不再適用《優生保健法》。也就是說，這孩子必須要生出來。

幹你娘！

汪洋洋就是在這個時候罵出這句話。

遇到這種事，汪洋洋出乎意外的冷靜。她不哭也不鬧，就像是AI機器人拔掉插頭，關掉電源，失去光彩。她有好幾天不說話，不做事，也不在古恩下班的時候到醫院來等他。她每天坐在家裡發呆。

直到有一天，古恩去給汪洋洋送便當的時候，發現她在哭。

她盤腿坐在沙發上，旁邊陪著她的是吃飯的家人「嚕嚕米」，但是她定睛凝視前方的落地窗，彷彿是個正在打坐進入禪定的小精靈。落地窗外風景可遠眺大屯山，今晚的天空沒有星星，雲層黯淡，譜出無聲的季節哀歌。浮在盆地邊緣的山巒堆疊如同巨大的墳墓圍拱，城市裡的人群又活過一天。入夜後，人們剛剛結束工作，穿梭在車水馬龍之間，有人要回家，有人不回家。高架橋上依序排列著趕路的車輛，每部車都在後面閃爍著紅色剎車燈，在車流停滯的高架橋上，串聯成一條血腥受難的燈河。

紅色是熱情的顏色，紅色也是血的顏色，流乾了就再見了，來世再見。

汪洋洋顯然哭了很久，她不像上次在教堂裡哭得像孝女白琴，那時候她確實哭得有點誇張，太戲劇化。但是古恩能夠理解，因為當年錢盈君離開他的時候，他也去教堂哭了好幾回。只是這一次，汪洋洋腫著一雙泛著血絲的大眼睛，她已經流不出眼淚了，那些眼淚很可能早已掏盡她的心肝，因為她整張臉已經腫脹得像浮屍，顯然是給自己的眼淚泡爛的。

「我作了一個深度的夢！」汪洋洋顫抖著敘述：「我阿姨死了。」

接著她開始描述夢境，她所謂的深度的夢境。

她說：「我爸爸開車載著阿姨，準備跑選舉行程。就在一個十字路口遇到紅燈停車。這時候，有個賣玉蘭花的老婆婆走過來，敲敲前座車窗玻璃，就是阿姨坐的位置，阿姨想跟老婆婆買花，就搖下車窗，結果老婆婆遞來的不是玉蘭花，而是一把克拉克制式手槍，直接朝著阿姨的右邊太陽穴開一槍，子彈直接貫穿阿姨的大腦，還擦傷了我爸爸正在控制排檔的右手。原來那個老婆婆不是真的老婆婆，她是一個瘦瘦的男人假裝的，當他開槍之後，立刻丟掉花籃，拆掉斗笠和口罩，旁邊早已經有台摩托車等待接應，假的老婆婆跨上摩托車，不到幾秒鐘就看不到人影。有路人幫忙叫了救護車，我阿姨在第一時間就被送到了醫院，但是……但是……他們說阿姨到院前就已經死亡，他們會按照規定急救四十分鐘，然後……然後……會依照我阿姨的遺願，把能用的器官全部捐出去給別人……。」

本來已經不哭的汪洋洋，這時候又掉下了眼淚：「我阿姨……我阿姨……她長得好漂亮，我都還沒有機會告訴她……其實……其實我……很……喜歡她……」

說到這裡，古恩的眼淚也悄悄滴落在他的鼻梁兩側。

他當然認識汪洋洋的阿姨，只是他從來沒告訴汪洋洋，因為他一直以為他和汪洋洋只會是比陌生人多一點的交情。畢竟他們來自兩個不同的世界，未來也不可能產生交集。

「古恩……我們去法院公證結婚好不好？」

汪洋洋一定是情緒太激動，失去全部的理智。她和古恩認識到現在，仍然保持純友誼，雙方連手都沒有碰過一次。

「只是公證而已，婚姻不過是一張紙，隨時可以丟到垃圾桶。我爸爸我媽媽就是這樣。等到小孩生出來，我們可以再去簽個離婚證明，就一點關係都沒有了。」看到古恩沒反應，汪洋洋接著說：「現在小孩生出來要有爸爸啊！要不然會被登記『父不詳』，這樣好可憐喔！」

汪洋洋有條有理的分析，看起來她似乎並不全然失去理智。

「而且……小孩生出來也要有名有姓啊……上次我就說過了，不管男的女的，都叫作古真，好不好。」

這時候的汪洋洋，睜著一雙無辜的大眼睛。古恩記得她曾經在教堂說過的話，她將來生的小孩，要按照真、善、美的順序排列。那時候古恩還揶揄她，如果第三個孩子是男生，叫作古美會不會太娘？汪洋洋反應倒是很快：「我叫汪洋洋，也沒有因此長出陽具。」

她就是個變化莫測的大海洋，滿腦子想像力，徘徊在世故與純真之間，如同驚鴻一瞥的浪花令人難以捉摸。

「而且……」剛剛似乎沉浸在新生兒帶來美好願景喜悅中的汪洋洋，現在又開始掉眼淚。如果說她很會演戲，那麼這一次，她真的太入戲了。陪伴汪洋洋一起坐在沙發上的嚕嚕米，因為重量不均而開始傾斜，它的頭微微落在幾乎全身哭泣濕透的汪洋洋肩頸之際，汪洋洋乾脆把嚕嚕米抱進懷裡，啜泣著：「而且……古恩……我不想在我死的時候，連一個可以握手的人都沒有……我阿姨……就是這樣……」

說著說著，她又掉眼淚了。

古恩走過去，在汪洋洋旁邊的沙發空位坐了下來。他和她中間還卡著一個超級大毛偶嚕嚕米。

古恩默默坐在汪洋洋和嚕嚕米的旁邊。汪洋洋的心有多痛，古恩絕對比她更痛百千萬倍，因為戴安若是他的親表姊，他們一起長大，一起在花蓮的山間曲徑、溪澗清流遊玩。那裡沒有人嫌他們髒髒的，也從來沒有人說他們是番仔，他們自由自在，和島上所有的人一樣，公平曬著谷壑與平原的陽光，聞著青草香，以及遠方海洋越過山脈傳來的氣息。在那裡從來不需要承諾，不需要保證，更不需要口號，他們就在那裡，一直在那裡。

只是戴安若先離開了。

就像隱蔽的質。

人為什麼會死？因為人有一種隱蔽的質，在時間到的時候，就必須要死……

確實如同汪洋洋一開始說的，這是一個有深度的夢。而古恩多希望，還能夠有夢醒的時候……

16 回家

光輝鄉長候選人溫添煌最終以一百五十票的差距，輸了這次鄉長選舉。

潘良光得票數一九七〇，溫添煌一八二〇，相差六個百分點。古正義滿腹牢騷，一肚子氣憤，他怪來怪去，最後怪到天氣。

投票日前幾天，不斷下著豪大雨，蘇花公路又是好幾處坍方，路基崩陷，根本無法搶修通車。偏偏，政客口中最安全的北迴線鐵路發生出軌意外，好幾個卑南族小孩在車禍中死去。他們只是到台北參加比賽，高高興興出門，結果卻是這輩子都回不了家。

古正義忍不住嘆了一口氣！如果，蘇花公路沒有剛好坍方；如果，北迴鐵路沒有意外翻車；那麼就不會有人死，也不會交通中斷，古恩可以順利回來投票。除了古恩這一張票，還有其他在台北工作的親戚，如果他們都能回來投票……

回家的路，有這麼難嗎？

這次選舉的氣氛非常詭異，選前一連串公安事故也讓這件單純的選務蒙上不祥的陰影。古正義從來沒見過這麼不敢表態的選民，問起部落鄰居：「你要投誰？」都是揮揮手，搖搖頭，不說不說。除了光輝鄉，每天看新聞報導，口水戰愈來愈厲害。大家都發誓說要做清流，絕不賄選，爭相給自己貼上標籤強調非典型選戰。但是地下賭盤愈開愈大，聽說連澳門和拉斯維加斯的集團都來入股，輸贏之間早就破億元金額。愈是標榜清白選舉，賭盤勢力更驚人，也真應了一句俗諺：廟多之地必敗德。結果，古正義的外甥女戴安若，就這麼莫名其妙的死在一個男人的車上，她還有一個未成年的孩子啊！選舉這件事情愈複雜愈容易逼出簡單的答案，很可能是靈長類動物在面臨困境時都會本能地回到草履蟲模式，以單細胞思考，原來所有的悲劇都是政治迫害。

戴安若之死催出同情票，民主制度選賢與能的意義突然消失了，民粹主義下的民主只關心老百姓開心不開心。染上血腥的選票讓群眾悲憤莫名，眾聲喧囂唯一的訴求就是「要求真相」。無論有票沒票，有錢沒錢，此刻所有人都化身正義魔人。投票前夕的最後關鍵，誘引選民非理性的激情才是王道。誰管候選人到底是不是能做事的人才，沒人在乎政見，選前一刻彷彿黎明前的黑暗，激情的選民都想成為俠盜羅賓漢，藉著手中的一張選票，讓心中偏執的公理得以伸張，讓無辜的死者得以伸冤！

汪志群贏得選舉。他的得票率和民調完全相反，據說和賭盤開出來的幾乎一模一樣。

這似乎應驗了某種處世哲學，死者最大！

其次是傷者。

古清輝是藍領，他的工作是開怪手在工地施工。怪手這種龐然大物沒辦法使用照後鏡看到背後生靈，只能消極貼上「旋轉半徑內，禁止進入」的危險警告標語。在工地，司機發動怪手之後必須熱車，長達一分鐘的熱車時間會讓引擎發出轟然巨響，相當於第二次警告。但是，意外還是發生了，在一次啟動怪手迴轉到施工位置時，古清輝撞到了木工，受傷的木工立刻找律師，索賠一千八百萬。木工在法院裡宣稱他因傷坐輪椅，無法養家活口，要古清輝賠償醫藥費與往後的生活費。法官和檢察官也一面倒的同情傷者訴求，官司纏訟兩年未果。

「哼！司法正義。」古正義輕輕嗤了一聲：「正義在哪裡？正義在這裡。我坐了三年牢，用青春埋葬正義。」

褫奪公權四年六個月，坐牢兩年八個月，目前假釋中，他什麼事情也幹不了，除了翱翔天空，用短暫的時間換取片刻飄浮的自由。古正義有時也會忍不住嘆息，現在思考那些有關正義公平的字眼還有什麼用？古清輝陷入可能賠錢一千八百萬的官司，戴安若被一槍斃命還找不到殺人凶手。戴安若的媽媽，也是古正義的親姊姊，十多年前就和黃春美一起到新加坡發展，已經失聯好多年。這個家，早就四分五裂，想要和從前一樣動員親族來投票，那不只是動之以情，還要更多，更多……選舉制度已經愈來愈不像制度，它簡直演化成為生物體，依靠細胞分裂生長繁殖。如果細胞分裂失去控制，常常導致特定細胞團的增生、異生或腫瘤突變。嚴重時叫作惡性腫瘤，就是沒藥救的癌症。

選舉也是一樣的結果。以前是為了反對獨裁，才設計出這種所謂的民主模式。現在，每次投票結束，就是又一次沒藥救的細胞分裂。好比這次古正義為溫添煌站台，那些理念不合的敵營陣線和宗族勢力，再度抹黑造謠互相攻擊。

流言，是殺人不見血的隱形利刃。

拜託！古正義心想：「以前我們原住民靠天吃飯，部落同心協力，一致對外。就算要去打獵殺豬也是為了生存。探險是天賦，不是拿來在人與人之間互相傷害。」

現在，選舉結果，無論贏或輸，都是拿刀自剮。失去戰場的勇士們，退化到釣蝦場以浮標做弓，在二十二尺的方寸間，等待這種無脊椎動物願者上鉤。

還好古正義有飛行傘，可以讓他待在天上的時間多一點，不致泗泳於死水之間。

而且，現在，古正義的媽媽林春華、外甥女戴安若、姊夫戴登綱、還有很久以前就過世的父親古和平，都一起住到天上，成為天主的子民！每次古正義牽曳飛行傘順利起飛，都感覺到自己彷彿踏上回家的雲端之路，總有一天他會與親族在天上再度相遇。

只是戴安若死得冤枉。她曾經是古家最疼愛的小孩！她小時候真可愛，聰明又乖巧，每年寒暑假都會回到光輝鄉來陪伴外公外婆。

剛開始北迴鐵路尚未通車，返鄉必須搭乘有車掌小姐吹哨子的「金馬號」客運來往險峻的蘇花公路。蘇花公路是一條天險之道，彼時狹仄到只能單向通車。戴安若每次回外婆家，必須大清早出發，搭乘客運從台北車站往新店方向，先走一段全長五十八公里的北宜公路，這條道路最驚險的部分在經過金面山路段時，因為山路曲折，過去被稱作「九彎十八拐」。也由於道路曲線崎嶇，許多視線死角經常造成重大死亡車禍，因此行經這段道路常會看見道路兩旁遍布冥紙，似乎在向亡魂祈求行路安全。好不容易抵達蘭陽平原，卻只是整段返鄉旅程的三分之一，歷經整個早上的山路迴旋，早已經胃腹翻攪，暈車暈到吐。通常金馬號會一路開到蘇澳，在公路局總站休息一個小時。這裡因為是交通集散地，聚集了許多餐館與攤販，古正義或古清輝去台北接戴安若回花蓮，都會在這裡用中餐。光輝鄉處在花東縱谷，看不到海，古家兄弟每次到這裡都會點一條油炸酥魚，再配上一盤小黃瓜。他們說蘇澳靠海，漁獲很新鮮，來這裡應該要吃魚。

用餐時間結束，繼續上車，準備啟動第二段旅程。大巴士開到蘇花公路起點，台九線一〇四・八K處。那時候的蘇花公路僅能單向通車，最窄的路面是三・五公尺，彎道的最小半徑只有十五公尺。因此在蘇澳白米橋有個管制所，必須等到由花蓮北上的車輛全數通行之後，才能讓台北開來的車子繼續南下。蘇花公路行路驚險，卻是巧奪天工的地景，臨著峭壁之下就是深深的斷崖，驚濤迎岸，白色浪花掀起短暫的泡沫，送往迎來，潮起潮落，即便天海之間命懸一線，似乎也只是跟隨海浪興替，日出日落，蘇花公路行人依舊。

戴安若被古芝琪抱在懷中，站立在太魯閣大橋旁的中式蟠龍紅柱拱門旁的黑白照片猶在，那時候的小戴安若笑得多幸福！即使公路如此蜿蜒，她還是願意回來外婆家。她的爸爸戴登綱是榮民轉任公務員，無法在寒暑假親自帶小安若返鄉，等到他屆臨退休，也老得走不動了。戴登綱過世時，古家的親戚全部北上參加告別式，就是獨缺戴安若，因為她在美國。後來才知道，那時候她的日子不好過，已經窮到連機票都買不起。現在可好，他們父女倆都回家了，終於在天上團聚。

而古家，也只有古正義繼續留在光輝鄉。大哥古清輝和二哥古學良都已經是六十幾歲的人，早就開始領原住民老人年金。但是，錢換不到他們繼續北漂的命運，已經到了這個歲數，為了生活，依然有家歸不得。

二〇一六年主計處公布人力運用調查報告，全台灣有六十二萬人從事臨時性或派遣勞動工作，人數創下歷年新高。若是時光可以倒流，同樣的臨時派遣工，在二〇〇一年只有八萬人。十四年來，領日薪又沒有勞保退休金的工作人口成長五倍。

在二〇一八年上網尋找人力派遣，立刻出現上百間「專業派遣」公司，工作內容包括：粗工、臨時工、雜工、打石工、技術工、帷幕工、工地工廠水溝等各式清潔工、家庭清潔、營建營造板模工、土木、水泥工、水電工、油漆拆除、搬運、進退料、搬運清運、裝卸貨櫃、裝潢出清、各行助手、工廠包裝、產線人員、機台清潔、營造類、各式半技工、中短期支援。

古清輝和古學良兩兄弟，七年前一度也在派遣公司的名單中，那時候，他們每天等老闆電話。當時接到工作，至少還是一個短期的工地項目，比方說蓋房子會做到房子蓋好，蓋馬路會等到馬路通車，按照完工階段付錢，養家活口就靠這份關在工地半年不能回家的契約。現在，人浮於事，每天清晨，派遣公司門口自動聚集一堆人，像是等待樂透開獎似的等待雇主點名，被點名到的人才能去工地做一天的臨時工，日領薪水一千五百元，派遣公司抽成五百元仲介費，臨時工落入口袋的台幣只有一千元。

古清輝和古學良是ＸＸ地質技術工程有限公司的編制內員工，但是他們領日薪，每天一千八百元現金由公司全數給付。最近古清輝因為工作認真，成為小組組長，公司加了一百元薪水，讓他非常歡喜。勞保由公司負責，外加提供中餐和住宿，他們不用擔心每天被派遣公司點名，只要服從公司分配前往指定的工地上工。如果到台中、屏東等外縣市，公司還會包辦晚餐。台中八期市場工程、竹北台鹽科技園區、屏東南迴公路改良，都曾留下兄弟倆的足跡。

地質公司的業務範圍很單純，就是打好地基，讓建築物的地盤穩固；或是在造橋、蓋大樓時正確使用預力梁。一旦地基做好，工程也就跟著結束。他們不是建築營造業者，所以不蓋房子，他們只負責把房子的地基做到安全牢靠。剛開始兩兄弟進入這一行，只會電焊開怪手，在工地待久了，邊看邊做，主動學習，幾個領班大哥也不藏私，願意教，關於地質學的專業：例如預力地錨、預力岩錨、坡面噴漿、竹削護坡、微型樁、隔幕灌漿、地下室安全措施規畫、山坡地穩定工程、鋼軌樁引孔、預力地錨、擋土排樁、邊坡噴漿、型框護等等。兩兄弟逐漸駕輕就熟，加上愛交朋友的天性，偶爾見到總工程師也能哈拉一番，把地質專業說得頭頭是道。有陣子太平山蹦蹦車站因為走山塌陷，古清輝帶兩個工人，在很短的時間利用仰製工法，打洞穿鋼索，拉地錨，挖地基深入五十公尺，打出兩百多個地洞，再抓岩盤，拉鋼索，灌漿。古清輝對於這種「地質改良」工作的想法很簡單，他說：「把山拉緊，把地下鞏固了就不會再走山。」那次他只帶兩個工人就把工程做得漂亮穩固，徹底預防土石流，讓太平山鄉民不再害怕山崩逃難，也讓老闆從此對他刮目相看。

現在老闆很放心古清輝帶著團隊去工地，所謂團隊，就是包含古清輝算在內一共四人的編制員工，再加上從外面派遣公司調來支援的六到七位臨時工，就可以在工地把當天的進度完成。台灣有百分之七十的面積是山地與丘陵，幾乎每天都有整地工程，也讓古清輝和古學良在耳順之年，還有機會工作賺錢。

所有賺錢的機會都在外地，兩兄弟回家的路，愈走愈遠。

某個夏天的午休時間，太陽酷熱，直曬工地休息室。休息室是間鐵皮屋，鐵皮屋最容易熱傳導而且空氣對流效果不佳，美其名是休息室，實際上是人肉烤箱。因為待在休息室裡實在太熱了，古學良乾脆直接在戶外涼爽通風處小憩。他選擇躺在自己最心愛的怪手旁邊，怪手的駕駛艙當然不能睡覺，那個空間設計只能容納一個人，另一個人想擠進來必須坐在駕駛的大腿上。以前古學良的兒子古昭華就是這樣坐在古學良腿上觀摩方向，三歲開始擔任怪手副駕駛。也許真的是基因影響，古昭華長大以後雖然沒有繼承父業開怪手，他去開なまコン，發音類似「哪媽控」，日文的意思是預拌混凝土車。

花蓮有十多間「交通運輸公司」，營業項目多半是運輸砂石。許多工廠在花蓮各溪流採集鵝卵石，清洗之後將砂石由南往北運送到花蓮港，再由海運方式運往台北的營造公司。有時候也會直接用聯結車將砂石送往台北。跑台北一趟需要十二小時，公司向客戶喊價兩萬七，司機抽一成九的薪資。認真跑起來一個月可以收入四萬多元，非旺季平均一個月也能賺到三萬多元。這種工作不能喝酒還要早起，凌晨四點多就得出發，因為老闆通常願意提供勞健保，司機跑一趟直接拿一趟的現金，因此吸引花東地區許多原住民來就業。畢竟，能有個穩定的工作，老婆小孩、高堂父母，才能安心活下去。

古學良曾經聽說在台北有個什麼「Baby Boss City職業體驗任意城」，專門給小朋友體驗各行各業的工作，這裡面有超過七十種職業角色讓小孩子學習扮演，聽說可以讓小朋友穿上漂亮的套裝與西裝，去當空姐、董事長、醫生、廚師……也有洗車工人和卡車司機等職業與道具讓小朋友學習體會。古學良的孫子到台北畢業旅行，就被學校帶到這地方玩，小孩子興奮又害羞，七十多種職業體驗給他選，但是最後還是選擇最熟悉的行業：卡車司機。

後來古學良才知道，這種叫作寶貝城的地方進去要買門票，一張票一千元。

天氣熱，又想到往事，古學良感覺有點悶，他想吹吹風。於是他選擇躺在怪手的另一側，這裡剛好有機器與樹木遮蔭，雖然面臨大馬路，但是水泥地堪稱平坦，而且就是因為大馬路無遮蔽物才涼快通風。他把安全帽隨意丟在身旁，擲出去的角度剛好讓帽頂著地，變成一個碗似的，也像半個不倒翁在地上搖來晃去。古學良把塑膠安全背心反摺，露出裡面的棉布材質，捲一捲當作枕頭，將頭頸靠上去，人也順勢躺平，就這樣蜷臥在路邊水泥地上睡著了。

後來是古清輝來叫醒他，要他起床工作。

古學良睜開惺忪的眼睛，他雖然一生漂泊，人如其名像馬路一樣到處跑路，然而他本性單純，沒什麼煩惱，多年來上山下海，任何地方都能夠安穩入睡，補充精神之後繼續工作、賺錢。

準備上工了！他伸手拿起安全帽戴到頭上，裡面突然撲通掉出好幾個銅板，還有兩張一百元紅色紙鈔。

「烏茂！」古學良對大哥說：「天上掉錢下來了。」

古清輝自謙沒什麼知識，但是還有常識。他說：「你頭殼壞去啦！那是路邊的人經過，以為你是乞丐，把錢放在安全帽裡捐給你。誰叫你把安全帽倒著放，就像一個要錢的碗。」

「我們今天加菜了。」古學良嘻嘻哈哈地說。

就在這個時候，一個瘦弱矮小、膚色黝黑的女子推著輪椅經過，輪椅上坐著一位沒有右腿的老先生，他們手上拿著口香糖，朝向古家兩位兄弟的方向搖晃，一邊說著：「好心人，幫幫忙，幫忙買口香糖。我家小孩得癌症，需要標靶治療，我們沒錢看醫生。」

古清輝和古學良對望一眼，不作聲。

「求求你們幫幫忙，我家小孩再不治療就會死掉。」說著說著，這兩人似乎哽咽起來。

癌症真的很可憐，光是光輝鄉的橋頭老家，去年就有三個人因為癌症走了。聽說癌症末期全身會很痛，如果沒吃藥會痛到生不如死。古家沒有癌症病史，林春華去年以九十八歲高壽過世，她是老年退化，慢慢躺在床上等死。其實那時候也一度生不如死，因為全身器官退化讓她漸漸癱瘓，最後的日子都靠長媳咪娜灌食和把屎把尿。曾經古清輝喝醉酒，對著媽媽哭鬧，說：「妳怎麼還不死？這樣拖著好痛苦！」林春華那時候已經四肢無力，好幾個月沒有下床，但是她的意識仍然很清楚，她躺在床上，默默看著古清輝，她知道這個兒子最孝順，只是久病床前，時間磨蝕孝子的耐性，大家都累了。

「烏茂……」林春華輕聲地，用她唯一會使用的太魯閣族母語說：「我不能自殺，這樣神父不會為我祈禱，我也不能進去天堂……」

就在林春華說完這些話之後不到半年的時間，她因為全身機能衰敗，沉睡在加護病房。古清輝每天早晚都到醫院探望母親，在加護病房裡陪伴媽媽一個小時。林春華小巧精緻的臉型呈現著安詳紅潤的氣色，她一生忍辱負重，面對命運的不公不義毫無怨懟，她安靜守候遠征南洋的夫婿活著回家，等待遲歸的遊子與北漂的孫姪，她在喧囂亂世中選擇沉默，平緩走完人生道路。那一刻，古清輝彷彿在母親臉上看到天堂的容顏，九十八歲的原住民老太婆，她不識字，沒念過書，不會講官方規定的語言。她只有一百五十公分高，生了五個孩子，每個都是自己揹著抱著爬山回家，這輩子，她靠著體力與雙手做農事掙錢，從來不求世界施捨什麼報償，而是把自己不斷掏出去，掏給家庭，掏給孩子，掏給天地。她把自己掏空到再也不能給的那一天，在醫院裡拔掉維生器，結束人間九十八年的心跳。

林春華斷氣的時候，古學良拚命想把媽媽搖醒，這個男人已經六十多歲了，仍然捨不得分離。如果還有機會，他會拚命賺錢延續媽媽的生命，只要媽媽在。

想到生離死別，想到有病沒錢醫治的無奈，想到至親的人死去……古學良把手上那兩張剛剛意外得到的百元大鈔，默默放進殘障者輪椅扶手邊牢牢綁著的塑膠籃。那一男一女看到之後不斷磕頭，雙手合十，嘴裡一直說著：「感謝！感謝！阿彌陀佛！好心有好報！阿彌陀佛！」

被這樣磕頭感恩，大哥古清輝也下意識地摸摸褲子口袋，口袋裡只有五百元紙鈔，他掏出來看了一眼，跟著放入輪椅上收錢的塑膠籃。

「阿彌陀佛！阿彌陀佛！好心有好報！謝謝！謝謝！」坐輪椅的和推輪椅的人同聲感激。然後這對不知道究竟是父女還是朋友的搭檔，硬是塞給古學良兩包Airway口香糖。兩兄弟不願意收下口香糖，但是對方雙手奉上獻禮，雙方推辭半天，最後，古家兄弟為了準時開工，只得收下這兩包口香糖。

輪椅駛離，繼續往下一個方向前進。

古學良順手把這兩包口香糖遞給大哥。古清輝說：「我吃檳榔，又不吃糖。」

「我也不吃口香糖。」古學良無奈地回應。

「帶回家給古正義吧！他愛吃糖。」古清輝說。

「他什麼時候開始愛吃糖？已經那麼胖了。」

「選舉輸了以後。」古清輝淡淡地說。

選舉輸了以後，日子還是照樣過。

古明珠依舊在她家的後方空地堆垃圾、種青菜、養土狗。在簡易拼裝的鐵皮棚子下，堆起幾塊磚頭，放進一些薪柴，隨意生火煮食。她的孩子都已經離開老家另外組成家庭，雖然仍住在同一個村子，距離也不遠，但是自從鄧老師過世之後，古明珠就獨自守著老家一個人住，要吃東西也自己煮。她生活不講究，所有的廚具都沿用以前的舊鍋碗瓢盆，就連現在正在煮湯的鍋子，也是個跟部隊裡做大鍋菜一樣大的鐵鍋，那是從前從前，古明珠用來把一家人餵飽的重要工具。

她把前幾天從喜宴打包回來的食物全部放進去煮沸，鍋裡有蹄膀、蝦子、豆干、孔雀蛤、蟹肉絲、紅蟳腳、褐色米粒（可能是油飯）。這些食材不稀奇，比較特別的是有許多深淺色澤不一的條狀長物，細看具備魚肉的紋理，估計是把打包的生魚片一起放進鍋裡煮成大雜燴，因為旁邊同時滾動著形狀更細長的白色蘿蔔絲。

古正義把車子開到古明珠家後院，停妥在池塘邊，他從車上走下來，走向正在煮飯的姊姊。古明珠招呼他一起吃飯，古正義看著大姊，她把頭髮盤起來，可能是沒找到髮夾，她竟然用一條蕾絲邊女用內褲當作浴帽，把頭髮懸固在後腦勺。內褲設計給兩個大腿的開洞處，露出了她染黃之後又褪色的白髮。

「吃飯！」古明珠說。

不待這句客套話，古正義早已經拆開免洗筷的塑膠袋，拿起竹筷夾自己想吃的食物送進嘴裡，一邊吃一邊說：「媽媽的墳墓漏水了。」

「當初就說不要給Yumin做，你不聽。」古明珠說這話面無表情，似乎早已經習慣部落的辦事風格。

「Yumin說他要創業，想說給他一個機會。」古正義解釋。

「媽媽死掉的時候，按照傳統，誰來家裡祭拜都要請他們吃飯，直到媽媽出殯為止。Yumin他爸爸來的時候包一千塊，然後每天都來，還帶著全家一起來吃飯，簡直就是在橋頭搭伙。你說人來了，不能光吃飯，也要請喝酒，一天估計三瓶保力達，一瓶兩百四十元，八天早就超過一千塊奠儀。」古明珠啐了一口痰：「沒禮貌。」

「現在墳墓漏水要補水泥啊！做工的錢，大家分一分吧。」古正義說。

「你最有錢，你先幫忙。」古明珠說。

「我選輸了三次，欠一屁股債。」

「你還有兩棟房子沒賣，美怡幫你管錢管很緊。你每次選舉都要我們捐錢，烏茂和馬路那麼辛苦，因為是你哥哥，二話不說也都捐十幾萬給你。」

古正義不說話了。因為古明珠說的是事實。

「最後一次選，眼看錢就要燒光了，烏茂帶著爸爸的遺照到你家去求宋美怡也拿錢出來贊助選舉，結果呢？被你丈母娘用掃把趕出來。最後還是你哥哥去農會貸款幫你借錢來選舉。」古明珠一邊說話，一邊用大湯勺攪拌大鍋菜，她看到一根豬肋骨，用手指頭挑出來，扔到地上給狗吃：「連狗都知道是誰在餵牠骨頭。做人不要那麼小氣。」

古明珠說的最後一句話，讓古正義吃不下去了，他乾脆放下筷子。

「你有頭腦，孩子又有成就，現在都留在台北。你先讓媽媽安息吧，不要漏水漏到她來託夢說很濕，睡不著。」古明珠做出結論。

關於託夢這件事，在選舉過後，汪承熙也想過。

他沒有賣掉那輛賓士車，相反的，他把車子送去清洗乾淨之後，當作沒發生過任何事似的，照常把這部車當作代步的工具。反而是汪志群另外買了一輛豪華日產轎車，還聘雇專屬司機。汪志群的理由是開日產車比較低調，身為地方公職人員應該以身作則。

現在汪承熙自由了。他不需要被父親隨傳隨到，他想開車去哪裡就去哪裡。以前，戴安若說過想去看海，他從來不把這些當成一回事。

他常常開著這輛車在城市游移，有時候在外面買了便當，下意識地往大屯山方向開，就在過去經常送戴安若回家的路上，找個有樹蔭遮蔽日曬的路邊停靠，獨自在車上吃便當。這時候他會想起戴安若的手藝，香菇雞湯、蒜煎牛小排……還有炒飯，尤其是荸薺炒飯，這女人怎麼會這麼愛亂發明一些怪東西……想到這裡，汪承熙忍不住微笑，她真的很會「炒飯」，真的……

那天清晨，他剛剛接了她上車，正開往競選總部的路上。他們就像從前一樣，隨便聊些沒營養的話，汪承熙抱怨選舉期間都不能好好坐下來吃飯，害他緊張到胃痛甚至便祕。戴安若提醒他記得吃行軍散，汪承熙則回答說現在吃這個好像也沒用了，戴安若還叮嚀他要好好照顧身體。當時他們正經過那條二十米寬六線大道，尚未出現車潮，只有日出的曙光，照耀在大樓的帷幕玻璃裡反射到前座擋風玻璃，讓汪承熙瞇了一下眼睛，視線突然變得魔幻起來，有點像夢境，彷彿這一切都看得見卻留不住，就像光的剎那，凡事一瞬間。

就在這個時候，戴安若突然轉頭凝視他，笑著問：「你有沒有一秒鐘是真心愛過我？」

汪承熙聽得很清楚，卻不回答。

戴安若看著他傻笑，然後低下頭，像是自己對自己的夢中囈語：「我知道！因為你在這一秒鐘以外的時間，是更多真心愛著我。」

就在這個時候，他們遇到了十字路口的紅燈，就在距離斑馬線還有三部車的距離，汪承熙緩踩剎車，將車慢慢駛停。新都會重劃區經常出現一些特殊職業的人在路邊徘徊，像是高舉建商廣告木牌的人、發放房地產促銷宣傳單的人、或是賣口香糖和玉蘭花的人。他們穿梭在車陣中，採取積極促銷的方式，敲車窗或攔下機車騎士，希望能賣出些手中的東西換錢。

有個戴斗笠穿圍裙的老太婆走近，她的身形削瘦，步伐凌厲，不知道什麼時候閃到汪承熙的白色賓士車旁邊，用她穿戴著防曬手套的手敲敲車窗，舉起手中的玉蘭花籃，示意賣花。

戴安若透過隔熱玻璃看見賣花的老太太，轉頭對汪承熙微笑說：「我們跟阿嬤買朵玉蘭花吧！」

汪承熙隨意從車上零錢匣取出十塊錢，交給戴安若。戴安若按下電動鈕，車窗緩緩降下，那老婆婆有一雙狹長的眼睛，眼神像隻瞄準獵物的隼鷹。她的手伸進覆蓋著藍染棉布的花籃裡，拿出來的卻不是玉蘭花，而是一把黑色手槍。老婆婆毫不猶豫，熟練地舉起槍枝，扣住扳機，直接朝向戴安若的右邊太陽穴射擊，動作非常迅速，迅速到所有人都來不及反應。那聲響非常巨大刺耳，轟然震碎了汪承熙的世界。他最後看到的是戴安若軟綿綿地朝他的駕駛座方向倒下，火藥的後座力推動她的身體，讓她那顆染滿鮮血的頭顱剛好垂掉在汪承熙的褲襠，一粒彈珠大的血紅色肉瘤刻印在戴安若的右耳上方，但是她再也聽不到任何呼喚。

汪承熙後來才想到，這是他這輩子，第一次掏錢買花給她。

戴安若的手機在這個時候不斷叮叮作響，那是戴正從美國傳來LINE的訊息，每傳一次就叮咚一次，像是個耐心的訪客在按門鈴，但是他不知道，主人再也不會開門說聲歡迎。

媽媽早安。

妳什麼時候出國？

我的第六感覺得有點不吉利

當然還是祝妳出國平安順利

快快回家喔

一路順風

有點緊張

平安回來喔

這個無辜的孩子……

汪家安排戴正去美國念書，真正的原因是嫌棄他身上揹負的原罪。因為戴正的親生父親曾經是經濟犯，在美國又因為走私坐牢，道德上有著非常嚴重的瑕疵。汪家不能讓這個拖油瓶進門，汪家不願意承擔任何不屬於他們的風險，尤其在他們即將重返政治權力核心的此刻。

想到戴正，汪承熙即便再鐵石心腸，也忍不住揪痛。他不知道該怎麼告訴戴正，他的媽媽永遠不會再回他訊息了。

這對戴正來說應該很痛吧？他畢竟只是個十二歲的孩子。然而對汪承熙自己的親生女兒汪洋洋來說，她可能對父母親的感情早就麻木了。

汪洋洋和汪承熙，與戴正和戴安若的情況差不多，最終都是聚少離多。只是戴正是被迫的，汪洋洋是自願的。

汪洋洋最後一次出現在汪家，還笑嘻嘻地跟爺爺撒嬌說她準備考醫學院。汪承熙心想這寶貝金孫的牛皮是不是也吹得太大？從第一類組轉到第三類組，妳這姓汪的基因真有這麼強大，這麼天才嗎！作為汪洋洋的父親，汪承熙也早已管不住這個獨生女，唯一能夠掌握汪洋洋的方法就是在她手機裝置定位APP，有空的時候就檢查一下。還好，汪承熙觀察汪洋洋最近的定位紀錄，她這次似乎真的學乖了，行蹤挺安分的，幾乎都待在大安區那棟早已經過戶在汪洋洋名下的房子裡。

在那間房子，汪承熙還記得，只要站在前陽台就可以看見大屯山。

事實上，汪洋洋並不是真的安分，而是為了安胎。

她骨架纖細，很會藏肉，整個孕程除了身材變得圓潤之外，根本看不出來是個孕婦。再加上她有各種造型的連身娃娃裝，每天就像個洋娃娃一樣跳來跳去，汪家全家老小，竟然沒人發現她懷孕。也有可能是因為汪家當時仍然浸淫在勝選的喜悅中，那種亢進的腦內啡讓他們忙於權力分配，編織著仕途的錦繡前程。

選舉結束三個月，汪洋洋在一個夏天熾熱的午後感覺到強烈腹痛，古恩判斷應該是陣痛開始，他要汪洋洋別緊張，練習拉梅茲呼吸。汪洋洋很聽話，她就像個高階人工智慧洋娃娃，因為有大數據支援，她的腦海很快整理出標準作業程序ＳＯＰ，她說她應該要去醫院。

古恩陪著她到了急診室，她穿著最喜歡的粉紅色點綴白色滾珠絨毛邊的娃娃裝，讓她看起來就像個大孩子似的。但是這件衣服到了醫院還是被護士換成綠色手術衣。診間護士與古恩熟悉，順便問了句：「古醫師一起接生啊！」

古恩笑了笑，沒說話。倒是平常伶牙俐齒的汪洋洋，這時候不說話了。她的產程非常快，到醫院還沒一個小時就開了七指，眼看孩子就要出生。護士準備推汪洋洋進產房，又問古恩一次：「古大夫要不要進去陪產？」

汪洋洋似乎是害羞了，她問護士：「進去裡面要不要脫衣服？」

護士笑，說：「不用脫衣服，只要脫褲子。」

汪洋洋立刻反應說這樣太難看了，她不要古恩陪。

幾個資深護士低頭偷笑，連古恩自己也突然覺得害羞起來。

「古恩，你等我！」汪洋洋躺在醫院病床上，側著頭，她一頭濃密秀髮披散在枕頭上，眼神似笑非笑地覷著古恩，說話的語氣堅定而且充滿自信。

「古恩，你等我！」是她說的最後一句話。

古恩點點頭，對她笑了笑，伸出手掌輕輕撫摸她的額頭髮際，像是撫摸一隻聽話的貓，也像是父親對女兒的讚賞鼓勵。而汪洋洋竟然紅了臉，從脖子一路紅到臉頰，讓她雙靨像顆紅蘋果，和綠色手術衣的對比非常強烈。

古恩陪著汪洋洋到產房門口，直到護理人員與汪洋洋的病床消失在產房另一端，自動門關上為止。

確定再也看不見汪洋洋的影子，年輕的古恩突然牽動嘴角，微微一笑，心想，不久之後，就會有一個小汪洋洋，這個女娃兒，會不會跟她的媽媽一樣古靈精怪呢！古恩想到這裡，就覺得認識汪洋洋真是一個……怎麼說呢？隱蔽的質！想到這裡，又無法克制地傻笑起來。

他在產房外面找了個椅子坐下來，打開手機備忘錄，準備聯絡坐月子中心。過去兩個多月，新手媽媽汪洋洋做足功課，她自己在網路上搜尋資料，還提醒古恩她不喜歡中藥的味道，所以她將藥膳羊肉、十全燉雞、黨參補氣湯都列為坐月子餐的禁止名單。她說：「萬一坐月子中心還是送錯了，你要負責喝完，幫你補身體。」

經過多方比較、研究，汪洋洋終於決定一個自己最滿意的產後護理之家。當古恩看到地址的時候不禁嚇一跳，這不就在他工作的醫院旁邊嗎？根據古恩的了解，這間坐月子中心的口碑並不是特別好。而汪洋洋並沒有多做解釋，她只是淡淡地說，我訂了最大間的套房，有兩張單人床，你中午還可以溜過來午休喔！

古恩估計今天順產之後，住三天醫院觀察傷口，大後天就可以入住坐月子中心。他拿手機撥打電話到產後護理之家，告訴對方產婦已經進去生產，再度和坐月子中心確認入住時間與餐點。如果一切順利，估計明天就可以正常進食。汪洋洋這麼年輕，體力應該還不錯，說不定她待會兒生完小孩就會吵著要吃東西，很多新手媽媽都是這樣子，況且汪洋洋剛剛都已經開了七指，按照經驗判斷孩子會順產，現在只要煩惱她待會兒想吃什麼，古恩得盡快幫她買來。仔細想想，古恩還真不知道汪洋洋特別喜歡吃些什麼，過去她好像從來沒挑食過，什麼都能吃，除了中藥。古恩自己挺愛吃薑母鴨、麻油雞這類食物，不知道這些算不算是藥膳湯頭的一種？經過這次汪洋洋生小孩的經驗，他才發現，他們過去在一起幾百天，也共同用餐幾百回合，還真沒吃過任何有藥補療效的湯湯水水。

汪洋洋在產房裡努力孵出小孩，古恩卻在這裡想著美食，會不會太罪惡了！說也奇怪，過去相處的這段日子，兩人似乎從來沒有為吃東西這件事情產生歧異。事實上，他們兩人好像從來沒有發生過意見不合的時候，雖然汪洋洋滿腦子異想天開，但是古恩都聽得懂，也都能接受。她自從和古恩「交往」之後，再也沒穿過那些奇奇怪怪的衣服，回到了她這個年齡該有的樣子，簡單樸素。那些嗑藥、逃家、雜交、撿屍的怪事如同過眼雲煙，墮落沉淪這幾個字確實列印在百科全書的某頁，但是它已經被時間的手翻過去了。風掀起扉頁，風吹去煩愁，風把好的壞的都帶走，風離開了不回頭。

這時候，產科主治醫師突然快步走出，叫住古恩。他的手術衣上全是鮮血，情況似乎有些凌亂，然而他說話的語氣依然冷靜，就像古恩過去許多次與病患說話的態度一樣：「嬰兒在十二點五十五分出生，女生。但是媽媽胎盤剝離，現在產後大出血，沒辦法止血，這狀況有點危險。我們已經緊急輸血中，你知道，最近血量不夠……」

嗯！古恩回應。

產後大出血的機率是兩千五百分之一，一般好發於高齡產婦以及前置胎盤患者，年輕產婦發生意外的原因多半是子宮收縮不良，凝血功能欠佳所導致。

這情況，尚且在可控制的範圍。

而且汪洋洋還很年輕，她只有二十二歲。在臨床經驗中，年輕人通常具備良好的復原能力，沒什麼好擔心的。

只是接下來的廣播就令人起雞皮疙瘩了。

「999！二號產房。999！二號產房。」

剎那間古恩從腳底竄升一股寒意。

999是病人沒有心跳呼吸的緊急狀況，這時候需要動員全院醫師來幫忙。

而二號產房正是汪洋洋生產的房間。

耳邊響起紛沓的腳步聲，叮咚一聲，電梯門開啟，伴隨著凌亂無節奏的載物車橡膠輪滾動聲響，正是急診室醫師推著電擊器推車走出來。不鏽鋼與電擊器在急促的奔走下持續碰撞，匡啷匡啷彷若死神揮舞著無情鐮刀漸漸逼近。現在醫療設備與醫術已經非常先進，古早時候婆婆媽媽的俗語經常說，女人生小孩是「生贏雞酒香，生輸四塊板」，這兩句話在二十世紀早已被淘汰。現代產房是個迎接新生兒的樂園聖地，除了產檯和醫療專用刷手檯，還包括溫控系統兼輸送型保溫箱、新生兒處理檯、專業麻醉機等基本設備。

但是，正常的產房裡不會預先準備電擊器，因為根據大數據，產婦在生產過程中呼吸心跳停止的狀況幾乎是極少極少，甚至不太可能。

現在，從一樓急診室將自動體外電擊器緊急調度上來，顯然是樓上產房突發重大狀況。古恩的直覺告訴他現在的狀況非常危急，但是還沒有人告訴他究竟發生什麼事！不到十分鐘，外科醫師也帶著葉克膜下來，似乎為急救做準備，血庫人員陸續到位，準備調度大量血品。整個婦產科病房充斥著凌亂瑣碎的聲音，引來許多病患家屬在旁觀望。

剛剛才走進產房的主治醫師，隔沒多久再度走出來。這次他說話的語氣稍快，和平常溫和的他很不一樣：「如果無法止血，必須立刻考慮切除子宮。古恩，病歷資料上看到你是她的配偶，你有權利做決定。」

「當然，請全力保全媽媽的性命。」古恩回答。

護士拿來手術同意書給古恩，古恩在上面簽了名。

「要有心理準備。」產科主治醫師說。

心理準備？

什麼樣的心理準備？古恩心想，過去都是他在手術房或急診室裡搶救病患，一切按照SOP進行，從來不知道病患家屬在外面等候的心情，直到現在才明白，原來就是這樣的心情，這麼冷。這是一種比手術室更冷的溫度，冷到他無法用專業的態度思考，他只剩下本能。手術室很冷，是為了降低細菌感染的機會，通常會將室溫控制在攝氏十八度，有時候甚至更低於這個溫度。古恩的職業生涯讓他早已經習慣冷，各種人事物的冷！他第一次對家屬宣讀死亡證明，還會死背教科書上的公式：「病人XXX，於民國XX年X月X日X時X分，因多重器官衰竭的原因，於本院過世。」古恩清楚記得，根本不需要等到醫生說出死亡原因，在念到病人XXX的名字時，家屬早已心中有數，大部分的人會哭成一團，也有很少數人冷眼旁邊，彷彿剛剛醫生念到的名字只是一陣空氣。

產科主治醫師再度走出產房，他的髮際濕濡，眼睛充滿血絲：「我現在要換給婦科醫師開刀。緊急摘除子宮，在這種情況下已經來不及做腹腔鏡，開刀房準備好就剖腹。」主治醫師對古恩說：「你是院內醫師，進來幫忙吧！」

這是古恩應該做的。他是院內醫師，只是今天不是他值班的日子，但是在999的緊急情況下，他有合格執業登記，在任職的醫院裡可以隨時支援。

他換上消毒衣，戴上手術帽，在洗手台刷手。這一切都是他生活中的例行公事，從實習醫生跟著教授跑病房開始，從內科到外科、耳鼻喉科到骨科，古恩曾經接生過新生兒，見到新手父母喜極而泣的笑容，也念過死亡宣言，聽到家屬嚎啕或悲抑的哭聲。

他現在不能有任何情緒波動，一旦穿上手術衣，他就是專業醫生，以救人為天職的工具人。開刀房裡的光線純白透明，不帶任何想像。汪洋洋獨自躺在手術台上，已經做了插管治療，旁邊有醫師正在幫她壓胸做心肺復甦術。CPR是古恩最拿手的強項，他在急診室裡幾乎天天練習，現在他看著心電儀圖表上的波形跳動，明白這個曲線是微弱的。而且，一旦醫護人員停止壓胸的動作，心電圖幾乎就是靜止的。

「病人產後大出血的時候已經發生休克，隨後緊急手術，現在術中術後出血，凝血不全，心跳停止。我們已經大量輸血搶救，病人產生發燒和低血壓情況，原本以為是溶血反應，但是經過再三確認，血型沒有問題，現在判斷是輸血併發症TRALI……」

TRALI是輸血所導致的非心因性的肺水腫，因外來血品含有對抗人類嗜中性白血球抗原及人類白血球抗原的抗體，這些含有白血球抗體的血液輸進病人體內，抗體即與病人血液中的白血球抗原發生反應，白血球會釋放對細胞有毒的物質，使肺部的微血管滲透性增加，造成微血管內的液體滲出血管，並進入肺泡，導致肺泡積水而產生缺氧現象。由免疫反應引起的輸血急性肺損傷大約每五千次輸血會發生一次，與性別、年齡、族群、疾病或藥物沒有直接關係，致死率是百分之六到八。

心肺復甦術在一分鐘內做四個循環，一旦開始CPR，過程中不能中斷超過七秒。因此需要醫護人員在病人旁邊隨時待命接班。輪到古恩的時候，他猛然想起，這是他第一次這麼近距離看見汪洋洋的身體。

手術室很安靜，除了儀器規律運作的嗶嗶聲響，就是不鏽鋼設備之間互相碰撞的聲音，例如醫師更換的手術刀與消毒盤。剖腹切除子宮的外科手術順利，不到一個小時就摘除器官同時將傷口縫合完畢，但是病人的心跳一直沒有救起來。

一旦停止電擊或壓胸，她的心跳就歸零。

汪洋洋的身體愈來愈冰冷。

在醫院裡，每天都上演生老病死的輪迴。古恩有信仰，但他也忍不住經常思考，在天使降臨與閻羅王抓人的無間道，究竟是什麼決定了人死後的方向？所有的一切，最終只能靠眼淚洗滌嗎？因為高興也會哭，傷心也會哭，喜怒哀樂伴隨有情淚水，緩緩流過時間光譜，默默走完一生。

開刀房護理人員已經花費兩個多小時在汪洋洋身上急救，她一直無法自主心跳。在過去的經驗裡，經過兩個小時急救，病人仍然無法恢復心跳，就是主治醫師向家屬宣告死亡的時候了。

古恩不知道在汪洋洋胸前按壓了多久，他有時候會被人扶到旁邊，有時候會回來繼續壓胸，他的手術衣已經濕透了，護士一直幫他擦汗，直到主治醫師走過來，輕輕壓住古恩的手，跟古恩說：「她已經走了。」

古恩停止動作。

開刀房裡的醫護人員陸陸續續離開房間，只留下幾個護士清理設備，拔除維生器材管路、卸掉氣管插管、取走點滴和輸液吊架。古恩靜靜看著睡著的汪洋洋，他輕輕握起她的手，已經沒有溫度的手。因為他記得她曾經說過，她不要死的時候，連個握手的人都沒有。

「我是汪洋洋，大海洋的洋！」她的聲音彷彿仍在耳際，那麼清脆悅耳：「以後我們生三個小孩，就按照真、善、美的順序排列。」

躺在手術台上的汪洋洋如此蒼白安詳，無論過去她曾經多麼荒唐墮落，此刻的她雙眼閉闔如同美麗耶穌聖母像。她產下獨生女古真，但是再也沒有善與美。

醫院裡太多人掉過眼淚，絕症患者、臨終告別或是沒錢看病，每個讓人哭泣的故事背後都帶著絕望，無處可逃的絕望。年輕的ＰＧＹ第一次朗讀死亡宣言時陪著病人家屬掉淚，經常成為同事之間茶餘飯後的話題。古恩一直很冷靜，但是這一次，他跌入了大海洋，任憑潮流席捲他的理智，變成小雨滴從眼角不停流出。

汪洋洋過世這一天是個大晴天，空中的氣流很好，非常適合飛行。但是古正義在家門口等了整個早上，就是沒有觀光客來付費體驗飛行傘，只有丈母娘帶著掃把和畚箕沿路慢慢走過來，一邊掃地一邊嘮叨，叫古正義幫忙做家事，不要那麼自私只顧著自己一個人在天上飛。

「我自私？我小氣？」古正義愈想愈悶，他現在似乎做什麼事情都惹人厭，當年那個意氣風發，念到教育碩士，考上特考的族人之光，早已在記憶裡風蝕，現在只有九十公斤的體重是最牢靠的，他靠著這樣的體重撐住重心，在飛翔時比其他教練飛得更高更遠，甚至時間更久。

今天，他跑去雜貨店買了一大袋五顏六色的糖果，他幾乎把小店裡的糖果全買光了。老闆娘問古正義要做什麼？

古正義說：「我要去布施！」

他把整袋糖果掛在胸前，一個人到了飛行台高地，俯瞰光輝鄉，不遠處就是光輝鄉墓園，古和平與林春華，還有古家的許多親戚都埋在這裡。鄉下土地多，到處可以埋死人，不過他們古家還是有規矩的，老人們集中葬在一起互相做鄰居，無論是在地下或是上天堂，這麼多人之中總會有個夥伴照應。

今天的上升氣流非常好，古正義幾乎助跑沒幾步就被氣流帶到高空，他看著自己出生長大的地方，形狀愈來愈小，彷彿變成了玩具。那時候他們玩不起樂高，汽車模型更是奢侈品，他們只能玩火柴盒，一個接著一個，排列成火車在鐵軌上行駛的樣子。鐵軌是想像出來的，所以排列整齊的火柴盒必須靜止不動，若是隨便動一動，擠歪了原本的位置，這一切就會變得不像火車，像翻車。

古正義在將近海拔一千公尺的高處，從胸前口袋掏出糖果，隨手撒向天空。一邊像是念咒似的喃喃自語：「我自私？我小氣？現在你們統統都有糖吃，滿意了吧！」

晴朗的東岸天空，突然下起五彩繽紛糖果雨，這些豆粒大的糖果，在無垠的天空中顯得如此渺小，它最輝煌的時刻是它展現優美拋物線姿勢邁向穹蒼時，彷彿具有離地飛行的超能力，自由只在一瞬間，最終的命運還是受到地心引力牽連紛紛下墜。漂亮的糖果，甜美的糖果，誘人的糖果，在大氣中以自由落體的高速，掉在鄉村部落老舊違建的鐵皮屋頂，也掉在投資客炒作地皮興建的豪華農舍，它不分顏色，不分貧富，不分族群，在墜落的時光與空間中，糖果也回家了。

終章

豔陽高照的光輝鄉，綠色山巒依舊，萬里溪繼續奔流。依然有幾個彩色飛行傘在天空翱翔，但是這次古正義不在上面，他已經六十五歲了，按照規定不能再做教練帶人飛行，他只能自己單飛，飛到他放棄為止。

今天是個重要的日子，光輝鄉終於有一座屬於自己的綜合醫院，規模雖然小了些，但是設備應有盡有，包括腦中風照護、外傷照護、心導管、整合性腫瘤治療、急診醫學、生殖醫學、醫學影像部門等等。以往鄉親們發生急症重病，必須開車一個多小時送去花蓮市區，現在，光輝鄉出現了獨立綜合醫院，不只腦血管阻塞破裂急救，或是癌症末期的安寧照顧，都可以在當地醫院就醫，提供最立即的幫助。

為了新醫院開幕，古正義又去殺了十條豬，提供所有村民吃到飽。他一度想在開幕儀式裡邀請男扮女裝的紅頂藝人熱鬧場面，最後被古恩制止。但是慶典怎能冷清？宋美怡建議開幕儀式還是應該規規矩矩，於是她邀請光輝國小學童熱舞表演，當然還演唱了豐年祭歌謠。封麥已久的古清輝，偷偷在家練了好一陣子的卡拉ＯＫ，他今天準備上台演出〈揚州小調〉，還有〈明日天涯〉。

醫院前方規畫有極為遼闊的青青草地，碧翠油綠的顏色彷彿可以榨出青草油！有個小女孩在草地上跳躍，她穿著粉紅色娃娃裝，拿著一個雞毛撢子，追著黃色小粉蝶奔跑，旁邊兩隻一黑一黃的小土狗也跟著她跑，小土狗因為剛出生，短短的腿常常讓牠重心不穩，跑一跑還會自己跌到。

「爸爸，看我！爸爸，看我！」小女孩開心地在草地上玩耍，她不時將頭轉向古恩的方向，清脆響亮地大聲呼喚他。

古恩向小女孩揮揮手，臉上帶著滿足的笑容。

揭幕表演開始了，今天的活動與其說是醫院開幕式，不如說更像部落嘉年華，沒有人按照規矩坐在觀眾席，大家都喜歡走來走去，還有人直接躍上舞台和小朋友跳舞同歡。就在熱鬧又嘈雜的氣氛中，醫院匾額上的大紅布條終於揭開，裡面是一尊由整片南洋檜木漆上光面的碩大匾額，銅字陽刻標楷體，端正清楚的寫著「汪洋洋紀念醫院」。

汪洋洋過世後，古恩是戶口名簿正式登記的合法配偶，按照《民法》規定，他可以繼承二分之一的財產。汪家為了汪洋洋名下的上億資產，請大律師和古恩打了五年多的官司，最終法院還是判給古恩應得的繼承，更重要的是他擁有古真的監護權。

汪洋洋，大海洋的洋……

如果有一天，古恩與汪洋洋再度相見，他最想問她的問題是：「妳覺得我要不要教古真這樣介紹她自己：『我是古真，真善美的真……』」

「爸爸，看我！」古真又在青青草地的另一邊呼喚古恩。這次她抓住一隻虎斑貓，她將貓咪抱在胸前像是搖嬰兒似的把貓咪搖來搖去。這隻老貓可能因為太胖或太傻，牠根本放棄了掙扎。

就在草地遠處，靠近村子入口的馬路上，有輛氣派的黑頭車停在路邊許久。這是一輛賓士S-600，它的出現和光輝鄉完全格格不入。雖然光輝鄉附近有日據時代鐵道遺跡與林業文化園區，是小有名氣的觀光景點，有時也會出現同廠牌名貴轎車在車陣中經過，但都是來去匆匆的遊客，未曾在這裡停留太久。像這輛市價近千萬的頂級進口豪華房車出現在光輝鄉，確實耐人尋味。事實上，這輛車，過去幾年，每隔一陣子，就會出現在同樣的地方。黑頭車的車窗玻璃從來沒有搖下，沒有人知道裡面究竟坐的是誰，但是每次只要這輛黑頭車一出現，古恩就會讓古真在大草坪上盡情玩耍，即使雨天也不例外。

又過了很多很多年以後，古恩長出了白頭髮。古明珠偶爾還能騎著老人電動車在部落串門子，或者在後院踏著蹣跚的步伐繼續煮大鍋菜餵狗。古正義已經老得飛不動飛行傘，他經常坐在民宿門口對著呼嘯而過的遊覽車比中指，更多數的時間則是仰躺凝視天空，看著看著就瞇起眼睛睡著了。經過好幾次腦血管病變的古學良依舊死裡逃生，他終於下定決心戒酒，在抽菸的時候吹噓說他看過上帝好幾次，但是上帝要他先戒菸再來天堂報到。古清輝，體力衰退到無法做工，他剩下的日子就是在家門口看顧孫子的孩子，盯著這群小屁孩不要在塑膠充氣戲水池裡泡太久，甚至不小心淹死。溪梧柯文哲早已經被更新鮮有趣的名詞取代，只有橋頭依然是橋頭，天空依舊是天空，山依舊是山。

台北大屯山也是如此，多年來沒有改變，休火山早已長眠，靜靜埋葬數千年恩怨。山脈延伸出台北盆地周圍高低起伏的丘陵，彷彿堆疊出重重心事。在山巒某處，坐落著一個民營藝術陵園，腹地不大，規畫精緻，園內日本櫻花、楓樹、紫荊等四季景觀植物隨時綻放，從外觀看來容易讓人誤認為是私人花園。歐式鐵柵門旁有二十四小時警衛，兩側漢白玉石雕羅馬柱上鐫刻著吹笛子的小天使，彷彿與世無爭。這裡確實也沒有什麼好爭，因為這是一個生命紀念園區，俗稱靈骨塔。只是這裡的設計較為精緻，數量也不多，每棟建築僅能容納一百九十八個席位，採用全石材內裝，以銅件打造專屬花崗岩面板，讓死亡不再是臭皮囊的崩壞，而是一種終極的美感歸宿，縱然，住在裡面的人只剩下孤單。

一輛賓士S-600黑頭轎車緩緩駛進園區，正午的陽光直射暗色隔熱玻璃，看不清楚車裡究竟坐著幾個人，天空裡有些參差的卷積雲，呈現白色魚鱗狀，整齊排列，太陽光越過雲層之後投射出觀音光束，隨著黑頭車經過時，彷彿串串簾幕將車身拂過，直到這輛車停靠在一座花園洋房式的納骨塔前。開車的人停妥車子之後迅速開門下車，他是個年輕人，穿著白襯衫黑長褲，看起來是個反應機敏的小夥子。他繞到車後座，開啟車門讓乘客下車。

步出黑頭車的也是一個年輕人，他的五官端正俊朗，只是兩道濃眉深鎖，嘴角微噘的唇形讓他不說話也彷彿帶著笑意，但是他的眼神太憂鬱，這樣的憂鬱讓照射到他身上的陽光都會忍不住嘆息。

他示意駕駛留在原地，獨自一人步入納骨塔裡，他似乎對環境並不陌生，沿著花崗岩壁面與黃繡石藝術浮雕，慢慢走到二樓。寬敞的廳廊旁是整排落地窗，此時正是雞蛋花盛開的季節，這種白色帶鵝黃的花瓣豐滿圓潤，花期在夏秋兩季，耐旱易栽，雞蛋花的花語是孕育希望、復活與新生。此刻，望出窗外，正是滿園豔麗好風光，而且，視線越過花園的另一端，在天際線的盡頭還有整片蔚藍海洋，這是一個可以終年看到海的安息之地。

青年在一個塔位前止住腳步。他怔怔望著眼前十五吋體積大小的方格子半晌，微微囁嚅嘴角，卻沒有說出一句話。青年的眼睛黑白分明，清澈有神，深邃而優美，卻在凝神定睛看著塔位許久之後，漸漸泛紅，終至落下眼淚。

塔位上的名字寫著「戴安若」。

青年伸出手，輕輕拂拭塔面上的照片，那是一個五官端正、眉宇綽約的美麗女子，青年的模樣幾乎就是這女子的翻版，尤其是眼睛，彷彿複製著照片裡的眼睛，天真，無邪，漆黑的瞳孔晶瑩閃爍，如果青年願意笑一笑，就會更像眼前這位與他眼神交換的女人，彷彿她也復活了，從照片中走出來。

青年戴正任憑淚水滴落，他默默看著照片，許久沒有動作。直到他深呼吸一口氣，試著努力擠出笑容，時光彷彿回到很久很久以前，有個小學生，在學校裡第一次得到榮譽與肯定，那是老師為了安慰成績不好的他，特別製作一個「好兒童獎」。但是小學生不知道，他開心的拿著獎狀回家，一路都在笑，滿心歡喜只想獻給他的媽媽。那時候他與媽媽分享生命中所有的喜怒哀樂，人生中的第一張獎狀當然要送給媽媽。當時媽媽是多麼燦爛地露出笑容，從戴正手中接過這張獎狀，她告訴孩子：「你得到好兒童獎，媽媽覺得這比其他獎勵都讓我更高興！你要記住，將來就要像自己的名字一樣，戴正，做一個正正當當的好兒童喔！然後，大家都會說『你最正了』，就像媽媽常常被人家叫作『正妹』一樣！」

戴正釋懷地笑了，他看著戴安若的照片，囁嚅半天的嘴唇，終於開口了。他一字一句，清晰有力地說出：「媽媽！我的肩膀硬了，可以讓妳靠。」

照片中的女人依然溫柔微笑，自始至終，她都是用這樣的笑容面對人生。

山又是山，水又是水。天空掉下一顆糖果，遠處傳來悠悠歌聲……

Nhari，Nhari——

太魯閣族語：快

快，貨櫃車

快開，火車快駛

沒鋪枕木的軌道，小米田

那邊再過去那邊，呼吸

除草劑，焦枯的青春。

漢人說在哪裡跌倒就

在哪裡站起來；Nhari

族人說在哪裡跌倒就

在哪裡躺好，看星星

好美麗，因父及子及聖神
喝補力康告解，補充
體力，喝一瓶再上，
喝兩瓶就乖乖躺倒，夢中
驚醒。不好意思
跟上帝太靠近。

Nhari，Nhari——
快，火車快追
怪手時速五公里，
日薪台幣一千五，Sorry
老闆說：沒有退休金。微笑
補充外來語。貨櫃車
開過休耕的甘蔗田，
獵槍的眼睛快逡巡
白鼻心，獵人來不及追憶
部落的山羌果子狸，換來
六個月刑期。快

快，要快到哪裡去？

Nhari，Nhari——
很多國中生醉酒騎機車，很快
摔死在田裡，來不及
長大。十個表姊弟，
一個習醫，兩個
士官長，兩個警察，
五個常蹲門前烤飛鼠，
看命運的火車頭嘯嘯
疾駛，那邊的後面和
後面的那邊，小溪急躁
流過時光的豐年祭。

【後記】

說一個政治愛情與道德裂縫的故事

「這時候一定要有一個人死掉。」

叼著香菸，身材瘦小的男人這麼說。

另一個身材魁梧，留著八字鬍的男人點頭同意：「若沒，這齣戲就歹演啊！」

這是我在長篇小說《古正義的糖》作為開場白的對話，也是全書的核心符旨：一齣即將開演的人生大戲，一個必須死掉的人。

俗話說「殺人不過頭點地」，相較於人死斷氣的瞬間，它的另一面「生存」可能才是個大問題，不只是因為活著的時間忒長，還有活著時「生存的意義」。存在主義先驅、丹麥哲學家齊克果以美學與神學的觀點，將「存在」區分為「道德領域」與「美感領域」，兩者之間有昇華有掙扎。美國文學評論家韋恩・布斯在《小說修辭學》裡闡述：「只要我們真正認真地體會故事中的人物，這些人物所面臨的道德選擇，以及我們自身發生的或好或壞的道德變化，我們的生活便會改變。」

從寫作者視角來看，小說中的神聖或世俗、好或壞、都只是裂縫的差距。所以走到《愛情的盡頭》時莎拉必須死；不忠的《安娜・卡列尼娜》也必須死。

我很少在小說裡以死亡作為高潮的催化劑，除了一開始就設定必要之惡的終結，例如《慾望道場》離經叛道的新聞女主播與〈美到這裡為止〉高智商殺人犯。這次在長篇小說《古正義的糖》處死兩位女主角，一方面是堅持《詩學》的信仰，讓悲劇誘發憐憫與恐懼的情緒，達到洗滌的作用；另一方面，也是明白自己老了。悠悠乎已過半百年歲，五十不一定知天命，但凡親身體驗更多至親好友的生老病死，有善終也有暴斃，深深感觸人生愈苦愈惡愈需要一種溫柔的調和劑，姑且稱為「善之必要」。我們在悲劇裡看到高尚的人遭遇不幸，也看到處於不幸之中人的高尚，藉此得以獲得某種陶冶，尤其是在道德上震撼人心的同時激發出理性力量與審美感受。《安蒂岡妮》劇中都是無辜的人死，惡人繼續享福，劇作家索福克勒斯創造出戲劇界與精神分析界天王伊底帕斯，索氏手下留情，讓弒父娶母的伊底帕斯判處瞎眼流浪的徒刑，然而他的獨生女安蒂岡妮卻在違背國法、服從家法、宗教依靠的倫理觀念鬥爭之間殉身，帶著原罪的伊底帕斯家族最終以死亡作為犧牲或救贖的象徵。

《古正義的糖》也是如此，讓最無辜的人代替罪人受過，企至悲劇的哀憐恐懼。過去我處理小說人物的死亡心狠手辣，畢竟那是虛構的人事物，與現實生活毫無干係。只是這次我完全沒有想到，啟發我創作這篇小說的原型人物，一位正值壯年的原住民菁英，也在小說完成之後的第十天，驟然過世。

他是我至親的小舅舅，待我如父如兄如摯友。小時候都是他帶我們去玩，在山上教我們騎黑黑的水牛，把我們丟在牛背上要我們抓住牠的角，我第一次摸水牛，發現水牛皮好硬，上面還長毛。他帶我們在一大坨牛大便裡面用引線放鞭炮，有次風向轉變，牛大便炸開後的味道直撲而來，他說這是毒氣戰。在山上，每次看到姑婆芋都警告我們不能用這種植物擦屁股（那個年代的衛生紙很貴，不是一般人家裡用得起），也會帶我們去尋山泉水源，教我們認識水蛭，撿蝸牛，烤田鼠還有挖竹筍。去溪邊玩泥巴堆城堡和炸彈鵝卵石，看誰把石頭丟得最遠。夏末，我們在河床砂石地撿拾農民遺棄的西瓜，從中間用石頭敲開，直接用手挖果肉吃，還把西瓜汁塗滿全身，最後把瓜皮當帽子戴，那時候他就說這是「敷臉」。漫長的暑假，夜晚星星滿天，藉著幾盞煤油燈聚焦，他在橋頭外婆家的露台舉辦歌唱比賽，邀請左鄰右舍的小孩一起參加。我的熱歌勁舞被他這個唯一的評審形容為「不小心吃到辣椒」，害我滅絕明星夢。

有一次他說要去鳳林鎮看電影，騎著古舊的腳踏車從橋頭出發，看完電影回家已經晚上九點多，在空無人車甚至燈光黯淡的台九線，他一直騎一直用力騎腳踏車。我坐在後座的方形鐵條上抓著他的腰睡著了，手一鬆開，他立刻把我叫醒，要我抓緊別摔下去。這件事一直讓我記到現在，因為我不再看晚場電影，潛意識裡總覺得深夜回家的路好遠好辛苦。

他念軍校時，有一年送我鑲金紅色絲絨相簿做生日禮物，在封面寫著「不遭人嫉是庸才，能受天磨方鐵漢」。喂！我是女生欸，這樣祝福生日快樂，又讓我記住一輩子。

故事從很久以前就開始了……我的童年寒暑假都在鄉下度過，起初根本不知道這世界有那麼多分類，包括階級、種族與血統。每一次我帶著歡喜飽滿的心情回到台北與同學鄰居分享部落奇聞，卻讓我的朋友愈來愈少，鄰居愈來愈不喜歡來我家玩，在逐漸覺察的差異中，我也愈來愈傾向疏離。長大以後才發現，原來有一種邊緣人，內心永遠充滿恐懼。他必須先戰勝自己，才能戰勝別人。美國小說家雷克・萊爾頓創造半人半神的《波西傑克森》獲得廣大的共鳴，反映出許多人在心理層面投射的混血或雜種基因。在台灣，原住民族經過數百年的異族通婚，早已失去血統的純正，現在只剩下符號，然而大多數人，卻是貼著底層標籤的符號。

我曾經在火車站的便利商店，與一個相似的人擦肩而過，他個子不高，身材削瘦挺拔，穿著一套深灰色的西裝，藍格子襯衫，搭配鵝黃幾何圖案的領帶，拖著黑色造型質感高尚的登機箱，也因為有這個登機箱，讓他看起來不像個業務員或是銀行職員，而像個商務人士。

但是當我看到他的眼睛時，頓時明白，我們都是類波西・傑克森的邊緣人。

他的眼睛深邃且形狀完美，有著西方人式的雙眼皮，烙印在黝黑的皮膚上，線條俐落的五官，堪稱俊美，卻糾結著眉頭，滲透某種壓抑的神祕。他同樣定定地凝視我，當我朝著他的方向走去，那麼幾秒鐘，我嗅聞到血液裡相同的氣息。

我看過太多這樣長相與我類似的男人、女人。他們都有一雙圓廣明亮的眼睛，高挺的鼻梁，稜角剛毅的臉龐，然而他們大部分不修邊幅，衣著凌亂，以駕駛怪手或砂石車，手工剝除桂竹筍硬殼或摘撿檳榔果實零售維生。

那個男人，已經脫離勞動的宿命。他穿著剪裁合身的西裝，梳起油光立體的髮型，聰明地以摩登的拖車式行李代替遠征的步伐，將現代化質感發揮得淋漓盡致，也使得他粗獷霸氣的臉龐上，浸潤了文明的色彩。他儼然是個文明人，不再以出草的姿態書寫身世，就像我一樣，曾經努力漂白皮膚。這一切一切的修飾與琢磨，就是害怕別人沒來由地直觀論述，在來不及認識我們真誠的靈魂之前，先鄙視我們的出身。

《古正義的糖》就是描寫這樣一群不斷奮鬥、努力活下去、渴望向主流價值靠攏，和所有人一樣追求肯定的人。古正義是我小舅舅的化身，他年長我六歲，更早比我體認到力爭上游的艱辛。

原住民部落的一場民主選舉，讓滿懷抱負的古正義進入監獄。都說好山好水，但賄選消息依然浮動於後山偏鄉，立冬剛過，溪河意外鼓譟，滔滔流水翻滾著謠言，鎮日嘶隆作響。古正義的妻說她親眼看見有人收下敵營賄選的鈔票，拜託熟識朋友探詢，那人答：「我只是拿他的錢，票還是會投給古正義。」

肅颯冬季，埋葬祖靈的聖山，抵擋不住季節的殘酷，政治暴風圈襲捲，吹亂公平與正義。怒吼的空氣撕裂呼嘯，淒厲如女巫嘶語，向黎明之前的陰闇咆哮。是預言或詛咒已經不重要，三天後，古正義以二十二票的差距落選。

選舉反映出原住民部落的「現代化」，在此之前，古家的親族，以務農和工地粗活維生。唯一可能光宗耀祖的族人之光古正義，卻被指控賄選，三審定讞坐牢兩年，出獄之後，何去何從？這一家人，以及族群部落的命運，又會走到哪裡？古正義曾經是家族唯一的希望，他研究所畢業取得特考資格返鄉服務，踏入偏鄉「政壇」，他是原民菁英，熱心基層服務，原可以安穩領取公俸等著退休金，卻在眾人簇擁與使命感催生下投入鄉長選舉。只有六千多人的偏鄉，同樣上演派系鬥爭的政治戲碼，在人情與利益的糾葛恩怨中，古正義三次高票落選。最後一次被敵營羅織賄選汙名，直到他走進監獄的最後一刻，他都堅持自己是清白的。

我最後一次採訪小舅舅時直視他的眼睛，認真詢問：「你到底有沒有賄選？」他完全沒有迴避我的眼神，同樣直視我，堅定地告訴我：「沒有。我相信『正義』這兩個字直到三審定讞那一天。我始終沒有為我沒做的事情認罪。」「如果你說的是真的，我會用小說還你一個公道。」這是我和他面對面說的最後一句話。

小說當然不是復仇的工具，它是人物與故事交錯的錦繡精織。政治愛情畢竟沾了愛情的光，還有那麼一點旖旎懷想。若是將政治與愛情分開來看，那就是一門計算金融的學問，涉及風險分析。凡事一旦涉及風險就會激發保護利益的本能，這利益關乎多數人或少數人並不重要，重要的是既得利益者如何繼續鞏固利益，道德的裂縫就在政治與愛情的對價關係中如瓷器開片迸裂。釉層開片原本是窯燒缺陷，然而汝瓷卻創造出獨一無二的藝術珍品，這似乎也隱喻小說中的真相並不重要，因為，故事才是我們主要的道德老師。

不承認賄選罪的古正義坐牢了，古正義的大哥古清輝，只是開著閒置已久的怪手到河床為孫子們堆疊沙石挖出一個安全戲水的小池塘，也被警察以盜採砂石的罪嫌逮捕。生命的輕薄與操弄，人跟人的命運交錯，在故事之間演化。我們都渴望甜蜜幸福，卻常常分不清楚「糖」與「糖衣」的差別。

我始終認為小說有兩種演技：通俗與精緻。但是它只有一個結果：樂趣。愈悲涼愈要懂得微笑，讓眼淚滴落在揚起的嘴角，哀傷就會轉彎。

因此我必須說一個政治愛情與道德裂縫的故事。

INK PUBLISHING 文學叢書 602

古正義的糖

作　　者　朱國珍
總 編 輯　初安民
責任編輯　林家鵬
美術編輯　林麗華
校　　對　朱國珍　呂佳真　林家鵬

發 行 人　張書銘
出　　版　INK印刻文學生活雜誌出版股份有限公司
新北市中和區建一路249號8樓
電話：02-22281626
傳真：02-22281598
e-mail：ink.book@msa.hinet.net
網　　址　舒讀網 http：//www.sudu.cc

法律顧問　巨鼎博達法律事務所
施竣中律師
總 代 理　成陽出版股份有限公司
電話：03-3589000（代表號）
傳真：03-3556521
郵政劃撥　19785090 印刻文學生活雜誌出版有限公司
印　　刷　海王印刷事業股份有限公司

港澳總經銷　泛華發行代理有限公司
地　　址　香港新界將軍澳工業邨駿昌街7號2樓
電　　話　(852) 2798 2220
傳　　真　(852) 3181 3973
網　　址　www.gccd.com.hk

出版日期　2019年6月28日　初版
ISBN　978-986-387-293-1

定　價　420元

長篇小說 創作發表專案
國藝會 NCAF　PEGATRON 和碩聯合科技股份有限公司

國家圖書館出版品預行編目資料

古正義的糖／朱國珍 著；
--初版，--新北市中和區：INK印刻文學，
2019.6　面；14.8×21公分.（文學叢書；602）
ISBN 978-986-387-293-1（平裝）
863.57　　108007149